L'héritière australienne

LYNNE WILDING

L'héritière australienne

BestSellers

Collection : BEST-SELLERS

Titre original : SUNDOWN CROSSING

Traduction française de HÉLÈNE DUBOIS-BRIGAND

Ce roman a déjà été publié dans la même collection en mai 2009

L'édition anglaise originale de ce livre a été publiée par HarperCollins Australia, Pty Ltd en 2006. L'édition française de ce roman est publiée avec l'aimable autorisation de HarperCollins Australia.

Photos de couverture
Femme de dos : © ROYALTY FREE/AMANA IMAGES/GETTY IMAGES
Vignes : © GALLO IMAGES/HEIN VON HORSTEN/GETTY IMAGES

Réalisation graphique couverture : V. ROCH

83/85, boulevard Vincent-Auriol, 75646 PARIS CEDEX 13.

Service Lectrices — Tél. : 01 45 82 47 47

www.harlequin.fr

ISBN 978-2-2802-4829-7 — ISSN 1248-511X

1

Nouvelle-Zélande, 1993

Debout sur la terrasse, Rolfe Kruger buvait une tasse de café en contemplant le brouillard matinal qui se dissipait lentement au-dessus des vignes. Il inspira profondément, pour prendre une grande bouffée d'air frais, dont l'odeur de terre humide annonçait l'arrivée de l'automne dans l'île du Sud. De ses yeux bleu clair, bordés de petites rides, il inspectait le vignoble, qui s'étendait à perte de vue. Le changement de saison était déjà perceptible : les feuilles commençaient à se recroqueviller et à jaunir ; elles se teinteraient bientôt de roux et de marron clair puis tomberaient et se mélangeraient à la terre.

Il esquissa un petit sourire satisfait tout en grattant sa courte barbe rousse parsemée de gris. Les vendanges étaient terminées : le raisin avait été ramassé, pressé et plus d'un millier de bouteilles de chardonnay Valley View et cinq cents de bordeaux étaient maintenant stockées dans la cave. Cela représentait une augmentation de vingt pour cent par rapport aux vendanges de l'année précédente. Il pouvait désormais se détendre et s'occuper des menues tâches à effectuer sur sa propriété, notamment des travaux d'entretien qu'il remettait à plus tard depuis plusieurs mois déjà.

Il porta inconsciemment sa main gauche à sa poitrine pour dissiper la douleur qu'il ressentait au niveau du sternum. Satanée indigestion ! Il ne pouvait s'en prendre qu'à lui-même. Il n'aurait jamais dû abuser de cette saucisse allemande fabriquée par un traiteur en ville, même si c'était un mets qu'il affectionnait depuis son enfance. Il hocha imperceptiblement la tête. Inutile de regarder en arrière : son passé ne lui rappelait que des souvenirs tristes et douloureux. Il avala la dernière goutte de son café et reposa la tasse sur le sol de la terrasse. Puis, relevant les manches de sa chemise à carreaux délavée, il descendit les marches en direction des premiers rangs de vigne qui s'étalaient, rectilignes, sur près de quarante-cinq mètres vers l'ouest.

Il se déplaçait au milieu de son vignoble, travaillant avec méthode comme il l'avait toujours fait pendant plus de trente-cinq ans. Il coupait les sarments et taillait les vrilles plus basses avec son sécateur, courbant et étirant son corps inlassablement.

Au bout du troisième rang, il vérifia la position du soleil. C'était le milieu de la matinée. Il cligna deux fois des yeux, étonné par sa propre lenteur. Il haussa les épaules, philosophe : il n'était plus tout jeune, contrairement à Peter Cruzio qui travaillait à mi-temps pour lui ou à Angélique Dupayne. Angie, la femme qu'il aimait, travaillait aussi durement que n'importe quel homme dans les vignes. Toutefois il préférait que cette talentueuse viticultrice se consacre à l'étude et à l'évaluation des parcelles de terrain les plus propices aux plantations futures. Faire du vin était devenu une véritable science, très différente des pratiques anciennes.

Cette douleur sourde qui partait de l'épaule et traversait

tout son bras gauche l'assaillait régulièrement depuis quelques semaines. Et cette fois encore, il décida de l'ignorer. Il s'agissait probablement d'un rhumatisme. Décidément, il vieillissait. Mais soudain une vive douleur le frappa au milieu du dos. Il poussa un cri en serrant sa poitrine. Non, plus jamais, se jura-t-il intérieurement, il ne mangerait de cette saucisse allemande, bien trop riche pour un homme de son âge. Un nouvel élancement, plus intense, le fit tomber à genoux. Son bras gauche pendait de manière inquiétante, soudain inerte et inutile.

Il respirait à présent avec difficulté. Il avait l'impression qu'un énorme poids lui comprimait la poitrine. Il courba la tête quelques instants. Submergé par la douleur, il songea à sa fille, son petit-fils et à toutes les choses qu'il aimait. Il serra les mâchoires et redressa la tête. Il essaya désespérément de respirer, luttant contre cette souffrance atroce et insupportable qui s'intensifiait. Il fallait absolument qu'il se lève pour aller chercher de l'aide.

Sa vue se brouilla, puis s'éclaircit et s'obscurcit de nouveau. Il tendit le bras droit vers le poteau qui soutenait le treillis métallique. S'il parvenait à l'agripper, il s'en servirait pour se remettre debout. Ses doigts serrèrent convulsivement le fil de fer, les feuilles et les tiges. La sueur au goût salé qui ruisselait le long de son visage lui piquait les yeux.

Il se sentit tout à coup vidé de ses forces, comme si le sol aspirait toute son énergie. Il se laissa tomber sur le côté, recroquevillé sur lui-même en position fœtale. La douleur était trop forte. Incapable de bouger et même de respirer, il perdit connaissance. Quelques minutes plus tard, lorsqu'il reprit ses esprits, il ouvrit les yeux et contempla le ciel au-dessus de lui, puis son regard glissa le long de ses précieuses vignes. Les vrilles se penchaient vers lui comme pour l'envelopper de leur feuillage protecteur.

La douleur lancinante le paralysait ; il sentait son corps s'affaiblir et abandonner la lutte.

Il tendit une main tremblante vers une branche de vigne dont la vrille s'enroula automatiquement autour de son index. Son sourire se transforma en une grimace de souffrance tandis qu'une douleur fulgurante lui déchirait la poitrine. Son corps se raidit soudain, pris de secousses convulsives, puis tous les muscles se relâchèrent. Il battit des paupières, ferma les yeux et tandis que la douleur s'estompait, il exhala un dernier soupir.

Le visage ruisselant de larmes, Angie Dupayne s'apprêtait à téléphoner. Elle n'avait jamais pensé avoir un jour quelque chose d'aussi terrible à annoncer.

— Carla ?

Elle attendit que la femme à l'autre bout du fil lui confirme son identité.

— C'est Angie.

— Bonjour, Angie. Qu'est-ce qui t'amène ? répondit une voix chaleureuse. C'est Papa qui fait encore des siennes ?

— Eh bien… non pas exactement. Carla, j'ai quelque chose de grave à t'annoncer, alors je n'irai pas par quatre chemins. Ton père. Rolfe est…

Dans le salon de sa petite maison à Christchurch, Carla secoua la tête avec violence. Elle avait l'impression d'être prise dans un tourbillon. En entendant la voix oppressée d'Angie, elle avait tout de suite compris que les nouvelles allaient être mauvaises.

— Non !

— Je suis désolée. Il est…

Angie trébucha sur le mot fatidique.

— Mort. C'est Peter qui l'a trouvé au milieu des vignes.

Nous avons appelé une ambulance. Ils ont essayé de le ranimer pendant tout le trajet jusqu'à l'hôpital, mais Rolfe…

Carla entendit la voix d'Angie s'éteindre tandis qu'elle luttait contre les larmes.

— D'après le médecin des urgences, il est mort d'une crise cardiaque. Il… tout s'est passé très rapidement.

Carla Hunter s'affaissa contre le mur. Elle n'arrivait pas à accepter la terrible nouvelle. Son père, mort. C'était impossible. Lui, si fort et résistant, qui avait planté seul ce petit vignoble près de Marlborough et l'avait fait fructifier. Lui qui avait consacré sa vie à ses vignes comme il serait entré en religion. Lui qui débordait d'énergie. Elle ne pouvait pas l'imaginer silencieux et immobile. Oh, mon Dieu…

— Carla, tu m'entends ? Ça va ?

Carla essuya son visage baigné de larmes du revers de la main, la gorge serrée. Elle ne pouvait pas se laisser aller à son chagrin. Son fils, Sam, s'amusait dans le jardin en tapant dans son ballon de rugby. Il fallait qu'elle maîtrise ses émotions, qu'elle trouve les mots justes pour lui annoncer la mort de son grand-père… et régler les formalités d'usage.

— Non, pas vraiment, Angie, répondit Carla. J'essaie… Je ne réalise pas bien.

Elle avait l'esprit vide, comme paralysé. Son père était mort. Lui qui était l'une des personnes qu'elle aimait le plus au monde — avec Sam, sa mère et Angie —, il l'avait quittée. Elle était désormais… toute seule. Le regard brouillé par les larmes, elle jeta un coup d'œil à la pile de cahiers d'exercice qu'elle corrigeait pendant que Sam jouait. Il s'agissait de dessins industriels que lui avaient remis les élèves du collège où elle travaillait.

— Je sais que c'est très dur pour toi. Nous aussi ici,

nous sommes bouleversés, murmura Angie avec sollicitude. Mais… il y a, tu t'en doutes, des affaires à régler…

— Oui, bien sûr.

Carla poussa un soupir et passa une main fébrile dans ses cheveux.

— Je vais prendre l'avion. Je me renseigne sur les horaires et je te rappelle pour t'indiquer le jour et l'heure de mon arrivée.

Son esprit se remit à fonctionner comme s'il était en mode automatique. Il fallait dès à présent s'occuper des billets d'avion, des préparatifs pour les funérailles, prévoir le montant des dépenses ainsi occasionnées. L'argent ne coulait pas à flots chez elle. Elle s'éclaircit la voix :

— Merci pour tout. Je sais bien que c'est dur pour toi aussi, Angie. Tu tiens le coup ?

Elle n'ignorait pas les relations intimes qu'avaient entretenues son père et Angie.

Il y eut un bref silence à l'autre bout de la ligne suivi d'un soupir.

— J'essaie de faire face.

— Je te rappelle dès que je peux.

Carla raccrocha et mit sa main devant sa bouche. *Oh, Papa, pourquoi toi, pourquoi maintenant… ?*

Elle et Sam commençaient tout juste à reprendre une vie normale, après avoir fait le deuil de Derek, son mari, décédé deux ans plus tôt. C'était la chose la plus difficile qu'elle ait jamais eu à faire. Et maintenant c'était le tour de son père. Comment allait-elle annoncer à son fils la mort de son grand-père bien-aimé ? Tout son corps se mit à trembler alors qu'elle prenait conscience de l'énormité de la nouvelle. Son père, disparu… pour toujours.

Renversant la tête contre le mur, elle ferma les yeux et l'image de son père surgit immédiatement sur l'écran noir de ses paupières closes. Elle avait toujours pensé que son père était indestructible et jouissait d'une santé de fer. Il avait fêté son cinquante-sixième anniversaire deux mois auparavant : il n'était pas vieux ! Elle n'arrivait pas à accepter sa mort, tout en sachant qu'il le fallait, ne serait-ce que pour Sam. Son petit garçon avait plus que jamais besoin de son soutien. Elle devait aussi mettre de côté la culpabilité et les regrets qui la rongeaient. Elle avait rarement rendu visite à son père au cours de ces dernières années, principalement pour des raisons d'argent et de temps : les vacances scolaires étaient de courte durée.

Elle se laissa tomber dans le fauteuil, derrière son bureau, et commença à dresser la liste des choses à faire…

Rolfe Kruger fut enterré par un jour gris et pluvieux. Le cortège funèbre se rassembla dans le cimetière de l'église de Marlborough entretenu avec soin par le pasteur et ses paroissiens. L'herbe autour des tombes avait été tondue, les rosiers et autres buissons taillés. Les pierres tombales recouvertes de lichen se tenaient bien droites telles des sentinelles, témoignages silencieux de ceux qui avaient autrefois vécu, aimé et ri avant de disparaître à tout jamais.

Angie et Carla, debout l'une à côté de l'autre, se tenaient par la main. Angie observait discrètement les visages graves des personnes rassemblées autour de la fosse. Malgré son tempérament solitaire, Rolfe avait su gagner le respect des vignerons prospères de la vallée et beaucoup d'entre eux étaient venus lui rendre un dernier hommage. Rolfe aurait été content s'il avait pu voir ça.

Elle avait eu avec Rolfe des relations bien plus intimes que celles qui existent normalement entre une employée et son patron. Elle l'avait rencontré en répondant à une annonce. A cette époque, Rolfe recherchait un fabricant de vin et il l'avait embauchée, impressionné par son expérience. Elle avait en effet travaillé plusieurs années dans le secteur de la viticulture en Europe. Après cinq ans passés sur l'exploitation de Rolfe, Angie en était venue à considérer Carla comme un proche parent et avait été heureuse de bien s'entendre avec elle.

Son regard s'attarda un instant sur l'une des personnes du cortège, Claude Webster. Claude souhaitait acheter le vignoble de Valley View, qui jouxtait le sien. Il avait déjà fait une offre à Rolfe de son vivant, mais son patron — qui était par la suite devenu son amant — avait refusé de vendre. Ce vignoble, c'était toute sa vie. Peut-être que… Non, Carla n'accepterait jamais de vendre la propriété paternelle. Elle pouvait très bien décider de s'installer sur place pour diriger elle-même les affaires de son père, et ce malgré ses connaissances rudimentaires en viticulture. La mère de Carla, Gina, avait quitté Rolfe quand Carla avait dix ans et s'était installée à Christchurch. Rolfe avait rarement rendu visite à sa fille, car il détestait quitter son vignoble, pour quelque raison que ce soit.

Son regard se posa ensuite sur un homme râblé, au crâne chauve : Tom Abernathy, l'avocat de Rolfe. Ces deux hommes, aux tempéraments si opposés, étaient contre toute attente devenus amis — principalement parce que Tom se targuait d'être un fin connaisseur en vin. Ils se retrouvaient souvent pour déguster les différents crus et discuter de leurs qualités respectives. Tom avait déjà prévenu Carla et Angie qu'il lirait le testament de Rolfe après le départ des invités, une fois consommé le traditionnel repas funéraire.

Carla tanguait légèrement tandis que le pasteur égrenait son sermon d'un ton monotone. Angie serra la main de Carla un peu plus fort en exerçant une légère pression des doigts. La mise en terre était le moment le plus éprouvant des funérailles, car c'est alors qu'on réalisait pleinement que les personnes aimées ne reviendraient plus jamais.

Pauvre Carla. Son mari était mort il y avait un peu plus de deux ans. Derek, marin de commerce, avait péri lors d'un drame en mer. Malgré de longues périodes de séparation, ils avaient été heureux ensemble et cette disparition l'avait anéantie. Heureusement qu'elle avait eu Sam pour la soutenir… et voilà que maintenant, c'était le tour de son père. Comme la mère de Carla était retournée en Italie, le pays de son enfance, et que sa grande famille italienne l'accaparait presque exclusivement, Carla et le jeune Sam étaient pour ainsi dire seuls. Mais son amie Carla avait du courage à revendre. Elle avait déjà surmonté une tragédie personnelle et elle survivrait aussi au décès de son père. Angie en était persuadée. Elle espérait seulement qu'elle-même serait aussi brave et réussirait à accepter la mort de son compagnon. Elle savait pourtant que cela allait être très difficile. Elle décida spontanément d'apporter tout son soutien à Carla, quelle que soit la décision que celle-ci prendrait à propos du vignoble. C'était le minimum qu'elle puisse faire. Elle le ferait en souvenir de Rolfe et de sa confiance en ses talents de viticultrice.

Tandis que le sermon s'éternisait, les yeux gris d'Angie observaient son amie. Elle avait presque quinze ans de plus que Carla qui, à vingt-sept ans, faisait plus jeune que son âge en dépit des coups durs du destin. Ses cheveux bouclés blond vénitien encadraient un visage ovale doté d'une solide mâchoire héritée de son père. Sans être belle, elle avait du charme. Il y avait quelque chose d'attirant chez elle : ses yeux d'un bleu profond laissaient deviner un tempérament sensible et la forme de ses lèvres suggérait une nature passionnée. Son corps, aux formes généreuses, était à l'opposé de son corps de garçonne à elle, plat et anguleux. Les taches de rousseur qui parsemaient les joues de Carla de même que son nez droit adoucissaient son air sérieux — son air d'institutrice, comme lui lançait régulièrement Angie pour la taquiner.

— C'est bientôt fini, murmura-t-elle à l'oreille de Carla.

Elle sourit en réponse au hochement de tête reconnaissant de Carla. Elle jeta ensuite un coup d'œil à Sam, un petit rouquin de cinq ans. Sans bien comprendre ce qui se passait, il était néanmoins sensible à la tristesse ambiante. L'air très mature dans son costume, il semblait tour à tour perplexe et au bord des larmes. Mais il retenait ses sanglots, car il savait que son grand-père aurait voulu qu'il se comporte avec dignité.

Comme c'est souvent le cas dans l'île du Sud, la pluie se transforma en crachin intermittent. L'enterrement était maintenant terminé et l'assemblée se dispersa, chacun rejoignant son véhicule.

— Ils ne sont pas encore tous partis ? demanda Peter Cruzio à Angie qui arrivait avec un plateau rempli d'assiettes et de tasses de thé vides.

Peter, qui était en train de ranger la cuisine, avait aussi travaillé pour Rolfe.

— Non, mais cela ne saurait tarder. Webster traîne la patte. Il voudrait bien parler avec Carla mais elle a annoncé sans détour — et tu sais comme moi qu'elle ne mâche pas ses mots — qu'il n'est pas question de parler de la vente du vignoble maintenant. Mais rien n'arrêtera Claude, s'il pense qu'il peut ainsi avoir l'avantage. On ne peut pas dire qu'il ait beaucoup de tact.

— Je n'aimerais pas travailler pour Webster, grommela Peter, en secouant la tête. Les vendangeurs disent qu'il est mauvais comme la gale et impitoyable.

— Peut-être qu'elle ne vendra pas. Carla et moi avons discuté des finances de l'exploitation. Nous avons évalué le découvert et les possibilités de vente au détail du vin mis en bouteille. Ce sera dur pendant un temps mais j'espère comme toi qu'elle décidera de garder le vignoble.

Elle se mit à laver les tasses et les soucoupes.

— Tu restes avec nous pour la lecture du testament ?

— Oui, c'est Tom qui m'a demandé de rester, comme témoin, je pense. Je ne crois pas que le vieux Rolfe m'ait légué quoi que ce soit.

Ses traits anguleux esquissèrent une grimace.

— Il va me manquer, le vieux. Il n'était pas bavard, mais ça ne l'empêchait pas d'être sympa. Il s'est tué au travail. Il passait tout son temps dans les vignes. Le docteur a dit que c'est son palpitant qui a lâché.

— Je sais. Il va tous nous manquer, dit Angie doucement.

Peter avait raison en disant que Rolfe était réservé. Cet homme dans la force de l'âge n'était pas du genre à parler pour ne rien dire, même quand il faisait un effort pour faire la conversation et se montrer sociable. Avec lui, la discussion portait invariablement sur la vigne, la récolte à venir et les projets d'avenir pour Valley View. Et…, pensa-t-elle rêveuse, il parlait rarement de sa vie en Australie et n'évoquait jamais de souvenirs d'enfance. Ce silence l'incitait à croire qu'un drame s'était produit et qu'il avait refoulé dans son inconscient cette période malheureuse de sa vie. Elle connaissait malgré tout quelques bribes de son existence passée : sa vie en Italie, sa rencontre avec Gina, son mariage avec elle et son départ pour la Nouvelle-Zélande. En fait, elle était certaine que Carla ignorait à peu près tout de l'enfance de Rolfe, car il avait toujours refusé obstinément de raconter quoi que ce soit sur sa jeunesse.

Carla passa la tête par l'entrebâillement de la porte de la cuisine et adressa un drôle de sourire à Peter et Angie.

— Si vous êtes prêts, Tom va lire le testament. Il pense qu'il vaut mieux faire ça ici et non pas dans son bureau, pour ne pas perdre de temps.

— J'arrive, dit Angie.

Elle essuya les bulles de savon de ses mains, qu'elle sécha avec un torchon propre. Elle remarqua les cernes autour des yeux de Carla et la raideur de son attitude. La fille de Rolfe essayait de sauver les apparences ; elle faisait semblant d'être maîtresse de la situation alors qu'en réalité elle avait les nerfs à vif.

Tom, Peter, Angie et Carla s'assirent autour de la table de la salle à manger. Sam, que ces formalités n'intéressaient pas, construisait une structure avec le jeu de Meccano que Rolfe lui avait offert.

Tom présidait au bout de la table oblongue. Tout en passant la main gauche sur son crâne pour lisser les rares mèches de cheveux qui lui restaient, il sortit de l'autre main un dossier et divers documents de son attaché-case, puis les posa sur la table.

— C'est un triste jour, commença-t-il.

Il s'interrompit pour s'éclaircir la voix et mettre ses lunettes.

— Rolfe et moi étions bons amis. Il va me manquer et je ne serai pas le seul dans ce cas. Toutefois, nous le connaissions bien et nous savons qu'il aimait que les choses soient en ordre. Il a laissé un testament qu'il a mis à jour il y a un an. Ce document reflète donc bien ses dernières volontés. J'ai l'obligation légale de lire ce testament dans son intégralité. Si vous avez des questions, attendez, s'il vous plaît, la fin de la lecture.

Carla cligna des yeux pour refouler ses larmes. *Pas maintenant. Plus tard, tu pourras pleurer toutes les larmes de ton corps, mais pour l'instant il faut faire face*, se dit-elle. La lecture du testament était la preuve irréfutable de la mort d'un être cher, la preuve qu'on ne le reverrait plus jamais. Elle avait connu cette épreuve lors du décès de Derek. Son mari ne lui avait pas laissé grand-chose : quelques babioles à valeur sentimentale, comme les bijoux de sa mère, de même qu'un modeste lot d'actions dont Sam aurait plus tard la jouissance. La petite pension qu'elle touchait grâce à l'assurance souscrite par Derek ajoutée à son salaire d'enseignante leur permettait, à elle et à Sam, de se débrouiller. Mais ils n'étaient pas riches, loin de là. Elle contempla son fils jouer avec insouciance, le visage concentré tandis qu'il serrait les boulons du Meccano avec une clé miniature.

Le voir jouer, regarder la télévision ou dormir lui procurait toujours la même joie. Après la mort de Derek, Sam avait été sa seule raison de vivre. Il lui avait donné quelque chose à quoi se raccrocher, l'énergie nécessaire pour continuer à avancer et grâce à lui, une fois encore, elle s'en sortirait. D'une façon ou d'une autre, ils arriveraient ensemble à surmonter ce triste événement.

Elle revint soudain à la réalité et essaya de se concentrer sur les paroles de Tom qui commençait la lecture du testament.

« … ceci est le dernier testament de Rolfe Wilfred Kruger qui a légué, en parfaite connaissance de cause, à sa seule et unique fille, Carla Janine Hunter, les biens suivants… »

Le vignoble de Valley View. Bien entendu, c'était tout ce qu'il possédait.

« Et en outre, je lègue à ma fille le domaine Krugerhoff, c'est-à-dire des terrains désignés lots quatre, cinq et six d'environ quarante acres chacun, situés dans la Barossa

Valley, dans l'Etat d'Australie du Sud, en Australie, comme indiqué dans l'acte de propriété ci-joint. »

— Comment ? dit Carla en écarquillant les yeux.

Elle regarda Tom, puis Angie, qui haussa les épaules en souriant de manière énigmatique, comme si elle avait été au courant depuis le début.

Tom leva une main.

— Carla, laissez-moi finir et ensuite je vous expliquerai.

Le testament se terminait par des legs à l'attention d'Angie et une petite donation pour Peter Cruzio, qui en resta tout surpris.

— C'est quoi cette propriété dans la Barossa Valley ? Je… je ne comprends pas, dit Carla en secouant la tête et en plissant le front.

Son père possédait une propriété en Australie ! Comment cela se faisait-il ? Il n'en avait jamais parlé, n'y avait même jamais fait la moindre allusion et… tout ce qu'elle savait, c'est que la Barossa Valley était la première région viticole de toute l'Australie et que son père y avait grandi avant de partir en Italie.

Tom secoua la tête et dit en grommelant :

— J'avais pourtant conseillé et suggéré à Rolfe de vous en parler lui-même. Mais il n'a rien voulu entendre. Il ne voulait pas que vous le sachiez avant sa mort.

Il jeta un regard à Carla, vit son expression désemparée et se hâta de poursuivre.

— Votre père était australien, vous le saviez, non ? En fait, son véritable nom de famille n'était pas Kruger. Il l'a officiellement changé en 1963. Il s'appelait Stenmark à l'origine.

— Stenmark ? l'interrompit Peter, d'une voix plus aiguë qu'à l'accoutumée. Vous voulez parler de la famille Rhein Schloss Stenmark ?

— Exact. Rolfe est, je veux dire, était le plus jeune fils de Carl Stenmark, précisa Tom.

Carla cligna des yeux, regarda Tom, puis Angie et Peter.

— Qui sont les Stenmark ?

— Ce sont les plus gros viticulteurs de Barossa, l'informa Peter qui avait passé quelques années dans le sud de l'Australie pour consolider son expérience dans la culture de la vigne.

Carla plissa les yeux.

— Donc, ce Carl, c'est mon grand-père ?

Mon Dieu ! Carl. Carla. Rolfe l'avait appelée ainsi en souvenir de son propre père et il ne lui avait jamais rien dit. Blessée par le silence de Rolfe, qui lui avait caché ses origines, elle se détourna pour cacher ses larmes. Elle avait un grand-père et peut-être d'autres parents dont elle n'avait jamais soupçonné l'existence parce que… son père lui avait caché la vérité. La colère monta soudain en elle.

— Pourquoi Papa ne m'a-t-il rien dit ? Ma mère était-elle au courant ?

Tom sembla un instant pris au dépourvu.

— A ma connaissance, Gina n'était pas au courant. Rolfe lui avait vaguement expliqué qu'à la suite d'une querelle familiale son père l'avait déshérité. C'est une longue histoire et…

Il saisit son attaché-case et en sortit un grand cahier à la couverture noire. Il le posa sur la table et le fit glisser en direction de Carla.

— Rolfe m'a dit de vous donner ceci : c'est son journal. Il l'a écrit il y a longtemps et m'a dit que vous y trouveriez toutes les réponses à vos questions.

— Où se trouve exactement le vignoble des Stenmark ? demanda Angie, pragmatique comme à son habitude.

— La propriété se trouve près de la commune de Nuriootpa. Elle est traversée à deux reprises par la rivière Greenock Creek. C'est près de l'autoroute Sturt, à proximité des vignobles Seppelts.

— Il y a plus de quarante vignobles dans la Barossa Valley. A Krugerhoff, le terrain vaut à lui seul une fortune, dit Peter avec respect et admiration.

— Voici les actes de propriété et une description des bâtiments du domaine.

Tom tendit une enveloppe plastifiée à Carla.

— A la demande de votre père, j'ai contacté un agent immobilier là-bas, il y a environ trois mois. Il a inspecté les lieux. Les bâtiments sont toujours debout mais la plupart d'entre eux auraient besoin d'être restaurés car cela fait plus de trente ans qu'ils sont à l'abandon et…

Il fourragea de nouveau dans sa mallette et en sortit une autre feuille de papier.

— Curieusement j'ai reçu ce fax deux jours après la mort de Rolfe. C'est une offre d'achat d'une société implantée à Barossa. D'après l'agent immobilier que j'ai contacté, c'est une proposition honnête.

Carla commençait à avoir la tête qui tournait. Une propriété dans la Barossa Valley, une offre d'achat. Une nouvelle famille, qui n'avait rien à voir avec celle des Bardolino en Italie. Elle se sentait dépassée, submergée par toutes ces révélations qui survenaient juste quelques heures après l'enterrement de son père.

— Je peux ? demanda Angie à Carla.

Carla lui fit un signe de tête en guise d'assentiment. Angie lut l'offre d'achat et émit un long sifflement.

— C'est vraiment sérieux ?

Elle tendit la lettre à son amie.

— C'est une véritable petite fortune qu'ils te proposent là.

Les yeux de Carla s'arrondirent en voyant la somme offerte par un certain Luke Michaels de la société Michaels Realty Marketing Company. Vendre signifierait la fin de tous ses tracas financiers. Elle pourrait s'installer à Valley View et poursuivre le rêve de son père : Rolfe avait toujours désiré qu'elle vienne travailler dans son vignoble. Mais du vivant de Derek, un tel changement n'avait pas été envisageable. Son mari n'était aucunement intéressé par la vigne et ils étaient donc restés à Christchurch pour qu'il soit proche de son océan bien-aimé. Elle, terrienne dans l'âme, n'avait jamais vraiment compris la passion de Derek pour la mer, mais elle l'avait néanmoins respectée.

— As-tu l'intention de vendre Krugerhoff ? demanda Peter.

— Je ne veux pas prendre une telle décision à la hâte. Il faut que j'y réfléchisse à tête reposée. J'irai peut-être jusqu'à Barossa pour voir l'endroit par moi-même.

— Dans quel but ? s'enquit Tom.

Un éclat dur et inflexible traversa le regard de Carla. En cet instant même, elle était le portrait craché de Rolfe dont elle avait hérité la volonté de fer.

— Vous venez de me dire que j'ai une famille, Tom. Une famille que je n'ai jamais connue. J'aimerais la rencontrer et je souhaite que Sam aussi fasse sa connaissance, même si Papa était la brebis galeuse des Stenmark. Aller en Australie, c'est bien moins long et moins coûteux que de se rendre en Italie… Néanmoins, je vais d'abord lire le journal de mon père et ensuite seulement je prendrai une décision.

Carla se glissa dans un long T-shirt qui avait appartenu à Derek et qui lui servait maintenant de chemise de nuit. Elle avait posé le journal de son père sur la table de nuit. C'était un cahier épais de quelque deux cents pages, rempli de l'écriture fine et soignée de son père. Elle fut tentée pendant quelques secondes de l'ouvrir et d'en entamer la lecture, mais elle n'avait pas le cœur à ça. Elle était vidée de toute son énergie après ce qu'elle venait de vivre et elle se sentait incapable de se concentrer sur le contenu de ce journal intime. Elle le lirait le lendemain, au réveil.

Tout en bâillant, elle jeta un coup d'œil à Sam, couché dans le lit jouxtant le sien, et le regarda dormir. Elle s'approcha de lui pour lui retirer le pouce de la bouche, une habitude conservée depuis la toute petite enfance. Puis, elle lissa ses cheveux roux en arrière et remonta la couette sur ses épaules — il s'agitait dans son sommeil et avait tendance à se découvrir pendant la nuit.

Il avait été très gentil pendant cette journée éprouvante, au cimetière comme dans la maison de Rolfe. Il avait aidé à préparer et à servir les sandwichs pour les invités et s'était montré poli avec tout le monde. Brave petit bonhomme. Il n'avait même pas pleuré. Son père aurait été fier de lui. La mort de son grand-père et celle de son père étaient pourtant un coup dur pour lui. Tous ces malheurs allaient le faire grandir trop vite, lui faire perdre son insouciance.

— Tu verras, Sam, je te revaudrai ça un jour. Je te le promets, mon fils, murmura Carla. Un jour, tu auras ce qu'il y a de mieux, et si c'est en mon pouvoir, une vraie famille pour te chérir.

2

Lorsque Carla se réveilla, les premiers rayons de l'aube illuminaient sa chambre austère. Des rêves étranges et inquiétants avaient troublé son sommeil. Il fallait, comprit-elle alors, qu'elle lise le journal de son père pour retrouver sa tranquillité d'esprit et être à même de prendre une décision. Elle sortit de son lit, frissonnant dans la fraîcheur de l'air matinal. Tout en serrant sa robe de chambre autour d'elle, elle vérifia que Sam dormait, s'empara du journal, puis se dirigea sur la pointe des pieds vers le salon pour éviter de faire craquer le plancher ciré.

La maison, tenue par son père et par Angie, était parfaitement rangée. Tout était à sa place, et la décoration réduite à son strict minimum. L'unique note d'intimité était un assortiment de photos disposé sur une table circulaire. Elle remarqua l'une d'entre elles, où on la voyait en compagnie de sa mère et de son père. Cette photographie avait été prise le jour où ils avaient débarqué à Auckland, après une longue traversée sur un bateau en provenance de l'Italie. Il y avait aussi une photo d'elle et de Derek, prise lors de leur mariage, et plusieurs clichés de Sam. Elle remarqua soudain une chose qui jusque-là lui avait échappé : il n'y avait aucune photo prise avant 1972.

Elle saisit la seule photo où on la voyait avec sa mère. Gina Bardolino-Kruger avait été très belle dans sa jeunesse. Carla suivit de son index gauche le contour de la silhouette de sa mère, une expression pensive sur le visage : cela faisait des années qu'elle ne l'avait pas vue. Gina ne s'était jamais adaptée au mode de vie néo-zélandais. Le barrage de la langue anglaise, qu'elle parlait avec difficulté, les différences climatiques entre l'Italie du Nord et Christchurch et pour finir l'effondrement de son mariage avaient transformé sa mère au tempérament enjoué et solaire en une femme geignarde, nostalgique de sa famille et de son pays. Aigrie, elle avait tourné son ressentiment contre le père de Carla, qu'elle accusait de tous les maux.

Grâce à son travail de vendeuse dans un magasin de vêtements féminins haut de gamme, Gina avait réussi à économiser suffisamment d'argent pour partir en vacances à Vicenza, une petite ville près de Venise. Elle y avait passé trois mois en compagnie de sa famille, des gens dont Carla ne gardait qu'un très vague souvenir. Sa mère, en revanche, avait été si heureuse de retrouver ses racines qu'elle n'était retournée à Christchurch qu'une seule fois, à l'occasion de la naissance de Sam.

Au fil des années, les liens autrefois étroits qui unissaient Carla à sa mère s'étaient distendus, à cause de l'éloignement et du profond attachement de Gina à sa famille. Et puis, après la mort de Derek, par souci d'assurer son avenir professionnel, Carla avait mis les bouchées doubles au travail, ce qui l'avait rendue encore moins disponible… Pour l'heure, elles s'appelaient à tour de rôle deux fois par mois et Carla écrivait de temps à autre une longue lettre à sa mère. Si l'absence de celle-ci l'avait autrefois tourmentée, elle était désormais assez mature pour comprendre les raisons de ce départ. Il lui arrivait pourtant de regretter que Sam ne connaisse pas mieux sa grand-mère maternelle.

Carla reposa la photo sur la table et s'assit dans le fauteuil favori de Rolfe, qui offrait une vue imprenable sur le vignoble. Le cuir fatigué émit un craquement lorsqu'elle s'y installa. Elle replia ses jambes dans le fauteuil pour garder ses pieds au chaud, ouvrit le journal à la première page et… tomba sur un morceau de papier plié. Elle l'ouvrit et reconnut l'écriture de son père. Sa gorge se serra d'émotion, car Rolfe avait de toute évidence écrit ce mot pour qu'elle le lise après sa mort.

« Chère Carla,

» Pardonne-moi si je n'ai pas eu le courage de te parler de mon passé. Mais j'en ai gardé des souvenirs si douloureux… J'espère que tu comprendras et que tu pardonneras ma lâcheté.

Ton père qui t'aime. »

Elle replia le mot et le fourra dans la poche de sa robe de chambre, tout en jetant un coup d'œil à la date inscrite en haut à droite de la page de garde : *mardi 3 janvier 1962…* Son père, né en février, avait donc vingt-quatre ans quand il avait démarré ce journal. Elle tourna les pages écornées et tachées, signes que ce recueil de pensées et d'expériences avait été maintes fois lu et relu.

Puis elle se plongea dans sa lecture tout en reconstruisant mentalement au fil des pages la jeunesse évanouie de son père.

La maison Stenmark était sens dessus-dessous. Le patriarche, que tous appelaient « Papa », avait demandé à Lilly, la gouvernante, de faire nettoyer et préparer les quinze pièces de la maison, réparties sur deux étages, pour l'arrivée de Kurt, le frère aîné de Rolfe, et de sa fiancée allemande, Marta Gronow. Greta Michaels, la sœur aînée de

Rolfe et de Kurt, était dans tous ses états. Son mari, John, et leur fils âgé de trois ans, Luke, résidaient à Stenhaus depuis la mort de Mme Stenmark, trois ans auparavant et c'est Greta qui assurait le rôle d'hôtesse. Elle se rongeait les sangs car elle voulait que tout soit parfait — comme l'avait exigé son père — pour faire bonne impression sur Marta, issue d'une riche famille allemande, qui comptait dans sa lignée quelques comtes et comtesses.

Lisel Stenmark, la plus jeune de la famille, était une petite fille de dix ans vive et précoce.

Depuis la mort de son épouse, Papa gâtait outrageusement Lisel, qui n'en faisait qu'à sa tête. Au milieu de l'effervescence suscitée par le retour de Kurt, elle traînait dans la maison avec une moue boudeuse, car tout le monde — y compris son père — était bien trop occupé pour lui accorder l'attention à laquelle elle était habituée.

Quant à Rolfe, il se réjouissait de cette agitation qui lui donnait une excuse inespérée pour s'éclipser et passer toute la journée à Krugerhoff. De l'aube jusqu'au crépuscule, il s'occupait des plants de vigne alourdis par les grappes mûrissantes, aidé d'Otto et d'Ernest, ses deux ouvriers. Cet été, après la récolte, Rolfe produirait le premier millésime du cru Krugerhoff, qui promettait d'être excellent.

Je sais bien que Papa m'en veut, même s'il essaie de ne pas le montrer, pensa Rolfe en descendant les marches du perron deux par deux en direction de sa fourgonnette toute neuve. L'air irrité manifesté par son père au petit déjeuner était sans équivoque : il souhaitait que Rolfe travaille à Rhein Schloss, le vignoble familial, et non sur ses propres terres. Mais à quoi bon se tourmenter ? Il lui fallait bien accepter le mécontentement de son père. Depuis longtemps, il savait parfaitement qu'il n'était pas son fils préféré — parce qu'il ne lui obéissait pas servilement et avait un esprit trop indépendant pour le chef de clan qu'était son père…

Carl Stenmark était de la vieille école. Sa famille avait quitté l'Allemagne pour s'installer en Australie à la fin des années 1800. Carl était un homme aussi autoritaire que son propre père, Wilfred, en plus bienveillant sans doute.

En femme avisée, la mère de Rolfe avait légué à son fils cadet quarante acres de terre et suffisamment de fonds pour démarrer son propre vignoble. Après tout, Kurt, son aîné de deux ans, hériterait un jour de la totalité du domaine Rhein Schloss. Rolfe avait grandi avec cette idée et avait décidé à l'adolescence qu'il devait impérativement posséder son propre vignoble. Il prouverait à son père et à son frère qu'il était capable de se débrouiller par ses propres moyens.

Le lancement du vignoble Krugerhoff, ainsi nommé en souvenir du nom de jeune fille de sa mère, était le travail le plus dur et le plus prenant qu'il ait jamais réalisé jusqu'alors. Et, même si son père ne manifestait jamais d'admiration ni d'intérêt pour cette entreprise, Rolfe se plaisait à croire que Carl était fier malgré tout de sa réussite. Heureusement, Greta et John, son mari, lui avaient apporté leur soutien enthousiaste et avaient toujours encouragé ses efforts. Ils lui avaient redonné confiance chaque fois qu'il doutait de ses capacités à mener à bien son projet et il leur en était reconnaissant.

Carla soupira et détourna son regard du journal. Lire ce que son père avait écrit autrefois, ses pensées sur sa vie et celle de sa famille, était une expérience étrange. Elle percevait déjà, en l'espace de ces quelques pages, la personnalité de l'homme qu'il allait devenir, du père qu'elle avait connu et aimé. Mais elle ne voulait pas lire trop vite. Elle désirait prendre son temps, saisir les émotions derrière les mots écrits, bien comprendre les sentiments, notamment l'insécurité et le désir de reconnaissance qui avaient toute sa vie tourmenté son père.

Elle dut d'abord s'habituer au véritable nom de son père, Stenmark, ainsi qu'à l'idée qu'en Australie, elle avait un grand-père, un oncle appelé Kurt, deux tantes, Greta et Lisel, et un cousin, Luke. Sans parler du style de Rolfe : un soupçon désuet… et pour cause : ce journal avait été écrit plus de trente ans plus tôt, alors que Rolfe était encore un jeune homme. Le ton compassé et le sentiment d'un profond attachement aux traditions allemandes lui rappelèrent ce qu'Angie lui avait confié un jour, elle qui avait suivi des cours à l'école de viticulture de la Barossa Valley et connaissait bien l'endroit. La vallée avait tout d'abord été peuplée par des immigrants allemands, vers la fin des années 1840 et, à l'issue de la Seconde Guerre mondiale, certaines familles parlaient peu — voire pas du tout — l'anglais.

Plongée dans ces réflexions, Carla reporta son regard sur la petite écriture de son père et s'immergea de nouveau dans sa lecture, tentant de visualiser la trame des événements passés qu'elle découvrait…

La veille de l'arrivée de son frère, Rolfe était resté à contempler les plants de vigne, adossé à la porte de son cottage. Il n'était pas pressé de rentrer à la maison familiale. En outre, regarder son vignoble lui procurait toujours un sentiment de plénitude. Le cottage en pierre, enduit de ciment, était désormais habitable. L'ameublement réduit au strict minimum — un lit dans l'une des trois chambres, une table de bois et quatre chaises, un grand fauteuil près de la cheminée — était néanmoins suffisant pour lui permettre de s'y installer si l'envie lui en prenait. Il se mit à rire doucement en pensant à Greta. Elle insisterait sûrement pour décorer toute la maison de colifichets et de bibelots superflus afin de lui donner un air plus accueillant.

La conception et la construction du cottage ainsi que la plantation du vignoble en moins de trois ans avaient nécessité un travail colossal. Mais à présent, plus de la moitié du terrain était désormais équipé de supports en treillis sur lesquels poussaient des plants de vigne à différents stades de croissance. Certains plants étaient encore trop jeunes pour produire du raisin et il faudrait attendre un ou deux ans avant qu'ils n'arrivent à maturité. Néanmoins, Rolfe était content de ce qu'il avait accompli.

Et Kurt ? Serait-il impressionné lorsqu'il viendrait à Krugerhoff ? Dans les lettres qu'il avait expédiées à leur père, il s'était vanté des connaissances qu'il avait acquises à l'université de Heidelberg sur les nouvelles techniques de fabrication du vin. Sur le campus, il avait fait la connaissance de Marta, une étudiante en arts plastiques, qui était, d'après lui, « la plus belle femme du monde ». Dans ses dernières lettres, il ne tarissait plus d'éloges sur elle et déclarait avoir l'intention de l'épouser : à l'entendre, Marta, véritable modèle de vertu, possédait toutes les qualités.

Les descriptions dithyrambiques et enflammées de son frère faisaient grimacer Rolfe, mais son père, il le savait, était content. Son frère aîné allait se marier et donnerait un héritier à Rhein Schloss.

Leur père, attaché aux traditions du vieux continent, avait décrété que l'entreprise familiale reviendrait à l'aîné de ses deux fils. C'était une coutume ancestrale en Allemagne, dans ce pays où la famille Stenmark avait vécu et fait fructifier des vignobles sur les rives de la Moselle, à l'endroit même où cette petite rivière se jette dans le vaste Rhin. L'arrière-grand-père de Rolfe, Fritz Steinmarch, le quatrième fils de Johann Steinmarch, avait su dès son plus jeune âge qu'il ne posséderait jamais ces vignobles, dont il s'occupait avec ses frères avec tant de dévotion. C'est pourquoi, lorsqu'il avait entendu parler de terres à vendre en Australie pour un prix dérisoire, il avait empaqueté ses affaires, emmené avec lui des marcottes de vigne et, après avoir fait ses adieux à sa famille, s'était embarqué avec sa femme enceinte pour ce pays étranger où il était bien décidé à faire fortune.

La Barossa Valley, située à moins de 160 kilomètres de la petite ville d'Adélaïde, avait comblé toutes ses attentes. En l'espace de cinq ans, Fritz, sa femme Gretchen et leurs deux enfants, Wilfred et Gerda, avaient gagné suffisamment d'argent, grâce à la culture de la vigne, pour acquérir des terres. Ils avaient alors construit un cottage en pierre sur ce qui deviendrait le premier vignoble Rhein Schloss. Rolfe connaissait par cœur cette histoire familiale maintes fois racontée pendant son enfance.

Il se mit à rire doucement. Et si Kurt et Marta ne donnaient naissance qu'à des filles ? Ce serait une bonne leçon pour son père, qui avait une vision si traditionaliste de la vie. Mais il était fort peu probable que cela se produise. Les Stenmark avaient toujours réussi, d'une génération à l'autre, à concevoir au moins un héritier mâle pour perpétuer l'entreprise et le nom de la famille. C'était une raison de plus pour faire fructifier Krugerhoff. Développer un vignoble plus petit mais prospère assurerait son avenir dans la vallée et, à terme, lui aussi créerait sa propre dynastie.

C'était vendredi : Kurt et Marta devaient arriver le jour même. Tout le monde excepté Rolfe les attendait à

Stenhaus — le nom donné à la maison familiale que Carl avait construite pour sa femme, Anna Louise, plusieurs années auparavant.

Conscient de son retard et ignorant la fatigue accumulée pendant cette dure journée de labeur, Rolfe enfonça la pédale d'accélérateur de sa fourgonnette et s'engagea dans l'allée en vrombissant. Il contourna la maison pour se garer à l'arrière, près des garages, à côté d'un cabriolet sport Mercedes. Ils étaient arrivés. Rolfe savait que son père avait acheté cette voiture pour Kurt comme cadeau de fiançailles et que son frère en avait pris livraison à Adélaïde, dès son arrivée à l'aéroport. Pendant quelques secondes, tout en traversant la cour, Rolfe contempla les lignes pures de l'engin rouge et rutilant. Il ressentit soudain un élan de jalousie, sentiment inhabituel chez lui. La nouvelle voiture de Kurt était une fois de plus un signe du favoritisme pratiqué par son père. Ravalant sa frustration, il prit le temps de se laver le visage et les mains à l'évier de la cuisine. Puis il mouilla ses cheveux châtain clair et les ramena en arrière. Greta n'arrêtait pas de lui répéter qu'il devrait aller chez le coiffeur. Il épousseta ensuite sa tenue de travail avant d'emprunter le corridor carrelé en direction du salon. Cette pièce, la plus belle de toute la maison, était décorée de meubles de valeur importés d'Europe. Elle n'était d'ailleurs utilisée que pour les grandes occasions.

— Ah, te voilà enfin, s'écria Carl Stenmark.

Ses yeux bleus perçants manifestaient une profonde désapprobation tandis que Rolfe entrait calmement dans la pièce, avant de s'adosser au battant de la porte, qu'il avait refermée derrière lui.

— Je ne sais pas si tu veux nous impressionner par ton ardeur au travail, Rolfe, mais…

— Peut-être que Rolfe voulait faire une entrée remarquée, interrompit Kurt, d'un ton moqueur.

On aurait dit le double de Rolfe, en plus mince et avec un visage encadré de cheveux roux coupés court.

Rolfe se dirigea vers son frère. Il lui serra la main et le prit dans ses bras en lui disant d'un ton bourru :

— Bienvenue à la maison, Kurt.

Il poussa un profond soupir.

— La maison était bien calme et silencieuse sans toi.

Comme Kurt était plus grand que lui, il dut relever la tête pour lui sourire.

— Je suis content que tu sois de retour parmi nous.

— Et moi je suis heureux d'être là. C'est quand j'ai vu les gommiers que je me suis rendu compte à quel point la vallée m'avait manqué.

Kurt prit son frère par le bras.

— Viens, je vais te présenter Marta.

Les photographies de Marta Gronow expédiées par Kurt ne lui rendaient pas justice. Rolfe s'en rendit compte dès qu'il la vit, assise sur le canapé entre Lisel et Greta, pendant que le jeune Luke jouait à ses pieds avec des cubes. Elle était belle. Non, le mot n'était pas assez fort, elle était sublime. Il cligna des yeux et avança vers elle en baissant la tête pour masquer son embarras. Soudain il eut la bouche sèche et l'esprit vide : il n'arrivait plus à penser à quoi que ce soit de sensé. Marta était la beauté incarnée, avec sa chevelure noire et soyeuse, sa peau diaphane, ses traits réguliers et ses grands yeux gris ardoise légèrement en amande, qui brillaient comme deux joyaux sombres. Elle lui sourit en tendant la main.

Rolfe serra sa main fine et se redressa. Au prix d'un effort surhumain, il retrouva l'usage de la parole même s'il sentait tous les regards braqués sur lui et son visage hâlé rougir d'embarras.

— Bienvenue à Stenhaus, Marta. Vous êtes ici chez vous.

— Merci, Rolfe. Kurt…

Marta parlait avec un fort accent allemand. Elle tourna la tête vers Kurt et poursuivit :

— Tu exagères. Tu ne m'avais pas dit que ton jeune frère était mignon et galant.

— Mignon ? Galant ? Ce n'est pas exactement le souvenir que j'avais de lui, répondit Kurt avec un petit rire. Mais après tout, cela fait deux ans qu'on ne s'est pas vus. Il a sans doute appris quelques petites choses pendant mon absence.

Kurt jeta un regard à leur père puis s'adressa à Rolfe.

— On m'a dit que tu cultivais ton propre vignoble, rien que ça.

Il claqua dans ses mains d'un air solennel.

— Bravo, Rolfie !

Son regard se posa ensuite sur la peinture à l'huile accrochée au-dessus du manteau de la cheminée. Elle représentait une femme aux yeux verts et à la chevelure rousse, dont l'attitude trahissait un tempérament volontaire.

— Mutter aurait été fière de toi.

— Nous sommes tous fiers de ce que Rolfe a accompli, fit remarquer Greta doucement. N'est-ce pas, Papa ?

— Bien sûr, bien sûr, répondit Carl avec humeur, en fronçant ses sourcils gris. Nous avons tout le temps de parler de Krugerhoff. Je suis certain que Kurt et Marta sont fatigués de leur voyage. Il vaudrait mieux qu'ils se reposent avant le dîner.

Il tendit la main à Marta qui se leva du canapé.

— Vous êtes la bienvenue ici, Marta. Kurt a de la chance et nous vous souhaitons tout le bonheur possible ensemble.

— Merci, Papa Carl. Kurt m'a tant parlé de vous que j'ai l'impression de vous connaître déjà.

Elle donna une tape affectueuse sur le genou de Lisel et ébouriffa de l'autre main les cheveux bruns de Luke.

— Je vais te montrer ta chambre, Marta. Elle est juste à côté de la mienne, dit Lisa.

La plus jeune des Stenmark, constata Rolfe, était déjà tombée sous le charme de la beauté de Marta et de ses ravissantes manières européennes. Comme tout le monde se levait, il s'éclipsa de la pièce pour éviter que son père ne le réprimande à cause de son arrivée tardive. Une fois dans sa chambre, il ôta son pantalon, se jeta sur son lit et regarda fixement le plafond en rêvassant. Sa fatigue s'était dissipée dès l'instant où il avait vu Marta. Il se sentait rajeuni, heureux et… excité. Marta Gronow était merveilleuse. Elégante et gracieuse, elle avait une allure de danseuse — il avait eu le temps, avant de se retirer, de la voir glisser avec souplesse vers les portes de la salle à manger. Sans parler de sa voix douce et sensuelle…

Il soupira et roula sur le ventre, tout en se rappelant les deux brèves expériences amoureuses qu'il avait eues. La première, à seize ans, avec une vendangeuse à la fin de la récolte. Une étreinte brève et maladroite sous l'emprise de l'alcool. La seconde, à vingt ans, avec une étudiante de l'université de viticulture. Il en avait gardé le souvenir d'une liaison sexuelle satisfaisante, sans plus, qui s'était terminée lorsque la jeune fille avait obtenu son diplôme.

On pouvait compter sur Kurt pour trouver un ange comme Marta… Son frère avait toujours été un veinard. Il était non seulement l'aîné de la famille, mais aussi le plus beau, le favori de Papa, le meilleur à l'école et le plus doué pour les sports et maintenant… il avait Marta. Se sentant soudain coupable, Rolfe essaya d'étouffer son accès de jalousie… quand un bref coup à la porte vint interrompre ses pensées amères.

— Je ne suis pas habillé, lança-t-il, espérant ainsi dissuader l'intrus.

— Pas de problème, Rolfie. Je ne crois pas que tu aies quoi que ce soit à me cacher, répliqua Kurt.

Il entra dans la pièce et se jeta en travers du lit comme l'avait fait Rolfe. Il se mit ensuite sur le côté, le coude relevé, la tête posée sur la main. Il regarda autour de lui, pour se remettre à la mémoire les meubles et les affiches accrochées au mur. A l'expression de Kurt, Rolfe comprit que son frère était étonné par la propreté et l'ordre extrêmes qui régnaient dans sa chambre. Aucun autre membre de la famille n'était aussi maniaque que lui.

Kurt l'avait appelé par le surnom que lui avait donné leur mère, mais Rolfe décida d'ignorer ce détail. On l'appelait rarement Rolfie désormais.

— Je croyais que tu devais te reposer avant le dîner.

Kurt sourit.

— Mais c'est bien ce que je suis en train de faire. Alors, dis-moi, qu'est-ce que tu en penses ?

— De quoi ?

Kurt leva les yeux au ciel.

— De Marta, *dummkopf*[1].

— Elle est très jolie mais je suppose qu'elle a un problème aux yeux, dit le frère cadet d'un air sérieux, tout en se retenant pour ne pas rire en voyant son frère froncer les sourcils.

— Aux yeux ? Pas du tout. Que veux-tu dire ?

— Eh bien, Marta doit avoir la vue basse pour être tombée amoureuse d'un type aussi moche que toi. Il faut

1. En allemand dans le texte : imbécile.

absolument qu'elle consulte un ophtalmologiste avant son mariage.

Un simulacre de bataille s'ensuivit sur le lit, chacun des deux frères essayant de prendre le dessus sur l'autre. C'est finalement Rolfe qui l'emporta, assis à califourchon sur Kurt, qu'il tenait fermement par les bras.

— Hé, mais c'est que tu es devenu fort, se plaignit Kurt avec bonne humeur, souriant malgré sa défaite.

Rolfe vit le regard de son frère parcourir son torse musclé, ses bras noueux et vigoureux et ses larges épaules.

— C'est depuis que je travaille à Krugerhoff. Rien de tel que le travail manuel pour se muscler.

— J'ai hâte d'aller voir ce que tu as accompli. Greta et John sont très élogieux à ton égard, mais…

Heureux de sa victoire, Rolfe libéra son frère et s'assit au bord du lit.

— Mais quoi ?

— Je n'ai pas l'impression que Papa apprécie cette initiative. Tu sais bien qu'il aime tout contrôler. Et toi, tu es peut-être trop… indépendant.

Rolfe regarda son frère d'un air interrogateur. Il n'y avait rien à ajouter, tous deux savaient pertinemment pourquoi Rolfe avait décidé de faire cavalier seul.

— Papa t'a dit quelque chose à ce sujet ?

Kurt hésita quelques instants.

— Non, rien de précis, juste des allusions. Tu sais bien comme moi qu'il est très vieux jeu. Personnellement, je pense que c'est formidable ce que tu as fait. Je t'envie : créer son propre vignoble en partant de rien. On doit se sentir vraiment fier de soi après un tel exploit.

Il regarda Rolfe qui hochait la tête.

— Bref, parlons d'autre chose. Je voulais te voir au sujet d'un point important : Marta. Je suis content que tu l'apprécies parce que j'aurai besoin que tu t'occupes d'elle dans les semaines à venir. Papa m'a clairement indiqué qu'il souhaitait que je prenne plus de responsabilités à Rhein Schloss. J'aurai donc moins de temps à consacrer à Marta.

— Mais j'ai…

Kurt vit Rolfe rougir et en conclut que si son frère émettait une objection à sa proposition, c'était par pure timidité.

— Elle ne mord pas, tu sais. Et tu m'as toi-même avoué que tu l'aimais bien. Je veux que Marta améliore son anglais et qu'elle se sente bien ici, parce que bientôt Stenhaus sera sa maison. Il ne faut pas qu'elle ait le mal du pays. L'objectif est donc de la divertir et de la maintenir suffisamment occupée pour que son pays ne lui manque pas.

Il leva un sourcil en regardant son frère.

— Compris ?

— Oui. Mais… je dois aussi travailler à Krugerhoff. Les vendanges sont dans un mois, peut-être moins. Je ne serai pas toujours disponible.

Kurt fit une grimace et lui donna un coup amical sur le bras.

— Je n'ai pas dit tous les jours. Juste de temps en temps. Tu peux sûrement arranger ça.

Passer du temps avec Marta, la divertir. Cette perspective était à la fois tentante et terrifiante. Il aimait déjà trop la fiancée de Kurt, et pas d'un amour qui sied à un futur beau-frère : il s'était senti attiré par elle de manière irrépressible. Mais comment refuser la requête de Kurt ? C'était impossible.

— Tu peux compter sur moi, s'entendit-il répondre.

A ces mots, Kurt se leva et quitta le lit : sa mission était accomplie.

— Génial, Rolfie ! Merci beaucoup.

Kurt tourna les talons et quitta la chambre.

Une fois seul, Rolfe garda quelques instants les yeux fixés sur la porte close, par où était sorti son frère. Résigné, il se pencha vers la table de nuit, ouvrit le tiroir du haut et en retira un long cahier à couverture noire. Il l'ouvrit, saisit le crayon qui y était inséré et tourna les feuilles jusqu'à trouver une page vierge précédée d'un plan de Krugerhoff. Il commença alors à écrire ses pensées :

« Aujourd'hui, j'ai rencontré Marta, la fiancée de Kurt… »

Carla leva les yeux du journal de son père et vit Sam qui se frottait les yeux, tout ensommeillé, ses cheveux roux en bataille. Il pénétra dans le salon et se dirigea vers elle.

— Bonjour, mon chéri.

— Bonjour, marmonna Sam en bâillant. Qu'est-ce que tu fais ?

Il laissa sa mère lui faire un bisou et un câlin avant de s'asseoir sur l'accoudoir de son fauteuil.

— Je lis le journal de grand-père. Il parle du temps où il était jeune.

— Avant que tu sois née ?

— Oui.

— Ouah ! Ça fait très longtemps alors ?

Un rire leur parvint du pas de la porte. C'était Angie, que la remarque de Sam amusait visiblement.

— Rien de tel que les enfants pour vous remettre à votre place, pas vrai ?

Elle regarda Carla avec bienveillance.

— Comment vas-tu ?

— Je suis encore sous le choc des révélations d'hier. J'ai fait des rêves étranges cette nuit.

— Ça ne m'étonne pas.

Angie se tourna vers Sam.

— Bon, mon petit, tu as faim ?

— Je meurs de faim, répondit Sam avec la désarmante franchise qui le caractérisait.

— Et si on mangeait des crêpes ? suggéra Angie, en faisant un clin d'œil à Carla. On va laisser ta mère poursuivre sa lecture, ajouta-t-elle. Et on l'appellera quand le petit déjeuner sera prêt.

Carla lui adressa un sourire de remerciement et tandis que Sam s'en allait avec Angie, son regard se reporta une fois de plus sur le journal intime de son père.

Sur l'une des pages, elle trouva un plan de Krugerhoff. Comme elle enseignait le dessin industriel, elle n'eut aucun mal à identifier les divers éléments : l'emplacement des bâtiments, les clôtures qui délimitaient la propriété et le nom des domaines viticoles adjacents, les points d'irrigation sur la rivière qui traversait par deux fois le vignoble, la superficie des terres cultivées et les différents cépages plantés. Elle esquissa un sourire mélancolique. Son père avait toujours été un homme très organisé. Elle cligna des yeux pour refouler ses larmes et se plongea de nouveau dans sa lecture.

La fête organisée à Stenhaus en l'honneur des fiançailles de Kurt et de Marta fut mémorable. Dans la Barossa Valley, on n'en avait pas vu d'aussi somptueuse depuis vingt ans. Carl n'avait pas regardé à la dépense. Un trio de musique de chambre installé sur la terrasse accueillait les invités en jouant du Bach ou du Beethoven. Des tables chargées de mets succulents avaient été dressées sous de grands auvents en toile disposés çà et là sur la vaste pelouse. Un second groupe, composé de sept musiciens, guitaristes et percussionnistes, était venu tout exprès d'Adélaïde pour faire danser les invités. De larges vases et de grands pots débordant de roses décoraient le jardin, des guirlandes de lumières colorées illuminaient les arbres ainsi qu'une piste de danse édifiée pour l'occasion.

Beaucoup de gens s'extasiaient devant la splendeur de la fête. Et il y avait de quoi. Le couple de fiancés et Carl, qui en imposait par sa haute taille, sa chevelure argentée et son charisme naturel, étaient le centre de l'attention.

Dans son costume, dont la chemise le serrait au cou et à la poitrine depuis qu'il avait forci, Rolfe était content d'être en quelque sorte spectateur de la fête. Tous les regards étaient braqués sur son frère et sur Marta. Il fallait bien admettre qu'ils formaient un couple séduisant. Elle, avec son port élégant et sa grâce ; lui avec ses cheveux flamboyants et son allure distinguée. « Le prince et sa princesse », murmura Rolfe sans une trace de jalousie en les voyant danser. Quand il était petit, sa mère lui avait conseillé avec bon sens d'accepter sa position dans la famille et d'en profiter au mieux. C'était exactement ce qu'il faisait en s'occupant de Krugerhoff.

Sa sœur Lisel s'approcha de lui et le tira par la manche. Elle faisait bien plus âgée que ses dix ans dans sa nouvelle robe et avec sa chevelure noire et ondulée, coiffée en chignon.

— Tu danses avec moi, Rolfe ?

Il la regarda, sachant que ce n'était pas une requête mais un ordre. Elle possédait le caractère impérieux de son père.

— Tu sais valser, non ?

Son joli visage se plissa en une moue de mécontentement.

— Bien sûr.

Cherchant à se tirer de ce mauvais pas, il dit d'un air sérieux :

— Lisel, tu sais bien que je ne danse pas très bien.

— Je sais. Kurt est plus doué que toi mais il danse déjà avec Marta. Et moi je veux danser.

Il lui sourit et hocha la tête, résigné. Lisel était si impatiente de grandir, notamment depuis l'arrivée de Marta, âgée de vingt-deux ans, qui était devenue son modèle. Elle imitait sa façon de s'asseoir, de marcher et même de parler. Lorsqu'elle rentrait de l'école, elle suivait partout la jeune fille comme un petit chien affectueux.

Sans se vexer, parce qu'il était habitué à la franchise de sa petite sœur, il se pencha solennellement vers elle et lui dit :

— Eh bien, dansons.

Lisel était grande pour son âge et ses cheveux sombres lui chatouillaient le menton tandis qu'ils valsaient sur la piste de danse. Tout en virevoltant, il se rappela les leçons de danse que Mutter leur avait données, à lui et son frère, quand ils étaient adolescents. Leur mère était un excellent professeur de danse, légère et gracieuse et, surtout, patiente. A son souvenir, des larmes lui montèrent aux yeux, lui brouillant la vue. Il retint ses pleurs tout en s'efforçant de chasser ces pensées mélancoliques. Son père considérait que pleurer était un signe de faiblesse. De nouveau maître de ses émotions, il entraîna Lisel tout autour de la piste.

Pourtant… il ne pouvait le nier : les tendres conseils de sa mère et son amour attentionné lui manquaient. L'exploitation du domaine de Krugerhoff, qu'il avait développé en souvenir d'elle, lui avait permis de surmonter le chagrin suscité par sa mort prématurée due à un violent accès de pneumonie. Mais elle continuait de lui manquer, même si, dans une certaine mesure, Greta assumait depuis le rôle de mère. Toutefois, elle devait avant tout s'occuper de son mari et du petit Luke, et avait malheureusement peu de temps pour écouter ses problèmes et intervenir auprès de leur père lorsqu'il s'en prenait à lui, obnubilé par les grandes ambitions qu'il avait pour ses enfants, en homme exigeant et autoritaire.

Emportés par la danse, Lisel et Rolfe arrivèrent soudain non loin de Kurt et de Marta.

Kurt, souriant, les aperçut et s'approcha d'eux.

— Changeons de partenaires, proposa-t-il.

Et, avant que Rolfe puisse émettre une seule objection, Kurt libéra Marta de son étreinte et se dirigea vers Lisel.

3

Quelques secondes plus tard, Rolfe tenait Marta dans ses bras. Tournoyer avec elle sur la piste était un tel plaisir, à peine assombri par la crainte d'avoir les mains moites, de lui marcher sur les pieds ou de danser à contretemps…

— Tout se passe bien, Marta ? Vous êtes contente ?

— Oh oui, c'est merveilleux. Tout le monde est si gentil avec moi…

Quel idiot ! Sa question était stupide. Cette soirée avait été organisée pour célébrer ses fiançailles avec Kurt, et elle avait toutes les raisons d'être heureuse : les invités les avaient couverts de cadeaux et les deux fiancés étaient au centre de la fête. De plus, Marta était rayonnante : elle était comblée et cela se voyait. Mieux valait se taire, songea Rolfe : cela lui éviterait de dire des inepties. Il resterait flegmatique et silencieux. Certaines femmes aimaient ce genre-là. Surpris lui-même du chemin qu'avaient pris ses réflexions, il se ressaisit soudain. Que lui arrivait-il ? Cela avait-il une importance quelconque qu'elle l'appréciât ou non ? En fait, oui, c'était souhaitable car, après tout, ils allaient devenir parents.

C'était merveilleux de la tenir dans ses bras, étroitement enlacée. Il pouvait sentir son parfum, aussi subtil que celui des fleurs au printemps et apercevoir les minuscules points d'or qui parsemaient ses yeux couleur ardoise. Elle dansait divinement bien. S'efforçant de détourner son esprit de Marta, il regarda son père, qui discutait avec un groupe de viticulteurs. Ils parlaient sans aucun doute du prix de la prochaine récolte. De ses yeux bleus, hérités de son père, il parcourut la pelouse fraîchement tondue et égayée de parterres de fleurs, puis les premières rangées de vigne chargées de raisin mûr. Des invités nageaient dans la piscine. La maison faisait la fierté et la joie de son père, qui l'avait construite pour témoigner de la richesse des Stenmark. Elle avait ce soir-là un air de fête avec ses lampions de couleur et sa piste de danse.

Son regard s'attarda sur Kurt et Lisel, qui dansaient au bord de la piste. Kurt soulevait sa sœur du sol tout en tourbillonnant ; ils semblaient tous deux s'amuser follement. A la dérobée, Rolfe reposa les yeux sur Marta. Elle observait les musiciens, qui interprétaient la dernière chanson des Beatles : *Love Me Do.* Kurt et Marta allaient bientôt se marier et dans quelques années, ils fonderaient leur propre famille, perpétuant ainsi le nom de la famille Stenmark dans la Barossa Valley. C'était un point important pour Carl. Combien de fois, pendant son enfance, ce dernier lui avait-il rappelé que pour son arrière-grand-père Fritz, fondateur de Rhein Schloss et pour son grand-père Wilfred, la famille était quelque chose de fondamental ?

Il échangea un bref regard avec son père, puis entraîna Marta de l'autre côté de la piste de danse. Son esprit indépendant, il ne l'ignorait pas, mettait à rude épreuve la patience de Carl. Il n'avait pas apprécié que Mutter lui lègue des hectares de terre et lui donne en outre de l'argent pour les exploiter. Elle avait reçu un confortable héritage d'Allemagne et avait insisté pour en disposer à sa guise, en faisant des donations conséquentes à chacun de ses enfants, au lieu d'investir dans Rhein Schloss, comme Carl l'aurait souhaité.

Rolfe ressemblait beaucoup à sa mère. Du moins, c'est ce qu'il avait toujours pensé. Détermination, esprit d'indépendance, désir de s'affirmer : tels étaient les traits de caractère qu'il avait hérités d'elle et qu'il mettait aujourd'hui en œuvre à Krugerhoff, malgré le désaccord de son père. Ce dernier ne se privait pas de clamer haut et fort que tous les membres de la famille devraient se consacrer à l'exploitation du domaine familial. Le mari de Greta lui-même avait récemment rejoint l'entreprise Stenmark, où il travaillait en tant que secrétaire. Papa appréciait d'autant moins le manque de solidarité familiale de Rolfe ; surtout dans un contexte où de nombreux vignobles s'agrandissaient grâce au rachat d'affaires plus petites en proie aux difficultés financières.

— Je commence à avoir la tête qui tourne, Rolfe, dit Marta en s'appuyant contre son bras alors qu'ils arrivaient au bord de la piste de danse. Je crois que j'ai besoin d'un autre verre de champagne.

Rolfe fut tiré de ses pensées par le sourire éclatant que lui adressa Marta.

— Pas de problèmes, suivez-moi.

La main posée au creux de ses reins, il dirigea la jeune femme vers l'un des nombreux serveurs.

— Le petit déjeuner est prêt, Carla. Tu ferais mieux de te dépêcher, sinon Sam va manger toutes les crêpes.

L'appel d'Angie interrompit Carla dans sa lecture, mais un nom, mentionné dans le journal intime de son père, continuait à lui tourner dans la tête. *John Michaels*. Pourquoi ce nom lui était-il familier ? Elle se leva, ferma le cahier, puis se dirigea vers le bureau pour consulter les papiers laissés par Tom à son intention. Elle y trouva une lettre en provenance d'Australie du Sud, portant l'en-tête « Michaels Realty » et la signature d'un certain Luke Michaels. Il ne pouvait s'agir que de ce petit garçon nommé Luke, dont parlait son père. Il devait maintenant avoir une trentaine d'années, calcula-t-elle mentalement.

L'odeur des crêpes se répandit soudain dans la pièce et elle entendit gargouiller son estomac vide. Elle remit la lettre dans le dossier et se dirigea vers la cuisine, tout en réfléchissant. L'offre de Luke Michaels, son cousin, prouvait que les Stenmark convoitaient Krugerhoff, ce vignoble laissé à l'abandon depuis plus de trente ans. Toute cette histoire commençait vraiment à l'intéresser…

Angie l'informa qu'elle avait quelques courses à faire. Après le petit déjeuner, elle partit donc en ville accompagnée de Sam, laissant tout loisir à Carla de poursuivre sa lecture. Malgré sa fringale, celle-ci n'avait pas avalé grand-chose. L'esprit en ébullition et les nerfs à fleur de peau, elle avait perdu son bel appétit.

Rolfe, la faim aiguisée par sa journée de travail à Krugerhoff, se faufila dans la cuisine pour se préparer un sandwich avant d'aller se coucher. Il releva la tête quand Kurt débarqua d'un pas alerte dans la pièce.

— Je te cherchais partout, Rolfie.

Alors qu'il garnissait son pain de saucisse, de cornichons et de fromage, Rolfe interrompit un instant sa besogne. Depuis quelque temps, dès qu'ils se retrouvaient ensemble, Kurt lui demandait toujours un service quelconque. Son frère aîné avait le don pour amadouer les gens et leur faire faire des choses contre leur gré. Jetant un coup d'œil à la pendule, il se dit que, vu l'heure tardive, il devrait déjà être au lit.

— On commence les vendanges à Krugerhoff demain. Il faut que je sois debout à l'aube. Je vais être occupé une bonne partie de la semaine.

Il se tut et attendit que Kurt prenne la parole à son tour. Ce dernier ne se fit pas prier.

— J'ai un service à te demander, cher frère, dit Kurt en esquissant un sourire charmeur.

Rolfe leva un sourcil interrogateur.

— Encore ?

La semaine précédente, à la demande de son frère, il avait fait visiter la région à Marta dans la Mercedes de Kurt. Il l'avait conduite jusqu'au village d'Hahndorf situé près d'Adélaïde. Elle avait adoré les vieilles maisons en grès, l'atmosphère typiquement germanique de ce village fondé par des immigrés allemands. Mais, en guise de remerciement pour ses bons et loyaux services, Kurt lui avait reproché son initiative, craignant que cette visite n'ait donné le mal du pays à Marta. Pourtant, pour sa part, il n'avait pas détecté le moindre signe de regret chez la jeune femme ; elle avait passé un moment merveilleux, et, à dire vrai, lui aussi.

La compagnie de Marta Gronow était un enchantement et l'attirance que Rolfe éprouvait à son égard ne cessait de croître au fil de leurs rencontres. D'autres hommes, plus avisés, auraient fui cette situation, sachant que tomber amoureux de la fiancée de son propre frère n'est pas sans risques. Mais Rolfe ne s'alarma pas de ses sentiments, persuadé que Marta était entièrement dévouée à Kurt et trouvant même du plaisir à l'adorer à distance, sans espoir de retour. Personne ne connaîtrait jamais ses penchants coupables. Ni Kurt ni Marta, ni son père si collet monté.

Kurt jeta un regard de reproche à son frère, puis son arrogance juvénile prit le dessus.

— Bon sang, ce que tu peux être méfiant parfois.

J'allais te demander d'accompagner Marta à une dégustation de vin à Seppelts vendredi soir. Cela te prendra deux heures, pas plus. C'est une simple invitation et la plupart des grands viticulteurs de la région seront là.

— Et pourquoi tu n'y vas pas toi-même ? demanda Rolfe en mangeant son sandwich.

— Papa, John et moi, on est en train d'établir un plan financier à long terme pour Rhein Schloss. Tel que je connais Papa, il va passer la moitié de la nuit au bureau.

— Les conditions météo sont idéales et les raisins sont mûrs, rappela de nouveau Rolfe à son frère. Je commence les vendanges cette semaine, tu sais. Comme la plupart des autres viticulteurs, d'ailleurs.

— Mais tu n'auras pas une grosse récolte. Tous tes plants ne sont pas arrivés à maturité. Tu devrais donc avoir fini pour vendredi, n'est-ce pas ?

— C'est vrai, seule la moitié de mon terrain est plantée de vignes et certains plants ont moins de trois ans d'âge. D'ailleurs, j'espère bien que les vendanges seront terminées pour vendredi. Mais ensuite il y a le pressage. Tu connais la procédure. Otto et Ernest ont de l'expérience mais étant donné que c'est moi le propriétaire et que je n'ai pas les moyens de me payer les services d'un viticulteur professionnel, je dois être là pour superviser.

— Bien sûr.

Le ton cassant de Kurt trahissait son impatience.

— Bonne chance pour ton premier cru. Ce doit être un grand moment pour toi.

Kurt se grattait le menton, le visage tendu et concentré.

— Ne t'inquiète pas pour Marta. Je demanderai à Rudi Farber de l'accompagner.

— Cet idiot ? Elle sera morte d'ennui au bout d'une demi-heure.

Kurt haussa les épaules, puis sourit :

— Elle appréciera d'autant plus ma compagnie à son retour…

La résistance de Rolfe céda d'un coup, comme son frère l'avait prévu.

— Très bien, je l'accompagnerai.

Il ne supportait pas d'imaginer Marta en compagnie de l'ennuyeux Rudi Farber, dont le père était copropriétaire du plus grand vignoble de la vallée. Et puis, au fond, il pouvait très bien se permettre quelques heures d'absence pour accomplir son devoir fraternel. Il retournerait ensuite superviser le pressage.

— Je passe la prendre à quelle heure ?

Kurt, triomphant, esquissa un grand sourire.

— 6 h 30 tapantes.

Regarder son frère manger avait ouvert l'appétit à Kurt.

— Je mangerais bien un sandwich comme le tien.

Rolfe lança un regard acéré à son frère. Il savait que Kurt s'attendait à ce qu'il lui prépare son sandwich. Mais ce soir, il n'était pas d'humeur. Il sourit d'un air innocent.

— Je t'en prie, sers-toi, dit-il en poussant les divers ingrédients vers son frère. Et quand tu auras fini, n'oublie pas de tout ranger dans le frigo, autrement Lilly nous passera un savon.

Sur ces paroles, Rolfe quitta la cuisine et se dirigea vers l'escalier menant aux sept chambres situées au premier étage.

Fatigué n'était pas le mot. Rolfe était épuisé, vidé de toute force et de toute énergie. Les vendanges avaient duré plus longtemps que prévu. Ils avaient terminé le vendredi à midi et étaient immédiatement passés à l'étape suivante, qui consistait à placer une partie de la récolte dans un broyeur aux pales rotatives pour éliminer les tiges et tous les débris importants.

Il eut juste le temps de prendre une douche éclair et d'enfiler à contrecœur un costume deux pièces gris sombre — à l'extérieur la température plafonnait toujours à 30 °C. Une fois habillé, il fut heureux d'attendre Marta dans le vaste hall d'entrée de Stenhaus, où trônait une table décorée de fleurs fraîchement coupées. Il sourit en pensant qu'ils allaient se rendre à la dégustation la plus huppée de la région, organisée par le plus gros viticulteur de la vallée.

Soudain il aperçut Greta, qui dévalait l'escalier en tenant Luke par la main. L'enfant, encore mal assuré sur ses petites jambes, avait du mal à descendre les marches. Greta sourit à Rolfe tandis qu'elle se dirigeait avec son fils vers la cuisine.

— Quelle élégance, Rolfe ! Marta est presque prête. Elle m'a dit de te dire qu'elle descendait dans quelques minutes, annonça-t-elle en passant.

Il savait que Marta serait magnifique et il avait essayé de se préparer en conséquence. Pourtant, quand il la vit descendre avec grâce l'escalier, chaussée de sandales dorées à hauts talons, et toute de rouge vêtue, il fut ébloui par sa beauté. Sa jupe ample, sous laquelle on devinait un épais jupon de satin, semblait flotter autour d'elle. Un bustier décolleté à fines bretelles complétait sa tenue. Autour de son cou brillait une chaîne en or rehaussée d'une grosse perle assortie à ses boucles d'oreilles. Ses cheveux soyeux et chatoyants ondulaient librement sur ses épaules.

Rolfe se sentit soudain oppressé ; il avait du mal à respirer. Son cœur se mit à battre plus vite, sa tête et ses oreilles à bourdonner. Pris d'une envie irrépressible de la toucher, il fourra précipitamment les mains dans ses poches. Incapable de prononcer une parole, il se contenta de lui sourire. Elle lui adressa un sourire radieux en retour.

— Désolée, je suis en retard. Vous me pardonnez ?

D'une voix étranglée que Marta sembla ne pas remarquer, il répondit :

— Evidemment. La voiture de Kurt est dans la cour de devant, mais il fait toujours très chaud dehors. J'ai donc mis la capote pour que nous puissions profiter de l'air conditionné.

Tout en parlant, il sentait son corps en pleine ébullition : son cœur battait la chamade, il avait chaud et l'effet rafraîchissant de la douche s'était complètement estompé. Marta glissa son bras sous le sien et le serra gentiment.

— On y va ? Kurt dit que ces dégustations sont très amusantes et qu'il n'y en a pas souvent dans la vallée.

— Je crois qu'elles sont en fait de plus en plus populaires. Mais il faut me promettre de ne pas trop boire. Je ne crois pas que Kurt apprécierait.

Rolfe ponctua ces recommandations d'un petit rire pour ne pas avoir l'air trop guindé. Il avait cependant remarqué que Marta aimait le vin rouge, légèrement plus capiteux que le blanc.

Marta, nullement vexée, se mit à rire.

— Mon cher Rolfe, vous êtes si sérieux, si raisonnable, tout comme Papa Carl. Vous devriez être plus relax !

— J'imagine que Kurt vous a dit que j'étais coincé ?

— Non, mais j'ai remarqué combien vous étiez posé. Vous réfléchissez trop et, ajouta-t-elle intuitivement, vous détestez probablement les fêtes. Je me trompe ?

— Certaines fêtes, oui, c'est vrai. Mais les dégustations de vin ne me gênent pas. Ce ne sont pas vraiment des fêtes.

Etait-ce ainsi qu'il était perçu par son entourage ? Comme quelqu'un qui ne savait pas prendre du bon temps, quelqu'un d'ennuyeux, qui prenait la vie avec trop de gravité ? Il ne s'en rendait pas compte, mais c'était peut-être vrai. Pour sûr, il n'était pas aussi sociable et jovial que Kurt, Greta ou Lisel. Mais il ne voulait pas que Marta le compare à son père. Pour des raisons qu'il préférait ne pas approfondir, il souhaitait que Marta le considère comme un homme séduisant, amusant et attirant. Ce soir, se promit-il en son for intérieur, elle verrait un autre Rolfe — un Rolfe charmant, intéressant, plus qu'un simple beau-frère.

La dégustation battait son plein lorsque Rolfe et Marta arrivèrent. Il y avait environ, à l'intérieur de la cave, quatre-vingts invités, et un bataillon de serveurs proposant des verres de vin rouge ou de vin blanc ainsi qu'une multitude de hors-d'œuvre. Dans un coin de la pièce, un groupe de musiciens habillés en costume traditionnel jouaient des airs de folk allemand.

— J'espère que cette musique ne vous donne pas le mal du pays ? demanda Rolfe en tendant un verre de vin rouge à Marta.

Née et élevée à Baden-Baden, Marta était fille unique, et son père, Johan Gronow, était le seul membre de sa famille encore en vie. Il s'était récemment remarié et travaillait comme cadre dans l'industrie automobile. Si Marta appréciait la vie à Stenhaus, c'était, selon Rolfe, pour deux raisons : elle y était traitée comme une princesse et elle appréciait l'atmosphère conviviale qui régnait au sein de cette grande famille.

— Pas le moins du monde. Je m'amuse trop bien ici pour regretter l'Allemagne, dit Marta d'un ton convaincu tout en buvant une gorgée de vin. Il est très rafraîchissant. Qu'est-ce que c'est ?

— Du bourgogne pétillant. Si l'on en croit la publicité, c'est un vin très agréable.

Il ajouta un peu sèchement :

— Les femmes australiennes adorent les vins pétillants en ce moment. C'est à la mode. J'ai entendu dire que certaines le boivent comme si c'était du soda.

— Ça doit les rendre soûles… Vous savez, moi, cela ne m'arrive jamais.

Elle but une longue gorgée de vin et pencha la tête de côté tout en regardant Rolfe dans les yeux.

— Kurt et vous, vous connaissez tellement bien les vins. J'espère que vous m'apprendrez tout sur la viticulture. J'aimerais tellement me joindre à vos conversations quand vous en parlez…

— Pas de problèmes.

— Peut-être, dit-elle en continuant à boire, que je pourrais venir à Krugerhoff et observer comment vous fabriquez le vin.

— Je suis certain que Kurt se fera un plaisir de vous montrer tout ça à Rhein Schloss.

A cette réponse, elle fit la moue, mais retrouva bien vite le sourire et reprit d'un air enjoué :

— Ces temps-ci, il est trop occupé. Nous n'avons même pas eu le temps de discuter des préparatifs de notre mariage.

Elle arbora une mine boudeuse tout en contemplant son verre pratiquement vide.

— Je lui en veux un peu.

Rolfe haussa les épaules comme si cela n'avait pas beaucoup d'importance. Mais en son for intérieur, il était secrètement heureux de constater que son frère n'était pas parfait aux yeux de Marta.

— C'est l'époque des vendanges. C'est le moment le

plus chargé de l'année pour les viticulteurs. Dans quelques semaines, Kurt aura tout le temps de s'occuper de vous.

Il n'avait aucune envie de parler de Kurt ni de mariage, et surtout pas de *leur* mariage. Le seul fait d'imaginer Marta et Kurt dans leur lit de noces, tous deux enlacés, lui laissait un goût amer dans la bouche. *Mein Gott!* Non, décidément, il préférait ne pas y penser.

Il fallait qu'il trouve une diversion. C'est à cet instant qu'il aperçut le propriétaire du vignoble Bortoli. Ce dernier était venu en avion depuis Griffith pour goûter les nouveaux crus, mais aussi sans doute dans l'espoir de glaner des renseignements professionnels de première main.

— Venez, je vais vous présenter à quelques personnes. Vous avez peut-être déjà croisé certaines d'entre elles lors de votre soirée de fiançailles…

Mais au lieu de regarder les gens qu'il lui désignait, Marta avisa un serveur portant un plateau chargé de verres.

— Mais avant tout, un autre verre de vin, d'accord ?

Rolfe soupira intérieurement. Cela n'allait pas être facile de la garder sobre.

— Bien sûr.

A la fin de la dégustation, Rolfe, habitué, tout comme son frère et sa sœur, à boire du vin au dîner, fut surpris de constater à quel point Marta était ivre, même si elle savait sauver les apparences. Les jambes flageolantes, elle rejoignit la voiture en s'accrochant à son bras. Elle secoua sa chevelure dans la brise du soir, qui faisait bruire les feuilles des gommiers. Après avoir refermé la portière de Marta, Rolfe ôta sa veste, content de pouvoir enfin se mettre à l'aise. Et, après avoir baissé la capote de la Mercedes, à présent qu'il faisait plus frais dehors, il se glissa derrière le volant… et sentit bientôt la main de Marta se poser sur son bras.

— Je me suis bien amusée. Merci, Rolfe. Je… je crois que vous et moi, nous allons devenir bons amis.

Elle poussa un soupir, reposa la tête en arrière contre le siège et ferma les yeux.

Profitant de cet instant, il la regarda avec avidité jusqu'à ce que la douleur dans sa poitrine devienne quasiment insupportable. *Bons amis.* Il désirait plus que ça, il en avait la certitude à présent. Il serra les mâchoires, cherchant à se maîtriser. Oui, bien plus que ça. Il passa sa main droite dans ses cheveux, agité par ces pensées troublantes… et s'aperçut bientôt qu'elle le regardait pensivement à travers ses cils à demi relevés.

— J'aime bien vos cheveux, Rolfe, la manière dont ils bouclent autour de votre cou. Ils sont souples et soyeux, pas raides et courts comme ceux de Kurt.

Elle parlait lentement, d'une voix légèrement empâtée par l'alcool. Elle tendit la main vers le visage de Rolfe et rejeta en arrière quelques-unes de ses boucles. Il recula pour échapper à cette caresse et, embarrassé, se racla la gorge. L'atmosphère d'intimité ainsi rompue, il tourna la clé et le moteur démarra.

C'était agréable d'écouter son rire joyeux et sensuel tandis qu'ils roulaient sur la piste, dans l'obscurité. Elle semblait si libre !

— Plus vite, Rolfe. J'adore la vitesse. J'aime le vent qui souffle dans mes cheveux. C'est tellement excitant !

Il lui jeta un coup d'œil et fut troublé par l'expression de son visage. Comme elle était jolie ! Et bien que le bon sens lui soufflât de ne pas lui obéir, il appuya sur l'accélérateur, pour l'impressionner, pour lui plaire. La Mercedes fit un bond en avant.

— Wouah ! hurla Marta. *Wunderbar.*

L'une des roues arrière heurta un obstacle sur la route et Rolfe perdit pendant quelques secondes le contrôle du véhicule. La voiture fit une embardée puis, tandis qu'il freinait de toutes ses forces, s'arrêta brusquement après avoir heurté une branche d'arbre tombée sur la route. Furieux, Rolfe frappa le volant de sa main. Il sortit de la Mercedes pour inspecter les dégâts mais, dans la nuit, il lui était difficile de voir quoi que ce soit. Seule la lumière du jour, dure et impitoyable, lui permettrait d'évaluer les dommages occasionnés.

— Foutue voiture ! Kurt va me tuer.

— Je lui dirai que tout est ma faute. Que c'est moi qui vous ai forcé à aller vite.

Il la regarda d'un air incrédule.

— Ce n'est pas ça qui va l'amadouer.

Et son père non plus d'ailleurs ! Ils allaient tous les deux être fous de rage contre lui.

Marta lui tapota le genou.

— Ne vous en faites pas. Tout ira bien.

Sans savoir pourquoi, il la crut. Il plissa les yeux et la regarda attentivement, pensif… Il lui semblait percevoir une autre facette de la personnalité de Marta, un côté manipulateur, qu'il avait jusque-là ignoré. Que cachaient ces manières charmeuses et séductrices ? Quoi qu'il en soit, cette part d'ombre, se rendit-il compte avec angoisse, la rendait encore plus attirante à ses yeux.

Oh, Papa…, pensa Carla en relevant la tête. Sa lecture avait été si intense que ses yeux en étaient tout endoloris. Elle fut surprise de constater qu'elle avait parcouru plus de la moitié du journal. Nul besoin d'avoir beaucoup d'imagination pour deviner la suite de l'histoire. Tout cela laissait présager une histoire d'amour malheureux, non payé de retour. Etait-ce la raison pour laquelle il avait quitté la Barossa Valley ? Il était parti parce qu'il ne pouvait plus supporter de voir Kurt et Marta ensemble ? Mais peut-être se trompait-elle après tout… Elle reprit sa lecture.

Dans son débardeur bleu marine, son pantalon retroussé sur ses bottes usées, il était difficile de le distinguer de ses propres ouvriers, Otto et Ernst. L'odeur aigre-douce de la fermentation rendait la respiration difficile dans la grande remise. Les trois hommes avaient récolté le jus de raisin et discutaient maintenant de la quantité de levure à ajouter. Rolfe écoutait avec attention Otto et Ernst. Il avait toute confiance en ces hommes expérimentés.

L'arrivée impromptue de Marta mit fin à leurs discussions. Elle se tenait dans l'encadrement de la porte et les hommes la regardaient comme des écoliers transis d'amour. Elle était si belle, dans son pantalon moulant et son léger pull de laine. Le temps s'était en effet rapidement rafraîchi depuis la dégustation de vin à Seppelts.

— Je suis venue voir comment on fabriquait le vin, dit-elle avec simplicité. Vous aviez promis de me montrer, vous vous souvenez ? demanda Marta à Rolfe, en ajoutant d'une voix douce : je ne vous dérange pas au moins ?

— Hum… Pas du tout ! J'en serai enchanté mais…

Il fronça les sourcils et ajouta :

— Kurt sait-il que vous êtes venue ici ?

— Non, répondit-elle en haussant les épaules comme si cela n'avait aucune importance. Il m'a dit hier soir que je devais apprendre à m'occuper toute seule, mais…

Elle fit la moue et poursuivit :

— Ce n'est pas facile. Greta n'a pas besoin d'aide à Stenhaus puisqu'elle a Lilly pour la seconder et une femme de ménage qui vient occasionnellement. Lisel, que j'aime beaucoup, est à l'école pendant la journée et Kurt et Carl passent leur temps à travailler à Rhein Schloss. Ils partent tôt le matin et ne reviennent que le soir. Je joue avec Luke et je lui lis des histoires. Il est adorable mais…

— Je comprends bien, dit Rolfe en hochant la tête. Venez, je vais vous montrer les vignes. C'est là le point de départ. Elles commencent juste à perdre leurs feuilles. Puis je vous parlerai des méthodes de fabrication du vin.

— *Sehr gut*, Rolfe. J'avais peur que vous ne soyez trop occupé pour vous soucier de moi. Et je veux tout savoir sur le métier de viticulteur pour pouvoir en discuter avec Kurt.

Une idée lui traversa alors l'esprit.

— Peut-être…, dit-il en hésitant.

Il ne savait pas s'il était vraiment autorisé à poser cette question. Mais après tout pourquoi pas ?

— Cela vous dirait de travailler un peu pour moi ?

Une heure plus tard, ils avaient fait le tour du vignoble et vu les cuves, les casiers et autres instruments utilisés dans la fabrication du vin. Rolfe remarqua l'expression inquiète de Marta lorsqu'il lui demanda de nouveau si elle voulait travailler pour lui.

— Pas dans le vignoble, mais au bureau. J'ai transformé l'une des chambres du cottage en pièce de travail mais j'ai beaucoup de paperasse en retard. En fait, c'est tout le bureau qui devrait être réorganisé.

Il sourit pour la rassurer.

— Cela ne vous prendrait pas trop de temps, ne vous inquiétez pas. Il faut également que je crée une étiquette pour le vin mis en bouteille.

En réalité il avait déjà conçu des étiquettes mais il ne les avait toujours pas fait imprimer. Et puis, comme elle avait été étudiante en arts plastiques, elle aurait peut-être de meilleures idées que lui.

Le visage de Marta s'illumina de joie.

— J'adorerais vous aider.

Rolfe sourit en la voyant si enthousiaste mais ajouta :

— A condition que Kurt approuve, bien évidemment.

— Oh, cela ne posera aucun problème, dit-elle d'un geste insouciant de la main. Il sera content de voir que je ne suis pas — comment dites-vous cela — désœuvrée. Il a tellement de travail actuellement et il n'a pas de temps à me consacrer.

Le sourire de Rolfe s'agrandit devant son ardeur.

— Bien.

Il refusait de penser au fait que cela serait très dur de la voir si souvent, d'être si proche d'elle. Non, il préférait chasser toute idée négative et songer plutôt au plaisir de l'avoir à ses côtés.

Au cours des trois semaines suivantes, Marta vint trois jours par semaine à Krugerhoff pour y travailler quelques heures chaque fois. Son ardeur et son efficacité au travail surprirent Rolfe. Il suffisait qu'il lui demande quelque chose pour qu'elle le fasse. Après avoir rangé le bureau, elle s'employa à rendre le cottage plus accueillant, grâce à divers objets récupérés à Stenhaus : un tapis pour le plancher du salon, de la vaisselle et des couverts pour la cuisine, une sélection de verres à vin et des rideaux — dénichés dans la cave de la grande maison familiale — pour toutes les pièces.

Il n'avait pas le courage de lui dire qu'il préférait la simplicité et qu'il se serait bien passé de tous ces accessoires. Décorer le cottage lui procurait une telle joie que son bonheur faisait plaisir à voir. Ils se mirent d'accord sur le graphisme des étiquettes : y figureraient un bouclier barré en diagonale d'une ligne ondulée — en référence au ruisseau qui traversait le domaine de Krugerhoff —, un bouquet de grappes de raisin et deux verres de vin.

C'est Marta qui avait suggéré cette idée et il l'avait trouvée intéressante.

Un vendredi, tard dans l'après-midi, Rolfe et Marta se promenèrent au milieu des vignes. Rolfe lui montra comment fixer les plants et enrouler à l'horizontale les fines branches le long des fils de fer. Au-dessus d'eux le ciel était chargé de nuages noirs. De toute évidence, une tempête arrivait par le sud. Le vent s'était apaisé mais l'air humide était empreint d'une odeur de terre et un calme menaçant régnait sur le vignoble et ses alentours. Les oiseaux et les insectes s'étaient tus.

— On ferait mieux de rentrer, décida Rolfe, après avoir jeté un coup d'œil aux gros nuages gris-vert amoncelés au-dessus d'eux.

— Si on court, on a une chance d'éviter la pluie.

— On fait la course ? C'est parti, dit Marta en riant et en se mettant à courir.

Rolfe rangea son sécateur et le rouleau de fil de fer dans la poche arrière de son pantalon et courut après elle. Un coup de tonnerre retentit, aussitôt suivi d'un éclair : la tempête était sur eux. D'énormes gouttes d'eau frappèrent la terre en une succession rapide. En quelques secondes, l'averse se transforma en déluge, les trempant jusqu'aux os avant même qu'ils aient pu atteindre la porte arrière du cottage. Une fois à l'intérieur, ils se dirigèrent vers le salon, laissant dans leur sillage un chapelet de flaques d'eau.

— Je vais faire du feu.

Il se dirigea vers la cheminée, près de laquelle des bûches étaient entassées : il pouvait faire très froid dans la Barossa Valley en hiver. Marta tenait ses bras serrés contre elle, les lèvres tremblantes de froid.

— Vous trouverez des serviettes pour vous sécher dans la salle de bains. Déshabillez-vous et nous mettrons vos vêtements près du feu. Il y a quelques couvertures dans le placard. Vous pouvez en prendre une pour vous y envelopper en attendant que vos habits soient secs.

Il vit son air indécis et remarqua qu'elle tremblait de plus en plus.

— Allez-y. Je ne veux pas que vous attrapiez froid. Une fois le feu allumé, je ferai bouillir de l'eau. Une bonne tasse de café brûlant et un verre d'eau-de-vie vous réchaufferont.

Marta hocha la tête et se dirigea vers la salle de bains.

Rejetant ses cheveux en arrière, Rolfe s'agenouilla près de la cheminée et saisit la boîte d'allumettes. Quelques minutes plus tard, le feu avait pris. Il enleva ses bottes et son pull-over et les laissa tomber sur le sol. Il se dirigea ensuite vers la cuisine, alluma la gazinière et y déposa la bouilloire. Il n'avait pas de machine à café ; ils devraient donc se contenter d'un instantané. Il prit deux tasses et versa une dose dans chacune d'elles. Puis il se mit en quête de la bouteille d'eau-de-vie, qu'il conservait uniquement pour les urgences, et en remplit deux verres. Il attendit que l'eau se mette à bouillir, fit le café, trouva une bouteille de lait et un bol de sucre, et mit le tout sur un plateau de bois qu'il transporta dans le salon où le feu flambait et crépitait.

— Marta, ça va ?

— *Ja.*

Elle se tenait dans l'encadrement de la porte, la couverture serrée autour d'elle à la mode indienne.

— Mais je suis gelée… La pluie était si froide.

— Asseyez-vous près de la cheminée pour vous réchauffer. Je vais mettre vos vêtements devant le feu pour qu'ils sèchent.

Il fallait absolument qu'il s'occupe, qu'il pense à autre chose qu'à elle, qu'à cette femme nue sous une couverture à quelques mètres de lui. Cette femme qu'il désirait depuis des semaines… Il suivit les empreintes humides laissées par Marta le long du corridor, jusqu'à la salle de bains. Il essora du mieux qu'il put ses vêtements et les rapporta près du feu. Il disposa ensuite les chaises du salon en face des flammes et étendit les habits humides dessus.

Dehors, la tempête faisait rage. Des trombes d'eau s'abattaient contre les vitres et le toit avec une telle force que Marta et Rolfe devaient presque crier pour couvrir le bruit de la pluie battante et se faire entendre.

— Est-ce qu'il pleut souvent comme ça ici ? demanda Marta.

Elle parcourut du regard la pièce et ses vêtements en train de sécher, puis regarda fixement les flammes tout en buvant son café chaud à petites gorgées.

— Ce sont des pluies saisonnières. C'est pour cela qu'il est important de connaître les cycles météo, pour faire les vendanges au bon moment. S'il y avait encore des grappes sur les plants, la moitié de la récolte serait anéantie à l'heure qu'il est.

— Mais est-ce que la tempête ne risque pas d'abîmer ce qui reste ?

Torse nu, il s'assit près d'elle sur le divan, puis se rendit compte qu'il portait toujours son pantalon mouillé. Il se releva.

— Si. Notamment les vrilles des plants les plus fragiles. Certains des treillis vont être abattus par le vent mais ils pourront être réparés. Ce n'est pas comme si on perdait la moitié de la récolte.

A ces mots, il quitta le salon pour aller se changer.

Dans la penderie de l'une des pièces, il trouva un assortiment de vêtements de travail, qu'il avait rapportés de Stenhaus. Il choisit un jean et une veste légère à fermeture Eclair et les enfila. Quand il revint dans le salon,

Marta était agenouillée devant le feu, une main autour de la couverture pendant que de l'autre, elle soulevait ses longs cheveux pour les faire sécher. La couverture avait glissé de l'une de ses épaules, révélant sa peau soyeuse légèrement hâlée.

Il la revit à la piscine en compagnie de Kurt et se rappela combien elle était jolie en maillot de bain. Mais cette fois, son imagination et son excitation montèrent d'un cran car il savait qu'elle était nue sous la couverture. Il valait mieux qu'il ne regarde pas ses sous-vêtements en dentelle sécher sur l'une des chaises. Il détourna les yeux et jeta un coup d'œil en direction de la fenêtre : la nuit tombait. Kurt, s'il était rentré, devait s'inquiéter de l'absence de Marta.

Bon sang, ce n'était pas une bonne chose qu'elle soit ici avec lui dans le cottage. Il fallait qu'il la fasse partir avant de dire ou de faire une bêtise.

— Il se fait tard. J'ai ici des habits que vous pourrez porter. Je vais les chercher et dès que la pluie cessera…

Elle le regarda à travers ses cheveux noirs, écartant ses boucles pour mieux le voir. Elle l'observa avec attention cette fois, son regard s'attardant sur ses larges épaules et sur son torse musclé, qu'elle entrevoyait à travers la veste à demi ouverte. Ses cheveux séchés à la hâte flottaient, en désordre, autour de son visage. De sa main libre, Marta saisit la bouteille d'eau-de-vie. Son verre était déjà presque vide. Elle but ce qui restait et se resservit.

— Alors comme ça, vous en avez marre de me voir ici ?

Elle cligna plusieurs fois des yeux et sa lèvre inférieure trembla. Détournant le regard, elle dit d'une voix de petite fille :

— Je comprends.

— Non, ce n'est pas ça.

Quel imbécile ! Maintenant, il l'avait blessée. Se

sentant coupable, il s'agenouilla près du feu en face d'elle, cherchant à la rassurer.

— Je pense que ce serait mieux. Vos habits vont mettre un temps fou à sécher, notamment votre pull-over.

Marta ne répondit pas. Elle se rapprocha de lui et lui effleura le visage.

— Cher Rolfe, vous êtes si gentil !

Cette caresse eut raison de toutes ses bonnes résolutions. Tous les sentiments qu'il avait réprimés depuis des semaines, tous les rêves qu'il avait faits d'elle et où il s'imaginait la tenant dans ses bras, resurgirent soudain. Incapable de se maîtriser plus longtemps, il lui prit la main, la serra contre sa joue et embrassa le creux de la paume. Il vit les yeux de Marta s'agrandir de surprise et… de joie. Sa bouche s'ouvrit. Elle s'approcha jusqu'à ce que leurs torses se touchent presque.

Rolfe était amoureux et il se comporta comme n'importe quel autre homme en pareilles circonstances. Il l'attira dans ses bras et l'embrassa tout en sachant que c'était insensé, que son comportement allait détruire leur amitié, et que si elle avouait tout à Kurt, cela aurait de très graves conséquences. Pourtant, à ce moment-là, il n'était que très vaguement conscient de tous ces dangers — et il n'en avait cure. Il la désirait et il savait qu'il se souviendrait toute sa vie de ce moment-là.

Quel ne fut pas son étonnement, quand il s'aperçut qu'elle ne le repoussait pas, mais au contraire se blottissait contre lui et lui rendait ses baisers avec la même ardeur qui l'embrasait. Elle était magnifique ! Si douce, si chaude, si abandonnée. Comment pouvait-il résister ? Il savait que c'était impossible. Tremblant, il glissa ses mains sous la couverture et commença à la caresser. C'était merveilleux. Il effleura du bout des doigts sa poitrine et sentit les tétons se durcir au contact de ses mains. Alors, un désir fou le submergea.

C'était un désir intense, irrépressible. Elle s'écarta soudain de lui et il vit dans ses yeux sombres le reflet de son visage passionné. Elle esquissa un petit sourire dont il comprit immédiatement la signification, même s'il n'était pas expert en amour. Sa moue sensuelle était de toute évidence une invitation à aller plus loin et sa respiration était devenue aussi rauque que la sienne sous l'effet de ses caresses.

— Tu es si belle, murmura Rolfe.

Il l'embrassa en commençant par le lobe de son oreille, puis ses lèvres descendirent vers sa joue et son cou, mais ce n'était pas suffisant, il voulait plus. Ils se levèrent. La couverture tomba sur le sol sans que Marta fasse quoi que ce soit pour la retenir. Elle se cambra contre lui, d'un air engageant. Ses doigts coururent le long de sa mâchoire, puis dans sa chevelure, rejetant les mèches rebelles en arrière.

— Je t'aime, Marta.

Elle lui sourit d'un air entendu et expérimenté.

Elle murmura :

— Je le sais.

Elle prit son visage dans ses mains et ils s'embrassèrent avec passion.

— J'ai envie de toi, Rolfe.

Elle lui prit la main et, toujours souriante, l'attira vers le couloir qui menait aux chambres.

— Tout de suite.

Incapable de réfléchir, il fit ce dont il rêvait depuis des semaines. Il la prit dans ses bras ; elle l'enlaça. Son rire résonnait, joyeux et sensuel, tandis qu'il l'emportait vers la chambre où se trouvait l'unique lit du cottage.

*
* *

Des coups sourds se firent entendre. On frappait à la porte. Le bruit réveilla Rolfe du lourd sommeil où il était tombé après avoir fait l'amour avec Marta. La belle, la merveilleuse et sensuelle Marta. Il ouvrit les yeux. Marta n'était plus à ses côtés. Il se laissa rouler hors du lit et enfila son jean. Les coups avaient cessé, remarqua-t-il, tout comme la pluie… Mais où donc était passée Marta ?

Le cottage était plongé dans une demi-pénombre et il dut se diriger vers le salon à tâtons. Comme il approchait de la porte, il entendit des gens parler, et reconnut bientôt la voix de Kurt, visiblement en colère.

— Je t'ai cherchée partout. J'ai cru que tu avais eu un accident…

— Non, *liebling*. Je… je veux dire, nous, Rolfe et moi avons été surpris par l'orage dans les vignes. C'était effrayant, Kurt, dit Marta d'une toute petite voix.

Elle était assise sur le divan, les jambes repliées, vêtue de ses propres habits. La couverture qu'elle avait utilisée était soigneusement repliée et posée sur l'une des chaises.

— Tu as une idée de l'heure qu'il est ? Il est 8 heures du soir. J'ai appelé trois fois, ici. Personne n'a daigné répondre.

Avec un calme qui l'étonna lui-même, compte tenu de ce qui venait de se passer entre Marta et lui, Rolfe pénétra dans la pièce et se joignit à la conversation.

— Salut, Kurt. Peut-être que la ligne a été endommagée pendant la tempête, improvisa-t-il tout en espérant intérieurement que cela soit vrai.

Essayant de paraître naturel, il se dirigea vers la cheminée pour ranimer le feu et ajouta une bûche ou deux pour éviter le regard de son frère. Il se sentait coupable de ce qu'ils avaient fait. Il jeta un coup d'œil furtif à

Marta. Elle avait l'air calme et sereine. C'était vraiment une femme étonnante, à plus d'un titre.

Kurt, dont la colère s'apaisa soudain un peu, annonça :

— Je vais vérifier ça. Si le téléphone marche, j'appellerai Papa pour l'avertir que Marta est saine et sauve.

— D'accord, répondit Rolfe.

La gorge de Rolfe se serra : il avait peur que son frère ne découvre ce qui s'était passé. Il serait désolé si cela arrivait, mais il ne regrettait rien. Tenir Marta dans ses bras, lui faire l'amour plusieurs fois, jamais il n'avait connu un tel bonheur. Il attendit que Kurt se soit éloigné dans le corridor pour murmurer à Marta :

— Comment vas-tu ? Qu'allons-nous lui dire en ce qui nous concerne ?

— Comment ça « nous » ? demanda-t-elle, avec un air impassible avant d'ajouter : absolument rien.

Elle souriait, calme et sûre d'elle. Elle reprit, en levant un sourcil interrogateur :

— Il n'y a rien à dire, n'est-ce pas ?

Tout en fronçant les sourcils, il lui jeta un regard pénétrant :

— Qu'est-ce que tu veux dire ? Toi et moi, nous…

Il avait du mal à trouver ses mots.

— Nous avons…

— Nous n'avons rien fait, dit-elle d'un ton sifflant, en prenant soin de baisser la voix. Tu as compris, Rolfe ? Rien du tout. Nous avons été surpris par la tempête et nous avons attendu ici qu'elle s'arrête. Si Kurt pose d'autres questions, je lui dirai que tu t'es endormi sur le lit et moi sur le divan. C'est pour cela qu'on n'a pas entendu le téléphone. *Verstehen ? Ja ?*

Elle sourit avec assurance en le voyant hocher docilement la tête en signe d'assentiment.

Kurt débarqua à cet instant dans le salon. Il avait

toujours l'air tendu et en colère. Rolfe connaissait bien les humeurs de son frère et il savait qu'il serait plus dur à convaincre que Marta ne le pensait. Il continuerait à fouiner et à chercher tant qu'il ne serait pas satisfait et, pour le moment, Rolfe voyait bien que leurs explications avaient laissé Kurt sur sa faim.

— Bizarre. Le téléphone marche bien.

Il regarda durement sa fiancée.

— J'ai averti Papa que tu étais en sécurité. Viens.

Il tendit la main à Marta.

— Il faut qu'on y aille. Lilly a mis de côté ton repas.

— Bonsoir, Rolfe, lança-t-il sèchement, et il quitta la pièce accompagné de Marta.

Une fois seul, Rolfe s'assit pesamment sur le divan et regarda fixement les flammes. Les épaules basses, il repensa aux deux dernières heures qu'il avait vécues et à la manière dont elles avaient changé sa vie. Il n'avait pas eu l'intention de faire l'amour à Marta. En fait, il s'était résigné à l'adorer à distance. Mais… elle ne l'avait pas repoussé quand il l'avait embrassée. Au contraire, elle s'était montrée aussi passionnée que lui ! Il rougit à la pensée de leurs ébats débridés sur le grand lit.

Mon Dieu ! Qu'avait-il fait ? Il avait trahi la confiance de son frère. Il secoua la tête, incapable de surmonter la vague de dégoût qui l'envahissait. Mais… il aimait Marta, et Marta devait certainement partager les mêmes sentiments à son égard, sans quoi elle n'aurait pas agi de la sorte. C'était logique, non ? Sans doute n'était-elle plus amoureuse de Kurt. Ce dernier la délaissait et Marta, comme il avait pu l'observer au cours de ces deux derniers mois, était le genre de femme qui avait besoin d'attention et d'affection. C'est sans doute la raison pour laquelle elle avait été attirée par lui.

Résolu, il décida de la demander en mariage. Oui,

c'est exactement ce qu'il allait faire. Son visage sombre esquissa un sourire, mais soudain, il pensa à son père et son cœur se serra. Comment allait-il réagir ? Que dirait-il s'il partait avec la fiancée de son frère, son fils préféré. Rolfe avala sa salive avec difficulté. La réponse était déjà toute trouvée. Son père serait dans une rage folle… Il secoua la tête, tentant d'oublier le caractère volcanique de Carl Stenmark. De toute façon, sa décision était prise.

Il allait demander à Marta d'être sa femme et si elle acceptait — ce qu'elle ferait de toute évidence, après ce qu'il venait de se passer entre eux — ils se marieraient. Il était déterminé, il s'inquiéterait de Kurt et de Carl plus tard.

Carla releva les yeux du journal de son père. Elle avait les larmes aux yeux : elle ignorait que Rolfe avait tant souffert dans sa jeunesse. Elle repensa à son enfance, essayant de se rappeler le père qu'il avait été. Elle se souvenait d'un homme sérieux, austère mais aussi aimant et entièrement dévoué à son travail.

Compte tenu de ce que son père avait vécu quand il était jeune, elle comprenait maintenant pourquoi il avait tant souhaité prouver qu'il pouvait être un bon viticulteur. Mais comment se faisait-il que ni elle ni sa mère n'aient su ce qu'il avait enduré pendant ses jeunes années ? Rolfe Kruger avait soigneusement caché cette partie-là de sa vie. Il leur avait raconté une histoire toute faite sur sa jeunesse pour satisfaire leur curiosité. Quel dommage.

Elle feuilleta les quelques pages restantes. Un mauvais pressentiment la tenaillait, mais au lieu d'essayer de deviner ce qui était arrivé, il fallait qu'elle lise le récit de son père jusqu'à la dernière page.

4

Rolfe ne revint pas à Stenhaus pendant plus d'une semaine, prétextant qu'il avait trop de travail à Krugerhoff. Le lendemain de la tempête, Kurt lui avait annoncé que Marta ne viendrait plus l'aider, ce qui ne l'avait guère surpris. Pourtant les jours passaient, et Rolfe restait sans nouvelles de la famille. Il essaya de se rassurer en se persuadant que le silence familial n'avait rien d'anormal : tout le monde était encore sous le choc de la disparition de Marta le soir de la tourmente.

L'impossibilité de voir Marta, même de manière fugitive, le mettait au supplice. Au cours des deux derniers mois, ils s'étaient rencontrés presque tous les jours, ne serait-ce que pour quelques instants. Et à présent, il était déterminé à lui avouer son amour et à la demander en mariage. Toutefois, il en avait bien conscience, il était préférable qu'ils s'évitent pendant quelque temps compte tenu de ce qui s'était passé. Ils devaient aussi s'accorder le temps d'explorer leurs sentiments l'un envers l'autre afin d'être sûrs de prendre la bonne décision. Rolfe, pour sa part, savait parfaitement ce qu'il désirait. Il voulait passer le reste de sa vie avec Marta Gronow. Et toutes les nuits, allongé dans le grand lit du cottage de Krugerhoff, il se remémorait leurs étreintes passionnées et rêvait à la jeune fille.

*
* *

Tous les samedis soir, la famille se retrouvait pour dîner dans la vaste salle à manger de Stenhaus. Une immense table pouvant accueillir une vingtaine de convives, trônait au milieu de la pièce ornée de copies de meubles Louis XIV. Mutter était tombée amoureuse de ce style de mobilier au cours de vacances passées dans sa famille en Allemagne et en France, deux ans avant sa mort.

C'est avec une certaine inquiétude que Rolfe retourna à Stenhaus pour prendre une douche et se changer avant le dîner. La seule perspective agréable était que Marta serait là et, avec un peu de chance, il pourrait lui glisser quelques mots en aparté.

Le dîner fut étrangement silencieux. Kurt, le visage fermé, ne prononça pas une parole et lorsque Rolfe regardait de son côté, il percevait dans les yeux de son frère une colère rentrée. Marta ne lui jeta pas un seul regard et Lisel, d'habitude si bavarde, restait muette. Papa l'ignora pendant tout le repas, mais s'adressa avec ostentation à chacun des convives, même à Luke, ce qui ne fit qu'accroître son inquiétude. La tension suscitée par l'attitude de Kurt et de Carl était palpable par tous.

Lorsque, selon une vieille tradition familiale, vint le moment de prendre le café et le cognac dans le salon, Papa se tourna vers Rolfe :

— Suis-moi dans mon bureau. Il faut que je te parle.

Rolfe sut instinctivement qu'ils n'allaient pas discuter des vendanges à Kurgerhoff ou à Rhein Schloss. Le regard dur de son père et sa mine renfrognée n'annonçaient rien de bon.

Une fois la porte refermée derrière eux, Carl Stenmark marcha vers son bureau et s'assit. Rolfe allait faire de même, lorsque son père lui lança sèchement :

— Reste debout.

Carl regardait fixement son fils d'un air menaçant, songeant sans doute à ce par quoi il allait commencer. Les doigts de sa main droite tapotaient nerveusement son bureau recouvert de cuir gaufré. Rolfe fut soulagé quand son père rompit enfin le silence.

— C'est très dur pour un père d'avoir honte de ses enfants, d'avoir honte d'un fils parce qu'il a trahi sa famille. Et c'est ce que je ressens à ton égard, Rolfe. De la honte. Je suis écœuré par ton attitude. Comment as-tu pu agir de la sorte ? J'avais confiance en toi, et Kurt aussi. Tu nous as trahis.

Rolfe savait à quoi son père faisait allusion mais, soudain effrayé par sa colère, il joua les innocents.

— Je ne vois pas de quoi tu veux parler, Papa.

— Ne me prends pas pour un imbécile, tonna Carl. C'est de Marta dont il s'agit. De ce que tu lui as fait, le soir de la tempête.

Sa lèvre supérieure se retroussa de dégoût.

— Tu l'as séduite, tu l'as attirée dans ton cottage et tu lui as fait l'amour. Si j'avais dix ans de moins, je te battrais à mort pour un tel acte.

Rolfe recula, comme pour échapper à la fureur de son père. Puis, se rappelant ce qu'il s'était réellement passé, il essaya de se défendre.

— Ce n'est pas vrai, Papa, je n'ai pas séduit Marta. Je ne sais pas ce qu'on t'a dit, mais Marta, en fait…

— Tais-toi ! *Mein Gott im Himmel !* Comporte-toi comme un homme responsable. Tu devrais au moins avoir le courage de tes actions au lieu de rejeter le blâme sur une pauvre jeune femme innocente.

Carl se racla bruyamment la gorge pour masquer son embarras.

— Je lui ai parlé. Marta dit que tu l'as séduite quand

elle essayait de se réchauffer près du feu, nue sous une couverture. Tu me dégoûtes !

Il secoua d'un air de reproche sa tête auréolée de cheveux gris.

— La fiancée de ton frère. Mon Dieu, mais tu n'as donc rien dans la cervelle ?

Rolfe sentit sa gorge se serrer. Il ne pouvait pas croire que Marta ait menti. Mais peut-être Kurt l'avait-il forcée à faire une fausse confession. Il savait, lui, qu'il ne l'avait pas séduite, et qu'au contraire, c'est elle qui l'avait encouragé à… à…

— Je ne l'ai pas séduite, répéta-t-il d'un ton calme.

— Vraiment ? Tu insinues donc que Marta est une menteuse, tonna une voix derrière eux.

Il se retourna et aperçut son frère. Kurt s'était glissé sans bruit dans la pièce et se tenait debout, le dos appuyé contre la porte fermée. Leurs regards se croisèrent, et tous deux détournèrent rapidement les yeux.

— Kurt, pardonne-moi de t'avoir blessé. Je suis désolé non pas pour ce qui est arrivé mais pour la manière dont c'est arrivé. J'aime Marta.

Kurt avança vers lui d'un air menaçant, le poing à demi levé. Il s'arrêta lorsque Rolfe reprit la parole :

— Je suis désolé de la manière dont c'est arrivé. Je… je veux épouser Marta, si elle veut bien de moi.

Kurt le regarda d'un air méprisant.

— Tu es non seulement un menteur, mais aussi un idiot. Marta m'appartient, et elle va m'épouser.

— Rolfe, reprit Carl. Tu ne nies donc pas l'accusation ? Tu as bien… hum… fait l'amour à Marta ?

— Oui.

Il se redressa et regarda sans ciller les yeux bleus et froids de son père. Tout en essayant de maîtriser sa voix malgré la tension qu'il sentait en lui, il ajouta :

— Nous avons fait l'amour, c'est vrai. Mais je ne l'ai pas séduite.

Carl secoua la tête.

— Je n'arrive pas à croire qu'un de mes fils ait pu se comporter de manière aussi abominable.

— Il a fait ça parce qu'il est jaloux de moi, Papa. Jaloux de ce qui m'appartient. Tout le monde sait que Rolfe m'a toujours envié. Je suis l'aîné, celui qui va hériter du domaine. Il a séduit Marta par pure malveillance, parce que jamais il n'aura une femme aussi belle qu'elle.

Après ces accusations humiliantes, Kurt se plaça près du bureau de Carl pour faire face à son frère.

— Tout cela est faux. Je ne l'ai pas séduite, répéta Rolfe, d'un air résigné, car il savait que c'était une perte de temps.

Il était profondément blessé que ni Kurt ni son père ne le croient. Ils s'étaient visiblement concertés pour adopter la solution qui servait leurs intérêts : le faire passer pour un homme sans scrupule, dépourvu de tout sens de l'honneur.

— Laissez-moi parler à Marta. Je veux qu'elle dise devant moi qu'elle a été séduite.

— Non, elle ne veut plus jamais te voir ni te parler, dit Kurt avec hargne. Et moi non plus d'ailleurs.

Carl leva la main. Il scruta le visage de Kurt quelques instants puis regarda Rolfe.

— Laissons Marta s'exprimer, Kurt. Ne serait-ce que pour dissiper une bonne fois pour toutes les espoirs insensés de Rolfe, qui persiste à croire qu'elle est amoureuse de lui.

Rolfe vit Kurt secouer la tête. Il était visiblement opposé à cette idée.

— Eh bien, Kurt. Aurais-tu peur d'entendre des choses

désagréables ? jeta Rolfe d'un ton de défi. Que Marta me préfère à toi par exemple ?

— Salaud !

A ces mots, Kurt se jeta sur lui, et l'empoigna avec fureur, prêt à le frapper. Mais Rolfe était rapide et il se protégea aussitôt le visage.

— Arrêtez ! Je ne veux pas que mes fils se battent comme des chiffonniers, hurla Carl. Kurt, je comprends tes sentiments mais, ajouta-t-il d'un ton réprobateur, tu dois te contrôler. Va chercher Marta. Il faut en finir au plus vite avec cette triste histoire.

Après le départ de Kurt, Rolfe n'osa pas regarder son père dans les yeux et, une fois de plus, un lourd silence régna dans la pièce. Son cœur battait à se rompre depuis la brève bagarre avec son frère, mais il ne pensait qu'à une seule chose : Marta. Et il ne lui restait plus qu'un seul espoir : qu'elle soit assez forte pour tenir tête à Kurt et avouer ses véritables sentiments. Toutefois, au plus profond de lui-même, il savait que, quel que soit le choix de Marta, il existerait désormais une faille au sein de la famille Stenmark. Plus rien ne serait jamais comme avant. Pour sûr, on l'accuserait lui, et non Marta, d'avoir semé la discorde au sein de la famille. Il était prêt à se résigner à ce sort, si la femme qu'il aimait acceptait d'être à lui. Une fois réunis, ils parviendraient à surmonter cette épreuve. Avec Marta à ses côtés, tout devenait possible.

La porte s'ouvrit soudain et Kurt entra avec Marta.

Carl brisa enfin le silence.

— Ma chère Marta, je sais que la situation est très éprouvante pour toi, mais deux points doivent absolument être clarifiés. Viens, assieds-toi près de mon bureau.

Il fit signe à Kurt qui amena un fauteuil à sa fiancée.

Rolfe regarda Marta s'asseoir et croiser les mains sur ses cuisses. Elle regarda tour à tour les personnes présentes dans la pièce, de son visage pâle et tendu. Rolfe lui sourit, mais elle resta impassible. Kurt restait à son côté, étreignant de manière autoritaire et possessive l'épaule de la jeune femme.

Carl alla droit au but.

— Marta, Rolfe est persuadé que, la nuit de la tempête, il ne t'a pas séduite. Que vous avez fait l'amour d'un commun accord.

Il fronça ses épais sourcils.

— Qu'as-tu à répondre à cela, Marta ?

— Ce n'est pas vrai. Nous étions seuls. J'étais… nue sous la couverture. Rolfe a commencé à m'embrasser. Il était si fort, j'avais peur…

— Salaud…, répéta Kurt d'une voix suffisamment forte pour que tout le monde l'entende.

— Je ne savais pas quoi faire…

Marta s'interrompit un instant.

— Il m'a fait boire trois cognacs. J'étais… comment dites-vous déjà ? J'étais un peu éméchée. Tout se passait comme dans un rêve…

— Marta, ce n'est pas vrai et tu le sais, l'interrompit Rolfe. Dis-leur la vérité, *liebling*.

Marta le regarda de ses yeux en amande. Des larmes perlaient au bord de ses paupières et ses lèvres tremblaient.

— Je… je dis la vérité, Rolfe. Tu… tu m'as séduite, tu as profité de moi, ce soir-là.

Elle baissa la tête et se mit à pleurer doucement.

Kurt et Carl hochèrent la tête d'un air entendu.

L'espace de quelques secondes, Rolfe accusa le choc, paralysé par le chagrin. Mais il ignorait que le plus dur était à venir.

— Mais, Marta… je t'aime.

Au comble du désespoir, il posa un genou à terre et saisit les mains de la jeune femme.

— *Liebling*, je t'aime et je veux t'épouser. Je suis sûr que tu éprouves quelque chose pour moi.

Il priait de toutes ses forces pour qu'elle accepte sa proposition et qu'elle avoue son amour. Elle releva la tête et le regarda droit dans les yeux.

— J'aimerais pouvoir dire que je te hais pour ce que tu m'as fait. Mais je suis incapable de haïr qui que ce soit. Comment as-tu pu croire que j'avais des sentiments pour toi ? Ce n'est absolument pas le cas. J'aime Kurt et…

Elle pencha la tête pour regarder son fiancé. Elle lui jeta un faible sourire.

— Et s'il veut toujours de moi, c'est lui que j'épouserai.

— Naturellement que je veux toujours t'épouser, dit Kurt d'un ton farouche.

Il lança à son frère un regard de triomphe.

Secouant la tête d'un air incrédule et incapable d'accepter les paroles qu'elle venait de prononcer, Rolfe s'écria :

— Marta, c'est impossible.

— Détrompe-toi, c'est tout à fait possible, répondit Kurt d'un air assuré.

Carl poussa comme un soupir de soulagement. Rolfe leva lentement les yeux vers lui et, lorsqu'il croisa son regard, son sang se glaça dans ses veines. Il avait tout perdu, absolument tout : Marta, le respect de son père, l'affection de son frère. Mais une question l'obsédait : pourquoi Marta avait-elle donc menti ? Etait-ce par peur ? Avait-elle été forcée à faire ces déclarations ou… Une pensée horrible lui traversa l'esprit : s'était-elle simplement amusée avec lui parce que Kurt ne lui accordait pas assez de temps et d'attention ? Il rejeta immédiatement cette pensée déloyale. La femme qu'il aimait ne pouvait être si calculatrice. Il refusait de le croire.

— Kurt, emmène Marta. L'épreuve a assez duré.

Tous deux sortirent de la pièce. Carl concentra alors

son attention sur Rolfe… qui comprit immédiatement qu'il n'avait aucune chance de convaincre son père de la duplicité de Marta. Carl avait choisi de soutenir Kurt et Marta. Il ne reviendrait pas sur sa décision. Rolfe se sentit soudain détaché de tout, comme si ce mauvais rêve ne le concernait pas. Il se tenait immobile et attendait la sanction. Il regarda son père se frotter les tempes comme s'il avait mal à la tête et chercher une position plus confortable sur son siège. C'étaient là les seuls signes qui trahissaient sa nervosité.

— Tu as déshonoré notre famille. J'ai honte de t'appeler mon fils.

Rolfe ne répondit pas. Il avait l'impression d'être au tribunal en face d'un juge prêt à prononcer son verdict. Osant à peine respirer, il vit une multitude d'expressions se succéder sur le visage de son père. Rolfe sut d'instinct que ce dernier le revoyait enfant sur les genoux de sa mère, puis jeune homme en train d'apprendre le métier de viticulteur. Il repensait aux échecs et aux succès de son fils, au moment où il était devenu un homme adulte et indépendant. Enfin, Carl hocha la tête. Rolfe allait être fixé sur son sort.

— Compte tenu de ce qui s'est passé, il est impossible que tu restes à Stenhaus. Ton frère ne te pardonnera jamais, ni moi ni Marta d'ailleurs. Tu dois partir d'ici.

Il était banni. Il s'y était attendu. De toute façon, il n'aurait pas voulu rester dans un endroit qui lui rappellerait tous les jours l'injustice dont il avait été victime. Mais son père semblait avoir encore quelque chose d'apparemment très pénible à lui dire. Rolfe resta silencieux : toute combativité l'avait abandonné depuis les paroles assassines de Marta.

— En fait, il faut que tu quittes la région.

Rolfe rétorqua :

— Mais… que deviendra Krugerhoff ?

Krugerhoff était ce à quoi il tenait le plus au monde. Et c'était aussi tout ce qui lui restait. Mais son père ne daigna pas répondre à sa question. Le vignoble de Krugerhoff était pour lui négligeable et sans importance.

— Tu quitteras Stenhaus ce soir. Tu quitteras la vallée… pour toujours. Je…

Carl se frotta les yeux et poursuivit :

— Tout ceci est aussi très dur pour moi, mais je te désavoue, et je ferai en sorte que mon testament soit rédigé en conséquence. A partir de ce soir, je n'ai plus qu'un seul fils…

Il regarda fixement Rolfe, puis baissa les yeux en disant :

— … et il s'appelle Kurt.

— Papa, ce n'est pas possible.

Rolfe était interloqué. Il n'arrivait pas à croire à ce qu'il venait d'entendre, même si, au fond, il savait que son père était sérieux et ne reviendrait pas sur sa décision. Pour Carl, l'honneur familial comptait plus que tout. Aucun scandale n'avait éclaboussé jusqu'à ce jour le nom des Stenmark et il était bien décidé à maintenir cette réputation irréprochable.

— Papa, supplia Rolfe. Je m'en fiche de ton testament et de ton argent. La seule chose qui compte pour moi, c'est ton affection et ton respect. Je vais partir en Europe pour plusieurs années jusqu'à ce que toute cette histoire…

Ses mains calleuses esquissèrent un geste vague.

— Soit réglée, oubliée. Je t'en prie, ne me coupe pas de la famille, de toi, de Greta et de Lisel.

Carl secoua la tête.

— Je n'ai pas le choix. Tu as fait quelque chose d'impardonnable et Kurt a sa fierté. Tu n'as plus ta place au sein de la famille Stenmark.

Il laissa retomber ses mains sur la table, signe que la discussion était terminée.

— Je n'ai plus rien à te dire. Va-t'en. Va-t'en sur-le-champ.

Rolfe sortit, hébété, du bureau de son père et se dirigea vers sa chambre. Tout cela n'était qu'un mauvais rêve, ou plutôt un cauchemar aux proportions gigantesques. Et tout ça à cause d'une jeune femme stupide qui n'avait pas le courage de dire la vérité. Mais le cauchemar était bien réel et il connaissait son père. Il ne parlait jamais à la légère : il était impossible de lui faire changer d'avis une fois sa décision prise. Plus tard, il songerait combien son père avait été injuste de croire Marta sur parole au détriment de son fils, de sa chair et de son sang. Combien il avait été cruel de rompre les liens avec lui pour apaiser la colère de son fils aîné, de son héritier. Pour l'heure, Rolfe ne pensait qu'au gâchis qu'était sa vie, sa vie qui n'avait plus aucun sens sans Krugerhoff… et sans Marta.

Sans avoir aucune idée de ce qu'il allait bien pouvoir faire, il prit, tel un automate, deux valises sous son lit ainsi qu'un sac de voyage. Il commença à les remplir de vêtements et de livres. Il prit aussi un trophée gagné à l'école primaire lors d'une course à « l'œuf-et-à-la-cuillère ». Il jeta un coup d'œil à la photographie de sa mère et de son père, posée sur sa commode depuis des années. Il l'enveloppa dans une chemise et la déposa dans sa valise.

Il entendit soudain quelqu'un qui frappait doucement à sa porte et une seconde plus tard, Greta entrait dans la pièce. Quand elle le vit en train d'emballer ses affaires, elle se mit à pleurer.

— Oh, Rolfe, je n'arrive pas à croire que Papa veuille te chasser d'ici. Il est fou de colère contre toi.

— Je sais.

Ils tombèrent dans les bras l'un de l'autre.

— Il ne m'a pas cru, ni Kurt mais…

Tout en regardant sa sœur droit dans les yeux, il se dit qu'il la voyait peut-être pour la dernière fois.

— Je jure sur la tombe de maman que je n'ai pas séduit Marta. Je l'aime et je pensais…

Il s'interrompit en poussant un grognement de frustration, puis reprit :

— Qu'elle m'aimait.

Greta esquissa un faible sourire.

— Moi, je te crois, Rolfe. Marta est une femme calculatrice et intéressée.

Face au regard interrogateur de Rolfe, Greta lui expliqua sans détours sa manière de voir les choses.

— Pourquoi choisir le fils cadet quand elle peut être riche et jouir d'une excellente position sociale en épousant le fils aîné ? Marta Gronow trompe bien son monde, mais moi j'ai vu clair dans son petit jeu.

Rolfe refusa d'admettre que Greta avait raison et il ne fit donc aucun commentaire. Il comprendrait plus tard qu'elle avait vu juste. Il s'empara de son porte-monnaie, de ses affaires de toilette et de son journal intime et les déposa dans son sac de voyage, qu'il referma et hissa sur son épaule.

— Que vas-tu faire, Rolfe ?

— Je ne sais pas. Je vais passer la nuit à Krugerhoff, je pense.

— Papa te chassera de la vallée. Il peut être impitoyable quand il le veut et Kurt aussi. Tu devrais partir à Adélaïde ou à Melbourne. Vends Krugerhoff et utilise cet argent pour repartir de zéro, ailleurs. On s'arrangera pour rester en contact. Appelle-moi quand tu pourras.

Elle lui adressa un grand sourire chaleureux, qui lui rappela celui de leur mère.

— Je ne serai pas tranquille tant que je ne saurai pas si tu es en sécurité.

Il prit note de ce qu'elle lui disait. Elle ne voulait que son bien, il le savait.

— Je ne veux pas vendre Krugerhoff. Peut-être qu'un jour, même si c'est dans vingt ans, Papa m'autorisera à revenir. Otto et Ernest finiront de planter la vigne, entretiendront les bâtiments et je continuerai à payer les taxes et les impôts.

Il réfléchit quelques instants, tout en sachant que compte tenu de ce qui s'était passé, il n'était pas en état de penser rationnellement.

— J'irai peut-être à Griffith ou à Sydney. C'est une grande ville et je pourrai toujours trouver du travail dans les vignes de la Hunter Valley.

Il saisit ses valises et fit la grimace car elles étaient très lourdes.

— N'essaie pas de revoir Marta, Rolfe, le prévint Greta, qui pressentait qu'il pourrait en avoir envie. Elle a fait son choix et Papa et Kurt ne la quitteront pas des yeux. Cela ne te mènera à rien de la revoir.

— Oui, je sais, tu as raison.

Il pouvait néanmoins lui écrire. C'est ce qu'il ferait une fois installé, se promit-il.

— Il vaut mieux que j'y aille.

— Oui, avant que Kurt ne pique une colère noire et ne vienne en découdre, confirma Greta.

Elle l'embrassa et le prit tendrement dans ses bras.

— Tu vas me manquer… énormément. A John et à Luke aussi.

— Vous allez tous me manquer.

Il posa ses valises pour essuyer ses yeux humides. Greta lui ouvrit la porte de la chambre. Il sortit et quitta Stenhaus sans jeter un seul regard en arrière.

*
* *

Sydney, décembre 1963

Rolfe avait une nouvelle fois fait ses valises et mis de l'ordre dans ses documents de voyage. Son travail de négociant en vins à Penfolds Wines l'ennuyait. Lui, ce qui l'intéressait, c'était de travailler dans les vignes et de fabriquer du vin. Dans deux heures, il embarquait sur le RHMS *Ellinis* en partance pour l'Europe. Le trajet en bateau coûtait moins cher que le voyage en avion et il ne serait donc pas obligé de dépenser toutes ses économies. Alors qu'il parcourait du regard son studio meublé, doté d'une cuisine et d'une salle de bains minuscules, il aperçut le paquet de lettres qu'il avait écrites à Marta pendant pratiquement deux ans. Elles lui avaient toutes été renvoyées sans même avoir été ouvertes. Il était maintenant conscient de la perfidie de la jeune femme et il jugeait inutile d'emporter ces lettres avec lui. Refusant de s'apitoyer sur son sort, il les jeta à la poubelle.

Rolfe avait eu beaucoup de mal à s'habituer à son nouveau nom, Kruger, officiellement adopté à son arrivée à Sydney environ un an plus tôt. Pourtant, cette décision avait été la bonne. La notoriété des Stenmark ne cessait de croître — comme il avait pu le constater à Griffith et dans la Hunter Valley — et les gens posaient trop de questions. Après plusieurs discussions avec Greta, il s'était résigné au fait que son père n'était pas prêt à lui accorder son pardon et ne le serait peut-être jamais. C'est pourquoi il avait décidé de repartir de zéro dans un autre pays, loin de l'Australie.

A ce stade, Rolfe avait interrompu la rédaction de son journal car sa vue s'était soudain brouillée. Refoulant ses larmes, il avait néanmoins poursuivi son récit qui retraçait la mort tragique et brutale de Kurt et Marta. Greta lui avait téléphoné pour lui annoncer la nouvelle une semaine auparavant. En réalité, il n'avait pas été surpris d'apprendre que son frère et Marta avaient trouvé la mort dans un accident de voiture. Marta adorait la vitesse et Kurt aussi. D'après le rapport de la police, la voiture avait raté un virage dans Murray Street, fait plusieurs tonneaux, tuant non seulement Marta et Kurt, mais aussi le fœtus de trois mois que portait la jeune femme. La famille Stenmark était depuis plongée dans le chagrin.

D'après Greta, Carl fut inconsolable. Accablé par la tristesse mais aussi furieux contre Rolfe, même si cette colère était irrationnelle. Il semblait croire que ce dernier était en quelque sorte responsable de la mort de Kurt et Marta ! Ces reproches n'étaient nullement fondés, mais il était impossible de lui faire entendre raison. Il fallait qu'il trouve un coupable et au lieu de blâmer la conduite irresponsable de Kurt, il préférait accuser son fils cadet !

Rolfe fut heureux de quitter l'Australie. Etant donné que Kurt et Marta étaient morts et que son père ne lui pardonnerait sans doute jamais, il n'avait plus rien à faire dans ce pays. Il valait mieux qu'il s'en aille, pour essayer d'oublier les tristes événements des deux années passées.

Le regard embué par les larmes, Carla reposa le journal. Toutes les pièces du puzzle étaient maintenant en place. Elle connaissait enfin la jeunesse de Rolfe, elle savait ce qu'il avait fait et la raison pour laquelle il avait quitté l'Australie et n'y était jamais retourné. Comme c'était triste d'être livré à soi-même si jeune, sans famille, sans amis, dans un pays étranger ! Il avait fait le chemin inverse à celui de ses ancêtres qui avaient quitté l'Allemagne pour s'installer dans la Barossa Valley. Ce n'était guère étonnant qu'il soit devenu un homme silencieux et grave. Elle tourna encore quelques pages du journal. Elles étaient toutes vierges… à l'exception de la dernière feuille, sur laquelle étaient couchés trois courts paragraphes.

Printemps 1965, Italie

D'après le journal, Rolfe apprenait l'italien et pouvait maintenant avoir des conversations simples avec la plupart des autochtones. La veille, il avait rencontré un viticulteur nommé Guido Bardolino dans une taverne, et ils avaient bu quelques verres de vin ensemble. Guido lui avait alors offert un travail saisonnier dans son vignoble à Vicenza près de Venise.

Rolfe avait accepté cette offre car il était fatigué de mener une vie itinérante, de dormir dans des chambres sentant le renfermé, sa valise pour seule possession. Par ailleurs il avait besoin d'argent. Et, pour ne rien gâcher, Guido lui avait déclaré avoir quatre filles : Lucia, Francesca, Gina et Giuseppa.

Il écrirait à Greta pour lui donner sa nouvelle adresse.

Carla effleura du doigt le nom de sa mère et sourit. Elle soupira en fermant le journal. Rolfe avait malgré tout connu le bonheur en Italie, puis pendant plusieurs années en Nouvelle-Zélande. Au souvenir de ces jours heureux, son sourire s'agrandit puis disparut lentement. Elle reposa la tête contre le dossier du fauteuil et ferma les yeux. Toutes ces révélations la bouleversaient : son père avait été un homme totalement différent de celui qu'elle connaissait. Un homme jeune, passionné et… victime d'une injustice criante. Si seulement il s'était confié à elle ! Quoi qu'il en soit, c'était déjà bien qu'elle connaisse désormais, même tardivement, le passé de son père.

Elle ressentit soudain le besoin de bouger après cette longue lecture qui durait depuis l'aube. Elle se leva et marcha jusqu'à la fenêtre pour contempler le vignoble. Un long bâton sur lequel on avait collé du ruban adhésif rouge émergeait des vignes. C'était à cet endroit que Peter Cruzio avait trouvé son père. Ses yeux se remplirent de larmes et elle se retourna, faisant face à la chambre. Tout en inspectant la pièce, elle prit une décision.

Les vacances scolaires démarraient dans moins de deux semaines. Ce qui lui laissait le temps de régler la plupart des affaires de son père et… de réserver des billets d'avion pour Adélaïde, en Australie du Sud. Trois billets : pour elle-même, Sam et Angie. Ils iraient dans la Barossa Valley pour visiter Krugerhoff… et faire connaissance avec la famille qu'elle avait là-bas. Elle le ferait pour son fils, et non dans son propre intérêt. Elle ne voyait jamais sa mère ni ses cousins, or Sam avait besoin de se sentir appartenir à une famille. Une famille qui l'aime. Et elle avait bien l'intention de lui en offrir une.

5

En trente ans, beaucoup de choses avaient changé chez les Stenmark, mais une tradition familiale perdurait : toute la famille continuait à se retrouver pour le dîner du samedi soir. Néanmoins, les convives prenaient désormais ce repas dans une pièce vitrée construite dans le prolongement de la cuisine. De là, on apercevait la cour intérieure pavée et la piscine entourée d'une haute haie. Un peu plus loin, se trouvait un immense garage où l'on pouvait mettre jusqu'à six voitures et où avait été aménagée une salle de gymnastique principalement utilisée par Lisel et Luke. Ce bâtiment avait remplacé les étables et la cave à vin d'origine construites par le grand-père de Carl, Fritz Stenmark.

Luke Michaels, posté devant la fenêtre, un verre d'apéritif à la main, contemplait les rangées de vignes qui s'étendaient au loin et se perdaient dans le crépuscule. Des feuilles rouges, dorées et brunes parsemaient le vignoble maintenant que l'automne était bien installé. D'ici à la fin mai, la plupart des feuilles seraient tombées. Luke aimait cette époque-là de l'année. Les vendanges étaient terminées et la fermentation du vin avait commencé. On avait un peu le temps de respirer et de s'occuper des tâches laissées de côté pour des périodes plus calmes.

Il se détourna de la fenêtre en entendant quelqu'un

entrer dans la pièce. Il sut, au seul son de hauts talons frappant le sol carrelé, qu'il s'agissait de sa tante Lisel. Mais il ne l'appelait plus ainsi. Il n'y avait que sept ans de différence entre eux et dès qu'il fut adolescent, elle avait insisté pour qu'il l'appelle simplement par son prénom.

Lisel Stenmark était très différente de sa sœur, Greta. Grande et toujours extrêmement mince à quarante ans passés, elle était brune, sophistiquée et élégante contrairement à la mère de Luke, une blonde au style simple et sans fioritures. D'autre part sa tante, nerveuse et spirituelle, était parfois mordante tandis que Greta, d'une nature sereine et cordiale, était la gentillesse même.

— Lisel, lui dit-il avec un sourire de bienvenue. Veux-tu boire quelque chose ?

— Je prendrai la même chose que toi.

Il leva son verre à la santé de sa tante et se dirigea vers le bar situé dans un coin de la pièce. Quand la pendule du grand-père carillonna 7 heures, les autres membres de la famille entrèrent dans la pièce. Le dîner démarrait toujours à cette heure-là. Greta et John Michaels, les parents de Luke, ouvraient la marche et derrière son grand-père, il aperçut Josh Aldrich habillé sur son trente et un. Cet homme blond, grand et bien charpenté avait un visage aux traits réguliers, mais sans originalité et ses yeux marron au regard perçant et fouineur étaient toujours en éveil.

Luke n'appréciait guère le contremaître de Rhein Schloss, chargé de superviser les différents stades de production du vin jusqu'à la mise en bouteille. Il reconnaissait pourtant que c'était quelqu'un d'efficace. Josh avait été tout spécialement invité ce soir-là par Carl Stenmark pour parler des affaires du domaine. Greta détestait qu'on aborde ce sujet pendant et après le repas du samedi soir.

Mais étant donné que c'était le seul moment où ils étaient tous réunis, de telles conversations étaient inévitables.

La grande table de verre avait été dressée avec soin pour les six convives. Par respect pour le patriarche, chacun d'entre eux attendit que Carl soit assis au bout de la table avant de prendre sa place attitrée : Luke à la droite de Carl et Josh à sa gauche. Margit, la cuisinière, après avoir jeté un coup d'œil par l'entrebâillement de la porte de la cuisine pour vérifier si tout le monde était bien arrivé, débarqua avec un chariot pour servir l'entrée : une salade verte agrémentée de tranches de saumon fumé.

Luke regarda à la dérobée son grand-père qui contemplait fixement son assiette. Il ne dit rien car il savait ce qui allait suivre :

— Encore de la salade ! On est en automne, Greta, dit Carl d'un ton de reproche. Il faudrait maintenant manger de la soupe, non ? J'en ai marre de la salade.

— La semaine prochaine, Papa, dit Greta patiemment.

Tous les ans, elle avait droit à cette réflexion et elle répondit comme d'habitude :

— La semaine prochaine, tu auras ta soupe favorite, aux poireaux et aux asperges.

— Très bien.

Luke saisit sa fourchette et commença à manger. Il savait qu'il pouvait compter sur Grand-Père ou sur Lisel pour entamer la conversation. Sa tante était très bavarde et adorait raconter les potins de la vallée, que cela plaise ou non à Carl. Luke, tout comme son père, se contentait d'écouter et de répondre aux questions qu'on lui adressait.

— J'ai entendu dire que Pieter Schmidt, le contremaître du vignoble Riverside près d'Angaston, va être renvoyé, lança Lisel.

— Cet homme est un imbécile, dit Josh avec un sourire narquois.

Josh connaissait tous les gens importants de la vallée.

— Pieter a été surpris en train de voler des caisses de cabernet sauvignon. Le domaine Riverside a obtenu une médaille d'or l'an dernier pour ce cru. Personne ne s'en serait aperçu, s'il avait volé des bouteilles de vin plus ordinaire. Les gens de Riverside réservaient leur cabernet sauvignon pour l'exportation.

— Il n'a pas eu de chance, dit Carl d'un ton sec, en agitant sa fourchette. Dans les fermes viticoles comme dans toutes les entreprises, on sait bien que le personnel chaparde. Il faut que les propriétaires se fassent une raison, c'est inévitable.

Margit arriva avec son chariot pour débarrasser les assiettes et les couverts. Greta se leva pour l'aider et superviser le service du plat de résistance.

— A la place du propriétaire de Riverside, je poursuivrais Schmidt en justice, dit Lisel d'un air vindicatif. Son cas servirait d'exemple.

— Cela n'arrêterait pas les vols, ma chère. De telles pratiques sont endémiques, dit Carl d'un ton neutre.

Puis, lassé par ce sujet, il s'adressa à Luke :

— Alors, mon jeune Luke, s'enquit Carl en lançant à son petit-fils un regard perçant. Quoi de neuf à Krugerhoff ?

— Pas grand-chose. J'ai reçu un fax hier : la future propriétaire a poliment refusé mon offre, expliqua Luke. J'envisage d'aller en Nouvelle-Zélande pour essayer de la convaincre.

— Hors de question.

Carl secoua son abondante chevelure blanche en signe de dénégation. A quatre-vingt-deux ans, il faisait plus jeune que son âge. On lui aurait facilement donné dix années de moins. Il avait le teint hâlé par la vie au grand air et une santé éclatante.

— Il ne faut pas montrer que nous sommes très intéressés. Cette femme, si elle a deux sous d'intelligence, va en conclure que le domaine vaut plus que tu ne lui offres.

— Mais c'est le cas, Papa, intervint Greta. Tout le monde le sait.

— Peut-être pas elle, répliqua Carl, d'un air rusé. Attendons une semaine. Tu lui proposeras alors dix mille dollars de plus. D'après ce que tu m'as dit, Krugerhoff est le seul héritage important qu'elle ait jamais reçu. Et en plus, le vignoble néo-zélandais de son… son père, dit-il en butant sur le mot, est grevé de dettes.

— C'est exact, confirma Luke.

— Elle acceptera donc ton offre si elle n'est pas stupide.

— Il faut agir vite, suggéra Josh Aldrich avec un empressement qui trahissait son désir de s'immiscer dans la conversation. D'autres agences immobilières en ville vont lui faire des offres, car le domaine de Krugerhoff est très bien situé.

La main de Carl s'abattit avec un bruit sourd sur la table, faisant tinter bruyamment l'argenterie.

— Krugerhoff sera à moi.

Sa voix retentit, menaçante comme un coup de tonnerre.

— Krugerhoff appartenait aux Stenmark il y a plus de trente ans de ça. Désormais il n'existe plus aucun… obstacle et ce domaine sera de nouveau à nous. Très bientôt.

— Bien sûr, Grand-Père. Je suis sûr que cette femme finira par nous le vendre.

Luke évitait toujours de contrarier son grand-père.

Lisel, assise en face de Luke, lui sourit de manière rassurante.

— Ne t'en fais pas, Papa. Luke va réussir à la convaincre.

Elle saisit la main de son neveu d'un geste affectueux.

— Il est très efficace. On peut toujours compter sur lui à Rhein Schloss ou pour l'acquisition de nouveaux terrains.

Le soutien de sa tante rasséréna Luke, qui lui sourit avec reconnaissance.

— Merci de me faire confiance, Lisel.

Cette fois ce fut son père qui changea de sujet de conversation, en parlant affaires. Luke se tut, écoutant d'une oreille distraite les paroles des uns et des autres, plongé dans ses propres pensées. De toute évidence, son grand-père, même après de si longues années, détestait ne serait-ce que mentionner le nom de son fils cadet, pourtant décédé. Lorsqu'on lui avait annoncé la mort de Rolfe, il n'avait manifesté aucune envie d'en savoir plus sur son fils ou ses descendants — en l'occurrence Carla Hunter, sa petite-fille et un quelconque arrière-petit-fils. Il était obsédé depuis des années par le désir de récupérer Krugerhoff, comme si, étrangement, cela viendrait donner un sens au passé.

Sa mère, Greta, avait réagi de manière totalement différente. Elle s'était empressée de prendre connaissance des informations que Luke avait recueillies en Nouvelle-Zélande sur la famille de son frère. Les contacts entre elle et Rolfe s'étaient raréfiés, puis avaient tourné court lorsque ce dernier avait émigré en Nouvelle-Zélande. Tout ce qu'elle savait, c'est qu'il s'était marié et avait eu une fille. C'étaient les dernières nouvelles qu'elle avait reçues. Elle avait alors supposé qu'il s'était installé et était heureux. Rolfe avait été le fils préféré de sa mère et Luke avait maintes fois entendu l'histoire du bannissement de son oncle. La cruelle décision de son grand-père apparaissait disproportionnée et ridicule, avec le recul et eu égard à l'évolution des codes moraux, à présent moins stricts. La réaction de Carl semblait tout à fait dépassée et démodée. Aujourd'hui une telle situation aurait été traitée différemment.

Alors qu'on posait le plat de résistance devant lui, Luke

se mit à penser à son enfance et à Krugerhoff. Une aura de mystère auréolait cet endroit : du jour au lendemain Rolfe s'était évanoui dans la nature, disparaissant sans laisser de traces. Lorsque Luke était encore au jardin d'enfants, plusieurs élèves de son école, plus âgés que lui, racontèrent alors que Rolfe avait été tué par Kurt ou Carl dans un accès de colère, et que son corps avait été enterré quelque part à Krugerhoff. A cinq ans, Luke, encore trop jeune pour réfléchir de manière rationnelle, était parti plusieurs fois en expédition à Krugerhoff avec cette bande de garçons.

Ils avaient essayé, mais en vain, de pénétrer dans les bâtiments pour trouver la tombe de Rolfe. Et même maintenant, après tant d'années, il se rappelait le malaise qu'il avait ressenti en explorant ce qui était alors considéré à Stenmark comme un territoire interdit. Lors de leur ultime visite, Otto, un vieil homme qui avait autrefois travaillé pour Rolfe, et demeurait le responsable officieux du vignoble, les avait découverts et leur avait donné la frayeur de leur vie. Après cette mésaventure, Luke s'était désintéressé de Krugerhoff et n'y était plus jamais retourné. Ce n'est qu'à l'adolescence que Greta lui avait révélé que Rolfe n'était pas mort et qu'il vivait en Nouvelle-Zélande, mettant fin une bonne fois pour toutes aux rumeurs de meurtre qui couraient dans la région. Sa mère avait ri aux éclats lorsqu'il lui avait raconté ses expéditions à Krugerhoff en compagnie des autres garçons.

Maintenant Rolfe Stenmark-Kruger était bel et bien mort. C'est un agent immobilier implanté à Marlborough, dans l'île du sud de la Nouvelle-Zélande, qui le leur avait annoncé. Cet agent de liaison était chargé d'avertir Luke de tout changement concernant la ferme viticole de Valley View. Avec la mort de Rolfe, le chapitre final de l'histoire d'amour qui avait causé tant de ravages au sein de la famille Stenmark était définitivement clos. Luke jeta un regard discret en direction de Carl, qui écoutait Lisel attentivement. Peut-être Grand-Père allait-il tirer un trait sur le passé et revenir à des sentiments plus apaisés. Mais il fallait pour cela que Krugerhoff réintègre le vaste domaine des Stenmark.

— Assez parlé de marchés en expansion et de stratégies publicitaires, lança Carl en grommelant.

Cela faisait cinq minutes qu'il écoutait Lisel vanter un programme promotionnel. Il se tourna vers Josh Aldrich.

— J'ai entendu dire que le nouveau vignoble au nord de la vallée est contaminé par une maladie. Tu es au courant de quelque chose, Josh ?

— C'est vrai, monsieur Stenmark, répondit Josh d'un ton respectueux. Ils auront de gros problèmes au printemps s'ils ne parviennent pas à l'endiguer.

— Et nos vignes ?

— Pas de problèmes, monsieur.

Josh sourit d'aise lorsque Carl hocha la tête en signe de satisfaction.

— C'est un véritable fléau, cette maladie, dit Carl en hochant la tête.

— Au fait, John, j'ai entendu dire que Bortoli veut acheter des terres dans l'Etat du Victoria ?

— C'est vrai, répondit John Michaels. Et ils ne sont pas les seuls à le faire.

— Rien ne vaut la Barossa Valley pour faire pousser des vignes, dit Carl qui défendait bec et ongles son pays.

Il pensait de bonne foi que c'était la meilleure région au monde pour les cultures viticoles.

— Tu as raison, Grand-Père, dit Luke. Mais les vignobles se diversifient. Aujourd'hui les Australiens se sont habitués à boire des vins très variés. Ce qui n'était pas le cas il y a vingt ou trente ans.

Carl se mit à rire doucement.

— C'est vrai. Quand j'ai repris Rhein Schloss, la plupart des Australiens, les hommes comme les femmes, buvaient de la bière ou des sodas. Ils avaient un a priori à l'égard du vin. C'était quelque chose d'étranger, c'était la boisson des immigrés. Aujourd'hui, les Australiens apprécient au contraire cette diversité culturelle et ils savent reconnaître un bon vin. Les viticulteurs ont le vent en poupe.

— C'est une bonne nouvelle, dit Lisel en levant son verre. A notre santé.

— Et il faut admettre que tu es douée pour faire la promotion de nos produits, reconnut Carl du bout des lèvres.

Lisel rosit de plaisir à ce compliment, car Carl Stenmark était rarement aussi aimable.

— Merci, Papa.

— Je suis tout à fait d'accord avec Grand-Père, ajouta Luke.

Il savait que Lisel avait eu du mal à trouver sa place à Rhein Schloss après ses deux échecs matrimoniaux. Faire la promotion des vins de Rhein Schloss lui convenait parfaitement, entre autres parce que cela lui permettait de voyager régulièrement à l'étranger. Tout le monde en était satisfait, car Lisel, lorsqu'elle était de mauvaise humeur ou déprimée, comme cela lui arrivait parfois, devenait méchante et agressive. Elle pouvait donc être difficile à vivre surtout en comparaison avec sa sœur, Greta, si douce et si gentille.

Lisel, véritable caméléon, était aussi dotée d'une vive intelligence. Beaucoup de gens, comme ses collègues de travail ou les gens de sa famille, avaient dû subir ses piques acérées. Le père de Luke et Carl étaient seuls épargnés. Devant eux, elle était presque parfaite. Efficace et vive, elle se contrôlait pour ne pas leur dévoiler le côté sombre de sa personnalité. Luke non plus n'avait jamais eu à essuyer les foudres de Lisel, contrairement à sa mère et à d'autres, moins chanceux. Néanmoins, il était difficile de ne pas l'aimer. Elle s'était tellement occupée de lui et ce, depuis qu'il était tout petit : elle jouait avec lui, alors, et l'aidait à faire ses devoirs. Jeune homme, elle l'avait encouragé à faire des études universitaires et plus tard à ouvrir une agence immobilière à Nuriootpa. Elle avait même maintes fois invité des jeunes femmes à la maison dans l'espoir qu'il tomberait amoureux de l'une d'entre elles, mais sans succès. L'affection qu'elle lui portait l'incitait à croire que sa tante le considérait comme un fils, ce fils qu'elle n'avait jamais eu, en dépit de ses mariages.

Elle ne se souciait guère que le sang des Stenmark ne coule pas dans ses veines. En effet, Greta n'avait pas pu avoir d'enfants et, après sept ans de mariage stérile, il avait été adopté. Cela ne dérangeait pas non plus Grand-Père. A tout juste trente-quatre ans, il avait été désigné pour prendre la succession de Carl à la tête de Rhein Schloss, une fois que ce dernier aurait pris sa retraite. S'il se décidait jamais à la prendre. Rhein Schloss, c'était toute sa vie et Luke ne pouvait l'imaginer inactif. C'était grâce à son vignoble qu'il avait réussi à surmonter les tragiques événements familiaux : le départ de Rolfe, la mort de Kurt et de Marta. Et même si son grand-père était maintenant octogénaire, il ne pouvait pas l'imaginer autrement qu'à la tête de son vignoble, et ce pour plusieurs années encore, supervisant son immense domaine et l'exportation de ses produits en expansion constante.

Après le dessert, ils se dirigèrent vers le salon, très confortable depuis que sa mère l'avait réaménagé. Margit avait déjà déposé un plateau à fromage et une assiette de biscuits sur la table, de même qu'une cafetière, des tasses et une bouteille de porto.

Lisa, comme très souvent ces derniers temps, fut la première à prendre congé.

— J'ai rendez-vous en ville, dit-elle à la cantonade.

Elle fit un clin d'œil à Luke et lui dit doucement pour qu'il soit le seul à l'entendre :

— Souhaite-moi bonne chance !

Luke connaissait bien sa tante et savait qu'elle ne rentrerait probablement à la maison que le lendemain matin. Elle se faufilerait dans sa chambre à l'insu de Grand-Père, qui ignorerait tout de son escapade. Tout le monde à Stenhaus était habitué aux frasques de Lisel mais personne n'avait dit à Carl que sa plus jeune fille avait une vie sexuelle de plus en plus débridée. La famille jugeait plus sage de cacher cette vérité au vieil homme… Toutefois, Luke savait qu'à chaque fois qu'elle s'éclipsait de la sorte, c'était pour rejoindre un amant. Ses aventures avec les hommes — souvent plus jeunes qu'elle — étaient passionnées et éphémères, et c'était toujours elle qui dominait la situation et décidait de l'évolution de la relation.

— Je me demande où elle trouve toute cette énergie, dit Greta en hochant la tête tout en faisant passer à la ronde le plateau en argent.

— Elle a toujours eu une incroyable vitalité, dit Carl. Enfant, Lisel nous épuisait tous, notamment sa mère.

Plongé dans ses souvenirs, il posa son regard sur le portrait d'Anna Louise. Un sourire mélancolique illumina son visage, adoucissant ses traits. Il leva son verre de porto en hommage silencieux à sa femme défunte.

— Avec son tempérament énergique, Lisel est un formidable atout pour l'entreprise, monsieur. Elle trouve toujours des idées ingénieuses pour la promotion et la commercialisation de nos produits, dit Josh en suivant le regard de Carl fixé sur le portrait.

Anna Louise avait été une très belle femme, pensa Josh en sirotant son digestif. Rhein Schloss avait la réputation de fabriquer le meilleur porto de la vallée. Vieilli en fût de chêne sur une période de huit à dix ans, il se vendait à un prix exorbitant sur le marché.

Josh regarda Lisel s'éclipser furtivement de la pièce. Quelle garce, celle-là ! Voilà ce qu'elle était et toute la famille le savait, à part le vieil homme. Il aurait bien aimé lui donner une correction, admit-il, mais il était trop intelligent pour s'attaquer à la puissante Lisel, même s'il avait entendu dire que cela ne la gênait pas d'être un peu bousculée au lit. Il fallait pourtant reconnaître qu'elle était discrète. Elle choisissait ses partenaires parmi ses collègues ou parmi des gens de la vallée — des maris insatisfaits, des voyageurs, et même des touristes occasionnels qui lui plaisaient.

Il connaissait bien Lisel car il mettait un point d'honneur à être au courant de tout ce qui se passait chez les Stenmark. Etre bien informé vous donnait du pouvoir sur les autres, pensait-il. C'était un point crucial pour lui, car il était ambitieux et voulait par-dessus tout réussir dans la vie. Pour atteindre cet objectif, il était également important de se faire bien voir par Luke et par le vieux Carl. Il était ainsi passé du simple poste d'ouvrier à la chaîne de mise en bouteille du vin à celui de responsable d'exploitation. et ce en l'espace de trois ans seulement. Luke et Carl n'avaient pas percé à jour sa véritable personnalité et parfois Josh se méprisait d'être aussi servile avec eux. Mais c'était le meilleur moyen pour arriver à ses fins. Son but ultime était de faire partie du personnel de la direction, loin des ouvriers et des odeurs de fermentation. C'était là que se trouvaient l'argent et le pouvoir.

Même s'il connaissait la maison des Stenmark, Josh regarda de nouveau avec attention la pièce, admirant son élégance raffinée et discrète. Greta, tout comme sa mère, avait un goût irréprochable. Il avait été invité à plusieurs reprises par Carl et il souhaitait que cela devienne une habitude. Car ce serait la preuve qu'il avait réussi à s'insinuer dans les hautes sphères de la direction de Rhein Schloss et à se rendre indispensable au vieux monsieur et à son héritier désigné.

De fait, Luke pouvait être considéré comme l'héritier de Rhein Schloss, à présent que Rolfe, le fils cadet de Carl, était mort sans se réconcilier avec son père. Il savait que Rolfe avait été banni : ce n'était un secret pour personne dans la vallée. D'après lui, ce dernier n'avait pas été très malin : il n'avait même pas essayé de regagner les faveurs de son père, une fois Kurt disparu.

Il se demandait pourquoi le vieux Carl souhaitait si ardemment acquérir Krugerhoff. En fait, la soif de possession de Carl n'avait pas de limites. Dommage. Il avait quelques économies et il aurait bien aimé acheter ce domaine. Mais pas question d'entrer en rivalité avec le vieux Stenmark, qui était prêt à tout pour obtenir ce qu'il désirait. Josh réprima un sourire. Les Stenmark arrivaient toujours à leurs fins grâce à leur fortune et leur influence dans le pays.

Il tendit son verre à John qui venait de lui proposer un second porto. Ça, c'était la vraie vie et il était bien décidé à avoir sa part du gâteau. Peut-être irait-il faire un tour à Krugerhoff, pensa-t-il en sirotant son verre. Quand il aurait le temps. Se rendre sur place lui-même lui permettrait sans doute de comprendre pourquoi le vieux Stenmark convoitait tant ces terres.

*
* *

Angie conduisait la petite Mazda de location sur l'autoroute de la Barossa Valley. Elle connaissait bien l'endroit pour avoir passé plusieurs années à l'école de viticulture de la région avant de partir travailler en Europe. A ce qu'on lui avait dit, l'établissement avait fermé depuis et les cours sur la fabrication du vin et la viticulture en général étaient désormais dispensés à l'université d'Adélaïde.

Carla contemplait les vignobles qui se succédaient sans discontinuer, étonnée par l'ampleur des cultures et la prolifération des fermes. Au cours des deux semaines passées, elle avait glané tous les renseignements possibles sur la Barossa Valley et sur la famille Stenmark, grâce au site internet de la bibliothèque de Christchurch. Internet était vraiment un formidable outil pour s'informer et accroître ses connaissances. Sa popularité croissante était tout à fait justifiée. Avant de quitter Christchurch, elle avait reçu trois nouvelles offres d'achat pour Krugerhoff. Deux venant d'agents immobiliers de la Barossa Valley et la dernière de Michaels Realty, qui renchérissait sur sa proposition initiale, ce qui ne fit qu'accroître sa curiosité à propos de Krugerhoff.

Après plusieurs relectures du journal de son père, qui chaque fois lui en apprenait un peu plus sur Rolfe et sa jeunesse, Carla se sentait maintenant beaucoup plus proche de lui. Et si le vif intérêt que suscitait Krugerhoff l'avait tout d'abord étonnée, elle comprenait maintenant la raison de cette convoitise.

Dans cette vallée touristique où les vignobles s'étendaient à perte de vue, un domaine comme Krugerhoff, aussi petit fût-il, était quelque chose d'infiniment précieux. Depuis qu'elle avait débarqué à Adélaïde, elle essayait de rester lucide et de ne pas s'enthousiasmer excessivement malgré les projets de restauration de Krugerhoff qui lui trottaient dans la tête. Elle ne pouvait s'empêcher de s'imaginer s'installant sur place, d'autant plus que, le cas échéant, elle savait pouvoir compter sur Angie pour l'aider. Néanmoins, elle n'y connaissait rien dans le domaine de la viticulture et… une petite voix intérieure lui rappelait son attachement à Christchurch : sa vie était là-bas, dans cette ville où elle avait grandi, où elle se sentait chez elle. Toutefois Angie lui avait assuré qu'avec quarante acres de vignes, la production serait suffisante pour qu'elle, Angie et Sam vivent confortablement. Elle n'aurait même plus besoin d'enseigner — mais ceci ne constituait pas pour elle un argument décisif car elle aimait son métier et le contact avec les élèves. Bref, les perspectives étaient alléchantes, et elle ne pouvait complètement écarter la possibilité de s'installer en Australie.

Son père le lui répétait souvent : « si une bonne occasion se présente, saisis-la. Elle ne se représentera peut-être pas. » Sans doute était-ce le moment ou jamais d'appliquer cette sage recommandation. Etait-ce là la raison pour laquelle il lui avait légué Krugerhoff ? Pour qu'elle-même et Sam soient financièrement indépendants et retrouvent leur famille ? Il aurait pu vendre son domaine bien des années auparavant et consolider ainsi sa situation financière à Valley View, mais il en avait décidé autrement. Mon Dieu ! Cela lui donnait mal à la tête de spéculer sur les motivations de son père sans jamais trouver de réponses à ses questionnements !

— J'ai l'impression de revenir chez moi, dit Angie doucement alors qu'ils traversaient la ville de Tanunda. Cet endroit m'a beaucoup manqué.

Sam, assis sur le siège arrière, contemplait le paysage.

— Il n'y a que des vignes, rien que des vignes. C'est ennuyeux.

— Sam ! dit Carla. Tu ne t'ennuyais pas chez grand-père, n'est-ce pas ?

— Non. Grand-père me racontait des histoires sur la vigne. C'était chouette à Valley View.

Il changea de sujet.

— J'aime bien prendre l'avion. C'était super ! Mais c'est un drôle d'endroit pour passer des vacances. Qu'est-ce qu'on fait là ?

— Je te l'ai dit, Sam. On est venu visiter l'ancien vignoble de ton grand-père. Je vais peut-être le vendre, mais je veux d'abord le voir avant de prendre une décision.

Elle ne lui avait pas du tout parlé de la famille Stenmark. Elle voulait lui faire une surprise.

— Ah oui, j'avais oublié.

Il retourna jouer avec ses figurines de la *Guerre des étoiles*, qu'il adorait.

Angie jeta à Carla un regard entendu et dit :

— Il sera tard quand nous arriverons à Nuriootpa. Est-ce que tu veux passer au motel, t'y installer et aller à Krugerhoff demain matin ou… ?

— C'est l'agent immobilier qui a les clés. Je lui ai demandé de rétablir l'électricité, l'eau et le gaz. Je voudrais juste aller jeter un coup d'œil aujourd'hui même. Nous y retournerons demain pour une visite plus approfondie.

Elle décida de ne pas raconter à Angie ce que lui avait annoncé l'agent à propos de Krugerhoff. Il l'avait en effet avertie que la propriété était complètement à l'abandon et dans un état effroyable.

Angie rejeta la tête en arrière en riant.

— J'en étais sûre. Tu ressembles tellement à Rolfe. Tu te rappelles sa formule favorite : « pourquoi remettre au lendemain ce que l'on peut faire le jour même » ?

— Oui, je m'en souviens très bien.

La seule chose qui lui restait de son père maintenant,

c'étaient des souvenirs. Et c'était la même chose avec Derek. Quand un proche mourait, on était inévitablement confronté à cet état de fait. Le présent s'arrêtait et seul le passé demeurait sous forme d'images, de paroles prononcées, de moments tristes ou heureux conservés tendrement dans la mémoire.

— On va d'abord chez l'agent immobilier ? Je crois qu'il se trouve à First Street.

Tandis qu'Angie garait la voiture près du haut portail en fer rouillé, Carla essayait de se rappeler la manière dont son père avait décrit Krugerhoff et en avait délimité la superficie. Elle aurait dû penser à se munir de son journal. Mais c'était trop tard pour le regretter. Le panneau de bois qui indiquait autrefois le nom du vignoble avait disparu et seuls les poteaux subsistaient, plantés de travers dans la terre. Il était impossible de rien voir au-delà du portail à cause de la prolifération des broussailles et des jeunes gommiers. Carla remarqua toutefois un sentier qui démarrait près de la grille et s'enfonçait dans la propriété.

Elle prit le trousseau que lui avait donné l'agent et essaya de faire tourner la première clé dans la serrure, mais en vain. Elle procéda de même avec les autres, mais sans plus de succès. Elle en conclut que soit l'agent s'était trompé de trousseau soit que le mécanisme interne de la serrure s'était grippé et ne fonctionnait plus.

— Il va pleuvoir, maman, annonça Sam posté derrière sa mère et Angie.

L'enfant scrutait le ciel, qui s'assombrissait à vue d'œil. Une masse de nuages gris et menaçants les surplombait. Ils entendaient les coups de tonnerre qui résonnaient au loin, bientôt suivis d'éclairs. Tout était immobile et silencieux autour d'eux… Autre signe que la pluie était imminente.

— Laisse-moi essayer, proposa Angie, en prenant les clés des mains de Carla.

Trop occupées à ouvrir le portail, elles n'entendirent pas une Land Rover s'arrêter au bord de la route. Un homme grand et élancé, coiffé d'un vieux chapeau délavé et vêtu d'un short kaki assorti à sa chemise, s'extirpa du siège conducteur. Il se dirigea vers le petit groupe d'un pas léger et silencieux.

— Bonjour, tout va bien ? Vous avez besoin d'un coup de main ?

Angie, qui ne l'avait pas entendu venir, sursauta et lâcha les clés.

— Zut !

Angie, Sam et Clara tournèrent la tête en direction du nouveau venu.

— Vous êtes de la police, m'sieur ? demanda Sam en regardant avec curiosité les bottes sales et la tenue kaki de l'intrus.

— Pas du tout, mon gars, répondit l'homme en souriant à Sam. Je suis Paul van Leeson. J'habite au bout de la route. Vous avez un problème ?

— Bonjour, je suis Carla Hunter, dit la jeune femme. Voici Angie et Sam. Je... je... L'agent immobilier m'a donné ce trousseau de clés mais aucune ne semble fonctionner.

— Vous êtes néo-zélandais ou je me trompe ? lança Paul en remarquant leur accent.

Il ajouta :

— La serrure est probablement grippée ou sale. Je vais aller chercher mon dégrippant. Peut-être qu'en lubrifiant la serrure, on finira par ouvrir ce portail.

Angie et Carla échangèrent un regard tandis que Paul retournait vers sa Land Rover.

— Il est sympa, murmura Angie, en levant ses sourcils de manière suggestive à l'attention de Carla.

— Tout dépend si on les aime grands et dégingandés, répliqua Carla, impassible.

Paul revint avec un petit bidon et aspergea la serrure de lubrifiant. Il remit ensuite le récipient dans la poche de sa veste et tendit la main en direction de la clé.

— Je vais essayer à mon tour, si vous le permettez.

— Merci, répondit Angie en lui remettant le trousseau.

Quelques secondes plus tard, il ouvrit le portail et sans qu'on lui ait demandé quoi que ce soit, il en repoussa les battants.

— Ça fait des années qu'on n'a pas ouvert cette grille, dit-il avec un grognement. Vous avez l'intention d'acheter Krugerhoff ? C'est drôle, je ne savais pas que cette propriété était à vendre, ajouta-t-il en se grattant le bout du nez.

— Heu… Non… Nous voulons juste jeter un coup d'œil, répondit Carla de manière évasive. Merci pour votre aide, monsieur van Leeson. C'était très gentil de votre part.

Il la regardait, une expression intriguée dans ses yeux gris. Elle se sentit mal à l'aise. On aurait dit qu'il la connaissait, mais elle était certaine de ne l'avoir jamais rencontré auparavant. Il avait un sacré culot, cet Australien ! Elle se demanda si tous les hommes dans ce pays étaient aussi insolents, mais elle chassa aussitôt cette pensée de son esprit.

— Appelez-moi Paul, insista-t-il. Tenez.

Il sortit le petit bidon de sa poche et le donna à Carla.

— Je vois que vous avez d'autres clés. Vous pourriez encore en avoir besoin.

— Mais… Je…, balbutia Carla en secouant la tête.

Mais Angie accepta sans façon l'offre de Paul et saisit le récipient.

— Merci. Où peut-on vous trouver pour vous le rendre ? demanda Angie, comme toujours pragmatique.

— Si vous êtes à Nuriootpa, déposez-le à mon bureau dans Gawler Street. Autrement laissez-le près du portail, une fois que vous aurez terminé. Mais mon bureau est très facile à trouver. C'est le plus beau bâtiment de la rue.

Il leur adressa à tous trois un sourire rusé.

— Je suis architecte, et c'est moi qui l'ai conçu et construit.

Il fouilla de nouveau dans la poche de sa veste, en sortit une carte professionnelle et la donna à Angie, de prime abord plus sociable que Carla.

Inclinant son chapeau en guise d'au revoir, il ébouriffa les cheveux roux de Sam et retourna vers son véhicule.

Tandis que Carla le regardait partir, un autre coup de tonnerre éclata et des éclairs zébrèrent le ciel. Elle reporta alors son attention sur Angie et Sam et les engagea à poursuivre leur exploration des lieux.

— Allons-y !

Elle prit Sam par la main, Angie fermant la marche, et tous trois empruntèrent à vive allure le sentier envahi par les mauvaises herbes.

L'agent immobilier n'avait pas exagéré en déclarant que Krugerhoff était en très mauvais état. Carla avait déjà visité des endroits laissés à l'abandon, notamment des cottages perdus au fin fond de l'île du sud de la Nouvelle-Zélande, qui n'avaient rien à envier à la maison de son père. Le ciel s'était assombri avec la tempête qui menaçait. Toutefois, ils atteignirent la terrasse située à l'avant de la maison et ouvrirent la porte d'entrée juste avant l'arrivée des premières gouttes de pluie.

La porte donnait directement sur le salon et lorsqu'ils pénétrèrent dans la pièce, un nuage de poussière les enveloppa. La maison n'avait pas reçu de visiteurs depuis trente ans. Ils éternuèrent à plusieurs reprises. Plusieurs vitres étaient cassées et, dans le couloir, un petit animal prit la fuite, alerté par le bruit de leur arrivée. Carla appuya sur l'interrupteur et alluma le vieux globe accroché au plafond. Une faible lumière se mit à clignoter, éclairant la pièce quelques secondes, puis l'ampoule explosa, la replongeant dans la pénombre. Carla prit Sam par la main et se dirigea vers la cuisine. Cette fois elle eut plus de chance : l'ampoule ne grilla pas. Elle actionna ensuite le robinet de l'évier pour vérifier l'alimentation en eau. Un terrible bruit se fit entendre tandis que l'eau se remettait à couler dans les tuyauteries, pour la première fois depuis des années. Un filet couleur rouille se mélangea aux couches de poussière accumulées, puis il s'éclaircit petit à petit et bientôt l'évier fut propre de nouveau. Elle referma alors le robinet.

— L'une des chambres a été transformée en bureau, dit Angie à Carla en la rejoignant dans la cuisine.

Carla réalisa soudain avec une effrayante clarté qu'elle se trouvait dans la maison de son père, qu'autrefois il avait lui aussi allumé la lumière dans ce cottage, ouvert le robinet juste comme elle venait de le faire, fait chauffer du café sur la gazinière, qu'il s'était assis sur le canapé en face de la cheminée. Dans son journal, il avait décrit les pièces avec précision et au cours des deux dernières semaines, elle avait tellement lu et relu le récit de son père qu'elle le connaissait presque par cœur. Elle ne voulait pas aller dans la chambre où Rolfe et Marta avaient fait l'amour mais elle pensait qu'Angie et Sam trouveraient ça bizarre si elle n'y jetait pas un coup d'œil.

Dehors, la tempête faisait rage. Le ciel déchiré par des éclairs et de formidables coups de tonnerre leur offrait un magnifique spectacle son et lumière. Des trombes d'eau s'abattaient sur le toit du cottage qui semblait malgré tout en bon état puisqu'il n'y avait pas de fuite visible. Ils se tinrent debout quelques instants près de la vitre brisée du salon, pour regarder au-dehors. La lumière blafarde des éclairs illuminait les autres bâtiments et les champs où les vignes avaient poussé autrefois. Sous cet éclairage, le paysage avait un aspect sinistre. Carla frissonna, non parce qu'elle avait froid mais à cause des souvenirs qui hantaient cet endroit. Autrefois, il y avait longtemps de ça, Krugerhoff avait été la fierté et la joie de son père, alors plein d'espoir et de confiance en l'avenir…

— Quel taudis ! dit Sam.

— Mais non, Sam, c'est moins moche que ça en a l'air. C'est juste que personne n'a habité ici depuis des années. Tu sais, ta mère n'était même pas née quand la maison a été abandonnée, lui dit Angie d'un air complice.

Elle jeta un regard à Carla et vit son air empreint de tristesse.

— Je suis sûre qu'avec un nettoyage efficace, un bon coup de peinture et de nouveaux meubles, ce serait très joli.

— Hum, peut-être, répondit Sam sans conviction.

Mais il ajouta, après avoir réfléchi quelques instants :

— C'est beaucoup plus grand que notre appartement à Christchurch. On pourra visiter les autres bâtiments quand il ne pleuvra plus ?

Carla enlaça les épaules de son fils.

— Non, il va bientôt faire nuit. On va juste finir la visite du cottage et demain, après le petit déjeuner, on reviendra pour explorer le domaine de fond en comble.

— D'accord. Tu sais, maman, dit Sam en levant la tête pour la regarder. Ça me fait tout bizarre à l'intérieur — il pointa l'endroit où se trouvait son cœur — de savoir que grand-père a habité ici.

Carla lui sourit et lui répondit doucement :

— Moi aussi, Sam. Moi aussi.

6

Tandis que la tempête faisait rage, trois paires d'yeux regardaient le cottage tout éclairé, par un trou percé dans la tôle rouillée qui couvrait le mur de l'atelier.

— Satanés squatters, murmura un jeune garçon.

Grand pour un Vietnamien et musclé par le travail dans les vignes, il cracha de dégoût sur le sol en terre battue.

— Ce ne sont pas des squatters, Tran : il y a de l'électricité dans la maison, le contredit une jeune fille, appelée Kim Loong, de cinq ans plus âgée que son frère.

— Et nous, on est des squa… squatters ? demanda une petite fille dans un anglais hésitant.

— Oui. Mais qu'est-ce que ça peut faire, Su Lee ?

Tran regarda fixement Kim et se mit à parler doucement comme s'il était en train de confier un secret :

— On a eu beaucoup de visites ces temps-ci. C'est pas normal. Il va y avoir du changement, annonça-t-il d'un ton lugubre. On ferait mieux de décamper avant qu'on nous trouve. Ça fait trois mois qu'on est là et j'ai eu le temps d'économiser un peu d'argent.

Il regarda Kim.

— On devrait aller dans une grande ville, comme Adélaïde. Il y a plein de travail là-bas.

Kim hocha la tête en signe de dénégation.

— On trouve facilement du travail dans la vallée, même

après les vendanges. Les gens partent pour aller plus loin et comme ça, on a du travail. Il vaut mieux rester. On a un toit et suffisamment à manger. Il faut économiser bien plus avant de partir pour la grande ville.

Elle soupira :

— Tout est si cher en Australie.

— C'est mieux que de traîner dans les rues de Saigon, non ? fit Tran en gloussant et en donnant un coup affectueux dans les côtes de Kim qui le foudroya du regard.

— Regardez, ils partent maintenant. Les lumières sont éteintes, avertit Su Lee. Peut-être qu'ils ne reviendront pas.

— Allons préparer le dîner, ordonna Kim.

Marchant en file indienne, ils foulèrent sans bruit le sol en terre battue de l'atelier, jonché de débris de bois, de tubes de métal et de pièces de machine rouillées, et se dirigèrent vers le logement de fortune que Tran avait construit pour eux dans la remise aux allures de caverne. A l'aide de tôles rouillées et de morceaux de bois, il avait dissimulé l'entrée d'une pièce minuscule d'environ six mètres carrés. Ils pénétraient dans ce réduit en relevant l'une des tôles. Ils devaient ensuite se baisser et ramper pour parvenir à l'intérieur.

Grâce à Kim et Su Lee, leur abri était d'une propreté irréprochable. Le sol en terre était balayé quotidiennement et les matelas et les couvertures sur lesquels ils dormaient, roulés et rangés dans un coin pendant le jour pour éviter que des animaux et des insectes n'y élisent domicile. C'était un logis extrêmement rudimentaire, dans lequel on trouvait un réchaud à alcool, plusieurs poêles de tailles différentes, un wok, une bouilloire en métal, de vieilles caisses à fruits fermées d'un fin grillage pour conserver les denrées périssables, et un petit autel en hommage à Bouddha, décoré en permanence de fleurs et de bougies parfumées. Ils lavaient leurs habits à la rivière et les faisaient ensuite sécher sur une corde à linge, tendue suffisamment haut pour qu'ils ne s'y cognent pas.

Tandis que Tran allumait deux lampes à pétrole, leur seule source de lumière la nuit, Kim sortit une planche de bois et commença à hacher les légumes et à découper le poulet acheté à Nuriootpa cet après-midi-là, afin de les faire frire avec des nouilles. Su Lee avait déjà rapporté trois seaux d'eau de la rivière : un pour la cuisine et deux pour leur toilette.

— Je crois que nous devrions chercher un autre endroit, dit Tran en revenant à la charge. On ne peut pas rester ici cet hiver, on va se geler les miches. Et on n'aura plus de travail dans la vallée, toutes les vignes sont mortes en hiver.

— Ne sois pas vulgaire, Tran Loong, le réprimanda Kim en lui indiquant du regard Su Lee, ses yeux bridés marron foncé chargés de réprobation.

Leur jeune sœur ne parlait pas aussi bien anglais qu'elle — c'est sœur Dinah à Saigon qui avait enseigné l'anglais à Kim — ou que Tran. Toutefois, comme la plupart des enfants, Su Lee retenait très facilement les gros mots et les expressions vulgaires…

— Il va faire froid, c'est vrai, et il faudra peut-être que nous trouvions une nouvelle maison pour l'hiver. Ça fait un temps fou que tu bricoles cette moto, lança Kim à Tran sur un ton de reproche. Répare-la et trouve-nous quelque chose de mieux.

Tran haussa les épaules.

— J'ai besoin d'argent pour une nouvelle pièce. Je peux l'avoir d'occasion, ça ne coûtera pas cher.

Kim le regarda d'un air interrogateur :

— Combien ?

— Quarante dollars.

Pratiquement la moitié du salaire hebdomadaire qu'ils

gagnaient à travailler dans les vignes, calcula-t-elle. Elle sut par expérience qu'il avait probablement augmenté le coût de cinq à dix dollars pour en garder un peu pour son propre usage. Kim retint un soupir. Tran était comme ça. Il était un peu sournois quand il était question d'argent. Elle glissa sa main sous son chemisier et attrapa une ceinture placée sur ses hanches et dissimulée sous sa jupe. Elle en sortit deux billets de vingt dollars qu'elle lui remit en demandant :

— Est-ce que ta moto marchera avec la nouvelle pièce ?

— Sans aucun doute, répondit Tran, sûr de lui.

Depuis qu'elle avait découvert le penchant de son frère pour le jeu — il ressemblait tellement à leur père —, elle conservait sur elle l'argent qu'ils gagnaient au lieu de le cacher. Elle craignait en effet qu'au cas où il découvre la cachette, il ne perde toutes leurs économies au jeu, comme cela lui était arrivé une fois auparavant. Hormis cette passion dispendieuse, Tran était digne de confiance et la plupart du temps il ne rechignait pas à la tâche. Très habile de ses mains, il était capable de construire n'importe quoi. Son seul autre défaut était que, comme tous les jeunes hommes de dix-huit ans, il n'était guère patient.

Kim le comprenait. Elle aussi avait eu dix-huit ans, même si cela lui semblait tellement loin maintenant. A cette époque-là, elle vivait dans les rues de Saigon, après avoir été vendue à neuf ans au propriétaire d'une maison close. Elle s'en était échappée à maintes reprises mais chaque fois, on l'avait retrouvée et ramenée de force. Enfin, à dix-sept ans, elle avait réussi à s'enfuir et était partie à Saigon avec quelques maigres économies en poche. Elle frissonna en pensant à ces horribles années et se mit à couper les légumes avec une vigueur redoublée.

Malgré tout, elle ne put empêcher les souvenirs de refaire surface.

Elle était la quatrième enfant et la fille cadette d'une famille pauvre et rurale. Ses parents décidèrent de la vendre lorsque, ruinés par la sécheresse qui avait détruit leur récolte de riz, ils se retrouvèrent à court d'argent et incapables de nourrir le reste de la famille.

Ne pense pas à ces jours anciens et douloureux, se dit-elle intérieurement.

En effet, chaque fois qu'elle se remémorait son enfance, d'horribles cauchemars revenaient hanter son sommeil.

Le passé est le passé. Point final. Tran, Su Lee et Kim vivaient maintenant en Australie, en toute légalité. Et ici, dans ce vaste pays, ils avaient l'opportunité de devenir ce que bon leur semblait. Elle reporta alors ses pensées sur les deux femmes et le garçon qui étaient venus au cottage. Allaient-ils revenir ? Comme elle ne travaillait pas le lendemain, elle pourrait faire le guet en compagnie de Su Lee et observer ce qui allait se passer.

— A la lumière du jour, ça paraît encore pire. La maison est vraiment dans un état lamentable !

Le découragement gagnait Carla tandis qu'ils faisaient le tour de la propriété et se dirigeaient vers un grand bâtiment recouvert de tôles. C'était sans doute l'endroit où jadis on pressait le raisin, et où on laissait le jus fermenter avant de le mettre en bouteilles. En un mot, c'était l'atelier de fabrication du vin.

— Je ne suis pas d'accord avec toi, dit Angie en essayant d'être optimiste. Les bâtiments ont bien résisté, si l'on tient compte du peu d'entretien dont ils ont bénéficié pendant trente ans.

— L'agent m'a dit que l'un des ouvriers de Papa, un certain Otto, avait pris soin de l'endroit jusqu'à sa mort, il y a trois ans. Le vieil homme taillait les vignes en hiver. Il pensait que Papa reviendrait un jour. Il voulait que tout soit prêt pour son retour.

— Ah, c'est donc pour ça que tout n'est pas tombé en ruine et que l'atelier semble en bon état. Allons voir à l'intérieur, suggéra Angie.

Elle ouvrit la porte en grand, laissant pénétrer des flots de lumière dans la pièce déjà éclairée par des fenêtres percées dans le toit. Elle fit le tour de l'atelier, étudiant chaque chose avec intérêt, inspectant les pressoirs, les cuves et autres équipements viticoles.

— C'était du matériel très moderne il y a trente ans. Et il a bien tenu le coup. Otto s'est bien occupé de tout ça. Il a dû continuer à huiler et à faire fonctionner les machines tant qu'il en était encore capable.

— Bon, dit Carla comme si elle se parlait à elle-même. Il n'y aurait donc pas grand-chose à remplacer si… Je veux dire par là que, si quelqu'un souhaitait remettre sur pied le vignoble et l'exploiter, ce ne serait pas trop dur de faire fonctionner de nouveau ce matériel, n'est-ce pas ?

Angie prit quelques minutes pour réfléchir à la question de Carla avant de répondre :

— Je ne crois pas, mais il faudrait demander à un ingénieur viticole de tout vérifier et de s'assurer que l'équipement est en état de marche.

— Hé, maman, viens voir, l'appela Sam à l'autre extrémité du bâtiment.

Il avait découvert, dans un coin, un stock de bouteilles rangées dans des casiers et plusieurs petits fûts de chêne.

— La première récolte de Rolfe, je suppose, expliqua Angie.

— Ce n'est plus buvable, si ? demanda Carla.

Elle s'empara d'une des bouteilles vertes. Il y en avait plusieurs centaines. Sur l'étiquette on pouvait lire : « Krugerhoff, Chardonnay, 1962 ». Cela faisait si longtemps ! Elle remit la bouteille à sa place avec un pâle sourire.

Angie fit une grimace.

— Du vin blanc. Ça m'étonnerait. On ne pourrait même pas le consommer comme du vinaigre.

Elle se mit à inspecter les fûts.

— On dirait que Rolfe avait prévu plusieurs fûts de porto. S'il n'est pas devenu aigre et que le vieux Otto a continué à le tourner, il se peut en revanche qu'il soit excellent.

Elle pointa le doigt en direction de petites caisses de bois.

— Il avait probablement l'intention de le commercialiser à la mémoire de la première récolte.

Sam tira Carla par le bras.

— Viens, maman, allons voir les vignes. Je veux aller à la rivière aussi. Mon maître m'a dit qu'on pouvait attraper des écrevisses dans les rivières australiennes.

— Vraiment ? dit Carla que l'enthousiasme de son fils fit sourire.

Sam était un vrai petit paquet d'énergie.

— Oui, il a raison, ton maître, confirma Angie.

Le sourire de Carla s'élargit. Sam semblait apprécier l'Australie et c'était plutôt bien si… La nuit passée, épuisée par le voyage, par la visite à Krugerhoff, et pour finir par la tempête, elle n'avait pu trouver le sommeil : trop de pensées, de questions, d'hypothèses se bousculaient dans son esprit. Des pensées tristes sur son père et d'autres plus optimistes : par exemple que peut-être Krugerhoff pourrait être remis sur pied. Cela nécessiterait énormément de travail et d'argent, Carla le savait bien. Et puis, il y avait toujours un risque. Que se passerait-il si elle échouait ? Elle n'était pas du genre à surestimer ses capacités. Elle savait qu'elle n'était pas prête à quitter tout ce qu'elle possédait pour… un saut dans l'inconnu.

Pourtant, elle ne pouvait le nier, autre chose la poussait à tenter l'aventure : les Stenmark. Si sa nouvelle famille les accueillait avec enthousiasme, elle et son fils, et si des relations cordiales s'établissaient entre eux, cela serait très profitable pour Sam et cela la déciderait probablement à rester dans la Barossa Valley.

A l'extérieur, la lumière éblouissante la fit cligner des yeux. Derrière le cottage, à travers les hautes herbes et les broussailles, on apercevait clairement les vignes qui poussaient de manière désordonnée. Les rangées rectilignes avaient disparu et il n'y avait plus de treillis. Le vignoble ressemblait à un fouillis inextricable.

— Il faudrait remettre de l'ordre dans tout ça. C'est un peu la pagaille, admit Angie en regardant le visage consterné de Carla.

Les mains dans les poches, elle se tenait près de son amie, à la lisière des vignes qui s'étendaient à ses pieds.

— Je suppose qu'il faudra déterrer tous les plants et tout recommencer de zéro, dit Carla en évitant soigneusement de dire « nous ».

— Pas nécessairement. C'est dur à dire, tant qu'on n'y a pas regardé d'un peu plus près, mais vues d'ici, les vignes ont l'air en bonne santé. C'est l'automne et les feuilles tombent rapidement maintenant. En hiver, il faudra les tailler sévèrement et remettre les treillis en place.

Angie jeta un regard en coin à Carla.

— Cela dit, ce travail nécessite du personnel. Mais si elles n'ont pas de maladies, je pense que la plupart des vignes pourraient fleurir et avoir du raisin au printemps.

Carla la regarda fixement, toute surprise.

— Vraiment ? Tu en es sûre ?

— Eh bien, je n'en mettrais pas ma main au feu, avoua Angie, mais je suis à peu près certaine qu'avec beaucoup de travail, Krugerhoff pourrait donner une bonne récolte l'été prochain.

— Etonnant…

Sam, qui s'était éclipsé, les appela :

— Maman, j'ai trouvé la rivière.

Angie sourit. Elle échangea un sourire avec Carla.

— J'y vais. Tu n'as qu'à rester ici et réfléchir à tout ça.

Elle connaissait très bien Carla et savait qu'elle aimait peser les avantages et les inconvénients d'une situation délicate. Conserver ou non Krugerhoff n'était pas une décision à prendre à la légère. Compte tenu de son expérience, Angie était mieux à même de juger le potentiel du domaine que Carla. Et pour elle, Krugerhoff pouvait être remis sur pied et prospérer. Elle en avait la conviction.

En outre, le moment était idéal, vu comme les viticulteurs de la Barossa Valley avaient le vent en poupe. Pourtant, elle devait se garder de se montrer trop enthousiaste. Même si elle était l'amie de Carla, elle ne voulait surtout pas décider de son avenir à sa place ni l'influencer outre mesure.

Elle se fraya un chemin dans les herbes folles et se dirigea vers les bosquets en bordure du ruisseau, tout en appelant Sam.

— Où es-tu, Sam ?

Occupée à chercher l'enfant, Angie n'avait pas vu l'homme qui marchait vers Carla. Elle sursauta quand elle entendit une voix d'homme qui s'adressait à la jeune femme d'un ton autoritaire.

— Ceci est une propriété privée, madame. Que faites-vous ici ?

Angie se retourna et vit Carla faire face à l'intrus, le menton relevé en signe de défi, le corps raidi. Elle sourit et poursuivit son chemin. Il ne s'agissait pas du charmant architecte venu à leur secours la veille, mais qui que soit cet homme, Carla n'était pas le genre de femme à tolérer qu'on lui parle sur ce ton. Angie aperçut soudain le petit Sam, qui jouait les intrépides. Il était allongé sur la berge de la rivière et en sondait les profondeurs avec un bâton.

— Tu as trouvé des écrevisses, Sam ?

Les yeux bleus de Carla devinrent glacials tandis qu'elle regardait l'homme approcher : il était solidement bâti et vêtu d'habits de travail. Son corps massif et l'expression agressive de son visage la hérissèrent d'emblée. Elle ne répondit pas à sa question, se contentant de le fixer sans aménité.

Josh Aldrich s'arrêta à près d'un mètre de distance de la jeune femme aux cheveux roux, comme s'il s'était soudain heurté à un mur invisible. C'était incroyable ! Il lui semblait voir une étrange apparition ou plutôt assister à une réincarnation. Il sut immédiatement qui elle était sans qu'elle eût prononcé un seul mot et il se sentit envahi par un sentiment qui était plus que de la curiosité. Il s'agissait d'une attirance spontanée. Il plongea sa main dans la poche de son pantalon pour dissimuler un début d'érection. Bon Dieu ! elle ressemblait tellement à sa… grand-mère ! De là lui venaient cette allure et ces cheveux roux et bouclés, tandis que ses yeux bleus et son regard d'acier, elle les avait hérités du vieux.

Quand il retrouva la parole, il s'adressa à elle sur un autre ton, plein de respect.

— Que… que faites-vous ici ?

Carla ne daigna pas répondre et lui posa en retour une question, d'une voix sèche et condescendante :

— Qu'est-ce qui vous donne le droit de me demander ça ? Apparemment, vous n'êtes pas policier ni agent immobilier.

— Je suis…, commença-t-il en bombant le torse, je suis Josh Aldrich, le responsable d'exploitation du vignoble de Rhein Schloss.

Il continua à faire semblant d'ignorer son identité.

— C'est une propriété privée, vous savez. J'ai aperçu le portail ouvert et la voiture. Alors je suis venu jeter un coup d'œil.

Ce n'était pas vraiment la vérité. Il était venu pour en découdre et… il avait trouvé à qui parler. Il sourit intérieurement.

— Ah ! Monsieur Aldrich ! Qui vous a nommé gardien officieux de Krugerhoff ?

Il n'en revenait pas : elle s'exprimait même comme Carl Stenmark. Il adorerait, songea-t-il, assister à un face-à-face entre la jeune femme et Carl.

— Personne, répondit-il. Je suis juste venu faire un petit tour, en voisin, pour m'assurer que tout va bien.

Il prit une profonde inspiration et posa la question qui l'obsédait, car il voulait être sûr de ne pas se tromper :

— Vous êtes la petite-fille de Carl, n'est-ce pas ?

Comme elle ne répondait pas, il ajouta :

— La fille de Rolfe Stenmark.

Carla se détendit un peu et répondit :

— Les nouvelles vont vite dans les petites communautés australiennes. C'est pareil en Nouvelle-Zélande.

Elle daigna ensuite se présenter :

— Je suis Carla Hunter.

— Alors, Krugerhoff vous appartient maintenant, n'est-ce pas ?

— Dès que le testament de mon père sera homologué, ce domaine sera à moi, en effet, monsieur Aldrich.

Josh Aldrich haussa les épaules.

— Appelez-moi Josh, Carla. Ici on s'appelle tous par nos prénoms. Vous allez faire une très bonne affaire en vendant ce terrain, dit-il avec enthousiasme. Depuis que les gens sont au courant de la… du décès de votre père, ils se demandent qui va acheter Krugerhoff.

Il pensait qu'elle apprécierait une telle information mais lorsqu'il croisa son regard froid, il comprit qu'il avait fait fausse route.

— Qu'est-ce qui peut bien vous inciter à croire, vous ou n'importe qui d'autre, que j'ai envie de vendre ?

Josh rejeta la tête en arrière en riant.

— Madame, vous êtes vraiment incroyable. Tout le monde ici sait très bien que vous n'avez pas d'argent et que vous n'y connaissez rien à la viticulture. Ce serait idiot de votre part de ne pas vendre.

Il la vit réfléchir aux paroles qu'il venait de prononcer et poursuivit :

— Carl, votre grand-père, est prêt à tout pour récupérer ce bout de terrain.

Il plissa les yeux, d'un air cupide :

— Votre prix sera le sien, Carla.

— C'est mon grand-père qui vous l'a dit ?

— Votre grand-père et moi, on est comme ça, mentit Josh en croisant l'index et le majeur pour lui faire croire qu'ils étaient intimes. Ouais, c'est lui-même, en personne, qui me l'a dit… enfin presque, confirma-t-il.

Après tout, ce n'était pas très loin de la vérité.

Elle resta songeuse quelques instants.

— Eh bien, je ferais peut-être mieux d'en parler avec lui et de voir quelle somme il est prêt à mettre.

Josh, pris au dépourvu par tant de franchise, répliqua précipitamment :

— Madame, je veux dire, Carla, ne faites pas ça. N'allez pas voir Carl. Le vieil homme est…

Comment pouvait-il le lui dire sans la blesser ? Après tout, il ne la connaissait pas et n'avait pas à se soucier de ses sentiments… même si cette femme, il devait bien l'admettre, était extrêmement sensuelle et séduisante.

— Le vieux est… Il n'a pas digéré ce que votre père a fait. Vous savez de quoi je veux parler bien sûr. Il ne serait peut-être pas très heureux de vous voir, étant donné que vous êtes la fille de Rolfe et tout ça.

— Sa seule petite-fille, je crois. Est-ce que cette rancune n'est pas un peu ridicule et dépassée ?

Il la regarda se redresser de toute sa taille. Son regard venait désormais se planter dans le sien. Josh s'était toujours vanté d'être perspicace et de savoir deviner les sentiments cachés, mais là, c'était inutile. Cette femme affichait ostensiblement ce qu'elle ressentait. Et elle était visiblement furieuse. Avec ses cheveux flamboyants et son franc-parler, Carla vous montrait tout de suite qu'elle avait un caractère bien trempé. Il devinait sans peine que sa colère pouvait exploser à tout moment :

— Tout le monde dans la vallée connaît aussi cette histoire à propos de mon père et de Marta, j'imagine ?

— Oui, mais c'est du passé tout ça, lui répondit-il d'un air jovial.

Josh aimait harceler les gens et tester leur patience.

A ces paroles, Carla cligna des yeux avec incrédulité.

— Oui, c'est arrivé il y a plus de trente ans. Qui peut rester rancunier pendant tant d'années ?

— Les personnes qui ont le tempérament pour ça, suggéra Josh d'un air satisfait. Carl Stenmark n'est pas du genre à oublier ou à pardonner.

— Je ne vous crois pas.

— Comme vous voulez.

Il haussa les épaules avec désinvolture. Il s'en fichait complètement qu'elle le croie ou non. Il avait ce qu'il voulait : à savoir une bonne histoire à raconter à Luke et à Carl. La fille de Rolfe était là. Ils lui seraient reconnaissants de les avoir mis au courant.

— Un conseil, Carla. Vous en ferez d'ailleurs ce que vous voudrez. Gardez vos distances avec les Stenmark et Rhein Schloss. Si vous avez des affaires à régler, passez par Luke Michaels, le petit-fils Stenmark. Il est plus accessible et plus raisonnable que le vieil homme.

Irritée par les remarques de Josh sur les opinions et le caractère de son grand-père, agacée par son sourire fat — il se croyait visiblement très malin —, elle répliqua vivement :

— Bon, maintenant que nous avons fait connaissance, Josh Aldrich, vous pouvez retourner voir votre patron et lui dire que je ne vendrai jamais Krugerhoff à quelqu'un d'aussi rancunier… Si jamais je décide de vendre.

— On peut dire que vous avez du cran, madame.

Josh secoua la tête, à la fois perplexe et admiratif.

— Je vous aurai prévenue : il ne fait pas bon s'opposer à la volonté de Carl. Il a beau avoir quatre-vingt-deux ans, c'est toujours un adversaire redoutable.

Carla en avait assez entendu. Les mains sur les hanches, les jambes légèrement écartées pour un meilleur équilibre, elle répondit avec froideur :

— Moi aussi je peux être redoutable, monsieur Aldrich. Allez le dire à votre patron et… partez d'ici.

L'index de la main droite pointé de manière impérieuse en direction du portail, elle lança :

— Sur-le-champ !

7

Allongée dans les vignes, à l'abri de leurs feuillages emmêlés, Kim Loong écoutait, médusée, la conversation entre Josh Aldrich — qu'elle connaissait — et la femme aux cheveux roux. Ainsi, c'était elle la propriétaire de Krugerhoff. Cette information était tout à fait intéressante. Tout ce qui concernait Krugerhoff la touchait de près. Elle se rappelait les histoires entendues au travail à propos du vignoble abandonné, ce vignoble dans lequel elle s'était provisoirement installée avec son frère et sa sœur.

D'après ce qu'elle avait compris, la propriété serait peut-être bientôt en vente. Pourtant, de sa cachette, elle avait scruté avec attention le visage de la femme, et elle sentait que celle-ci n'avait pas encore pris de décision arrêtée. En fait, sauf erreur de jugement de sa part, l'étrangère semblait peu disposée à se séparer de son bien. Et Kim Loong se trompait rarement. Vivre dans les rues de Saigon lui avait appris à devenir perspicace et avisée. Quant à l'attitude désagréable d'Aldrich — à laquelle Kim était habituée pour avoir travaillé dans les vignes de Rhein Schloss —, elle semblait avoir tellement irrité Mme Hunter qu'elle refuserait sans doute de vendre, et à plus forte raison aux propriétaires de Rhein Schloss.

Tout ceci était fort intéressant, mais qu'allait devenir sa petite famille ? Que Krugerhoff soit vendu et reconstruit ou que Mme Hunter décide de rester pour remettre sur pied le vignoble, cela revenait au même pour sa famille : leur maison de fortune serait découverte et on les obligerait à partir. Ils se retrouveraient alors sans domicile.

Chassant les idées sombres qui l'assaillaient, elle courba le dos, dissimulée par les vignes. Elle ne voulait pas partir. Elle resta à son poste, continuant d'observer ce qui se passait. L'autre femme, blonde, plus âgée, revenait maintenant accompagnée du garçon à la chevelure rousse. Ils se dirigèrent tous trois vers le cottage. Le garçon, en tête, courait et sautait devant les deux femmes, qui bavardaient.

La conversation qu'elle venait d'entendre l'avait laissée songeuse et elle se mit à penser à l'avenir de sa famille. Lorsque les étrangers furent hors de vue, elle quitta sa cachette. Tran devait réparer sa moto au plus vite ! Ils en auraient peut-être besoin plus tôt que prévu.

— Est-ce que c'est réalisable ? demanda Carla à Angie.

Elles étaient en train de déjeuner dans un café de Murray Street.

Angie attendait cette question depuis plusieurs jours et lui répondit immédiatement, en souriant :

— Je crois. Vends le vignoble de Valley View à Claude Webster et, après avoir réglé les factures et remboursé le prêt, il devrait te rester un petit pécule. Par ailleurs, si tu vends ton appartement à Christchurch — sachant que tu ne réaliseras pas un gros profit, car le marché de l'immobilier est complètement déprimé en ce moment —, et qu'on ajoute à la somme ainsi gagnée ce que m'a laissé Rolfe, cela devrait être suffisant pour remettre Krugerhoff sur pied. Même si au début on démarrera en douceur.

Carla la regarda d'un air amusé :

— Je vois que tu as pensé à tout. Tout ça a l'air parfait, à condition que…, dit Carla en insistant sur ces derniers mots, nous soyons partenaires à cinquante-cinquante. Et je serai intraitable sur ce point.

— Si c'est ce que tu désires, d'accord. Tu as raison : c'est vrai que j'ai beaucoup réfléchi à cette affaire, répliqua Angie.

Elle ajouta d'un air entendu :

— Et toi aussi, j'en suis sûre.

Carla hocha la tête.

— Il faudrait être aveugle pour ne pas voir le potentiel de Krugerhoff. Et si je pouvais trouver un travail de prof à mi-temps — je crois qu'il y a des équivalences au niveau des qualifications —, cela nous aiderait aussi financièrement.

Elle regarda Angie.

— Bien évidemment, je suis d'autant plus intéressée par cette affaire qu'elle me permettra de connaître la famille de Papa. Ce serait bien pour Sam.

Angie fronça les sourcils à ces mots.

— Ne sois pas trop optimiste sur ce point. Ce type, Aldrich, ne t'a-t-il pas prévenue qu'il ne valait mieux pas essayer de contacter ton grand-père ? Apparemment ce Carl Stenmark n'est pas empressé de vous voir.

Elle était persuadée que Josh disait la vérité. Rolfe lui avait toujours parlé avec réticence de son passé et si Aldrich n'exagérait pas, les puissants et riches Stenmark étaient capables de lui fermer la porte au nez.

Carla lui lança un regard déterminé.

— Je n'arrive pas à croire que quelqu'un puisse ruminer sa rancune pendant plus de trente ans et la faire subir à des gens qu'il ne connaît pas, des gens qui n'ont rien à voir avec le problème d'origine.

— Ce n'est certes pas logique, mais ton grand-père

est comme ça. Parfois les vieilles personnes deviennent obsédées par certaines choses. Mon propre père est devenu un peu bizarre après la mort de ma mère : ronchon et difficile à vivre. Il est resté comme ça jusqu'à sa mort.

Angie jeta un coup d'œil à Sam qui s'agitait sur sa chaise.

— Vous pourriez aller faire un tour dans ce joli parc que nous avons vu en venant ici.

— Oh oui, maman, dit Sam avec enthousiasme. Mon ballon de foot est dans le coffre de la voiture.

Angie lui sourit. Elle considérait Sam un peu comme son petit-fils.

— Allez-y. Je vais rentrer à l'hôtel et coucher quelques chiffres sur le papier. Il ne s'agira que d'estimations, mais nous aurons tout de même une meilleure idée de ce que nous coûtera Krugerhoff pour être viable.

— N'oublie pas de comptabiliser la somme qu'il nous faudra pour rénover le cottage. Si nous restons, il faut qu'il soit vivable.

— Il ne faudra pas grand-chose. Refaire la cuisine, rafraîchir les peintures intérieure et extérieure, installer des placards dans les chambres, acheter de nouveaux meubles et changer le bureau de place. Nous pourrions aussi construire une petite pièce sur la terrasse à l'arrière ou transformer le garage.

Elle jeta à Carla un regard furtif.

— Et si on demandait à cet architecte sympathique, Paul, d'évaluer le coût de la restauration ? Il pourrait en même temps vérifier si la structure des bâtiments est saine.

Carla foudroya Angie du regard.

Au cours des six derniers mois, Angie avait à maintes reprises essayé de lui faire rencontrer des hommes, notamment lorsqu'elle venait faire un tour avec Sam au vignoble.

— Je ne suis pas à la recherche d'un homme, alors n'essaie pas de me caser avec quelqu'un.

Une fois le déjeuner terminé, Carla paya l'addition.

— Il est temps d'aller au parc, dit-elle à Sam.

Une fois dehors, Angie rentra à pied vers leur motel tandis que Carla et Sam s'installaient dans la voiture.

Tout en bouclant la ceinture de Sam, Carla réfléchissait. Etait-il raisonnable de s'installer à Krugerhoff ? Elle ne savait qu'en penser. Cela nécessiterait un travail énorme. Ne serait-il pas plus simple de vendre le domaine et d'utiliser l'argent pour rembourser le prêt contracté par son père pour le vignoble de Valley View ? C'était de toute évidence l'option la plus rationnelle mais… si son père avait conservé Krugerhoff et le lui avait légué, il devait avoir une bonne raison. Et d'après elle, il avait souhaité ainsi la mettre en relation avec sa famille, même s'il ne lui en avait jamais parlé. La tâche serait rude, certes, mais elle devait essayer, ne serait-ce que pour son père. En outre, grâce à l'aide et à l'expérience d'Angie, elle était optimiste quant aux chances de réussite de leur entreprise. Une fois réhabilité, le domaine de Krugerhoff constituerait un merveilleux héritage pour Sam !

Elle démarra la voiture. Elle avait décidé d'emmener Sam à la Réserve Coulthard et, ensuite, ignorant les conseils de prudence d'Angie, d'aller avec lui à Stenhaus pour faire connaissance avec sa nouvelle famille.

Sam, après une heure passée dans le parc à nourrir les canards du lac, à courir le long des allées et à taper dans son ballon, fut suffisamment fatigué pour rester tranquillement assis sur son siège pendant que Carla essayait de trouver la maison de son grand-père. Après avoir fait plusieurs fois fausse route et s'être arrêtée à deux reprises pour demander son chemin, elle arriva enfin dans l'allée qui menait à l'imposante demeure de la famille Stenmark. Carla contempla, bouche bée, la maison où son père avait vécu.

Cette magnifique bâtisse tenait à la fois du château français et du manoir allemand. Les murs étaient recouverts d'un bel enduit et de gros blocs de pierre grise marquaient les coins à angle droit du bâtiment à deux étages, surmonté d'un toit pentu en ardoise. Sur la façade du bâtiment, percée de petits vitraux, étaient fixés des treillis de bois où poussaient différentes sortes de vignes. Une pelouse coupée ras et des jardins à la française plantés de rosiers entouraient la maison. Tout au bout de la longue allée, une vaste cour circulaire parsemée de gravillons et bordée de bosquets de roses et de cyprès s'étalait devant le perron. L'ensemble était très imposant. Plus loin, devant les rangées de vignes qui s'étendaient à l'infini, elle aperçut un bâtiment long et bas qui servait de garage. Oui, cela correspondait parfaitement à la description qu'en avait faite son père dans son journal.

— Ben ça, alors ! Maman, c'est à qui la maison ? demanda Sam, soudain curieux.

Carla, impressionnée par tant de richesse, ne répondit pas immédiatement. Elle ignorait que…

— Maman… ?

Elle faillit redémarrer le moteur et repartir, mais elle se reprit soudain, de nouveau déterminée à aller de l'avant. Ce n'était qu'une maison et à l'intérieur habitait leur famille. Elle jeta un coup d'œil en direction de son fils au visage perplexe. *C'est pour toi que je fais ça, Sam. Uniquement pour toi.* Prenant son courage à deux mains, elle lui tapota le genou.

— Il faut juste que j'aille rendre une petite visite. Attends-moi dans la voiture, s'il te plaît.

Et, avant qu'il ait pu protester — Sam pouvait être buté quand il s'y mettait —, elle sortit de la voiture et monta d'un pas rapide la volée de marches qui menait jusqu'à la majestueuse porte d'entrée à double battant. Elle sonna, puis attendit, consciente des battements accélérés de son cœur qui lui coupaient un peu le souffle. Quelques minutes plus tard, la porte s'ouvrit et une grande femme brune au visage aristocratique, vêtue et maquillée avec élégance, la regarda fixement :

— Quand allez-vous comprendre que les livraisons sont à déposer derrière la maison et non pas ici ? dit Lisel Stenmark avec impatience, d'un ton condescendant.

Elle jaugea Carla de son regard sombre, prenant note de ses sandales poussiéreuses, de son pantalon en toile et de son débardeur. Puis elle jeta un coup d'œil au visage de la jeune femme, à ses cheveux d'un roux flamboyant et à ses prunelles d'un bleu éclatant. Elle écarquilla les yeux, frappée de stupeur. Elle cligna des paupières à plusieurs reprises et pinça les lèvres.

Carla sut intuitivement qui était la femme qui se trouvait en face d'elle. Son coûteux tailleur indiquait clairement qu'elle ne faisait pas partie du personnel. Elle était en outre trop jeune pour être la sœur aînée de son père. Cette femme sophistiquée devait avoir environ quarante ans et il ne pouvait donc s'agir que de Lisel, la plus jeune sœur de Rolfe. Essayant d'ignorer l'attitude méprisante et déplaisante de la femme, elle dit d'une voix assurée :

— Vous devez être Lisel.

Lisel Stenmark recula d'un pas en direction de la porte comme si Carla était atteinte d'une maladie contagieuse.

— Les gens qui ne me connaissent pas m'appellent Mme Stenmark, répliqua Lisel avec hauteur.

Ulcérée devant tant d'arrogance, Carla poursuivit en gardant son calme :

— Nous ne nous sommes jamais vues, mais il y a de fortes chances pour que nous fassions plus ample connaissance. Je m'appelle Carla Hunter. Je suis votre nièce — la fille de votre frère Rolfe.

— Comment osez-vous venir frapper à notre porte ? On vous a déjà dit, il me semble, que vous n'étiez pas la bienvenue ici. Papa a désavoué Rolfe il y a plus de trente ans de ça pour qu'aucun de ses enfants ne puisse être reconnu comme faisant partie de la famille Stenmark.

Lisel se redressa de toute sa haute taille, dominant Carla de plusieurs centimètres.

— Papa ne vous considérera jamais, ni vous ni votre fils, comme des Stenmark. Et si vous croyez pouvoir venir ici comme si nous étions parents, eh bien, vous vous trompez royalement.

— Mais…

Carla eut l'impression qu'elle venait de recevoir une gifle en plein visage et Lisel, un sourire froid aux lèvres, savourait l'humiliation de la jeune femme.

— Tout ça s'est passé il y a très longtemps. Je suis sûre…

— Mon père, ma sœur et moi-même avons bonne mémoire, madame Hunter. On s'en fiche éperdument que le sang des Stenmark coule dans vos veines. Comme je vous l'ai dit, vous n'êtes pas et vous ne serez jamais la bienvenue ici. En conséquence, plus vite vous vendrez Krugerhoff et plus vite vous partirez, mieux nous nous en porterons.

A ces paroles, elle fit un autre pas en arrière, cherchant à tâtons la poignée de la porte qu'elle claqua à toute volée au nez de Carla.

Fière d'elle, Lisel s'adossa contre la porte, soulagée. La sonnette retentit de nouveau. Avec un geste d'impatience, elle entrouvrit le battant de quelques centimètres et vit

Carla debout sur le perron, les mains sur les hanches, le visage en feu.

— Je n'ai d'ordres à recevoir de personne. Je vais où bon me semble et je fais ce que je veux, tante Lisel. Dommage que la famille Stenmark n'apprécie pas que la fille de Rolfe soit à Barossa, parce que, il se pourrait justement que je reste ici…

Une fois sa tirade terminée, elle se pencha en avant et tira brusquement sur la poignée de la porte qui se referma sur Lisel, avant que celle-ci ait le temps de répliquer quoi que ce soit.

Hors d'elle, Carla descendit les marches à toute allure, rentra dans sa voiture et claqua la portière avec violence. Pour qui se prenaient ces Stenmark ? Et… qui étaient donc ces gens pour nourrir une rancune aussi tenace après plus de trente ans ? Ce n'était pas normal, elle en était convaincue. Elle songea soudain que son père avait eu raison de quitter l'Australie pour recommencer sa vie ailleurs. Enervée et frustrée, elle avait l'esprit en ébullition. Des parents comme eux, elle pouvait s'en passer.

— Ça va, maman ? Tu as l'air bizarre.

— Bizarre ?

— Oui… comme quand tu es en colère après moi !

La remarque de Sam la fit sourire. Elle se pencha vers lui et l'attira contre elle.

— Oh, Sam ! Je ne suis pas fâchée après toi. C'est quelqu'un d'autre qui m'a mise en rage.

Elle mit le moteur en marche et appuya sur l'accélérateur.

— Mais ça passera. Viens, allons rejoindre Angie.

Pendant tout le trajet jusqu'à Nuriootpa, Carla fulmina en pensant à ce que lui avait dit sa chère tante. « Vous n'êtes pas la bienvenue ici. Retournez chez vous. » Qu'ils aillent se faire voir, les Stenmark. Elle était la fille de Rolfe et elle avait tout à fait le droit d'être ici, dans la

Barossa. Et, songea-t-elle en pointant le menton vers l'avant d'un air têtu, elle était bien décidée à s'y installer. Avec l'aide d'Angie, elle allait transformer Krugerhoff en un vignoble prospère. Qu'ils aillent au diable, les Stenmark et leur cher Rhein Schloss. Oui, ils pouvaient toujours protester, elle était fermement décidée à ne pas se laisser intimider.

Lisel, adossée contre le battant de la porte, essayait de retrouver son calme. Elle revivait mentalement la scène avec Carla. La jeune femme était le portrait craché de sa mère, Anna Louise. Cette ressemblance était tout à fait troublante, mais quelle audace, elle avait eue, cette Carla, de venir ainsi à Stenhaus, comme si elle s'attendait à ce qu'on l'accueille à bras ouverts. Pourtant, Lisel sentit, presque résignée, que cette visite serait lourde de conséquences. Carla était une menace pour Luke, pour son héritage, même si Lisel était convaincue que son père ne considérerait jamais le petit garçon de Carla comme un Stenmark. Elle rêvait depuis trop longtemps que Luke dirige Rhein Schloss pour laisser quiconque entraver son ascension. Il fallait convaincre Carla de quitter rapidement la Barossa Valley. Et ce par n'importe quel moyen.

Luke Michaels venait de recevoir un appel de Lisel. Tout énervée, elle lui avait raconté que Carla avait eu le culot de débarquer à l'improviste à Stenhaus. Il fallait qu'il parle sans tarder à la fille de Rolfe, Luke en eut alors la certitude. Il n'était plus possible de repousser à plus tard cet entretien. Il sut instinctivement que cette conversation serait pénible, notamment après l'accueil que Lisel avait réservé à Carla. La nuit tombait quand il gara sa luxueuse Mercedes près du portail de Krugerhoff. Il resta assis là un moment à contempler les lieux. Voilà des années qu'il n'était pas venu ici…

Le vieux portail était grand ouvert et l'herbe déjà tout aplatie à cause des allées et venues de plusieurs véhicules. Il remarqua une petite voiture, de location sans aucun doute, garée près du cottage. Un garçon blond, ou plutôt roux, tapait dans un ballon de football, le faisant rebondir contre le mur pour le rattraper ensuite et faire quelques dribles. Il se débrouillait bien pour son âge. Luke sortit du véhicule et se dirigea vers le cottage. Le garçon l'aperçut et courut vers lui, le ballon coincé sous le bras.

— Bonjour, monsieur.

Sam était un enfant très sociable. Il s'arrêta soudain pour regarder avec attention l'homme élégant qui se tenait devant lui.

— Vous voulez parler à ma mère ?

— Ça dépend. Est-ce que Carla Hunter est ta mère ? s'enquit Luke même s'il connaissait déjà la réponse.

— Oui.

Sam montra du doigt l'atelier.

— Elle est là-bas avec Angie.

— Et qui donc est Angie ? demanda Luke en se tournant à demi vers l'atelier.

— Angie travaillait avec Grand-Père. Maman et elle sont amies et elles vont travailler ensemble maintenant.

Sam hésita un moment, puis ajouta doucement :

— Grand-Père est mort il y a quelque temps. Angie, elle en connaît un rayon sur la fabrication du vin, vous savez.

— Vraiment ? dit Luke que cette information intéressait au plus haut point.

Ils se dirigèrent ensemble vers les portes grandes ouvertes de l'atelier.

— Vous voulez jouer au ballon avec moi, monsieur ?

Il s'arrêta et jeta un coup d'œil à l'enfant.

— Ça dépend. Tu joues au foot anglais, américain ou australien ?

— Je joue au rugby, répondit Sam d'un ton bourru comme si c'était le seul jeu valable.

— Plus tard peut-être. Il faut d'abord que je parle à ta mère.

A ce moment précis, Carla sortit de l'atelier et vit un homme élégant qui parlait à Sam. Elle l'étudia brièvement du regard avant qu'il ne l'aperçoive. Grand et bien bâti, il portait un costume de coupe et de qualité irréprochables, tout comme ses chaussures faites sur mesure. Il avait des cheveux noirs, coupés court, un teint olive, et des traits fins et réguliers. Son allure et sa manière d'être trahissaient un statut social élevé. Pourtant, ce n'était pas le genre d'homme qu'elle considérait comme séduisant.

Luke l'aperçut à son tour.

— Madame Hunter ? demanda-t-il en ajoutant à la hâte : Je suis Luke Michaels. C'est moi qui vous ai contactée pour l'achat de Krugerhoff.

Luke regarda Carla plisser les yeux. Le sourire de la jeune femme se figea puis disparut. Il se sentit soudain las et abattu. Cela n'allait pas être facile. Sa tante avait visiblement fait ce qu'il fallait pour mettre Carla hors d'elle. Lisel avait le don pour susciter la colère des gens. Mais, tandis qu'il observait Carla, il remarqua quelque chose que sa tante lui avait caché : Carla Hunter était quasiment le portrait craché de sa… ou plutôt de leur grand-mère, en plus jeune évidemment. Josh Aldrich avait lui aussi relevé cette similitude mais Luke n'y avait pas cru. Maintenant il devait bien admettre que Josh avait vu juste. Les cheveux, les yeux bleus des Stenmark. Oui, Carla, c'était la réplique d'Anna Louise, à ceci près qu'elle était plus grande qu'elle.

— Vraiment ? dit Carla toujours ulcérée par l'accueil qu'elle avait reçu à Stenhaus.

Elle n'avait aucune intention de se montrer aimable avec l'un des membres de la famille Stenmark.

— Il me semble que j'ai rejeté votre dernière offre, monsieur Michaels.

— C'était avant votre visite à Krugerhoff. Cela fait maintenant quelques jours que vous êtes ici, je crois. Vous avez pu constater par vous-même l'état de délabrement dans lequel se trouve le vignoble. Ça va coûter très cher de le remettre sur pied. En fait je suis venu pour vous faire une meilleure offre. On m'a chargé de vous proposer vingt-cinq mille dollars de plus pour le domaine.

— Parlons clairement. C'est Carl Stenmark qui vous envoie, n'est-ce pas, monsieur Michaels ?

— Je ne peux rien vous dire à ce sujet.

Sa réponse était pour le moins évasive mais il savait qu'elle n'était pas dupe.

— Je vous offre une belle somme d'argent, madame Hunter, une véritable petite fortune pour être franc. Et en outre, si vous recevez d'autres propositions plus intéressantes, eh bien, je m'engage à surenchérir. C'est promis.

— Bien sûr. L'argent n'est pas un souci pour la famille Stenmark, rétorqua Carla avec un sourire ironique. Je n'ai encore rien décidé à propos de Krugerhoff. Je ne suis pas certaine que mon père aurait souhaité que je vende son domaine.

— Excusez-moi, mais tout le monde sait que votre père conservait Krugerhoff pour embêter Grand-Père, pour se venger de lui parce qu'il l'avait déshérité.

Il vit la jeune femme lever les sourcils d'un air interrogateur.

— Oui, notre grand-père. Je suis le fils de Greta.

La colère de Carla monta encore d'un cran.

— Ni vous ni moi ne savons exactement pourquoi mon père avait décidé de garder ce vignoble, monsieur Michaels.

— Ecoutez, appelez-moi, Luke. Après tout, nous sommes parents.

— En effet, et cela n'a pas l'air de plaire à votre tante, on dirait, lança Carla d'un ton sarcastique. Elle m'a clairement fait comprendre ce qu'elle pensait de moi. Apparemment, elle croit que j'essaie de m'attirer les bonnes grâces de notre grand-père pour en retirer un avantage financier. Croyez-le ou non, mais c'est complètement faux.

Pour une raison obscure, bien qu'il sût que la situation financière de Carla était fragile, Luke la crut. Cette satanée Lisel. Elle était si mauvaise langue ! Par sa faute, le succès de la mission dont son grand-père l'avait chargé — à savoir l'acquisition rapide de Krugerhoff — était gravement compromis. Il ne se rappelait pas l'époque où Rolfe avait quitté Stenhaus, car il était petit à l'époque. Mais au fil des années, il avait accumulé suffisamment d'informations sur la personnalité de son oncle pour savoir qu'il avait été un homme au tempérament indépendant et volontaire, tout comme sa mère, Anna Louise. Et sauf erreur de sa part, Carla Hunter avait hérité de ces traits de caractère qui rendaient difficile toute négociation avec elle.

— Vous et moi ne sommes pas véritablement cousins, vous savez. J'ai été adopté par mes parents peu de temps après ma naissance.

Il la vit de nouveau hausser les sourcils tandis qu'elle prenait note de cette indication. Pour avoir entendu son grand-père dénigrer inlassablement le comportement de Rolfe et le rendre plus ou moins responsable de la mort de Kurt et de Marta, Luke s'était mis instinctivement à le détester. C'était la faute de Rolfe si son grand-père était si malheureux. Mais il se demandait maintenant en toute honnêteté s'il était juste de traiter Carla Hunter avec une telle hostilité.

— Cela m'importe peu. Vous faites partie de la famille Stenmark et vous obéissez aux ordres de Carl. Je vais peut-être garder Krugerhoff et m'installer ici.

— Ce serait une grosse erreur.

— Et pourquoi donc ?

— Pour deux raisons. Tout d'abord, j'ai cru comprendre que vous n'avez pas les fonds nécessaires pour remettre à flot le vignoble et d'autre part mon grand-père veut récupérer ce terrain. Avant que votre père ne l'achète, il appartenait aux Stenmark, ou plus exactement à ma grand-mère qui l'a cédé à Rolfe. Grand-Père n'a qu'une envie : rattacher Krugerhoff au domaine familial et il fera tout ce qui est en son pouvoir pour arriver à ses fins.

— Vous avez bien dit « tout » ? reprit Carla d'un air sagace. Irait-il jusqu'à accepter de nous accueillir Sam et moi-même dans la famille ? Accepterait-il d'étouffer sa haine contre mon père, s'il était sûr d'obtenir Krugerhoff ?

Luke ne lui donna pas une réponse franche et directe car il savait que cela la mettrait en colère. Il préféra biaiser :

— Pardonnez-moi, mais je ne crois pas que vous ayez compris à quel point notre grand-père est puissant. Si vous décidez de rester, la vie risque d'être difficile pour vous et votre fils.

Carla le regarda un moment avant de répondre :

— Des menaces, Luke Michaels ? Pour qui vous prenez-vous donc, vous les Stenmark ?

Elle posa les mains sur les hanches de manière vindicative.

— Vous pensez que vous pouvez faire la pluie et le beau temps et traiter les gens comme bon vous semble ? Eh bien, en tout cas, moi, je n'apprécie pas vos manières, et vous pouvez vous mettre votre offre…

Ses yeux bleus scintillèrent durement dans la lumière du soir.

— Je pense que vous m'avez comprise, ajouta-t-elle.

Luke se raidit.

— Carla, vous faites erreur si…

Elle se fit un plaisir de l'interrompre.

— Eh bien, cela me regarde. Krugerhoff ne vous appartient pas. Comme je l'ai déjà dit à votre homme de main, Aldrich, fichez-moi le camp d'ici, Luke Michaels, et ne revenez que lorsqu'on vous invitera. Ce qui a peu de chances d'arriver…

Kim Loong, cachée dans l'ombre de l'atelier, se couvrit la bouche pour étouffer le rire qui s'était emparé d'elle lorsque la propriétaire de Krugerhoff avait ordonné à Luke Michaels en personne de quitter les lieux. Elle aimait bien cette femme aux cheveux flamboyants. Oui, décidément, elle l'aimait beaucoup. Elle plissa les yeux et regarda le dos de Carla Hunter. Son intuition lui disait qu'elle allait rester. Quand elle était jeune, Kim s'était laissé maintes fois guider par son intuition. Jusqu'à présent, cela lui avait toujours réussi et ce sixième sens lui avait même sauvé la vie à plusieurs reprises.

Elle avait passé la journée à se demander ce que deviendrait sa famille si cette femme, son fils et leur amie restaient à Krugerhoff. Tran, Su Lee et elle-même se trouvaient bien dans leur abri de fortune. Kim ne voulait pas partir. Elle s'était habituée à leur refuge minuscule, à l'absence d'eau courante, d'électricité et de moyens de réfrigération. Ils ne s'en sortaient pas trop mal finalement. Toutefois, elle savait Tran insatisfait, jaloux de la richesse des habitants de la Barossa Valley.

Kim n'était pas aveugle ni indifférente à ce qui l'entourait. Mais elle attendait patiemment son heure, elle attendait qu'ils aient économisé plus d'argent. Et puis, Su Lee était heureuse d'être là, avec eux, au lieu de travailler dans les fermes où elle aurait à craindre un mariage forcé ou la réduction à l'esclavage domestique.

Elle prit une résolution tout en continuant d'observer la femme aux cheveux roux, qui se tenait debout dans la cour à surveiller la retraite de Michael. Oui, elle allait agir maintenant, même si la femme était peut-être encore en colère. Comme elle se glissait hors de sa cachette, elle vit la jeune femme blonde qui rentrait dans le cottage avec le petit garçon. Tant mieux, il n'y aurait ainsi personne pour troubler leur conversation.

— Madame ?

Carla Hunter se retourna brusquement. Une immense surprise se peignit sur son visage tandis qu'elle regardait fixement la petite femme au corps menu qui s'avançait vers elle. Carla dévisagea Kim, puis jeta un regard alentour pour voir s'il n'y avait personne d'autre avec elle.

— Qui êtes-vous et que faites-vous ici ? demanda-t-elle d'un ton impérieux.

— Je m'appelle Kim Loong. Mon frère et moi, on est ouvriers agricoles. Nous travaillons dans la vallée, dans les vignes. Partout où il y a du travail. Je vous ai entendue parler avec Michael. Vous allez rester, n'est-ce pas ?

Carla serra les lèvres. Est-ce qu'on ne pouvait pas la laisser en paix ? Fallait-il que tout le monde, même des ouvriers agricoles, s'occupe de ses affaires, de savoir si oui ou non elle allait s'installer ou partir ?

— Ça ne regarde que moi… Kim. Je n'ai encore rien décidé.

Ce n'était pas tout à fait vrai sans être non plus totalement faux.

— Vous habitez dans le coin ?

— Oui, répondit Kim abruptement. Ici même.

Il faisait nuit maintenant et Carla était fatiguée. La journée avait été longue et riche en émotions et en rebondissements, espoirs et déceptions alternés. Elle essaya de réprimer son impatience.

— Que voulez-vous dire par « ici » ?

— Moi et ma famille — Tran et Su Lee — nous vivons là-bas, expliqua-t-elle en montrant du doigt l'atelier de fabrication du vin. Nous vivons là depuis plusieurs mois. Tran a construit un abri pour nous.

— Vous n'êtes pas des clandestins, n'est-ce pas ?

Lorsque Kim hocha la tête en signe de dénégation, Carla demanda alors :

— Vous savez que c'est une propriété privée ?

Kim haussa les épaules, non pas de manière désinvolte mais plutôt pour signifier qu'elle le savait.

— Nous sommes des immigrés vietnamiens. Nous savions que personne ne venait jamais ici et que nous y serions donc en sécurité. Vous et votre famille êtes les premiers visiteurs que nous ayons rencontrés jusqu'à présent. Nous n'avons fait aucun dégât, ni quoi que ce soit de mal…

Carla était à la fois irritée et intriguée par la petite femme asiatique : ainsi elle habitait à Krugerhoff depuis des mois avec sa famille sans que personne ne le sache ! Finalement, la curiosité prit le dessus et elle demanda :

— Montrez-moi où se trouve votre abri.

Kim conduisit Carla vers l'endroit où Tran leur avait construit leur refuge exigu. Elle tira la tôle en fer et invita Carla à entrer.

— Voici ma sœur, Su Lee, dit Kim en désignant une petite fille qui faisait bouillir de l'eau pour le riz sur un réchaud à feu unique.

La pièce minuscule rappela à Carla les huttes de

paysans asiatiques qu'elle avait eu l'occasion de voir en photographie. Deux vieilles bicyclettes étaient appuyées contre le mur : c'était de toute évidence leur seul moyen de transport.

La franchise, l'ingéniosité et l'audace de Kim amusèrent Carla. Elle ressentait même de l'admiration pour cette petite femme énergique. Kim devait avoir compris que leur cachette serait vite découverte et avait décidé de prendre les devants. C'était très intelligent de sa part. Elle se mit à poser une multitude de questions à Kim sur leurs conditions de vie, leur expérience professionnelle à elle et à son frère, leur pays d'origine et leurs projets d'avenir. Kim lui répondit avec une honnêteté confondante.

— J'aimerais ouvrir un restaurant un jour. Su Lee et moi, on ferait la cuisine et Tran s'occuperait de la clientèle. Un jour…

Sa voix s'estompa, même si son visage exprimait la joie et l'espoir. Elle regarda Carla droit dans les yeux.

— On peut rester jusqu'à ce que vous ayez pris une décision ?

Carla se mordit la lèvre inférieure d'un air songeur.

— Je ne sais pas si j'ai le droit. Les autorités locales n'apprécieraient pas de vous voir vivre dans de telles conditions.

Kim hocha la tête d'un air solennel et fit ensuite part de sa proposition à Carla.

— Si vous restez, nous travaillerons pour vous. Il y a un travail énorme à faire ici. On ferait du rangement, du nettoyage, de la peinture, et on s'occuperait des vignes. Tran et moi, on sait comment faire ça. Je vous le dis, madame Hunter, il y a beaucoup de travail à faire ici.

Carla laissa échapper un soupir :

— Je sais.

Quelque chose en Kim l'émouvait. Cette femme était

une battante. Elle voulait s'en sortir. Mais elle n'était pas égoïste et elle pensait aussi à sa famille, à son frère et à sa sœur. Tout comme elle-même essayait d'agir au mieux dans l'intérêt d'Angie et de Sam. A cet égard, elles partageaient des objectifs et des espoirs similaires. D'ailleurs cette nuit même, elle allait devoir décider de son sort et de celui de ses proches. Une fois rentrés au motel et après avoir mis Sam au lit, elle et Angie réviseraient le plan financier et les possibilités de développement du domaine. Elle prendrait ensuite une décision. Si elle choisissait de rester, elle aurait besoin de toute son énergie et d'une volonté farouche pour tenir tête aux Stenmark. Gagnerait-elle ? Elle jeta un regard à Kim et lui sourit. Pourquoi pas ? Elle avait déjà du personnel prêt à travailler dur pour elle.

— Madame Hunter, qu'allez-vous faire de nous ?

— Pour le moment, rien du tout. Vous pouvez rester jusqu'à ce que j'aie pris une décision.

Kim fit un petit signe de la tête en guise de remerciement.

— Oh, merci ! Vous n'aurez pas à regretter… — elle s'interrompit en quête du mot juste — … votre générosité.

Angie et Carla restèrent discuter très tard dans la nuit, révisant les chiffres, débattant des avantages et des inconvénients, des possibilités et des obstacles, jusqu'à ce qu'elles soient toutes deux épuisées et à bout de forces. Une fois au lit, Carla savait qu'elle aurait du mal à trouver le sommeil. Elle avait une énorme responsabilité sur les épaules : l'avenir d'Angie et de Sam dépendait de sa décision. Pendant la nuit, elle rêva à son père, souriant et la pressant de tenter sa chance à Krugerhoff. Le lendemain matin, lorsque Sam la secoua par l'épaule pour la réveiller, sa décision était prise. Ils resteraient à Krugerhoff trois ou cinq ans, le temps de remettre le domaine sur pied et de dégager quelques profits. Pendant ce temps, Carla tenterait d'amadouer les Stenmark et de les amener à de meilleurs sentiments envers elle-même et envers Sam. Une fois qu'ils verraient que, comme son père, elle était déterminée à atteindre son but et à s'intégrer à Barossa, ils changeraient d'attitude. Elle n'en doutait pas une seconde !

8

Carl Stenmark frappa violemment sur le bureau de la salle de réunion de Rhein Schloss. Il regardait d'un air courroucé John et Luke Michaels qui venaient juste de lui transmettre de mauvaises nouvelles. Lisel, également présente, ne disait mot, occupée à feuilleter une pile de documents.

— Comment ça, elle veut rester ? rugit Carl.

— C'est ce qui se dit à Nuriootpa. On ne parle que de ça en ville, dit John à Carl.

— D'après Aldrich, son amie Angie Dupayne est experte dans les métiers du vin. On l'a vue aller en ville pour ouvrir des comptes, même si elle paye comptant la plupart de ses dépenses d'équipement et de matériel. Elle a aussi fait appel à une entreprise pour vérifier l'état des machines installées à Krugerhoff.

Il ajouta précipitamment :

— Je crois qu'elle va faire appel à Paul van Leeson pour la restauration des bâtiments.

— Un bulldozer est passé débroussailler le terrain, ajouta Lisel qui tenait directement cette information de Josh.

John regarda Carl et détourna aussitôt les yeux dans la direction opposée, car la colère de son beau-père le mettait mal à l'aise.

— On dirait qu'ils ont vraiment l'intention de s'installer, Carl.

— C'est impossible, fit remarquer Carl, le visage cramoisi. Cette femme a perdu la tête.

— Peut-être qu'elle veut remettre de l'ordre à Krugerhoff pour en obtenir un meilleur prix, suggéra Luke même s'il savait pertinemment que ce n'était pas vrai.

Le caractère combatif de Carla ne lui avait pas échappé. Son regard farouche, pareil à celui de son grand-père lorsque ce dernier avait un projet en tête, laissait clairement deviner ses intentions.

Carl se leva et se mit à marcher de long en large dans la pièce, les mains derrière le dos, les sourcils froncés. Il s'arrêta brusquement et regarda Luke droit dans les yeux :

— Bon, qu'allons-nous faire maintenant ? Comment allons-nous nous débarrasser d'elle ?

— On pourrait dire aux gens de lui rendre la vie impossible, proposa John. Par exemple, de ne pas lui donner ce dont elle a besoin. De ne pas lui fournir de main-d'œuvre. Si les vignes existantes ne sont pas prêtes pour le printemps, elle ne gagnera rien et ce manque à gagner l'achèvera sans doute financièrement.

— Certes, mais de quoi aurons-nous l'air ? demanda Luke à son père. Le triomphe de Goliath sur David. Dans la vallée, nous avons la réputation d'être honnêtes en affaires et justes ! Agir de la sorte ternirait notre image et je ne crois pas que cela soit souhaitable. On ferait mieux d'attendre. Une fois qu'elle aura échoué et que le vignoble aura absorbé tout son argent, il sera plus facile de négocier et de racheter Krugerhoff.

— Je crois que nous devrions..., commença Lisel, puis elle s'arrêta quelques instants pour réfléchir. Il existe toutes sortes de moyens pour décourager les gens ou miner leur confiance. Des accidents se produisent.

Du matériel disparaît ou tombe en panne. Les vignes peuvent être abîmées.

Elle regarda fixement son père.

— Nous savons bien que certaines personnes font tout ce qu'on leur demande si on y met le prix.

Carl hocha la tête, mais le froncement de sourcils s'accentua tandis qu'il regardait Lisel.

— Je ne veux pas savoir d'où tu tiens de telles informations. Mais je n'ai jamais encouragé les actes illégaux, et je n'ai pas l'intention de commencer aujourd'hui. Par ailleurs…

Il sembla soudain avoir pris une décision. Il haussa les épaules et poursuivit :

— La fille de Rolfe n'y arrivera pas. Elle en aura marre de travailler si dur et de vivre dans la précarité. Elle s'est fixé un but bien trop ambitieux et je ne pense pas que, compte tenu de sa formation, elle ait les capacités pour mener à bien son projet. Nous allons suivre le conseil de Luke. Nous allons attendre. Au printemps, elle jettera l'éponge. Mais…

Il les regarda chacun à leur tour :

— Faisons savoir dans le pays que les Stenmark souhaitent son départ. Nous verrons combien de personnes sont prêtes à nous soutenir lorsqu'elles sauront que nous n'approuvons pas son installation à Barossa.

Ils hochèrent tous la tête en signe d'assentiment.

Une fois qu'elles eurent décidé de rester, Carla et Angie dressèrent la liste des choses à faire en priorité. Il fallait tout d'abord s'occuper du cottage et le rendre habitable. Il était également urgent de trouver un logement convenable pour la famille Loong. Pour mener à bien ces projets, elles avaient besoin des conseils de Paul van Leeson, qui se fit un plaisir de les aider.

Il passa à Krugerhoff un après-midi. Carla et Angie terminaient une dure journée de labeur. Elles avaient nettoyé le cottage et comptaient ensuite repeindre l'intérieur. Elles avaient une semaine pour faire tous les travaux de peinture, car ensuite Carla et Sam retournaient en Nouvelle-Zélande pour régler les affaires de Carla. Elle devait remettre sa lettre de démission à l'école où elle travaillait et s'occuper de la vente de Valley View et de leur appartement à Christchurch.

— La structure a l'air saine, déclara Paul en inspectant l'extérieur et l'intérieur du cottage.

Il vérifia les fondations puis se glissa entre le toit et la charpente, ce qui constituait un réel exploit pour quelqu'un d'aussi grand que lui.

— J'aimerais transformer le garage en bureau et le faire communiquer avec les autres pièces de la maison. C'est possible ? demanda Carla.

Elle avait conscience de son apparence négligée, de ses vêtements sales et de ses cheveux en bataille trempés de sueur. Elle s'était regardée dans le miroir une heure plus tôt et avait remarqué son visage poussiéreux. Mais elle fut rassurée en s'apercevant qu'Angie était dans un état aussi lamentable que le sien.

— Bien sûr, répondit Paul. Je peux vous mettre en relation avec un entrepreneur qui vous ferait les travaux pour un prix raisonnable.

Il remarqua les pots de peinture posés dans un coin du salon.

— Vous allez faire la peinture vous-même ?

— Bien sûr. Ça ne me gêne pas de payer des artisans pour des travaux que je ne peux pas faire moi-même. Mais lorsque c'est possible, je préfère économiser mon argent. Nous allons peindre le cottage et nettoyer la vigne nous-mêmes.

— Je vous comprends. Je suis un peu comme ça moi aussi. A ce propos, je suis assez doué pour la peinture, dit-il sans complexe. Je pourrais vous donner un coup de main, si vous voulez, ce week-end.

— Oh, non…

Angie lui donna un coup dans les côtes.

— Une aide est toujours la bienvenue, Paul. On serait très contentes que vous veniez.

Elle ignora le regard foudroyant que lui lança Carla.

— Il y a autre chose. Nous voudrions loger la famille Loong sur le domaine. Ils vont aider à nettoyer le vignoble et ils n'ont aucun endroit décent où vivre. Vous avez des idées ?

Paul tapait avec son crayon sur son bloc-notes tout en réfléchissant.

— J'imagine que vous ne voulez pas construire un autre cottage. Ça prendrait du temps et ça coûterait beaucoup d'argent.

Il faisait les cent pas dans le salon, plongé dans ses pensées.

— Pendant que je construisais ma maison, j'ai vécu dans une caravane pendant un an. J'étais raccordé à l'eau et à l'électricité et j'avais des toilettes. Vous pourriez avoir la même chose ici. Achetez ou louez une grande caravane, avec cuisine, douche et toilettes, et installez-la ici.

— C'est une idée géniale, dit Angie. On pourrait mettre une clôture tout autour pour qu'ils soient tranquilles. Vous croyez que le conseil municipal accepterait ?

— Il ne devrait pas y avoir de problèmes, si vous faites faire un raccordement conforme à l'eau, l'électricité et au tout-à-l'égoût.

Carla, même si elle ne le dit pas, fut impressionnée

par l'ingéniosité de Paul, elle qui s'était en vain trituré l'esprit pour trouver un moyen de loger Kim et sa famille. Les Loong lui avaient déjà prouvé combien ils pouvaient se rendre utiles. Kim et Tran travaillaient dur et sans se plaindre. Quant à Su Lee, elle était devenue amie avec Sam. Bien qu'il y ait eu plusieurs années d'écart entre eux, ils étaient devenus inséparables quelques jours seulement après leur rencontre. Ils passaient leur temps à jouer ensemble et à explorer les alentours. Ils étaient d'ailleurs en ce moment même en train de se promener et ne reviendraient probablement qu'à l'heure du thé.

— Vous voulez que je jette un coup d'œil à l'atelier tant que j'y suis ? suggéra Paul.

— Accompagne Paul, Carla, je vais ranger le cottage, proposa Angie, d'un ton faussement ingénu tout en s'emparant d'une pile de chiffons sales et d'une boîte contenant plusieurs bouteilles de produits ménagers.

Carla, qui se tenait dans l'entrebâillement de la porte, regardait Paul parcourir l'atelier, inspecter les poutres de métal, le sol en béton. Il monta même en haut d'une échelle posée contre le mur pour vérifier les chevrons. Il ne prit pas la peine de contrôler les cuves ou le matériel destiné à la fabrication du vin car cela ne faisait pas partie de son domaine d'expertise. Après avoir terminé son inspection, il revint vers Carla.

— Je ne sais pas qui a construit ce bâtiment, mais en tout cas il a fait un excellent travail. Tout est en parfait état. Les matériaux utilisés sont de première qualité et très solides. Vous n'aurez pas de problèmes de structure. Par contre il faut qu'un spécialiste vienne pour vérifier les machines qui serviront pour la fabrication du vin.

— Angie s'en est occupée. Elle connaît quelqu'un à l'office de recherche viticole ; cette personne viendra demain pour s'assurer de la conformité du matériel.

Il la regarda avec attention.

— Alors, vous pensez donc sérieusement reprendre l'affaire et non pas simplement habiter dans le cottage…

Cela ressemblait plus à une déclaration qu'à une question mais elle lui répondit néanmoins :

— J'y suis tout à fait décidée.

— Et comment vont le prendre les Stenmark ?

Elle aurait pu se sentir offensée par sa curiosité, mais elle comprit, à l'expression de son visage et à la manière dont il avait inspecté l'atelier et les vignes, que son intérêt était sincère.

— Pas très bien, je pense, répondit-elle en toute franchise. Ils ont déjà fait comprendre au voisinage que je ne suis pas la bienvenue dans la Barossa.

Elle haussa les épaules pour lui montrer qu'elle ne se souciait pas de leur opinion.

— Nous avons la vie dure depuis que mon mari est mort. Toujours à court d'argent parce que mon salaire d'enseignante n'est pas très élevé. Avec Krugerhoff, de nouvelles perspectives s'offrent à moi alors qu'à Christchurch, l'avenir est bouché. Je suis sûre que Papa a conservé ce domaine pour qu'Angie, Sam et moi n'ayons plus de soucis d'argent.

— Mais vous prenez quand même un très gros risque.

Carla esquissa un bref sourire. Elle le regarda et observa son visage en levant la tête car il était beaucoup plus grand qu'elle.

— Je sais.

Elle avait passé des heures à se demander avec angoisse si ce projet n'était pas trop risqué.

— Le risque est grand mais si ça marche, nous avons gros à gagner. Ce projet, ça signifie de trois à cinq années de dur labeur pour Angie et moi. Mais une fois le vignoble remis sur pied et de nouveau productif, nous aurons une vie agréable ici.

Elle sourit de nouveau, l'air rêveur.

— Et cette perspective vaut la peine de tenter sa chance.

— Je suis d'accord avec vous, dit Paul en hochant la tête. Vous n'avez pas songé à changer le nom du vignoble ? Ce serait peut-être le bon moment pour le faire.

Il s'arrêta un instant pour réfléchir à ce qu'il allait dire.

— Vous pourriez donner un nom plus australien. Krugerhoff, ça sonne résolument allemand. Beaucoup de vignobles ont adopté un nouveau nom ; je pense à « Jacob's Creek », « Jackson's Landing », « Bethany Wines ». Ou bien d'autres encore. Quand il y a un changement de propriétaire, on en profite souvent pour modifier le nom du vignoble.

— Je n'avais pas pensé à ça.

Mais ce n'était pas une mauvaise idée ! Un nouveau départ, un nouveau nom. Paul avait peut-être raison. Il fallait qu'elle demande son avis à Angie.

— Les gens d'ici connaissent ce domaine sous le nom de Krugerhoff mais jamais aucune bouteille de vin n'a été vendue sous cette appellation, ajouta Paul.

— C'est exact.

Elle le regarda d'un air inquisiteur :

— Vous avez des idées à ce propos ?

— Hum… laissez-moi réfléchir…

Son visage anguleux, qui sans être beau avait du caractère, devint songeur. Son regard se fit plus intense. Il observa quelques instants les cheveux roux de Carla puis les plants de vigne en friche qui perdaient leurs feuilles. Un bosquet de gommiers de haute taille se dressait à l'horizon, à l'endroit même où la rivière déroulait paresseusement ses méandres. Il était tard dans l'après-midi et le ciel avait pris une douce teinte orangée.

— Que diriez-vous de « Hunter's Crossing », en référence à votre nom de famille et au fait que la rivière traverse par deux fois votre propriété. Ça vous plaît ? Non, attendez…

Il ajouta précipitamment, devançant sa réponse.

— J'ai trouvé mieux : « Sundown Crossing ».

Il sourit, content de sa trouvaille.

— Ça, c'est un nom typiquement australien.

Carla contempla les vignes aux chaudes teintes rouge orangé et le ciel pâle qu'enflammerait bientôt le coucher de soleil. *Sundown Crossing.* Elle articula plusieurs fois le nom en silence. Décidément, il lui plaisait.

— Je soumettrai l'idée à Angie, pour voir ce qu'elle en pense. C'est elle la spécialiste de la vigne.

Ils se dirigèrent d'un commun accord vers sa Land Rover. Il ouvrit la porte du conducteur.

— A quelle heure voulez-vous que j'arrive samedi matin, pinceau en main, pour attaquer le travail ?

Elle ne voulait surtout pas lui forcer la main et lui donna encore une fois la possibilité de se désister :

— Vous savez, il ne faut pas vous sentir obligé de…

Il prit un air amusé mais sa voix était ferme :

— Je vous arrête tout de suite, Carla. Quand vous aurez appris à me connaître, vous verrez que je ne fais jamais rien par obligation. Par exemple, je dois être la seule personne de la vallée à ne pas exploiter de vignoble. Ça ne m'intéresse pas, voilà tout. Je préfère boire le vin plutôt que de le faire.

Il la regarda d'un air sérieux cette fois :

— 7 heures, ça vous va ?

— 7 h 30.

Il grimpa dans sa voiture, ferma la porte et lui souhaita une bonne soirée avec un sourire tout en démarrant le moteur. Il y avait quelque chose de très attirant chez

Paul van Leeson. Sous ses allures joviales, elle devinait en lui un homme ferme et déterminé. Après son départ, elle resta immobile, les yeux fixés sur la voiture qui disparaissait au loin.

Sam et Carla s'absentèrent pendant plus d'un mois. Lorsqu'ils revinrent dans la Barossa Valley après avoir vendu Valley View et accepté une offre d'achat pour l'appartement de Christchurch, Carla fut étonnée par les améliorations apportées au vignoble. Il fallait qu'Angie et les Loong aient travaillé du matin au soir pour accomplir de tels changements en si peu de temps.

A l'entrée, se trouvait un nouveau panneau monté sur de solides poteaux où l'on avait inscrit avec le plus grand soin l'inscription suivante : « Vignoble de Sundown Crossing ». Un portail en fer forgé, encadré par deux colonnes de ciment de deux mètres de haut chacune, remplaçait l'ancien, rouillé et délabré. Quand elle le franchit avec sa voiture d'occasion achetée à Adélaïde, elle constata également que l'allée qui menait au cottage avait été récemment recouverte de gravillons et qu'un parterre de rose s'étalait devant le cottage. Les roses étaient sujettes aux mêmes maladies que les vignes et elles servaient donc de baromètre pour juger de la bonne santé du vignoble. En outre, il avait plu avec abondance et une petite mare s'était formée dans une dépression naturelle du terrain en face de la maison. Plusieurs canards y avaient élu domicile et y nageaient gaiement.

Tout avait l'air si… champêtre. Il faudrait peut-être donner à la mare des contours plus réguliers, pensa Carla tandis qu'elle et Sam sortaient les bagages de la voiture et se dirigeaient vers la terrasse. Angie les accueillit à la porte d'entrée, en les serrant tous deux chaleureusement dans ses bras.

— Vous m'avez tellement manqué, dit Angie, les larmes aux yeux.

— Vu le travail que tu as abattu, je m'étonne que tu aies eu le temps de penser à nous. C'est formidable ici, dit Carla en regardant tout autour d'elle.

Le salon avait été meublé à neuf et la pièce avait maintenant un air intime et accueillant.

Sam laissa tomber son sac à dos et demanda :

— Où est ma chambre, Angie ?

— Près de la salle de bains. C'est la dernière pièce au fond du couloir.

Il disparut aussitôt et les deux femmes sourirent en entendant un sifflement admiratif, suivi d'une exclamation ravie :

— C'est génial !

— Sam a l'air content, constata Carla en réprimant un bâillement avec peine. Je suis désolée de t'avoir laissé tout le travail à faire.

— Tu plaisantes ? Tu n'as pas chômé en Nouvelle-Zélande, il me semble. Ce n'était sans doute pas rien de tout mettre en ordre à Valley View, puis de vendre les meubles, et de faire la même chose à Christchurch. Kim et Su Lee préparent un repas vietnamien pour fêter votre retour. Kim est une excellente cuisinière. Toute la famille est installée dans la caravane maintenant et elle est très contente de son sort.

Elle ajouta sur le ton de la confidence :

— Je crois que c'est leur première vraie maison. Rien à voir avec la ferme de leurs parents au sol en terre en battue. Viens voir ce que nous avons fait et nous discuterons ensuite autour d'une tasse de thé.

Elle leva plusieurs fois les sourcils d'un air entendu ;

c'était l'une de ses expressions favorites quand elle voulait insister sur un point.

— Pour l'instant, tout se passe bien.

— Et les Stenmark ?

Angie haussa les épaules.

— Silence radio. Mais Paul m'a informée qu'ils avaient demandé au voisinage de nous rendre la vie difficile. En fait, j'ai dû payer comptant la plupart des articles parce que les commerçants ne veulent pas nous faire crédit.

Carla poussa un soupir.

— Et quelle raison donnent-ils ?

— Ils disent qu'ils ne nous connaissent pas, que nous sommes nouveaux dans la région. Les prétextes habituels. Les Stenmark sont très puissants, tu sais. Mais on ne peut pas vraiment prouver que c'est à cause d'eux que les commerçants font des difficultés.

— Il fallait s'y attendre. Notre présence les gêne.

Carla répondit avec circonspection :

— Espérons que nous aurons suffisamment d'argent pour tenir le coup.

Si Carla avait été impressionnée lors de son arrivée à Sundown Crossing, elle le fut plus encore en constatant le travail effectué dans le vignoble et dans l'atelier : les vignes avaient été nettoyées, l'atelier rangé et aménagé pour y travailler. Le garage était maintenant équipé de trois bureaux et d'armoires de classement d'occasion ainsi que d'un ordinateur et d'une imprimante. Angie lui montra ensuite la caravane où habitait la famille Loong.

— On a mis du temps pour la trouver. Paul m'a aidée. On en a visité plusieurs ensemble.

La caravane, de huit mètres de long sur deux mètres et demi de large, était spacieuse. Une grande barrière l'entourait. Kim et Su Lee avaient déjà planté un potager.

La moto de Tran, recouverte d'une bâche, était garée sur le côté.

— Tout le matériel de l'atelier fonctionne, l'avertit Angie. L'ingénieur a vérifié les différents équipements. Otto avait fait du bon travail. Donc, tout est prêt pour la fabrication du vin.

Angie avait gardé la visite des vignes pour la fin. Les yeux de Carla s'agrandirent d'étonnement et d'admiration devant le travail accompli. Un tiers des plants avait été nettoyé, débarrassé des mauvaises herbes et taillé. De nouveaux treillis avaient été installés pour soutenir la vigne. Quatre personnes, dont Kim et Tran, s'activaient dans les rangées.

— De fortes pluies nous ont ralenti mais je pense que les vignes existantes devraient être taillées à temps et prêtes pour la pollinisation, continua Angie. Au-delà de la rivière, il y a un tracteur en train de défricher un hectare de terrain supplémentaire pour y planter de nouvelles vignes. Le défrichement va durer plusieurs mois jusqu'à ce que tout le terrain soit mis en culture. A condition, bien sûr, que nous ayons l'argent nécessaire, dit-elle en reprenant les paroles de Carla.

— Dès que Sam ira à l'école, je chercherai un travail d'enseignante. Un revenu supplémentaire serait le bienvenu. Si nous sommes à court d'argent, je ferai appel à la banque.

Angie secoua la tête et son visage prit une expression sérieuse.

— Nous ne demanderons un prêt que si c'est la seule solution qui nous reste. J'aimerais mieux qu'on se sorte d'affaires sans contracter de dettes.

Carla se mit à rire et prit son amie par les épaules en disant avec ferveur :

— Espérons que ton souhait se réalise.

*
* *

Josh, caché par un bosquet situé en surplomb du vignoble, regardait avec de puissantes jumelles ce qui se passait à Sundown Crossing. Même s'il n'approuvait pas forcément la décision de Carla, il était bien forcé de constater les incroyables améliorations apportées au domaine en l'espace de quelques semaines seulement. Sundown Crossing. Il aimait bien la nouvelle dénomination du vignoble, même si à terme elle ne servirait pas à grand-chose car l'entreprise des deux femmes était vouée à l'échec. Carla et Angie pouvaient travailler d'arrache-pied, cela ne les mènerait à rien : le vieux Carl était décidé à leur couper l'herbe sous le pied. Elles étaient en train de perdre inutilement leur temps et leur argent.

Il avait parfois l'impression que seule la haine qui le consumait depuis des années incitait le vieil homme à se lever tous les matins. Et il avait désormais de nouvelles victimes sur qui déverser toute sa rancune. C'était regrettable : Carla était quelqu'un de bien. Josh avait même deviné chez Luke une admiration secrète pour la jeune femme. Il secoua la tête en regardant les deux femmes inspecter les vignes. Carla ressemblait tellement à son grand-père ! Cette similitude était tout à fait troublante. Le même tempérament vif et déterminé, la même obstination quand elle pensait avoir raison.

Pendant quelques instants, Josh imagina Carla mener à bien son projet et réaliser le rêve de son père. Carl serait sans aucun doute fou de rage. Mais elle était jeune, pleine d'énergie et intelligente, même si elle n'avait pas pris toute la mesure de la puissance et de la volonté des Stenmark. Carl était un ennemi redoutable et Lisel, quant à elle, était capable de tout. Et Josh avait d'ailleurs l'impression que, pour des raisons inconnues — peut-être son affection pour Luke —, elle souhaitait désespérément que sa nièce échoue.

Pourtant… et si par quelque caprice du destin, Carla s'en sortait ? Et si elle et Angie Dupayne parvenaient à leurs fins et si le vieux Carl décidait de tirer une croix sur le passé et de l'accueillir au sein de la famille Stenmark ? Cette pensée improbable le fit sourire. Ce revirement provoquerait d'incroyables bouleversements. Les mains dans les poches, il se balança sur les talons tout en laissant son imagination vagabonder quelques secondes. Le vieux Carl aurait alors un véritable héritier pour Rhein Schloss. En outre, l'enfant de Carla étant un garçon et Carl ayant conservé des idées archaïques en matière d'héritage, la situation deviendrait très critique pour les membres de Stenhaus.

Il en conclut donc qu'il ferait mieux de se faire bien voir de Carla. Il aurait préféré la soumettre et lui montrer à qui elle avait affaire, mais il valait mieux agir en douceur. D'abord gagner son amitié et ensuite essayer de se glisser dans son lit. Excité à cette pensée, il se lécha les lèvres. Cette idée lui plaisait énormément.

Carla faisait des courses à Nuriootpa. C'était un merveilleux jour d'hiver, avec un ciel bleu sans nuages. Mais elle n'était pas d'humeur à apprécier la luminosité et la douceur de cette journée. Son entretien avec le proviseur de l'école secondaire de Nuriootpa n'avait rien donné. Elle songeait, morose, qu'elle avait désormais frappé à toutes les portes mais que personne ne l'avait embauchée malgré son expérience. Les écoles ne recrutaient pas et un ordre de préséance établi par le ministère de l'Education nationale régissait l'attribution des postes. D'autre part, dénicher un travail temporaire dans la Barossa en hiver était une véritable gageure car, dans la région, l'emploi était centré sur le tourisme.

Pour aggraver les choses, en révisant la veille le plan de financement avec Angie, elle s'était aperçue que les dépenses avaient dépassé leurs prévisions. Leurs fonds s'épuisaient et il restait pourtant beaucoup de travaux à faire pour que le vignoble soit prêt au printemps. Un salaire, quel qu'il soit, serait le bienvenu.

Il y avait toutefois des points positifs. Sam s'était bien adapté à son école. Lui et Su Lee s'y rendaient en bus tous les matins. Kim était enchantée que sa jeune sœur reçoive l'éducation qui lui avait toujours manqué. Carla ne savait pas comment Angie et elle se seraient débrouillées sans la famille Loong. Kim et Tran étaient des travailleurs enthousiastes, consciencieux et expérimentés. Il suffisait à Angie de leur expliquer ce qu'il y avait à faire pour que le frère et la sœur s'exécutent immédiatement. Ils travaillaient aussi durement que les deux femmes dans les vignes, souvent jusqu'au coucher du soleil.

Paul van Leeson sortait de la quincaillerie avec une boîte en carton pleine de produits quand il aperçut Carla.

— Carla ! Bonjour ! dit Paul en la reconnaissant.

Il cala la boîte sur l'une de ses hanches.

— Comment allez-vous ?

Depuis qu'ils habitaient à Sundown Crossing, Paul avait pris l'habitude de leur rendre visite une ou deux fois par semaine pour voir comment progressait leur installation. Mais elle ne l'avait pas vu depuis un mois car il avait été très occupé par un gros projet. Carla fut irritée contre elle-même lorsqu'en le voyant, un sentiment de joie s'empara d'elle.

— C'est gentil à vous de prendre de nos nouvelles. Tout va bien, merci.

Quelle idiote ! C'était ridicule de lui parler de manière

si guindée. Paul était un homme sociable, aux manières simples et chaleureuses. Son irritation s'accrut encore quand elle vit que sa raideur le faisait sourire :

— Avez-vous le temps de prendre un café avec moi ?

— Bien sûr.

Cela aurait été mesquin de sa part de refuser. Ils se dirigèrent vers l'un des cafés situés dans la rue principale. C'était l'après-midi et l'endroit était pratiquement désert. La serveuse s'occupa d'eux sans attendre.

Paul était assis en face d'elle et Carla se rendit compte qu'il regardait d'un air intrigué sa tenue. Elle crut nécessaire de lui expliquer la raison de cet habillement :

— Je suis allée à l'école. J'avais rendez-vous avec le proviseur.

— Ah bon ?

Elle fit une grimace.

— Il n'y a aucun poste disponible en ce moment. Il a néanmoins regardé mon curriculum vitæ et noté mes coordonnées.

Son visage était soucieux.

— Il faudra peut-être que je cherche du travail dans un autre coin.

— Vous avez des ennuis d'argent ? demanda-t-il, perspicace, tout en versant une cuillerée de sucre dans son café.

— Nous avions établi notre budget en tablant sur un délai de deux ans et demi avant de dégager des bénéfices sur la récolte de l'été prochain.

Elle pouvait être honnête avec Paul car il n'était pas impliqué dans les affaires du vignoble.

— Entre-temps, nous pensions ouvrir des comptes chez les commerçants pour limiter nos dépenses de trésorerie. Mais ceux-ci, certainement sous l'influence des Stenmark, nous obligent à payer comptant tous nos achats. Et nos liquidités fondent plus vite que prévu.

Elle lui jeta un coup d'œil et vit qu'il semblait intéressé par ses explications. Soudain décontenancée, elle se concentra sur sa tasse de café.

— Voilà pourquoi je cherche un travail. Un salaire permettant de couvrir les frais courants et le salaire des Loong ferait toute la différence.

Paul hocha la tête d'un air compréhensif.

— Certainement. Vous savez, j'ai peut-être une solution pour vous.

Un frisson d'espoir la parcourut.

— Vous connaissez quelqu'un qui pourrait m'offrir un travail correspondant à mes qualifications ?

Paul connaissait bien ses compétences professionnelles.

— Oui. J'ai un énorme projet architectural en cours. Hier, Bill, mon dessinateur, a démissionné. Il veut travailler à Adélaïde pour être près de son amie, étudiante en psychologie à l'université. Ça tombe mal pour moi. Et cela prendra peut-être des semaines avant que je trouve quelqu'un qui fasse l'affaire.

— Etes-vous en train de me proposer un travail ?

C'était bien la dernière chose à laquelle elle se serait attendue.

Il lui lança un sourire désarmant.

— Ça m'en a tout l'air.

Il la regardait avec attention, mais sans être pressant.

— Qu'en dites-vous, Carla ? Vous pensez qu'on pourrait travailler ensemble ?

Travailler avec Paul van Leeson ? Ce n'était sans doute pas une bonne idée… Pourquoi donc ? Parce que, pour une raison étrange et indéfinie qu'elle ne voulait pas essayer d'éclaircir, son tempérament sociable, ses manières chaleureuses et sa générosité la troublaient.

— Hum. Je n'ai jamais dessiné de plans de bâtiments.

Il haussa les épaules.

— Je suis certain que vous apprendrez très vite. Vous connaissez les bases du dessin industriel et c'est ce qui compte.

Il la regarda de ses yeux gris, sans ciller.

— Mais vous préférez peut-être postuler pour un emploi dans d'autres écoles. Ecoutez, prenez le temps de réfléchir à ma proposition : vous me donnerez votre réponse plus tard.

Carla était déjà en train de penser sérieusement à son offre. Pour l'instant elle présentait plus d'avantages que d'inconvénients. Elle avait besoin de travail, et tout de suite ! Il fallait voir les choses en face : il était pratiquement impossible d'obtenir un emploi d'enseignante dans la région. En outre, travailler avec Paul ne serait pas désagréable. Il n'avait rien d'un patron tyrannique et il leur avait précédemment dit, à Angie et à elle-même, qu'il passait plus de temps à l'extérieur que dans son bureau.

— Eh bien... si vous pensez que je peux faire l'affaire.

Elle s'interrompit et prit une décision rapide :

— J'accepte.

— C'est formidable ! Merci !

Il tendit son long bras en travers de la table et lui serra la main.

— Vous pouvez commencer demain matin ? Bill vous donnera quelques tuyaux avant de partir.

— Pas de problème.

Juste à ce moment-là, Luke, qui se rendait à pied à son agence immobilière, passa devant la vitrine du café et vit Paul et Carla en train de se serrer la main. Il ralentit le pas en les apercevant, puis poursuivit son chemin, l'air imperturbable, ses lunettes de soleil dissimulant sa surprise. Carla et Paul van Leeson... Pourquoi cette poignée de main ? Pour conclure une affaire quelconque ? Il sentit les muscles de son estomac se nouer… Que lui arrivait-il ? C'était comme si cette rencontre le contrariait ou plutôt l'affectait personnellement. Il se reprit immédiatement et se força de nouveau à imaginer les motifs possibles de ce geste. Est-ce que l'adversaire de Rhein Schloss envisageait de construire un nouveau bâtiment à Krugerhoff, ou plutôt à Sundown Crossing ? Et si c'était le cas, comment allait-elle payer ? Il avait appris de manière officieuse qu'elle avait vendu Valley View et son appartement à Christchurch et que l'argent d'Angie Dupayne, légué par Rolfe, avait été déposé sur un compte en ville, à la National Bank.

Basil Coulthard, le gérant de la banque, lui communiquait volontiers des informations en échange de caisses de vin de Rhein Schloss de qualité. Il serait à coup sûr en mesure de lui dire si Carla et Angie avaient fait une demande de souscription de prêt. Cette rencontre inattendue avait décidément éveillé sa curiosité. Décidé à en savoir plus, Luke traversa la rue et se dirigea vers la National Bank, pour discuter un peu avec Basil.

9

— C'est elle, murmura Frances Conrad à l'oreille de Walt, son mari, tandis que Carla passait près d'eux.

Une soirée avait été organisée par l'association viticole, qui proposait de temps à autre une rencontre entre ses différents membres. Les petits et gros viticulteurs de la Barossa Valley ainsi que des producteurs d'autres régions s'étaient déplacés pour l'occasion. Ces derniers se réjouissaient d'être vus en compagnie des vignerons de la Barossa et de discuter avec eux des perspectives d'avenir de l'industrie viticole tant au niveau national qu'à l'échelle internationale.

— Elle est plus jeune que je ne pensais, répondit Walt en regardant Carla avec attention.

— Observe bien les invités, dit Frances d'un air averti. Comme tu étais à Margaret River, tu n'es pas au courant de ce qui s'est passé ici ces jours derniers. Des instructions ont été données pour lui mener une vie infernale et la faire partir de la vallée. Oui, les Stenmark ont demandé aux gens de ne plus leur parler, ni à elle ni à sa partenaire, Angie. Du coup, toute la ville leur bat froid.

Walt, captivé par toute cette histoire, se racla la gorge tout en continuant à épier Carla et Angie, qui venait juste de rejoindre son amie. Apparemment, les deux jeunes femmes ne semblaient pas se soucier de l'indifférence des autres viticulteurs à leur égard. Walt, petit homme trapu et replet au visage lunaire, demanda à Frances :

— Qui t'a raconté ça ?

— Josh Aldrich et les autres.

— Compte tenu des circonstances, elles ne seraient peut-être pas mécontentes de se faire des amis, lança Walter.

Puis il ajouta en marmonnant :

— Et inversement, de bonnes relations avec cette jeune femme pourraient nous être profitables, ma chérie, puisque Carl et elle sont parents.

— Carl ne veut pas entendre parler d'elle et pourtant c'est sa petite-fille.

Elle hocha la tête d'un air incrédule.

— Tout ce qu'il désire, c'est s'emparer de Krugerhoff. C'est pour ça qu'il veut qu'elle échoue. Il n'a qu'une seule idée en tête : prendre ses terres tout comme il a pris les nôtres.

— Quel salopard ! s'écria-t-il avec indignation.

Il plissa les yeux et ajouta :

— La seule chose qui l'amuse, c'est de détruire les gens. Nous, il nous a ruinés.

— Ou presque, corrigea Frances. C'est vrai qu'il nous a volé notre vignoble et notre argent et qu'il a sali notre réputation. Mais il nous reste quand même notre maison à Angaston. Heureusement qu'elle était enregistrée au nom de ma mère.

Walt se gratta la joue et finit son verre de vin.

— On devrait aller leur dire bonsoir pour leur montrer, aux autres, que nous ne sommes pas à la botte de Carl Stenmark.

Sa femme l'approuva. Il la prit par le bras d'un air réjoui et se dirigea vers Carla et Angie.

— Bonsoir et bienvenue dans la Barossa, leur lança

Walt chaleureusement. Je me présente : Walt Conrad, et voici ma femme Frances. C'est elle qui m'a raconté votre arrivée car je me suis absenté pendant six semaines. J'étais parti dans l'Ouest.

— Bonjour. Ravie de vous rencontrer, répondit Carla aimablement tout en leur serrant la main.

— Vous êtes viticulteur, Walt ?

— Disons plutôt, « j'étais » viticulteur. Mais c'est une longue histoire : je vous la raconterai une autre fois. En fait, je suis négociant en vin et je sillonne le pays en long et en large.

— On parle beaucoup de vous dans la vallée, ajouta Frances avec un sourire amical. Vous êtes la nouvelle attraction de la région, on dirait.

— Hum. C'est vrai que nous sommes très célèbres en ce moment, répondit Carla avec ironie.

Ainsi, ce soir-là, Angie et elle étaient effectivement le centre de l'attention mais la plupart des personnes leur étaient hostiles. Elles le sentaient bien. Même le président de l'association s'était détourné d'elles avec ostentation lorsqu'il avait réalisé à qui il avait affaire. Carla, en colère, avait voulu quitter les lieux sur-le-champ ; toutefois Angie avait insisté pour qu'elles restent. Elles allaient leur montrer, à tous ces gens, que leur comportement grossier ne les ferait pas fuir comme des lapins effrayés. Carla n'arrivait pas à comprendre la cruauté et l'autoritarisme des Stenmark ; leur attitude envers elle-même et Sam la blessait terriblement. Mais il était hors de question qu'elle se laisse intimider. Personne ne l'obligerait à quitter la propriété de son père où elle avait désormais élu domicile.

Au cours de la soirée, elle avait aperçu Luke Michaels, qui s'était contenté de lever son verre pour la saluer, tout comme son acolyte, Josh Aldrich. Ils pouvaient bien aller au diable tous les deux, pensa-t-elle, ulcérée.

Frances se mit à rire, amusée par la réplique de Carla.

— Vous avez le sens de l'humour, Carla. C'est un atout dans votre cas. C'est incroyable la manière dont les gens se laissent intimider par le tyran de cette vallée.

Dissimulant son étonnement face à tant de franchise — les gens osaient rarement dire ce qu'ils pensaient —, Carla regarda tour à tour l'homme et la femme et leur demanda avec perspicacité :

— Comment se fait-il que vous ne vous conformiez pas aux instructions ?

— Rhein Schloss nous a traités comme des moins-que-rien mais nous avons survécu, répondit Walt d'une voix neutre.

Seule l'expression de sa bouche trahissait toute la haine qu'il éprouvait pour les Stenmark.

— C'est-à-dire ? s'enquit Angie avec curiosité.

— C'est une longue et triste histoire, répondit Frances avec un soupir qui en disait long. Nous n'aimons pas trop parler de ça, mais demandez autour de vous : les gens vous raconteront ce que Carl — elle jeta un regard à Carla — ce que votre grand-père a fait. Il a usé de son pouvoir et de son influence pour nous destituer de nos terres. Soutenu par une équipe d'avocats et de géologues chèrement payés, il a prétendu qu'on lui avait volé des terres. Nous avons dépensé tout notre argent pour défendre notre cause, mais en vain. Les Stenmark ont gagné le procès. Vous l'ignorez peut-être, mais votre grand-père est un homme impitoyable, et si je peux vous donner un conseil, Carla, soyez très prudente quand vous négociez avec les Stenmark.

Walt interrompit sa femme :

— Assez parlé de nous, mon cœur. Carla a déjà suffisamment de soucis comme ça et je suis sûr qu'elle s'en tirera très bien toute seule. Je vous souhaite bonne chance, dit Walt aux deux femmes.

Il voulait faire comprendre à son épouse que ce n'était pas le moment de raconter à Carla et à Angie leurs déboires avec les Stenmark.

— Si vous avez besoin d'aide, voici ma carte.

Il sourit avec bienveillance aux deux femmes et ajouta :

— Tout ennemi des Stenmark est notre ami.

Ils continuèrent à discuter pendant quelques instants encore de la récolte à venir, puis le couple prit congé pour rejoindre d'autres invités.

— Qu'est-ce que tu en penses ? demanda Angie après leur départ en secouant la tête d'un air perplexe.

— Je ne sais pas trop, répondit Carla d'un air songeur.

Les Conrad étaient un couple un peu étrange et il était clair qu'ils éprouvaient une profonde aversion envers les Stenmark. Toutefois, elle ne savait pas si cette hostilité était ou non justifiée.

— Mais j'ai bien l'intention de me renseigner à leur sujet, ajouta-t-elle.

Paul était le mieux placé pour satisfaire sa curiosité. Il serait sans aucun doute au courant de ce qui s'était passé entre son grand-père et les Conrad. Elle s'était aperçue au bout de quatre jours passés à l'agence, qu'il était une mine d'informations. Il côtoyait toutes sortes de gens grâce à son travail et cela faisait en outre douze ans qu'il vivait dans la Barossa Valley : depuis qu'il avait repris l'entreprise de son oncle.

Pendant qu'elles discutaient avec les Conrad, elle avait eu l'impression que la rancune du couple envers Carl était très tenace et qu'ils avaient bien l'intention d'obtenir des réparations. Quoi qu'il en soit, elle devait bien admettre qu'ils avaient été les seuls à leur adresser la parole ce soir-là — ce qui prouvait qu'ils étaient moins lâches que leurs compatriotes.

Elle soupira intérieurement… Si elle avait été d'un tempérament pessimiste, elle aurait déjà sombré dans la dépression à l'heure qu'il était. Ce n'était guère réjouissant de voir que tout le monde la rejetait, excepté la famille Loong, Paul et les Conrad. Sans parler de toutes les mesquineries et des tracas quotidiens qu'elle devait affronter : l'hostilité des commerçants, les commandes en souffrance, le mépris des voisins qui soutenaient Carl ouvertement. Elle avait maintenant compris combien puissante et influente était la famille Stenmark dans la Barossa et certainement au-delà. En fait, il devenait chaque jour plus évident qu'elle et Angie étaient impliquées dans une guerre d'usure silencieuse, mais impitoyable.

Carla était plongée dans l'incertitude : allaient-elles survivre financièrement et moralement une fois la première récolte achevée ? Arriveraient-elles à tenir le coup jusqu'à ce que les ventes de leur premier cru leur rapportent un revenu ?

Alors qu'elle réfléchissait de la sorte, Luke et Lisel passèrent juste à côté d'elle, sa tante ignorant superbement sa présence. Tout en serrant les lèvres pour réprimer sa colère, Carla prit une résolution. Elle était la fille de Rolfe Stenmark-Kruger et elle ne laisserait personne, pas même la famille Stenmark, détruire son rêve : transformer Sundown Crossing en un vignoble prospère, qui leur permettrait à elle, Angie et Sam de vivre confortablement.

Angie remarqua un éclat dur dans le regard de Carla lorsque celle-ci lui toucha le bras :

— Viens, on va se mêler à la foule.

Comme Angie la regardait d'un air interrogateur, elle répondit :

— Si personne ne veut briser le silence, nous allons prendre les devants. C'est nous qui allons leur parler.

— Peut-être qu'ils n'apprécieront pas, répondit Angie un peu alarmée.

— Ça m'est égal.

Carla mentait. Mais elle ne voulait pas avouer, pas même à sa meilleure amie, que l'ostracisme dont elle était victime la peinait.

— Je veux que tout le monde sache que je n'ai pas peur des Stenmark. Je me fiche de leur réaction et j'ai bien l'intention d'agir à ma guise.

Josh Aldrich, qui se tenait un peu à l'écart, regardait Carla et Angie aborder les invités. C'était intéressant d'observer la réaction des viticulteurs. Ils avaient tout d'abord l'air choqué par la témérité de Carla, puis ils perdaient de leur superbe, se balançant embarrassés d'un pied sur l'autre, et finissaient par s'excuser et s'en aller. Parfois, un vigneron moins pusillanime que les autres leur répondait avec cordialité et discutait avec elles deux pendant quelques instants.

Josh souriait tandis qu'il suivait d'un regard admiratif Angie et Carla s'adresser aux uns et aux autres, suscitant la tension ou l'intérêt. Carla n'était visiblement pas décidée à se laisser ignorer. Décidément, elle avait du cran, cette Carla Hunter ! Josh appréciait les femmes au tempérament bien trempé comme Carla ou Lisel Stenmark. Mais chez Lisel, la force de caractère s'alliait à une arrogance et à un égocentrisme insupportables. Josh, qui passait une excellente soirée rien qu'à regarder Carla, l'étudia soudain avec plus d'attention tandis qu'elle riait, la tête rejetée en arrière, à quelque commentaire lancé par un viticulteur. Elle était spontanée et séduisante — c'était même la plus belle femme de la soirée. Oui, il aimait bien Carla Hunter, il l'aimait même énormément. Alors… qu'attendait-il pour agir ?

Josh se fraya un chemin à travers la foule qui commençait à s'égayer, et se dirigea vers Carla. Il arrêta au passage un serveur et s'empara de deux verres de vin blanc qu'il offrit aux deux jeunes femmes.

— Pour vous, mesdames. Et félicitations ! Vous vous êtes sorties à merveille d'une situation pour le moins délicate.

— Oh, c'est vous, répondit Carla d'un air renfrogné en reconnaissant Josh.

Elle n'était guère enchantée de le revoir. Son regard devint glacial mais elle accepta par politesse le verre qu'il lui tendait.

Josh lui adressa un sourire contrit, comme un petit garçon pris en faute.

— Je m'excuse pour… l'autre jour.

Il sut, d'après l'expression de son visage, qu'elle savait à quoi il faisait allusion.

— Nous sommes partis du mauvais pied, vous et moi. Je… j'ignorais qui vous étiez, ce que vous faisiez là-bas à Krugerhoff.

Il mentait, mais ça, elle ne pouvait pas le savoir. Il jeta un regard à Angie pour l'inclure dans la conversation.

— Je suis très impressionné par le travail que vous avez accompli à Kruger…

Il se reprit aussitôt :

— A Sundown Crossing. C'était dans un état lamentable, et vous avez tout remis sur pied en un rien de temps. Bravo !

Quelque peu amadouée par cet éloge, Carla regarda Josh avec plus d'attention. Dans son costume tiré à quatre épingles, avec ses cheveux bien peignés et son visage rasé de près, il était différent de l'homme dont elle se souvenait — l'homme bourru et irascible qui l'avait abordée le deuxième jour de leur arrivée dans la Barossa.

— J'ai du mal à croire que vos employeurs vous aient chargé de me faire ce compliment, fit remarquer Carla.

— Mes employeurs n'ont rien à voir là-dedans. C'est une opinion personnelle.

Il se pencha vers elle et lui dit sur le ton de la confidence :

— Les Stenmark ne me possèdent pas corps et âme, vous savez. Je travaille pour eux, mais en dehors de mon boulot, je suis mon propre maître.

Il corrobora ses paroles d'un sourire qui se voulait franc et honnête et lorsqu'il croisa le regard de Carla, il comprit qu'elle avait cru son mensonge. A dire vrai, ce n'était pas tout à fait un mensonge, mais plutôt une exagération, même si, au final, il savait où se trouvait son intérêt. Néanmoins, entretenir des relations cordiales avec la propriétaire de Sundown Crossing pouvait présenter quelque avantage. Cela lui permettrait entre autres de fournir des informations de première main aux Stenmark et notamment à Carl qui fulminait en assistant, impuissant, à la transformation spectaculaire de Krugerhoff. Conclusion : il avait tout à gagner en jouant sur les deux tableaux.

— Et si on enterrait la hache de guerre pour repartir sur de bonnes bases ? proposa Josh.

Il esquissa un geste pour serrer la main à Carla mais quand il vit qu'elle restait de marbre, il fit immédiatement marche arrière.

— Pas de problèmes. Je vous comprends. Vous n'avez aucune raison de me faire confiance étant donné que je travaille pour eux. Si j'étais à votre place, j'agirais de la même manière.

— Vous avez au moins le courage de nous adresser

la parole. On ne peut pas en dire autant de la plupart des invités ici présents ce soir, dit Angie avec chaleur.

Carla, qui n'était pas méfiante de nature, se força à réviser son jugement sur Josh, désormais si ouvert et si agréable. Peut-être s'était-elle trompée à son sujet ? Après tout, elle ne risquait rien à se montrer plus aimable, étant donné qu'il n'avait pas l'air d'obéir servilement aux Stenmark. Elle tendit la main vers lui et il s'empressa de la serrer dans les siennes, grandes et fortes.

— Bien. Nous sommes amis, alors ?

— Si vous le dites.

— Vous ne le regretterez pas, Carla, promit-il.

Le regard insistant et scrutateur de Carla aurait mis mal à l'aise un homme moins sûr de lui.

— J'espère bien, lui dit-elle.

Josh lui répondit qu'elle n'avait pas d'inquiétude à avoir à ce sujet. Puis, content de son succès, et comprenant intuitivement qu'il ne fallait pas s'imposer plus longtemps, il prit congé des deux femmes.

— Excusez-moi. Il est temps que je parte. Bonsoir.

Il les quitta sans plus attendre en leur adressant un dernier sourire. Il avait atteint son but et la prochaine fois qu'il rencontrerait Carla, il l'inviterait à dîner. Il était suffisamment optimiste pour croire qu'elle accepterait.

Une semaine plus tard, Josh débarqua dans le bureau de Paul en l'absence de ce dernier, pour inviter Carla à dîner. Après quelques hésitations, elle finit par accepter. Ils passèrent une agréable soirée dans un restaurant à la lisière de la ville. Josh se conduisit de manière irréprochable. Il connaissait suffisamment les femmes pour savoir que Carla Hunter n'était pas du genre à se précipiter au lit avec un homme dès le premier rendez-vous. Elle avait trop de personnalité et le souvenir de son mari décédé la hantait sans doute encore. Josh était bien décidé à suivre à la lettre le programme qu'il s'était fixé. Pour commencer, il entretiendrait des relations amicales avec elle. Il apprendrait ensuite à connaître son fils et proposerait de sortir avec lui de temps à autre. Cela ferait plaisir à Carla, il en était sûr. Il savait être patient quand l'objectif à atteindre était une femme qui en valait la peine.

10

C'était la fin du mois d'août et la promesse du printemps était partout présente. Par un samedi tiède et ensoleillé, Carla et Sam marchaient au milieu des vignes en direction de la rivière. Grossie par les pluies hivernales, elle cascadait sur les rochers, puissante et tumultueuse. Carla avait d'ailleurs interdit à Sam d'aller jouer seul sur les berges.

Tout en traversant le vignoble, Carla, qui pourtant n'était pas experte en viticulture, constata que les plants étaient robustes et en bonne santé : les nouvelles feuilles vert clair s'enroulaient délicatement sur elles-mêmes et les vrilles s'étiraient recherchant la chaleur du soleil. Angie était contente de ce qu'elles avaient accompli. Grâce à une taille sévère au cours de l'hiver, la vigne était maintenant vigoureuse. C'était presque le printemps. Carla se tint immobile un moment, plongée dans ses réflexions.

C'était la saison préférée de son père : le printemps. C'était la résurrection de la nature, la confirmation que la vie se renouvelait sans cesse. Elle plissa les yeux. La brume matinale commençait à se lever près de la rivière et elle se mit à imaginer son père déambulant parmi les vignes pour inspecter les plants, effleurant les feuilles d'un geste caressant et enroulant les vrilles sur les fils. Sa gorge se serra et elle avala sa salive avec difficulté. Rolfe lui manquait terriblement, non seulement à elle mais aussi à Angie et à Sam. C'était la raison pour laquelle Angie travaillait avec tant d'acharnement : pour oublier son chagrin, pour combler le sentiment de perte et de vide provoqué par sa mort.

— Maman ! cria Sam avec impatience.

Il se tenait à la lisière du champ, à l'endroit où poussaient les broussailles et les grands arbres qui bordaient la rivière en amont.

Carla courut vers lui et lui ébouriffa les cheveux.

— Je suis là.

Sam la regarda.

— Josh m'a dit qu'un jour, il a vu un ornithorynque dans la rivière. Je vais essayer de le retrouver.

— Vraiment ? s'exclama Carla.

Ils se frayèrent un chemin à travers les bosquets et se dirigèrent vers le bord de la rivière. Il fallait escalader de gros rochers pour y accéder et Sam adorait ça.

— Je ne suis pas une spécialiste de la faune australienne, mon chéri, mais je pense que la rivière coule trop vite pour les ornithorynques. Je crois qu'ils préfèrent les eaux calmes.

L'image de Josh s'imposa soudain à l'esprit de Carla. Il avait su se montrer très persuasif et elle était sortie avec lui à plusieurs reprises, dont deux fois en compagnie de Sam. Josh s'était mis en quatre pour le petit garçon qui avait été ravi d'une telle attention. L'enthousiasme de Sam lui rappela que, depuis la mort de son père, il n'y avait pas eu de présence masculine chez eux, même si Paul venait souvent au cottage, pour leur rendre visite ou pour dîner. Un jour, ils étaient allés se promener au parc et Josh avait joué au rugby puis au Frisbee avec Sam. Josh lui avait montré les oiseaux qu'il connaissait et ils étaient tombés sur un énorme goéland qui fourrageait dans les détritus d'une poubelle renversée.

De toute évidence, Josh voulait se rendre agréable et leur plaire, à elle et à Sam. Elle culpabilisait un peu car, après leur seconde rencontre, elle s'était aperçue qu'elle n'avait pas envie d'entretenir une relation plus sérieuse avec lui. Elle n'était pas physiquement attirée par lui. Elle s'était pourtant servie de lui pour obtenir des informations sur la famille Stenmark, qu'il lui avait d'ailleurs obligeamment fournies. Elle avait ainsi appris que son grand-père était une sorte d'ermite. Il passait toutes ses journées au bureau à Rhein Schloss, puis rentrait directement chez lui. Il apparaissait rarement en public, et seulement pour des raisons professionnelles. Josh lui avait également raconté que Greta, la mère de Luke Michaels, était la plus sympathique de la famille. Quant à Lisel, il en avait peu parlé, lui qui avait pourtant une opinion sur tout. Ce silence n'avait fait qu'attiser la curiosité de Carla au sujet de cette tante à la langue acérée.

Mais auprès de qui d'autre pouvait-elle se renseigner ? Paul, peut-être. Ou les Conrad ? Angie les avait invités et ils venaient dîner le lendemain soir. Oui, décida-t-elle en sautant d'un rocher à l'autre en essayant de rattraper Sam : les Conrad seraient peut-être mieux informés que Paul.

Elle avait du mal à considérer Paul comme son patron. Il était tellement détendu et chaleureux. Patient, même, quand elle se trompait, toujours prêt à répondre aux questions qu'elle se posait et à la soutenir dans ses projets. Elle jeta un coup d'œil au loin pour repérer Sam. Armé d'un bâton, il sondait le fond de la rivière.

— Attention, Sam, la rivière coule vite aujourd'hui.

— Ne t'en fais pas, maman, répondit-il, sûr de lui. Je crois que j'ai aperçu une écrevisse.

Tout en se dirigeant vers lui, elle replongea dans ses pensées. C'était dommage que… Quoi ? Que Paul ait ses propres problèmes à régler ? Comme par exemple surmonter la mort de sa fiancée. Sa fiancée, Lisa McNee, qui travaillait pour la Croix-Rouge Internationale, et avait péri lors d'une escarmouche avec des rebelles au Botswana, il y avait un an à peine. Paul était resté remarquablement calme lorsqu'il lui avait raconté cette tragédie. Comme Carla s'en étonnait, il lui avait expliqué qu'évoquer ce drame l'aidait à surmonter son chagrin et à continuer à vivre. Elle avait parfaitement compris sa réaction, elle qui avait perdu Derek et son propre père.

— Viens, maman, lui cria Sam de nouveau. Il y a une mare d'eau calme juste à côté.

Il baissa la voix.

— On trouvera peut-être un ornithorynque.

S'aidant des taillis pour garder l'équilibre, il escalada les gros blocs de pierre pour aller là où la rivière s'élargissait. De leur côté, l'eau coulait tranquillement alors que, sur la rive opposée, elle se fracassait contre la roche.

— Sam, fais attention ! Attends-moi !

Carla jeta un coup d'œil à la rivière tout en empruntant le chemin suivi par son fils. L'eau était sombre, presque noire, et bien que le cours d'eau fût assombri par l'ombre des grands arbres, elle calcula qu'il devait y avoir plus de deux mètres de profondeur à cet endroit. Accélérant l'allure pour rattraper son fils, elle glissa sur un carré de mousse, et se rattrapa *in extremis* à la branche d'un arbre. C'est alors qu'en relevant la tête, elle aperçut Sam. Impatient de se mettre en quête de l'ornithorynque, il avait oublié toute prudence ; il courait devant elle, insouciant du danger, sur les roches glissantes couvertes de lichen.

Carla le vit perdre l'équilibre. Il agita les bras pour tenter de saisir la branche la plus proche, mais il était trop petit pour l'atteindre. Il tomba sur le côté et roula sur le rocher humide. Propulsé par son élan, il tomba dans l'eau dans une gerbe d'écume et coula immédiatement.

Carla resta tout d'abord paralysée, sous le choc, puis prise de panique, elle bondit de pierre en pierre au risque de déraper. Hormis le gargouillement de la rivière, tout était silencieux et rien n'émergeait à la surface de l'eau. Elle poussa alors un cri déchirant.

— Sam !

11

Carla se trouvait à environ quatre mètres de l'endroit où Sam était tombé. Pendant quelques secondes, la peur l'étreignit, la privant de toute réaction. Sam n'était pas un bon nageur et ses vêtements mouillés allaient l'entraîner vers le fond. Soudain, elle le vit réapparaître, il cracha, battit des bras en tous sens et coula de nouveau. Carla plongea sans plus attendre. L'eau était glaciale. Elle remonta prestement à la surface et se mit à nager. Il y avait presque deux mètres de profondeur. Elle tourna la tête de tous les côtés, essayant d'apercevoir son fils. Où était-il donc ? Des bulles et de légers remous près de la rive trahissaient seuls la présence de Sam. Elle se dirigea à la brasse vers ces maigres indices et replongea sous l'eau.

Celle-ci, fouettée en tous sens, était trouble et Carla n'y voyait presque rien. Elle sentit une peur panique l'envahir tandis qu'elle nageait sous l'eau. Mais où était-il donc passé ? Oh, Sam, Sam… Désespérée, elle toucha soudain quelque chose de mou — c'était sa veste sans manches en Nylon. Elle tira dessus de toutes ses forces, mais sans résultat. Quelque chose le retenait prisonnier. Elle agrippa alors des deux mains le vêtement et cette fois tira plus fort. Le petit garçon, dont la jambe était restée coincée sous une branche d'arbre immergée, refit surface, soudain libéré par cette secousse vigoureuse.

Ses poumons étaient près d'exploser lorsqu'elle sortit la tête de l'eau, portant Sam à bout de bras. Elle ouvrit la bouche et aspira une longue goulée d'air. Elle secoua ensuite le corps de son enfant, pour le faire revenir à lui.

— Sam, ça va ?

Un immense soulagement l'envahit lorsque Sam se mit à tousser et à recracher de l'eau. Il ouvrit les yeux et les lèvres essayant de reprendre son souffle. Elle le prit alors dans ses bras et le serra contre elle tout en rejetant ses cheveux en arrière.

— Tu es vivant ! Oh, mon Dieu ! merci.

— C'est un peu tôt pour prendre un bain, non ? demanda une voix en provenance de la rive.

Carla se frotta les yeux et aperçut Paul van Leeson qui avançait dans l'eau pour leur venir en aide. Elle mit Sam sur le dos et le posa au creux de son bras ; puis, lui parlant d'une voix rassurante pour le calmer, elle nagea vers Paul. Rebel, son setter roux, aboyait et courait le long de la rive, tout excité.

— Eh bien, on a eu de la chance, dit Carla tout essoufflée.

Epuisée par les efforts déployés pour retrouver Sam et par la frayeur qu'elle avait éprouvée, elle confia le petit garçon à Paul. Il transporta l'enfant vers la rive et l'assit délicatement dans l'herbe. Carla les suivait pendant ce temps à la nage, luttant contre le courant. Quand elle fut arrivée près de la berge, Paul l'aida à sortir de l'eau et elle s'effondra près de Sam. Elle le prit dans ses bras et le serra avec ferveur contre elle.

— J'étais en train de promener le chien, ou plutôt l'inverse, expliqua Paul. Nous suivions le cours de la rivière car Reb aime bien patauger dans l'eau.

Sam regarda sa mère.

— Je suis désolé, maman. Je ne savais pas que les

rochers étaient aussi glissants. Je n'ai pas fait attention et j'ai dérapé.

— Je sais. Ce n'est pas grave, Sam. Tu es sain et sauf et c'est la seule chose qui compte.

Elle regarda par-dessus la tête de son fils, en direction de Paul, accroupi près d'eux.

— On n'est jamais à l'abri d'un accident.

Elle adressa un pâle sourire à Paul.

— Merci de nous avoir aidés.

— C'était vraiment un coup de chance, lui répondit-il en lui souriant avec sollicitude. On ne s'attendait pas à assister à un tel drame, n'est-ce pas, ma vieille Rebel ? D'habitude quand nous nous promenons, Rebel et moi, il ne nous arrive jamais rien d'extraordinaire, sauf si Rebel repère un lapin ou un oiseau.

Il tapota la tête de la chienne pour la calmer.

Carla n'osait pas penser à ce qui serait arrivé si Sam avait été seul.

— Désormais, Sam, interdiction absolue de t'approcher de la rivière. Compris ?

Lors d'excursions précédentes, un adulte les avait toujours accompagnés, Su Lee et lui. Mais aujourd'hui, malgré sa présence, un accident s'était produit. Il était donc plus prudent de proscrire définitivement l'accès à la rivière.

— Oui, maman, répondit Sam d'un air penaud, encore sous le choc de sa terrible aventure.

Elle reporta son attention sur Paul. Il la dévisageait des pieds à la tête. Elle se rendit compte que son pantalon et son pull trempés lui collaient à la peau et dévoilaient les formes de son corps. Elle se sentit rougir sous son regard scrutateur. S'il s'était agi de Josh, elle ne se serait pas gênée pour lui dire d'aller se faire voir, mais Paul ! Elle n'avait pas l'habitude qu'il la regardât ainsi, de manière aussi soutenue et intéressée, comme si… Elle respira et retint son souffle tandis qu'un frisson de désir la parcourait. Son cœur se mit à battre plus vite et son trouble s'accrut encore davantage. Mais était-elle la seule à être ainsi touchée, comme traversée par une vague de volupté ? Ou bien était-il lui aussi en proie à la même émotion ? Ses yeux gris, ses traits imperturbables et son allure sereine ne trahissaient aucun émoi. Confuse, elle se leva et décolla ses habits trempés de son corps.

A ce geste, Paul cligna des yeux, mettant ainsi fin au moment d'intimité qui les avait unis pendant quelques secondes. Carla et Sam grelottaient de froid. Paul se leva à son tour, enleva son pull et enroula Sam dedans. Puis il le souleva, faisant passer les jambes du petit garçon par-dessus ses épaules et les tenant fermement contre son torse pour l'empêcher de tomber.

Il jeta un coup d'œil à Carla, sans se départir de son flegme.

— Allons-y. Une douche chaude et une bonne tasse de chocolat : voilà ce qu'il vous faut pour vous remettre d'aplomb.

Il commença à gravir la berge d'un pas assuré, se taillant un chemin dans les épaisses broussailles. Carla fermait la marche, essayant d'oublier cette émotion troublante qui l'avait submergée quelques instants plus tôt.

Angie avait beau manier les chiffres en tous sens, calculer et recalculer leurs revenus, elle n'arrivait pas à équilibrer les comptes. Une fois le dîner terminé, elle s'était enfermée dans le bureau pour trier la paperasse, réviser le plan de financement, payer les factures et évaluer le montant des dépenses qu'elles pouvaient raisonnablement effectuer pour restaurer le vignoble. La comptabilité était un domaine qu'elle maîtrisait bien : c'était elle qui en avait eu la charge à Valley View et dans d'autres vignobles où elle avait travaillé dans sa jeunesse. Elle était donc sûre d'avoir étudié le problème sous toutes ses facettes.

Cela faisait plusieurs semaines qu'elle « jonglait » avec les comptes, selon une expression de Carla. L'une des priorités d'Angie était de garder suffisamment d'argent pour payer les Loong. La famille Loong leur était devenue indispensable et elles ne pouvaient pas se permettre de la perdre. Elle ne nourrissait pourtant aucune inquiétude à leur sujet : ils étaient tous trois heureux de leur vie à Sundown Crossing — même si Tran avait un caractère plus instable et un penchant avéré pour le jeu. Les Loong étaient contents car, pour la première fois de leur vie, ils avaient un endroit confortable où loger, des revenus réguliers, et des repas assurés. En outre, connaissant les qualités de gestionnaire de Kim, Angie était persuadée que la petite famille avait déjà économisé une somme d'argent non négligeable.

Découragée, elle jeta son crayon sur le bloc de papier où s'étalaient des colonnes de chiffres griffonnés à la hâte. D'un geste las, elle frotta ses yeux fatigués. Quelle que soit la méthode adoptée, il apparaissait clairement qu'elles étaient à court d'argent. Elle ne pouvait plus cacher la vérité à Carla en prétendant que tout allait pour le mieux dans le meilleur des mondes. Leur situation était préoccupante.

Comme si elle avait lu à distance dans les pensées d'Angie, Carla apparut à la porte du bureau, en chemise de nuit.

— Encore au travail ! Il est presque minuit !

Elle entra dans la pièce et s'assit dans le fauteuil installé près du bureau de son amie. Angie avait les traits tirés et un air soucieux. Carla fronça les sourcils. Elles avaient décidé d'un commun accord que, du fait de son expérience, c'est Angie qui se chargerait des comptes du domaine. Carla jeta pourtant un coup d'œil au calepin noirci de chiffres, et eut soudain un mauvais pressentiment.

— Alors, quoi de neuf ?

Angie fit la moue, ce qui chez elle exprimait l'inquiétude.

— J'ai révisé les finances du domaine. Les améliorations apportées ont coûté plus cher que prévu, malgré les dix pour cent de marge de fluctuation que j'avais prévus.

Elle saisit un feuillet portant l'en-tête de la National Bank.

— Notre solde est d'environ mille dollars. On ne peut plus continuer à labourer les champs du côté de Oakland Estate. Nous n'avons plus assez d'argent pour payer le conducteur et le tracteur. Il faudra donc faire une croix sur les projets de plantation.

Carla ne sembla pas alarmée par ce bilan inquiétant.

— D'accord, mais les vignes se portent bien, non ? Elles sont chargées de grappes de raisin. Tu disais toi-même que la récolte allait être exceptionnelle.

— C'est vrai, mais les vendanges n'auront lieu qu'à la fin de l'été. Ensuite, nous devrons nous décider : soit nous vendons la récolte à une grande ferme viticole qui se chargera de la fabrication du vin — ce qui nous rapporterait des gains immédiats — soit nous nous occupons de tout, jusqu'à la mise en bouteille. Si on choisit cette option, il faudra encore attendre un an avant d'avoir un revenu appréciable.

Carla ramena en arrière ses boucles rousses, l'air songeur.

— Je croyais qu'on avait déjà opté pour la seconde solution. Le matériel est en parfait état de marche et si nous nous chargeons de la production et de la mise en bouteille, nous gagnerons plus d'argent.

— Oui. Mais nous avions pris cette décision parce que

je croyais que nous aurions les fonds nécessaires pour tenir encore un an. Le salaire que Paul te verse nous aide énormément, c'est certain : il te paye très généreusement. Malgré tout, cela ne suffit pas pour combler le manque à gagner.

Les épaules de Carla s'affaissèrent. Elle était visiblement déçue par le tour que prenaient les événements.

— Mais on a travaillé si dur, Angie. Le domaine est transformé.

Elle serra ses lèvres pleines et bien dessinées.

— Est-ce que tu veux dire par là que nous devrions renoncer à notre projet ? Les Stenmark vont se frotter les mains.

— Je sais.

Angie se pencha en avant et tapota affectueusement la main de Carla pour la rassurer.

— J'ai beaucoup réfléchi au problème et à toutes les options possibles. On pourrait faire appel à un tiers. A quelqu'un d'intéressé, qui accepterait d'investir dans le vignoble.

Angie jeta un coup d'œil à Carla et vit à son manque d'enthousiasme que cette solution ne l'enchantait guère.

— Autre possibilité. Il nous reste quatre hectares de terre vierge. On pourrait en proposer une partie aux Oakland. Cela les intéresserait peut-être d'acheter du terrain pour agrandir leur vignoble.

— Pas question !

Carla hocha la tête avec véhémence et quand elle prit la parole, une détermination farouche perçait dans sa voix :

— Je ne céderai pas un seul mètre carré de Sundown Crossing. Ce domaine nous appartient à Sam et à moi. Et je suis sûre que mon père aurait refusé un tel marchandage. S'il a conservé cette propriété pendant tant d'années, c'est qu'il avait une bonne raison d'agir ainsi. Il voulait tout simplement qu'on prenne la relève.

Elle s'arrêta brusquement en croisant le regard résigné d'Angie qui semblait lui dire : « Peut-on se permettre d'agir autrement ? Il ne nous reste plus rien à vendre. » Et elle n'avait pas tort : même les actions léguées à Sam par Derek avaient été cédées.

— Combien nous faudrait-il pour nous tirer de ce mauvais pas en attendant d'avoir un revenu correct ?

Angie s'était attendue à une telle question. Elle écrivit un chiffre sur le bloc à papier et le tourna vers Carla.

— Tant que ça ? s'écria Carla.

Découragée, Carla se mordit la lèvre inférieure tout en pianotant de la main droite sur le bureau. Elle se creusait désespérément la tête à la recherche d'une solution. Comment aurait agi son père à sa place ? s'interrogea-t-elle soudain. Puis une autre question lui vint spontanément à l'esprit : et son grand-père, que déciderait-il dans une telle situation ? Quand elle était plus jeune, la passion de son père pour le vignoble l'avait laissée indifférente. Mais après plusieurs mois passés dans le cottage, à remettre sur pied les vignes plantées par son père et à restaurer le domaine, elle se sentait fière de ce qu'elle avait accompli. Tout ce travail lui avait permis de comprendre et de partager la passion de Rolfe pour la vigne. Grâce à Angie, elle en apprenait chaque jour davantage sur les différents cépages, les méthodes de production, la mise en bouteilles, le vieillissement et la commercialisation du vin.

— Angie, j'étais en train de me demander comment aurait réagi mon père. Et la réponse est simple : il n'aurait pas renoncé. Il aurait cherché une solution et c'est ce que je vais faire.

Elle regarda Angie avec fermeté, comme si elle la mettait au défi de la contredire. Mais Angie ne s'y risqua pas.

Elle se mit à bâiller, incapable de dissimuler plus longtemps sa fatigue.

— D'accord. Ecoute, je suis au bout du rouleau. On va aller se coucher et qui sait, demain nous aurons peut-être trouvé la solution à tous nos problèmes.

Carla hocha la tête en signe d'approbation, même si elle était persuadée que toutes deux auraient du mal à trouver le sommeil.

— Tu as raison. C'est ce que nous avons de mieux à faire.

Basil Coulthard, gérant de la succursale de la National Australia Bank à Nuriootpa, appela Luke Michaels sur sa ligne privée à Rhein Schloss. Sa pomme d'Adam proéminente montait et descendait nerveusement le long de son cou maigre, tandis qu'il attendait que Luke décroche le combiné.

— Monsieur Michaels… Luke. C'est moi, Basil… Oui, je vais bien, merci.

— Comment as-tu trouvé le vin que je t'ai apporté la dernière fois ?

— Excellent. Ma femme a adoré.

Basil esquissa un sourire cynique.

— Après quelques verres de vin, Roselyn est de bien meilleure humeur.

— Parfait !

Luke se souciait comme d'une guigne des histoires conjugales de Basil. Toutefois, il maîtrisa son impatience et attendit que Basil poursuive. Ce dernier ne l'appelait que lorsqu'il avait des informations importantes à lui transmettre.

— Luke, Carla Hunter vient juste de passer. Tu souhaitais que je te tienne au courant de ses affaires, n'est-ce pas ? Eh bien, son compte est presque à sec ; elle vient de faire une demande de prêt, en donnant comme garantie son titre de propriété sur Sundown Crossing. Je… pensais que cela pourrait t'intéresser.

Luke prêta soudain une oreille attentive aux paroles de Basil, et arrêta de jouer avec son stylo.

— Je t'écoute, dit-il.

— Eh bien, dit Basil en se raclant bruyamment la gorge. J'imagine que tu… que Rhein Schloss souhaite que je rejette cette demande, non ?

— Combien veut-elle emprunter ?

Il émit un sifflement lorsque Basil lui révéla le montant du prêt. Son regard se concentra sur l'un de ses trophées de golf qui scintillait dans la lumière, projetant des éclats dorés sur l'épaisse moquette.

— Elle a de quoi rembourser ?

— Tout juste. Il faudra que les paiements soient échelonnés sur une longue période. En fait, ce prêt leur permettra de se maintenir à flot en attendant que la première récolte soit faite, mise en bouteilles et que le vin ait suffisamment vieilli pour être vendu au détail. Par la suite, elle pourra rembourser plus rapidement les échéances. C'est du moins ce qu'elle prétend.

— Je vois.

Cette information était du plus haut intérêt. Carla était à court d'argent. Il savait que cela se produirait fatalement, tout comme il était certain qu'elle et Angie avaient décidé de contracter un prêt parce que c'était pour elles la seule issue. Il pouvait très bien demander à Basil de refuser leur requête et accélérer ainsi la faillite de Sundown Crossing. Sans argent, elles ne tiendraient plus longtemps. Peut-être que ce refus suffirait à la faire accepter son offre, qui selon son grand-père était trop généreuse, mais qu'il considérait quant à lui comme honnête.

— Alors ? s'enquit Basil avec impatience. Qu'est-ce que je lui dis ?

Sur un plan strictement professionnel, Luke pensait que Basil devait accorder ce prêt à Carla. Mais, curieusement, d'un point de vue plus personnel, il souhaitait exactement l'inverse. Que lui arrivait-il donc ? En vérité, il ne voulait pas que Carla réussisse. Il était dans son intérêt qu'elle échoue, et le plus tôt serait le mieux. Elle serait alors obligée de quitter pour toujours la Barossa Valley et la famille Stenmark. C'était ce que son grand-père, rongé par la rancune, souhaitait par-dessus tout et il lui serait reconnaissant d'avoir chassé Carla de la vallée. Dans le même temps, ses pensées prenaient un cheminement différent, plus complexe. Si elle obtenait le prêt sans parvenir toutefois à équilibrer ses finances, elle serait forcée de vendre. A long terme, cette solution était peut-être la meilleure car, à l'heure actuelle, elle pouvait très bien quitter les lieux et néanmoins conserver Sundown Crossing. En revanche, si elle était dans l'impossibilité de rembourser le prêt, Rhein Schloss arriverait à ses fins en douceur.

Luke se décida enfin :

— Accorde-lui ce qu'elle demande, mais fais-lui clairement comprendre qu'elle n'obtiendra rien de plus. Et surveille bien les remboursements. Si elle n'honore pas ses engagements ou si elle paye en retard, tu prendras les mesures qui s'imposent.

Il s'interrompit quelques instants. Il voulait s'assurer que Basil avait bien saisi les tenants et les aboutissants de cette affaire.

— C'est clair, Basil ?

La pomme d'Adam de Basil s'agita de nouveau.

— Tout à fait, Luke. C'est toi qui décides.

Luke lui dit au revoir et reposa le combiné. Il resta un long moment immobile dans son luxueux fauteuil de cuir. Il se demandait comment annoncer la nouvelle à sa famille et la leur présenter sous un jour positif. Carl et les autres auraient peut-être du mal à saisir toutes les subtilités de son raisonnement.

Intriguée, Carla observait Walt Conrad en train de discuter avec animation avec Josh, de l'autre côté de la rue. Elle ne vit pas arriver Luke Michaels, le heurta de plein fouet et les plans qu'elle tenait enroulés dans ses bras se répandirent sur le trottoir.

— Vous ne pouvez pas regarder devant vous ? s'écria Carla en colère.

Elle s'agenouilla pour ramasser les rouleaux qu'elle venait de récupérer chez l'imprimeur.

— C'est vous qui ne regardiez pas, fit remarquer Luke.

Il observait Carla d'un œil amusé lorsqu'il aperçut Josh. Il comprit alors la raison de sa distraction. Il savait que Josh et elle se voyaient de temps à autre et cela ne lui plaisait pas car il connaissait bien Josh. C'était un homme ambitieux, sournois et rusé. Par certains côtés, Josh lui faisait penser à sa tante Lisel — tous les deux étaient de véritables prédateurs en amour : ils ne reculaient devant rien pour parvenir à leurs fins. Néanmoins il devait reconnaître qu'il travaillait avec efficacité à Rhein Schloss.

— Laissez-moi vous aider, proposa-t-il.

Il se baissa et s'empara d'un plan qui avait roulé dans le caniveau.

— Je me débrouillerai toute seule. Je n'ai pas besoin

de l'aide d'un Stenmark, répliqua Carla d'un air buté, tout en continuant à rassembler les rouleaux éparpillés.

— Vous en êtes si sûre que ça ?

Il la regarda droit dans les yeux puis fit un geste discret en direction de Josh.

— Mais peut-être préférez-vous la compagnie d'hommes plus frustes ?

Elle se mit à rougir et il comprit qu'elle avait saisi l'allusion.

Elle le foudroya du regard, mais ne répliqua pas.

— J'ai entendu dire que tout allait bien à Sundown Crossing. Apparemment, la récolte s'annonce bonne, poursuivit-il, car pour une raison obscure, il avait envie de prolonger cette conversation.

— Vous payez des espions pour guetter tous nos faits et gestes ?

Il haussa les épaules.

— Vous savez, tout se sait ici. Il est difficile de garder un secret dans la Barossa.

— Tant mieux. Je déteste les secrets, répondit-elle, les lèvres pincées.

— Laissez-moi vous donner un conseil, Carla, en tout bien tout honneur. On m'a dit que vous aviez sympathisé avec les Conrad. Méfiez-vous d'eux. Ce ne sont pas des gens fiables.

— Tiens, tiens. C'est bizarre, c'est exactement ce qu'ils m'ont dit à propos des Stenmark. Par votre faute, ils ont perdu leur vignoble. Je me suis renseignée. Les gens disent que vous les avez laissés sur la paille.

Luke grimaça un sourire.

— Vous ne connaissez pas les détails de cette histoire. Nous avons gagné le procès et les Conrad ont dû payer les frais de justice. C'est comme ça qu'ils ont perdu une grosse somme d'argent : à cause de ce procès où ils ont continué à nier qu'ils nous avaient volé des terres à Black Ridge Estate. En fait, ils ont subrepticement déplacé la clôture et nous avons ainsi perdu plus de 50 ares de terrain cultivable. S'ils avaient accepté de respecter le plan cadastral au lieu d'être si cupides et de nous traîner devant le tribunal, ils l'auraient encore, leur vignoble.

— Vous dites qu'ils vous ont pris vos terres ? Comment en êtes-vous si sûr ? Les limites d'un vignoble ne sont pas toujours très claires.

Il décida de satisfaire sa curiosité en lui disant la vérité.

— En fait, nous avons découvert le pot aux roses par hasard. Quelqu'un s'est aperçu que la production à Black Ridge Estate avait considérablement baissé en cinq ans. Une acre de terrain en moins peut faire chuter brutalement le volume de vin produit, lui expliqua-t-il. Le gérant de Black Ridge pensait que l'une des clôtures était mal placée, et nous avons alors demandé à ce qu'un nouveau relevé soit effectué à l'endroit même où notre terrain jouxtait celui des Conrad. On s'est aperçus que la clôture avait changé de place, et que des plants de vigne déjà anciens avaient été plantés pour que cette escroquerie passe inaperçue. Tous les bénéfices étaient pour eux. Ils pensaient que notre entreprise était tellement importante que personne ne s'apercevrait de quoi que ce soit.

Son visage prit une expression sérieuse.

— Ils se trompaient.

— Walt dit que c'est l'inverse qui s'est passé. D'après lui, c'est Rhein Schloss qui leur a volé des terres.

— Le rapport du géologue prouve le contraire, la contredit-il.

Elle réfléchit aux paroles de Luke pendant quelques secondes.

— Tout le monde sait que vous êtes riches et puissants :

ce procès, vous étiez pratiquement sûrs de le gagner. Quel intérêt avait Walt à mentir ? Qu'avait-il à y gagner ?

Comme il ne répondait rien, elle ajouta :

— J'ai tendance à juger les gens par rapport à leur attitude envers moi. Walt et Frances nous ont traités avec beaucoup de gentillesse. Je ne peux pas en dire autant de tout le monde. Beaucoup de gens ici nous ignorent ou nous traitent avec hostilité, apparemment sur les recommandations d'une certaine famille.

Luke, blessé par ces paroles cinglantes, s'efforça de cacher son trouble. Après tout, Carla avait raison.

— Je n'en suis pas personnellement responsable.

Carla n'essayait pas de cacher son irritation et sa révolte, et Luke comprenait parfaitement son désenchantement. Elle n'avait rien fait de mal. La seule chose dont elle était coupable, c'était d'être la fille de Rolfe. A une autre époque, dans un autre endroit, il aurait agi différemment, mais pour l'heure, il avait les mains liées. Il se devait d'être loyal envers son grand-père et il avait ses intérêts personnels à défendre. C'est Lisel qui le lui avait rappelé un soir au dîner, après le départ de Grand-Père. Et elle avait raison. Carla représentait une menace pour son héritage. En conséquence, il devait passer outre les tendres sentiments qu'il éprouvait envers sa cousine et l'empêcher de mettre la main sur ce qui lui revenait de droit : Rhein Schloss.

— Eh bien, nous sommes tous deux d'accord pour dire qu'on ne peut pas être d'accord. Comme d'habitude, ajouta Carla avec impertinence.

Et avant qu'il ait pu répondre, elle lui tourna le dos et retourna, le front plissé et l'air songeur, au bureau de Paul. Une fois arrivée, elle déposa les plans sur sa table de travail.

Le récit de Luke sur l'origine du litige entre les

Stenmark et les Conrad différait radicalement de celui de Walt. Walt et Frances rejetaient tous les torts sur Carl et sa famille. Ils clamaient haut et fort que Rhein Schloss avait généreusement payé une société de géomètres pour réévaluer la superficie de leurs vignobles et redéfinir leurs limites au détriment des Conrad. Ces derniers avaient alors intenté un procès aux Stenmark et s'étaient ruinés en voulant assurer leur défense.

Qui devait-elle croire ? La version des Conrad était convaincante comparée à celle de Luke Michaels, qui visiblement ne voulait pas trop approfondir le sujet. Il semblait considérer cette affaire comme triviale. Et c'était peut-être le cas, étant donné l'importance de l'entreprise Stenmark. Pourtant, en dépit de son aversion pour Luke et pour tout ce qu'il représentait — la puissance et l'arrogance des Stenmark —, elle se refusait à croire que son grand-père puisse agir de façon déloyale ou soit cupide au point de falsifier des actes de propriété en vue d'obtenir une parcelle de terre ridiculement petite par rapport à l'étendue de ses biens. Non, décidément tout cela lui paraissait absurde. Mais dans ce cas, c'étaient les Conrad, les menteurs. Et pourquoi donc auraient-ils inventé ce mensonge ? Elle soupira en se frottant les tempes. Ce n'était pas son problème après tout et elle ne voyait pas pourquoi elle se priverait de l'amitié des Conrad : elle appréciait leur compagnie et Walt lui fournissait des renseignements utiles sur les réseaux de distribution du vin.

Elle s'assit sur un tabouret et déroula le plan du bâtiment sur lequel elle travaillait. Chassant de son esprit sa conversation avec Luke et ses tracas personnels, elle commença à modifier le dessin en prenant en compte les indications laissées par Paul sur le tableau. Quand elle consulta la pendule, deux heures s'étaient déjà presque écoulées. Elle se redressa pour délasser son dos endolori.

Encore une demi-heure et elle aurait terminé. Paul vérifierait les modifications à son retour et les approuverait, espérait-elle. Elle aurait encore le temps d'aller voir Sam à son entraînement de rugby. Il s'y rendait après l'école et faisait partie de l'équipe des juniors. Elle adorait regarder son expression concentrée quand il écoutait les instructions de l'entraîneur et effectuait les différents exercices.

Le sixième anniversaire de Sam tombait le second vendredi du mois de mars. Il s'éveilla à 6 h 30 du matin pour ouvrir ses cadeaux, réveillant par là même Angie et sa mère. Les chaussures et le maillot de rugby le ravirent tout comme les personnages de G.I. Joe offerts par Angie. S'il fut déçu de ne pas avoir eu une bicyclette, il n'en montra rien. Et dès qu'on l'y autorisa, il se précipita vers la caravane des Loong pour montrer tous ses trésors à Su Lee avant d'aller à l'école.

— Ça va être une longue journée, murmura Carla en étouffant un bâillement.

— Oui. Et ce soir nous allons au restaurant avec les Loong pour fêter l'anniversaire de Sam. Cela m'a étonnée qu'il préfère aller au restaurant plutôt que de faire une fête avec des enfants de son âge.

— En fait, il ne connaît pas encore très bien ses camarades d'école et je crois qu'il nous a entendues parler de nos difficultés financières. Il sait que nous sommes à court d'argent.

Carla secoua la tête, avec une expression contrariée. Elle était frustrée de ne pas pouvoir acheter à Sam ce qu'il désirait.

— Un jour, je serai en mesure de lui offrir tout ce qu'il voudra, quand il le voudra.

— Je ne sais pas si c'est une bonne chose. Cela forme le caractère de ne pas satisfaire les désirs des enfants à la demande. Il faut qu'ils apprennent à patienter. Malheureusement quand j'avais sept ou huit ans, ce sage conseil me semblait absurde.

Carla se mit à rire doucement :

— Je vois. Quand j'étais petite, l'argent ne coulait pas à flots à la maison, notamment après le divorce de mes parents.

Elle s'interrompit un instant, regardant par la fenêtre le ciel sans nuage. Il allait encore faire très chaud.

— Quel est le programme pour aujourd'hui ?

— Tran et moi, nous allons vérifier la teneur en sucre des grappes de raisin : c'est ce qu'on appelle un contrôle Baum. Nous utilisons un réfractomètre pour voir si le niveau de sucre augmente. On peut ainsi savoir si la récolte est proche ou non. Nous contrôlerons aussi l'acidité.

Elle ajouta ensuite :

— Il faudra également être attentif aux bulletins météo. Une tempête ou de la grêle, maintenant ou dans les semaines à venir, s'avéreraient désastreuses pour les vendanges.

— J'ai vu plusieurs jeunes saisonniers en ville. On a dû leur dire que les vendanges allaient bientôt commencer dans la Barossa, remarqua Carla.

Angie hocha la tête.

— Le téléphone arabe fonctionne bien parmi ces jeunes. Bientôt, la région sera envahie par les touristes et les vendangeurs.

Carla se leva, débarrassa la table du petit déjeuner et fit la vaisselle.

— Je vais prendre une douche en attendant que Sam

revienne. Pourras-tu conduire Sam et les Loong en ville, ce soir ?

— Bien sûr. A quelle heure ?

— Vers 6 h 45. Paul et moi, on te rejoindra au restaurant.

— Ah, Paul vient aussi ?

Angie la regarda en agitant les sourcils.

— Et pas Josh ?

— Cela aurait été impoli de ne pas inviter Paul. Il a été si… serviable. Et d'ailleurs, Josh est pris ce soir, répondit Carla, tout en sachant qu'elle n'était guère convaincante.

Elle aimait beaucoup Angie, mais elle en avait marre que son amie essaie de la caser. Sa vie lui convenait parfaitement, et elle n'avait pas besoin d'un homme pour se sentir bien.

Paul et Carla attendaient l'arrivée de la famille Loong, d'Angie et de Sam, un beau gâteau d'anniversaire décoré de bougies trônant dans la cuisine du restaurant. Ils étaient assis en terrasse sous une pergola couverte.

Paul commanda une bouteille de vin. La fébrilité croissante de Carla, assise en face de lui, le fit sourire.

— Qu'est-ce qui vous rend si nerveuse ?

— C'est la première fois que Sam fête son anniversaire sans son grand-père. J'espère qu'il ne sera pas triste. C'est un garçon sensible, vous savez, répondit Carla.

Elle remarqua combien Paul était séduisant. Pour cette occasion un peu spéciale, il avait mis un costume et une cravate.

— Il est comme sa mère, lança-t-il avec une pointe de moquerie, tout en la regardant triturer ses couverts.

Elle lui tira la langue en guise de réponse. Quelques secondes plus tard, le serveur apporta la bouteille et les servit.

Paul leva son verre et murmura :

— A une soirée agréable.

Puis avec une gravité soudaine, il ajouta d'un air songeur :

— Lisa et moi avions l'habitude de venir manger ici de temps en temps.

Puis il se reprit :

— Je ne sais pas pourquoi je vous parle de ça. Ce n'est pas vraiment le moment.

— Cela vous rappelle de bons ou de mauvais souvenirs ?

Il poussa un profond soupir et réfléchit quelques instants :

— De bons souvenirs. Lisa et moi nous entendions merveilleusement bien. Mais Lisa avait un caractère bien trempé. Elle était parfois très têtue.

Il souleva les sourcils d'un air entendu :

— Elle me rappelle d'ailleurs quelqu'un à cet égard. Je n'étais pas d'accord pour qu'elle parte un an au Botswana mais elle voulait absolument y aller. Elle disait qu'on avait besoin d'elle là-bas et qu'elle ne courait aucun danger.

— Je vois, dit Carla.

Puis elle lui confia à son tour :

— J'avais toujours peur quand Derek partait en mer, mais il aimait son métier et il me disait que les accidents étaient rares.

Elle détourna les yeux et reprit :

— Il se trompait.

Paul hocha la tête avec sollicitude :

— Quand Lisa est partie, je me suis lancé dans la construction de la maison. Je voulais qu'elle soit finie pour son retour…

Comme s'il se parlait à lui-même, il ajouta :

— Et, ensuite… eh bien, finir la maison m'a permis de me concentrer sur quelque chose, d'essayer d'oublier qu'elle n'était plus là.

Carla lui sourit avec gentillesse. Paul se confiait rarement. Ce n'était pas quelqu'un de secret, mais il devait penser que ses confidences n'intéresseraient personne. Angie avait pourtant réussi à le faire parler de lui et de son passé. Elles avaient ainsi appris qu'il était venu dans la Barossa parce que son oncle était malade. Ses parents étaient morts quand il était jeune homme et il avait une sœur, mariée, qui vivait au Danemark. Il leur avait aussi raconté qu'il avait autrefois rêvé de devenir un basketteur professionnel, mais qu'une opération du genou lui avait ôté tout espoir de faire carrière dans ce sport.

Il lui arrivait donc, souvent encore, de penser à sa fiancée disparue, songea Carla. Elle ne s'en étonna pas : elle était bien placée pour savoir que l'on ne décidait pas d'aimer ou de ne plus aimer sur commande.

L'arrivée à cet instant même de la famille Loong, de Sam et d'Angie interrompit le cours de ses pensées. Et dans les minutes qui suivirent, le petit groupe fut occupé à s'installer, à commander des boissons et à consulter la carte.

Sam avait l'air très mature, vêtu de son pantalon long, de sa chemise blanche et d'une cravate rayée, ses cheveux en bataille pour une fois peignés avec soin. Carla sentit sa gorge se serrer en le regardant. Il grandissait si vite, trop vite à son goût ! Il n'avait plus rien d'un bébé maintenant. Il était réellement devenu un petit homme. Rolfe aurait été très fier de lui, tout comme elle l'était et comme l'aurait été Derek.

Kim, assise à la gauche de Carla, se pencha vers elle :

— Les plats de résistance sont très chers, n'est-ce pas ?

— Ne t'inquiète pas du prix, Kim. C'est moi qui régale.

Carla lui sourit.

— C'est pour vous remercier, toi, Tran et Su de

m'avoir aidée à Sundown Crossing. Commande ce qui te plaît. D'accord ?

Et elle convia Angie et Paul à en faire autant.

— Un jour, nous aurons un restaurant. Il ne sera pas aussi chic que celui-ci, mais il sera à nous, dit Kim à Tran et à Su Lee.

Tran, d'habitude silencieux en société, lança d'un air fanfaron :

— Notre restaurant sera mieux que celui-ci, Kim.

— Quel genre de restaurant aimerais-tu avoir, Kim ? demanda Paul avec intérêt.

— J'aime bien la cuisine vietnamienne. C'est ce que je fais de mieux, et certains plats anglais aussi.

— D'après ce que j'ai vu, il me semble que Gawler ou Elizabeth offriraient plus de possibilités. C'est plus grand que Nuriootpa, dit Angie.

De l'autre côté du restaurant, cinq personnes étaient en train de déguster leurs entrées. Les Stenmark mangeaient rarement dehors. Mais Greta avait commandé de nouveaux meubles de cuisine pour Stenhaus et les travaux n'étaient pas encore tout à fait terminés.

Les Stenmark, tous vêtus avec élégance, avaient grande allure, notamment Lisel qui était particulièrement en beauté dans une robe rose à fines bretelles. A leur arrivée dans le restaurant, Carl avait insisté pour qu'on leur donne la meilleure place et, étant donné sa réputation, il n'avait eu aucun mal à obtenir la table qui donnait sur le jardin.

Ce fut Luke qui aperçut le premier Carla et son groupe. Il jugea préférable de ne rien en dire et d'ignorer cette situation embarrassante qui faisait que Carla et son grand-père se retrouvaient à proximité l'un de l'autre. Sa mère, il le savait, avait envie de rencontrer la fille de

Rolfe. Mais elle n'avait pas le courage de faire le premier pas, car elle craignait qu'une telle initiative n'irrite Carl.

— Tu sembles préoccupé ce soir, Luke, dit John Michaels. Tu as des soucis ?

— Excusez-moi, je pensais aux vendanges qui approchent.

— Nous allons avoir une année exceptionnelle. D'après Josh, ce sera encore mieux qu'en 1993, lança Lisel.

— C'était effectivement une excellente année, confirma Carl. La meilleure, même si certains viticulteurs le contestent.

Les serveurs apportèrent le plat de résistance et la discussion se poursuivit :

— Tous les viticulteurs sont optimistes à propos de la prochaine récolte, fit remarquer John, qui répétait ce qu'il avait entendu dire lors de la dernière réunion de l'association des viticulteurs. Les conditions sont idéales.

Greta Michaels, que cette conversation ennuyait, leva les yeux au ciel, posa ses couverts et repoussa son assiette. Elle fit signe à Lisel et lui demanda :

— Je vais me poudrer le nez. Tu m'accompagnes ?

Lisel hocha la tête en signe d'assentiment.

— Pourquoi pas ?

Les femmes abandonnèrent les hommes à leur discussion.

En quittant les toilettes, Lisel, toujours à l'affût d'un homme seul et attirant, jeta par hasard un œil du côté de la terrasse. Elle s'arrêta brusquement en apercevant Carla Hunter, Paul van Leeson et les autres, installés à une table sous la pergola. Greta, qui était juste derrière Lisa, se cogna contre elle.

— Mais que se passe-t-il ? s'écria Greta.

Lisel regarda sa sœur puis la table où Carla était assise. Lisel avait les traits crispés et ses lèvres esquissaient une moue méprisante.

— Là-bas, murmura-t-elle en indiquant du doigt l'endroit où se trouvait Carla. C'est Carla et… elle aperçut à cet instant même le petit garçon assis juste à côté d'elle… son satané fils. Elle dîne avec Paul van Leeson. On dirait qu'elle a aussi invité ses ouvriers agricoles.

— Ne sois pas si snob, la réprimanda Greta.

Elle se mit à côté de Lisel pour mieux voir la table que lui montrait sa sœur.

Lorsqu'elle vit Carla et son groupe, Greta resta bouche bée :

— Mon Dieu ! Mais c'est donc vrai !

— Tais-toi, dit Lisel d'une voix sifflante, au comble de l'agacement. Oui, c'est vrai qu'elle ressemble à Maman. Et alors ! Inutile de faire un test de paternité, n'est-ce pas ? Cela se voit comme le nez au milieu de la figure qu'elle fait partie de la famille, ajouta-t-elle d'un ton sarcastique.

— C'est incroyable, cette ressemblance et… elle est très belle.

Greta, de toute évidence, était impressionnée.

— Je ne m'attendais pas à ce qu'elle soit si… Ni toi ni Luke ne m'aviez prévenue qu'elle était si jolie. Et le garçon, c'est le portrait craché de…

Croisant le regard sombre de Lisel, Greta baissa la voix, et ajouta, émue :

— Kurt.

— Je sais.

Les yeux de Lisel, d'un noir profond dans la lumière tamisée du restaurant, fixaient Greta avec intensité.

— On ne dira rien à Papa, annonça-t-elle, péremptoire. Il refusera de rester s'il apprend que la fille de Rolfe est là. Tu sais comme moi ce qu'il pense d'elle.

— Mais…

Greta fronça les sourcils. Elle n'était visiblement pas d'accord avec la proposition de sa sœur.

— Tu sais très bien que Papa sera mécontent, Greta.

Lisel, impatiente, fit la moue :

— Cela lui rappellera de mauvais souvenirs : Rolfe, la mort de Kurt et de Marta.

Greta jeta de nouveau un coup d'œil en direction de Carla et de Sam, puis à la table où Carl était assis. Sans être tout à fait d'accord avec le raisonnement de Lisel, elle se laissa toutefois persuader et dit avec un soupir :

— Comme tu voudras.

Si Lisel n'avait pas porté cette splendide robe rose, peut-être que Carla ne l'aurait pas remarquée. Mais du fait de sa tenue, Carla la reconnut immédiatement quand elle l'aperçut dans la salle du restaurant. Son regard fut ensuite attiré par la femme qui marchait à ses côtés. Elle était plus petite et avait des cheveux plus clairs, mais Carla en déduisit néanmoins que c'était Greta, la sœur aînée de Lisel, car il y avait un air de famille entre les deux femmes. Elle voulait pourtant s'assurer qu'elle avait vu juste et elle toucha le bras de Paul pour attirer son attention.

— Là-bas, près de la porte, c'est Lisel Stenmark. Et l'autre, c'est sa sœur, n'est-ce pas ?

Paul hocha la tête pour lui confirmer qu'elle avait bien deviné. Tout ceci était très intéressant. Elle s'empara de son verre de vin et en but une longue gorgée, essayant d'étouffer sa colère et le sentiment d'injustice qui s'étaient immédiatement emparés d'elle. Ces deux femmes, qui étaient ses tantes, l'ignoraient et refusaient de lui parler. Plissant les yeux, elle les suivit du regard tandis qu'elles retournaient à leur table. Luke était là, près de son père — elle connaissait John Michaels de vue même si elle ne lui avait jamais adressé la parole. Un autre homme à la tête auréolée de cheveux blancs était assis à côté d'eux. Imposant, avec de larges épaules, il… mais oui… il ressemblait à ce que son père aurait été, s'il avait vécu jusqu'à quatre-vingts ans. Il ne pouvait s'agir que de son grand-père. Carl Stenmark. Sous le choc, elle se mit à serrer si fort le pied de son verre qu'il faillit se briser. Puis, se ressaisissant, elle détendit son étreinte, but le vin qui lui restait et demanda à Paul de la resservir.

— Volontiers. Alors, comme ça, vous aimez bien boire du vin, remarqua Paul en la servant.

— En temps normal non, mais ce soir, j'en ai besoin, dit Carla en faisant un signe de tête en direction des Stenmark.

Angie, qui jetait un coup d'œil vers Paul et Carla juste à ce moment-là, suivit le regard de son amie. Et c'est alors qu'elle aperçut les Stenmark. Soudain alarmée, elle procéda à une brève évaluation de la situation. Carla en était à son troisième verre de vin alors qu'elle n'avait pas l'habitude de boire. Si jamais elle s'avisait d'aller parler aux Stenmark, si hostiles à son égard, une catastrophe se produirait inévitablement. En observant Carla, dont les yeux flambaient de colère, elle sut qu'une dispute allait éclater. Carla, avec sa flamboyante chevelure rousse et le sang italien qui coulait dans ses veines, n'était pas du genre à subir un affront sans rien dire. Et elle s'était plainte à plusieurs reprises de l'attitude injuste et stupide des Stenmark envers elle et son fils. A présent, ce sentiment d'iniquité, exacerbé par l'alcool, allait peut-être conduire Carla à faire quelque chose qu'elle regretterait sans doute plus tard.

A cet instant, Carla se leva de table.

— Je vais aller dire bonsoir à ma famille.

— Ce n'est pas une bonne idée, lança Angie en hochant la tête d'un air réprobateur.

C'était même la pire des idées ! Angie, qui connaissait Carla depuis qu'elle avait douze ans, savait que sa jeune amie était une femme passionnée, au tempérament volcanique. Et elle décelait maintenant dans l'attitude de Carla des signes de colère grandissante. En effet, ce geste impatient pour rejeter ses cheveux en arrière, cette raideur du dos, ces poings serrés et ce regard sombre trahissaient la fureur de la jeune femme. La fille de Rolfe était prête pour le combat et les Stenmark avaient intérêt à bien se tenir.

— Attendez ! Le serveur va nous apporter le gâteau d'anniversaire, annonça Paul à Carla.

Il avait compris que Carla n'était pas dans de bonnes dispositions pour parler aux Stenmark et qu'il valait mieux éviter une rencontre.

— Regardez, il arrive.

Les convives des tables avoisinantes souriaient tandis que la famille Loong applaudissait le serveur qui déposa le gâteau décoré de six bougies sur leur table.

Carla se rassit et entonna avec les autres « Happy Birthday to you ». Sam, tout excité, souffla sans mal les bougies et autorisa même son amie Su Lee à l'aider. Le gâteau fut ensuite découpé avec soin et chacun reçut sa part.

Angie poussa un soupir de soulagement. Carla semblait avoir oublié les Stenmark. Mais elle se trompait et elle s'en rendit très vite compte. Tandis que les membres de la famille Stenmark quittaient la table, s'apprêtant à partir, Angie comprit que Carla n'avait fait qu'attendre son heure. Elle se leva brusquement et se faufila entre les tables en direction des Stenmark. Angie, prise de court, échangea un regard avec Paul.

— Ça va mal finir, prédit Angie, impuissante.

Depuis des mois, Carla et elle travaillaient d'arrache-pied, entourées de gens hostiles, qui ne pensaient qu'à leur mettre des bâtons dans les roues. Carla était excédée d'avoir à affronter ces humiliations et ces tracas quotidiens et la famille Stenmark, que cela lui plaise ou non, allait maintenant lui rendre des comptes.

— Je vais la chercher, si vous voulez, proposa Paul. Mais je comprends sa colère : on vous a tellement maltraitées depuis que vous êtes ici.

Paul, encouragé par Angie, suivit Carla. Il ne fut toutefois pas assez rapide et quand il la rejoignit, il était trop tard : les Stenmark l'avaient déjà repérée.

Lisel fut la première à l'apercevoir. Elle leva les mains d'un geste théâtral comme si elle venait juste de remarquer la présence de Carla.

— Mon Dieu ! Mais regardez qui est là ! Il faudra que j'en parle au maître d'hôtel. On accueille vraiment n'importe qui dans ce restaurant.

— Bonsoir, tante Lisel.

Carla avait décidé de ne pas se laisser impressionner par les sarcasmes de Lisel. Le vin qu'elle avait bu, la colère qui bouillonnait en elle et l'attitude méprisante des Stenmark envers elle et son fils, lui donnaient la force et le courage de leur tenir tête. Elle se tourna vers Luke.

— Bonsoir, Luke. Je vois que toute la famille Stenmark est de sortie ce soir.

— Bonsoir, Carla, répondit Luke calmement.

Il la regardait fixement, inquiet de ce qu'elle pourrait dire ou faire.

Lisel fit un pas en avant. Elle se tenait juste devant Carla, comme pour protéger son père qui se dirigeait vers la sortie en compagnie de John Michaels. Elle regarda sa nièce avec malveillance, évaluant d'un œil critique les vêtements qu'elle portait.

— Vous ressemblez certes aux Stenmark. Certaines personnes vous l'ont peut-être même déjà dit, mais cela ne veut pas dire que vous faites partie de la famille pour autant, dit Lisel d'un ton persifleur.

— D'un point de vue juridique, vous avez tort, répliqua Carla. Vous savez tout comme moi, et d'ailleurs personne ne l'ignore dans la Barossa, que le même sang coule dans nos veines. Et ce qui s'est passé entre votre père et le mien n'a rien à voir avec moi ou mon fils.

Elle se tourna vers son autre tante :

— Mon père écrivait un journal et il y parle de vous avec beaucoup d'affection, tante Greta. Il vous trouvait gentille et raisonnable. S'il avait vu juste, vous devez penser que cette…

Elle chercha le mot approprié :

— Cette querelle est stupide et dépassée.

Serrant les mâchoires, Carla s'efforça de faire abstraction du regard assassin de Lisel, et tendit la main à Greta :

— Tante Greta. Enchantée, je suis Carla.

Elle sourit lorsque Greta, interloquée, lui rendit spontanément sa poignée de main, sans dire un mot. Puis Carla regarda d'un air de défi chacun des membres de la famille Stenmark jusqu'à ce que son regard se pose sur son grand-père qu'elle apercevait de dos. Elle l'appela d'une voix implorante :

— Grand-Père…

Carl se retourna. Son visage exprima tout d'abord l'étonnement — Carla était le portrait craché d'Anna Louise — puis la fureur contenue. Lorsqu'il se ressaisit, ses traits se crispèrent en un masque impénétrable. Ses yeux bleus, assombris par la colère, tout comme ceux de Carla, la foudroyaient du regard. Cet instant sembla durer une éternité. Puis il hocha la tête, exprimant ainsi son refus de lui parler.

— Grand-Père, l'implora de nouveau Carla.

Cette fois, elle n'eut pas le courage de sourire tout en lui adressant la parole.

— Comment osez-vous lui parler ! s'écria Lisel hors d'elle. Etes-vous trop stupide pour comprendre qu'on ne veut rien avoir à faire avec vous ?

— Si mon grand-père me le dit de vive voix, alors je le croirai.

Carla pointa son doigt en direction de Lisel :

— Mais, vous, je ne vous crois pas.

— Espèce de garce. Vous me traitez de menteuse, maintenant ?

Paul, debout derrière Carla, la retint par les épaules, pour prévenir toute agression physique.

— Lisel, Carla, dit Luke pour essayer d'apaiser les deux femmes. Ce n'est ni le moment ni l'endroit pour une telle discussion.

— Tout à fait d'accord, acquiesça Carla.

Elle leva le menton vers Lisel d'un air de défi, tout en s'adressant à Luke :

— *Vous*, choisissez donc l'endroit et le moment.

Carl Stenmark intervint d'une voix forte.

— Ça suffit.

Il jeta un regard noir à Carla :

— Je sais qui vous êtes. Vous n'êtes qu'une petite effrontée qui croit qu'elle va faire la pluie et le beau temps dans la Barossa.

Sa voix, autoritaire et implacable, empêchait toute velléité de contestation :

— Mon petit-fils me dit que vous êtes intelligente.

Il jeta un bref regard à Luke puis à Carla.

— Je crois qu'il se trompe. Une personne intelligente sait défendre ses intérêts. Elle ne s'obstine pas dans la mauvaise voie.

Il agita son index vers elle pour donner plus de poids à ses paroles :

— Vous savez pertinemment qu'on ne veut pas de vous ici. De plus, votre pitoyable entreprise est vouée à l'échec. Il est encore temps de partir pour sauver ce qui peut l'être. Mais si vous restez, vous ferez faillite et vous perdrez tout.

— Du calme, Carl, intervint Paul. Vous allez un peu trop loin, il me semble.

— Ne vous mêlez pas de ça, rétorqua Carl en jetant un regard glacial à Paul. Occupez-vous de ce qui vous regarde. Cantonnez-vous à l'architecture, c'est votre domaine, mais ne fourrez pas votre nez dans les affaires de la vallée.

— Je suis la fille de votre fils, l'enfant de Rolfe. Cela ne signifie donc rien pour vous ? s'enquit Carla d'une voix qui, malgré elle, se fit suppliante.

Elle s'approcha de son grand-père, consciente que Paul la suivait de près et que ses mains étaient toujours posées sur ses épaules. Inconsciemment, sa présence la rassurait.

L'espace de quelques secondes, Carla et Carl se regardèrent droit dans les yeux. Carla décela une note de tristesse dans le regard de Carl — des souvenirs douloureux devaient lui revenir à la mémoire — puis comme de l'incertitude. Mais soudain sa bouche se crispa et ses traits se durcirent. Il se redressa alors de toute sa taille — il dépassait Luke et était presque aussi grand que Paul. C'était un homme très imposant. Elle vit son visage se figer tandis qu'il rejetait froidement sa tentative de réconciliation.

— J'ai eu un fils, dit-il durement. Il s'appelait Kurt. Il est mort, il y a longtemps.

Blessée au plus profond d'elle-même, Carla interpella le vieil homme avant qu'il ne s'éloigne :

— Tout à l'heure, vous avez utilisé le mot « pitoyable ». Eh bien, je crois que ce mot vous décrit à la perfection. Votre manière de juger les gens est pitoyable et pathétique et que cela vous plaise ou non je suis votre petite-fille, et je le resterai. Je vous laisse seul face à votre conscience : peut-être comprendrez-vous enfin que votre attitude est impardonnable et archaïque.

Elle parvint, au prix d'un effort surhumain, à esquisser un sourire narquois :

— Mais je ne pense pas que tout ceci vous affecte le moins du monde. D'après ce que j'ai entendu dire, les Stenmark ne sont pas sujets aux états d'âme.

Carla s'aperçut, sans joie, que cette remarque avait piqué au vif son grand-père, qui ne put dissimuler à temps son émotion.

— Comment osez-vous parler de la sorte à mon père ? intervint Lisel, folle de rage.

Elle leva la main, mais Luke l'empêcha juste à temps de frapper Carla. Il lui saisit le poignet, lui plaqua le bras contre le corps et le maintint dans cette position.

— Ça suffit.

Luke jeta un regard furtif à Carla.

— Et vous aussi, calmez-vous.

Tout le restaurant assistait, médusé, à cette formidable dispute familiale. Les clients et les serveurs les observaient à la dérobée, ne perdant pas une miette de ces échanges au vitriol.

— Je vous l'ai déjà dit, ce n'est ni l'endroit ni le moment pour de telles discussions.

— Luke a raison, dit Paul en hochant la tête à l'attention du jeune homme en signe d'approbation.

Sam, qui avait tout vu et tout entendu, se précipita au côté de sa mère. Il tira sur sa jupe et se plaça devant elle.

— Maman, ça va ? Qu'est-ce qui se passe ?

L'inquiétude de son fils fit comprendre à Carla qu'il fallait mettre un terme à cette querelle. Clignant des yeux pour refouler des larmes de déception et de frustration, elle prit son fils dans ses bras et lui assura que tout allait bien. L'intervention de Sam était aussi pour elle l'occasion de le montrer aux Stenmark. « Allez tous au diable », pensa-t-elle en silence. S'ils décidaient de l'ignorer, elle ferait de même de son côté. De toute façon, ils ne valaient pas la peine d'être connus. C'étaient des gens sans cœur et arrogants, à l'exception de sa tante Greta, peut-être.

— Ne t'en fais pas, Sam, ne te fais pas de soucis.

Elle étreignit son corps fin contre le sien.

— Retournons à notre place pour finir le gâteau, tu veux ? demanda-t-elle, le menton relevé avec une détermination farouche.

Pourtant les paroles de Carl et son refus de les accepter, elle et son fils, au sein de la famille, l'avaient profondément peinée. Mais elle ne voulait pas leur donner le plaisir de constater combien elle avait été blessée par leur attitude. L'avertissement de son grand-père lui revint malgré elle à l'esprit : « Il est encore temps de partir pour sauver ce qui peut l'être. Mais si vous restez, vous ferez faillite et vous perdrez tout. » Partir. Il pouvait toujours attendre. Elle resterait dans la Barossa avec Sam et Angie, et elle arriverait à ses fins, dût-elle en mourir !

Carl regarda sa petite-fille tourner les talons et passer près de van Leeson pour rejoindre sa table. Le dos droit, la tête haute. Un instant, il avait cru qu'Anna Louise était de nouveau à ses côtés. Son cœur se serra : le chagrin qu'il éprouvait était si fort qu'il en était presque intolérable.

Elle ressemblait tant à son père, aussi. Fière, impulsive, indépendante. Carl savait qu'il l'avait blessée et humiliée, même si elle cachait ses sentiments. Il ne voulait pas qu'elle reste dans la vallée, mais l'instinct et l'expérience l'avertissaient qu'elle ne partirait pas de son plein gré. Il faudrait donc la forcer à quitter la région. Il poussa un profond soupir en se dirigeant vers la sortie. Les dés étaient jetés, il était trop tard pour revenir en arrière.

12

Tran n'était pas rentré dîner. Kim mit au Frigidaire sa part de repas et éteignit la lumière de la cuisine. Cela faisait maintenant deux soirs de suite qu'une fois le travail terminé, Tran se dépêchait de partir en ville et rentrait à une heure tardive sans avoir mangé. Ce comportement était étrange, car il n'appréciait guère les plats réchauffés. Tran lui cachait quelque chose, elle le sentait bien. Son frère était certes un garçon très secret, mais au cours des deux dernières semaines, il s'était vraiment conduit de manière suspecte.

Depuis son dix-neuvième anniversaire, Tran se considérait comme un homme et estimait n'avoir plus de comptes à rendre à sa sœur. Kim l'avait très bien compris, mais elle avait néanmoins une petite idée sur la nature de ses escapades nocturnes. Quand elle était petite, elle avait vu son père agir de la même manière. En fait, Tran, repris par ses vieux démons, dépensait tout son argent au jeu et ne versait plus un sou dans la cagnotte familiale. Il trouvait toujours une bonne excuse cependant, invoquant des frais personnels, l'achat d'une nouvelle pièce pour sa moto ou de vêtements neufs, ou encore des sorties avec une petite amie.

Kim était pourtant persuadée qu'il n'avait pas de copine. Dieu sait pourtant si elle aurait préféré qu'il soit amoureux au lieu d'être obsédé par le jeu. Cette passion, comme elle avait pu le constater chez son père, était dangereuse et destructrice. Un jour, des truands avaient débarqué à la ferme familiale pour lui réclamer de l'argent. Ils l'avaient traîné hors de la hutte et l'avaient battu, le laissant sur le sol à moitié mort. Elle se rappelait très bien cet affreux événement. Sa mère, ses sœurs et ses frères aînés avaient dû prendre en charge le travail à la ferme pendant qu'elle restait au chevet de son père. Elle n'oublierait jamais l'impatience et la mauvaise humeur de ce dernier, alors dans un état critique, pas plus que la tension qui régnait dans la famille. Elle serra ses petites lèvres fines, essayant de chasser ces pénibles souvenirs. Elle n'allait pas revivre cet enfer avec Tran. Il en était hors de question. Tran, Su Lee et elle-même avaient trop souffert : ils avaient perdu leur famille et avaient tout risqué pour recommencer de zéro dans un nouveau pays. Elle ne laisserait pas Tran ruiner leur avenir.

Kim se dirigea vers la chambre qu'elle partageait avec Su Lee. Sa sœur s'était endormie dans le grand lit, un livre à la main. Kim sourit. Elle prit le livre et le posa sur la table de chevet. Sa petite sœur avait vraiment de la chance de pouvoir aller à l'école. Su Lee, elle en était sûre, réussirait car elle avait envie d'apprendre. Sa petite tête était déjà pleine de rêves et de projets. Kim réprima un bâillement et se remit à penser à ce qui la préoccupait : Tran et sa passion pour le jeu. Qu'allait-elle donc faire de lui ?

En arrivant en Australie, elle s'était fait une promesse, qu'elle s'était juré de respecter quoi qu'il arrive. Leur vie, ici, serait différente. Pas question de revivre les tourments soufferts dans leur village et à Saigon. Si elle était restée captive dans la maison close ou à errer dans les rues de la grande ville, elle serait à présent droguée ou malade.

C'est sœur Dinah Sherwood, une Australienne d'une quarantaine d'années, qui lui avait sauvé la vie. Sœur Dinah, infirmière de profession, dirigeait un orphelinat subventionné par des aides internationales. Elle procurait aux orphelins ou aux enfants des rues des vêtements, de la nourriture et des rudiments d'éducation ; grâce à elle, ils avaient une chance de mener une vie meilleure en grandissant.

Quand Kim avait dix-sept ans, parce qu'elle n'avait pas d'argent ni d'objets de valeur à leur donner, une bande de drogués l'avait battue et laissée inconsciente dans une ruelle jonchée de détritus. Sœur Dinah l'avait récupérée et conduite à l'orphelinat où elle l'avait soignée. La vie dans les rues de Saigon avait transformé Kim en une fille sauvage et farouche, et ce n'est qu'après plusieurs mois que sœur Dinah, grâce à sa gentillesse et sa tendre sollicitude, avait réussi à gagner sa confiance et à lui faire raconter la triste histoire de sa vie.

Kim, conquise par la bonté de sœur Dinah, était restée à l'orphelinat pour l'aider, elle et sa petite équipe. Ils lui avaient appris à parler, à lire et à écrire en anglais. Sœur Dinah avait encouragé Kim à reprendre contact avec sa famille et à solliciter auprès de l'ambassade d'Australie l'autorisation d'immigrer. Kim avait suivi son conseil et avait également demandé un droit de résidence pour Tran et Su Lee. Quatre ans plus tard, cette autorisation lui avait été enfin accordée, notamment grâce aux démarches répétées de sœur Dinah auprès du service d'immigration australien. Maintenant, ils vivaient en Australie et elle avait bien l'intention de réussir et d'oublier son passé.

Elle se glissa dans le lit en soupirant, trop fatiguée pour attendre Tran. Elle aurait une explication avec lui le lendemain matin. Leur vie s'était considérablement améliorée depuis que Carla avait pris la décision de remettre sur pied le vignoble. Ils avaient désormais un toit et un emploi stable, leurs économies augmentaient et Su Lee allait à l'école. Elle éteignit la lumière et resta allongée dans l'obscurité, les yeux grands ouverts. Elle ne permettrait pas à Tran de tout détruire, juste au moment où ils commençaient à s'en sortir. Elle se mit sur le côté, ferma les yeux, et s'endormit bientôt.

Quelques heures plus tard, Su Lee, réveillée en sursaut par un cri, secoua Kim par l'épaule :

— Tu faisais un cauchemar, hein ? murmura la petite fille.

Su Lee prit Kim dans ses bras, comme pour chasser les mauvais démons qui la hantaient.

— Ne t'inquiète pas, ça va aller, lui assura Kim. Rendors-toi.

Elle attendit que sa sœur soit endormie, pour s'assoupir à son tour, mais elle n'y parvint pas. Le souvenir de son enlèvement, ressuscité par son cauchemar, était trop vivace. Elle se redressa sur son oreiller, incapable de résister à l'appel du passé.

Après quelques semaines, Tuen, celui qui la retenait captive, l'avait présentée aux autres femmes et enfants qui vivaient dans la maison close. Pendant presque une année, Kim avait travaillé dans la cuisine et s'était occupée du ménage. Mais quand son corps avait commencé à se transformer, on lui avait trouvé d'autres occupations. Un jour, un client avait promis à Tuen qu'il lui verserait une grosse somme d'argent si ce dernier lui trouvait la perle rare qu'est une jeune vierge. Et c'est ainsi que Kim était devenue une jeune prostituée. Une larme coula le long de sa joue, tandis qu'elle se rappelait les jeux intimes qui, aujourd'hui encore, la faisaient rougir de honte et d'embarras.

La première fois qu'elle s'était enfuie, elle avait douze

ans. Elle pensait avoir tout prévu et avait profité de l'absence de Tuen et de deux de ses acolytes pour partir. Après une marche de trois jours, elle était arrivée à la ferme de ses parents, mais s'était aperçue avec tristesse qu'elle n'était pas la bienvenue. Sa mère lui avait annoncé d'emblée qu'elle ne pouvait pas rester. Quant à son père, il avait renchéri en disant que c'était chez eux que Tuen viendrait la chercher en premier, qu'il était un homme cruel — comme si elle ne le savait pas déjà —, capable de torturer n'importe quel membre de la famille s'il apprenait qu'elle se cachait là.

Le rejet de ses parents l'avait profondément blessée. Deux jours plus tard, les hommes de main de Tuen l'avaient retrouvée au bord de la route. Ils l'avaient ramenée à la maison close et Tuen l'avait battue et privée de nourriture. Il l'avait ensuite avertie que si elle fuguait de nouveau, il ferait d'elle une droguée. Elle deviendrait comme Naht et Su Mai, et une fois dans cet état, elle n'aurait plus la volonté suffisante pour fuir.

Dans l'obscurité de sa chambre, Kim replia les genoux et les entoura de ses bras, luttant pour chasser le passé, mais ces souvenirs étaient inscrits de manière indélébile dans sa mémoire.

A quatorze ans, Kim avait ainsi compris qu'elle n'avait plus le droit à l'erreur. Confinée dans la maison close — elle n'en sortait que très rarement, pour faire parfois une course en ville — elle avait assisté à la déchéance physique et morale des femmes qui y travaillaient. A trente ans, on leur en aurait donné cinquante. La moitié d'entre elles se droguaient et les autres parvenaient à peine à aligner deux mots sensés.

Elle savait qu'elle finirait de la même manière si son évasion échouait. Elle mijota donc son plan pendant un an complet. Il fallait d'abord qu'elle sache où aller.

D'après ce qu'elle avait entendu dire, Saigon était une très grande ville et elle n'aurait aucun mal à se perdre dans la foule. Mais elle avait besoin d'argent pour vivre et il lui était difficile d'économiser car elle donnait presque tout ce qu'elle gagnait à Tuen, qui ne lui versait qu'un salaire misérable. Pour terminer, elle allait devoir changer d'apparence pour que les hommes de Tuen ne la reconnaissent pas. Si malgré tout ils la rattrapaient, elle serait condamnée à vivre un enfer jusqu'à la fin de ses jours.

Pour une fois, la chance avait souri à Kim : elle avait réussi à échapper à la tyrannie de Tuen. Toutefois, la vie dans les rues de Saigon était dure, presque aussi effroyable que l'existence passée dans la maison close. Elle avait dû se débrouiller toute seule, avait appris à voler, à mentir, à se battre et à survivre, jusqu'à ce que sœur Dinah la trouve et lui redonne goût à la vie.

Kim, les larmes aux yeux au souvenir de ces moments douloureux, entendit au loin le ronronnement de la moto de Tran. Quelques secondes plus tard, il pénétrait dans la petite cour et coupait le contact. Elle jeta un coup d'œil au réveil posé sur la table de chevet : 1 h 35. Elle se leva et se dirigea vers la cuisine. Tran avait ouvert la porte du Frigidaire en quête de son dîner.

— Où étais-tu passé ?

Au lieu de répondre, il lança d'un ton irrité :

— Je ne suis plus un gamin. Je vais où ça me plaît.

Il s'assit, ignorant sa présence, et commença à manger le repas mis de côté par sa sœur.

— Tu es allé jouer. Je le sais. Voilà à quoi tu passes ton temps. Il faut que cela cesse.

Kim s'était assise à la petite table de la cuisine, juste en face de lui.

— Tu es comme notre père. Mais je ne te laisserai pas détruire stupidement ce que nous avons durement acquis.

— Stupidement !

Il la regarda d'un air vindicatif.

— Alors, comme ça, je suis stupide.

Vexé, il se redressa :

— Je suis adulte et je fais ce que je veux avec mon argent. Je l'ai gagné. Tu…

Il pointa sa baguette en direction de sa sœur :

— Et tu n'as rien à dire, ma vieille.

Il avait raison. Kim, résignée, le savait bien. Elle ne pouvait pas l'empêcher d'agir à sa guise. Leur propre mère avait bien essayé, jadis, de raisonner leur père, mais il l'avait battue et n'avait jamais rien voulu entendre. La peur était la seule chose qui l'avait finalement dissuadé de jouer : la peur d'être torturé et mutilé s'il contractait de nouveau des dettes qu'il ne pourrait pas honorer. Toutefois, cette passion avait toujours couvé en lui et il était devenu un homme malheureux et grincheux. Elle se rappelait sa frustration et sa colère, dont pâtissaient souvent les membres de sa famille.

Kim regarda d'un air las par la fenêtre. Il faisait nuit noire dehors. Dans l'obscurité reposaient les vignes chargées de fruits. Comme il lui était impossible de discuter avec Tran, vu l'état d'esprit dans lequel il se trouvait, ses pensées se concentrèrent sur les vendanges, désormais imminentes. Dans quelques jours, la récolte commencerait et Carla et Angie auraient besoin de l'aide de tout le monde, y compris de celle de Tran. Ce n'était donc pas le moment de se disputer avec lui ou de lui expliquer que s'il ne s'arrêtait pas de jouer, il devrait quitter Sundown Crossing et se débrouiller seul. La perspective de telles explications ne la réjouissait pas. Ils avaient fait beaucoup de chemin ensemble et l'idée de vivre loin de Tran lui faisait de la peine, mais agir de la sorte était son devoir. Tran devrait choisir entre le jeu et sa famille. Elle attendrait toutefois la fin des vendanges avant de lui poser un tel ultimatum.

Kim ne répondit pas à son frère : c'était le meilleur moyen de lui faire savoir sa pensée, car il détestait qu'on l'ignore. Elle se leva, tourna les talons et retourna dans sa chambre, séparée du couloir par un rideau.

— Vous avez l'air préoccupée ce soir, remarqua Josh.

Il observait Carla assise en face de lui à la table de la salle à manger. Ils avaient dîné en compagnie de Sam uniquement, car Angie assistait à une réunion en ville. Mais Sam s'était vite éclipsé pour jouer avec Su Lee.

Elle le regarda, et détourna aussitôt les yeux.

— C'est vrai ? Désolée. Je pense aux vendanges qui vont bientôt commencer, répondit Carla avec un sourire d'excuse.

Josh avait vu juste. Elle était soucieuse. Depuis plusieurs semaines déjà, elle se demandait comment lui avouer, sans le blesser, qu'elle ne voulait plus avoir de relations aussi intimes avec lui. Ils s'étaient rencontrés une douzaine de fois et Josh, contre toute attente, avait eu une attitude irréprochable. Elle avait cru qu'il se ferait plus pressant après le second rendez-vous, mais il n'avait rien tenté qui puisse l'irriter. S'il s'était montré moins prévenant, la confession qu'elle s'apprêtait à lui faire aurait été plus facile, mais ce n'était pas le cas : il s'était comporté en véritable gentleman. Elle n'était pourtant pas attirée par lui et elle savait maintenant qu'elle ne le serait jamais.

Néanmoins, elle avait continué un peu égoïstement à le fréquenter, parce qu'il s'entendait bien avec Sam. Elle se sentait souvent coupable envers son fils car il n'y avait pas d'homme à la maison pour faire son éducation. Sam n'avait pas de modèle masculin auquel se référer même si

Paul était très présent : il venait souvent leur rendre visite et aimait bien jouer au rugby avec Sam. Malgré tout, elle savait qu'il n'était pas juste envers Josh de continuer à le voir, parce qu'elle ne tomberait jamais amoureuse de lui.

— Je ferais mieux de rappeler Sam. Il va faire nuit et il faut qu'il prenne un bain avant de se coucher.

Elle sourit, se leva et se dirigea vers la porte arrière du cottage :

— Il ferait n'importe quoi pour y échapper.

— Comme tous les garçons, répondit Josh en riant. Quand j'étais petit, nous étions six enfants. Parfois, j'avais de la chance. Ma mère, qui devait s'occuper des cinq autres, m'oubliait, et je ne me lavais pas pendant deux ou trois jours.

— Eh bien, bravo ! Je ne laisserai pas Sam suivre votre exemple, lança Carla.

Elle disparut quelques instants sur la terrasse et il l'entendit appeler son fils. Sam rentra chez lui à contrecœur et se rendit directement dans la salle de bains.

Au cours de ces derniers mois, Carla avait glané beaucoup d'informations sur le passé de Josh. Avant-dernier d'une famille de six garçons, il avait grandi dans une ferme en Tasmanie. Il s'était marié jeune et avait divorcé deux ans plus tard. Il avait voyagé à travers toute l'Australie en faisant des petits boulots : il avait notamment travaillé dans une mine de charbon, puis comme videur dans une boîte de nuit à Melbourne. Après cette existence nomade, il semblait maintenant plus stable ; cela faisait en effet plusieurs années qu'il vivait dans la Barossa.

Son père aurait sans doute décrit Josh comme un homme fruste, une sorte d'aventurier sans grande éducation, qui avait beaucoup roulé sa bosse. Malgré tout, il faisait tout son possible pour maîtriser son tempérament, impulsif et violent, car il avait soif de reconnaissance sociale. De fait, il lui avait beaucoup parlé de Rhein Schloss et de son rêve d'ascension à un poste de direction. Pourtant en dépit de ses efforts pour adoucir la rudesse de son caractère, Carla le devinait capable de cruauté si l'on contrariait ses désirs. C'est pourquoi elle souhaitait lui annoncer leur rupture avec diplomatie et le quitter en douceur, car elle savait d'instinct qu'il pourrait devenir le pire des ennemis. Et elle en avait déjà suffisamment autour d'elle.

Une fois que Sam fut au lit, ils s'installèrent sur le canapé du salon pour regarder une émission télévisée sans intérêt. Carla décida alors que le moment était venu de lui faire part de ses sentiments.

— C'était un excellent dîner, lança Josh en prenant les devants. Je mange rarement des repas faits maison. Quand on vit seul, on ne fait pas beaucoup la cuisine.

— Hum… Merci, Josh, commença-t-elle prudemment. Il faut que je vous avoue quelque chose. Ce n'est pas facile, mais je dois vous le dire.

Il lui lança un regard interrogateur, puis son visage devint sérieux :

— On dirait que c'est important.

— Il s'agit de notre relation.

Il lui sourit, soudain plus décontracté :

— Alors, oui, c'est vrai : c'est important.

— Oui… sans doute. Vous voyez, je pense…

Elle prit une profonde inspiration et lui confessa sans plus attendre :

— Je pense qu'on devrait arrêter de sortir ensemble. Nous deux, en tant que couple, je ne crois pas que ça fonctionnerait, en tout cas pas pour moi.

Josh devint cramoisi et plissa le front, l'air désorienté.

— Comment ? Mais qu'est-ce que ça veut dire ? demanda-t-il avec agressivité. On a pourtant passé de bons moments ensemble, non ? Sam m'apprécie. Je pensais que vous…

Il s'interrompit, réfléchit un instant, puis passa à l'attaque :

— Je ne vous ai pas harcelée, constata-t-il d'un ton mordant. Alors où est le problème ?

Carla n'avait pas prévu une telle saute d'humeur. Il pouvait passer du calme à la colère en un instant. C'est ce qui s'était produit un jour au restaurant où il avait fait un esclandre à propos de l'addition. Il s'était excusé par la suite, mais cet incident l'avait mise très mal à l'aise.

— Josh, je ne veux pas vous blesser. Je n'ai rien contre vous.

Il se leva, et se mit à marcher de long en large dans la pièce. Il s'arrêta brusquement devant elle.

— Ah, je comprends. Je ne suis pas assez bien pour vous. Après tout, vous êtes une Stenmark.

Il lui jeta un regard mauvais :

— C'est ça, n'est-ce pas ?

— Mais non, vous n'y êtes pas du tout.

Elle avait prévu que la partie serait dure et qu'il serait mécontent. Sa fierté était blessée et il se sentait insulté.

— Josh, essayez de comprendre. Je n'éprouve rien pour vous et je ne veux pas vous donner de faux espoirs. Mais…

Josh l'observait sans aménité.

— J'espère que nous pourrons toujours être amis.

— Amis ! lança-t-il avec un rire narquois et dur. Je m'en fiche de votre amitié, Carla. Je désirais autre chose. J'étais prêt à me montrer patient.

Il pointa un doigt accusateur vers elle.

— Vous… vous vous êtes moquée de moi. Vous m'avez laissé croire que si j'étais un « bon garçon », j'aurais droit à autre chose qu'un simple petit baiser en guise d'au revoir.

Carla, en colère à son tour, se leva, les mains sur les hanches, et lui fit face :

— Vous mentez, Josh, et vous le savez très bien.

Il prenait très mal toute cette affaire et c'était prévisible. Quoi qu'il en soit, il était préférable d'écourter la conversation :

— Je crois que vous feriez mieux de partir. Tout de suite.

— Alors, vous me mettez de nouveau à la porte ?

Il lui adressa un sourire sarcastique :

— Très bien, je m'en vais, mais je voudrais d'abord avoir une petite compensation.

Et sans lui laisser le temps de faire un geste, il l'attrapa, la prenant de force dans ses bras. Il avait une poigne de fer et Carla ne put lui échapper, la poitrine écrasée contre son torse, les bras immobilisés. Il l'embrassa durement, comme pour la punir et l'humilier. Impuissante, elle se laissa faire, puis dans un sursaut d'énergie, se débattit ; mais quand elle s'aperçut qu'en lui résistant elle l'excitait davantage, elle abandonna tout effort et resta dans ses bras, molle et inerte.

Une fois qu'il eut terminé, il la repoussa et elle s'essuya la bouche d'un geste de dégoût :

— Je vous ai demandé de partir. Allez-vous-en. Et ne remettez plus jamais les pieds ici, Josh Aldrich.

Elle comprit soudain que Josh venait de révéler sa véritable personnalité. L'autre Josh, poli, intéressant et prévenant, n'était qu'une illusion créée pour la séduire. Elle en était désormais certaine. Jusqu'à ce soir, il l'avait habilement dupée, en jouant à la perfection son rôle d'homme honnête et gentil. Elle avait failli tomber dans le piège, mais elle s'était reprise à temps.

— Sortez de ma maison…

— Je m'en vais, répondit-il avec fureur.

Il ramassa sa veste et la jeta sur son épaule. Puis la dévisageant des pieds à la tête avec un regard concupiscent, il l'avertit d'un ton menaçant :

— Ne croyez surtout pas que j'en ai fini avec vous, Carla. Vous entendrez de nouveau parler de moi.

Il claqua la porte avec violence, faisant vibrer les vitres du cottage. Carla se laissa tomber sur le canapé et s'aperçut, consternée, qu'elle tremblait. Comment s'était-elle laissé prendre au jeu de Josh ? Et dire qu'elle avait cru qu'il était... quelqu'un de bien ! Lui qui s'était comporté comme un rustre et l'avait même menacée. Elle songea au regard lubrique qu'il lui avait lancé avant de partir et son corps se raidit au souvenir de son visage bestial. Cette vision l'obsédait. Cela faisait longtemps qu'on ne l'avait pas embrassée. En fait depuis la mort de Derek... Mais le baiser de Josh, dur et violent, ne lui avait procuré aucun plaisir. Arraché par la force et donné sous la contrainte, il n'avait rien à avoir avec les douces étreintes auxquelles Derek l'avait habituée. En rejetant Josh, elle avait déchaîné en lui des passions malsaines, une sorte de violence sexuelle qui allait bien au-delà de la simple fierté blessée.

Mais que t'arrive-t-il donc ? Elle tenta de se ressaisir et de retrouver son calme. Il ne fallait pas qu'elle se laisse emporter par son imagination. Cet homme frustré l'avait juste embrassée. Nerveuse, agitée, Carla se leva et rangea le salon et la cuisine avant d'aller voir Sam. Heureusement, sa dispute avec Josh ne l'avait pas réveillé. Elle remonta les couvertures et se dirigea ensuite vers sa chambre, tout en se répétant intérieurement qu'elle n'avait rien à craindre de Josh, qu'il n'était pas du genre rancunier. Elle resta un long moment éveillée à essayer de se convaincre que c'était la vérité.

*
* *

Josh roula pendant environ cent mètres sur la route de Sundown Crossing puis, poussant un juron, il se gara au bord de la route. Il éteignit le moteur et les phares. Durant quelques secondes, il resta immobile, les mains agrippées au volant sans parvenir à se calmer.

Quelle garce ! Ce n'était qu'une garce ! Carla ne valait pas mieux que les autres femmes qu'il avait fréquentées : pas mieux que Traci, son ex-épouse, trop jeune, trop insignifiante ; pas mieux que sa mère, si peu aimante ; pas mieux non plus que les autres filles qu'il avait connues depuis son adolescence. Elles s'étaient toutes moquées de lui d'une manière ou d'une autre, en profitant de lui. Il poussa un grognement de frustration. Quel idiot il était ! Il avait cru que Carla était différente, mais elle était comme les autres, elle lui avait fait croire qu'il avait une chance et l'avait laissé espérer. Il avait été assez stupide pour penser qu'ils allaient sortir ensemble et bâtir une relation sérieuse. Il l'aurait bien étranglée. De rage, il se mit à frapper le volant.

Il avait cru — à ce souvenir son visage se tordit de colère — qu'il faisait des progrès, qu'elle s'intéressait de plus en plus à lui alors que pendant ce temps elle l'utilisait, le laissant jouer les pères intérimaires auprès de son fils et lui soutirant des informations sur la famille Stenmark. Il se mordit la lèvre jusqu'au sang. Peut-être qu'il n'aurait pas dû tant lui parler des Stenmark, de leurs forces et de leurs faiblesses — notamment de la passion de Lisel pour les hommes seuls et séduisants. Mais ce qui était le plus injuste, c'était qu'il aimait vraiment Carla et qu'il avait autre chose en tête que de coucher avec elle. Il était amoureux et avait même envisagé le mariage.

Josh poussa un profond soupir et se laissa aller contre

le siège. Il s'était conduit comme un imbécile. Il aurait dû se maîtriser. Encore excité par le baiser qu'il lui avait donné malgré elle, il se racla la gorge et tenta de se détendre. Toutes ces semaines passées à être gentil et à jouer le gentleman, pour aboutir à ça : un minable baiser. Ce n'était pas grand-chose pour tout le mal qu'il s'était donné. Dans l'obscurité, il sentit un désir de vengeance grandir en lui. Il n'était pas quitte avec Carla Hunter. Loin de là.

Un sourire mauvais se dessina sur son visage. Cette garce n'avait pas réglé sa dette, et elle paierait, d'une façon ou d'une autre.

13

C'était la première fois que Carla faisait les vendanges. Paul lui avait donné une semaine de congé, et le premier jour de la récolte, elle avait retrouvé Angie, Tran, Kim et quatre jeunes saisonniers dans les vignes. Ils portaient tous des vêtements et des chaussures confortables, de même qu'un chapeau à large bord. Un panier en osier, dans lequel ils déposeraient les grappes au fur et à mesure de la cueillette, complétait leur équipement. Beaucoup de viticulteurs utilisaient des machines, mais compte tenu de la superficie limitée du vignoble de Sundown Crossing, il était plus économique de vendanger à la main.

Angie rappela à tout le monde que pour tenir le coup, il fallait travailler avec régularité, sans précipitation, et aussi boire en abondance. Carla, pourtant persuadée d'être en bonne forme physique, se sentit toute courbaturée au milieu de l'après-midi : son dos et sa nuque étaient raides et ses mains engourdies. Angie lui assura qu'à la fin du deuxième jour, son corps se serait habitué.

Toutefois, malgré la lassitude physique, Carla éprouvait une énorme satisfaction chaque fois qu'elle coupait une grappe pour la mettre dans son panier. C'était un peu grâce à elle si le raisin avait si bien mûri ; elle avait entretenu, taillé et choyé les plants de vigne pour les amener à maturité. S'occuper du vignoble lui plaisait énormément. Pourtant, elle avait aussi beaucoup aimé son métier d'enseignante, notamment le contact avec les élèves ; elle avait été fière de contribuer à leur épanouissement intellectuel. Etre viticultrice, c'était complètement différent. C'était un travail plus individuel, qu'elle appréciait entre autres car il lui permettait de mieux comprendre ce que son père et Angie avaient vécu à Valley View. Elle aussi s'était réjouie au printemps à la vue des premiers bourgeons sur les plants de vigne. Elle aussi avait observé avec inquiétude la croissance du raisin et les variations météorologiques, accueillant avec joie ou angoisse la pluie, le froid, la chaleur ou la sécheresse. Et maintenant elle connaissait à son tour la saine fatigue des vendanges qui précédaient la fabrication du vin.

Mais elle devait une fière chandelle à Angie. Jamais elle ne serait arrivée à un tel résultat toute seule. C'était grâce à son amie que la propriété de son père avait été remise sur pied. Ses compétences et ses années d'expérience dans la viticulture leur avaient permis d'accomplir ce formidable travail et elles pourraient bientôt fabriquer leur propre vin.

Néanmoins, Carla fut heureuse quand la première journée s'acheva. Epuisée, traînant des pieds, elle rentra avec Angie au cottage où elle fut agréablement surprise de voir Paul et Sam préparer le dîner.

— Je me suis dit que vous ne seriez pas d'humeur à faire dans la cuisine le premier jour des vendanges, dit Paul en leur adressant un chaleureux sourire.

— Je n'y connais peut-être rien à la viticulture, mais j'ai passé suffisamment de temps dans la Barossa pour savoir que tout le monde est lessivé après avoir cueilli du raisin toute la journée, ajouta-t-il.

— Qui parle de manger ? dit Carla en s'écroulant sur

une chaise. Tout ce dont j'ai besoin, c'est de me prélasser dans un bon bain chaud pendant une heure.

— Mais bien sûr, répondit Paul avec sollicitude. Sam, va vite faire couler un bain à ta mère.

— Tu ne t'attendais pas à ça, hein, Angie ? Paul a préparé ton plat favori, maman : du mouton au romarin. Je l'ai aidé à éplucher les légumes, dit Sam avec un sourire rayonnant avant de filer dans la salle de bains.

— Bravo, Sam, lui cria Angie en s'asseyant à la table de la cuisine.

Elle jeta un coup d'œil en direction de Carla et ajouta :

— Paul est adorable, n'est-ce pas ?

Carla, qui était en train de bâiller, répondit avec réserve :

— C'est vrai.

— Oh, ce n'est rien. Quand on vit seul, on a rarement l'envie ou l'occasion de cuisiner. Je sais que ça ne fait pas très viril, mais j'adore ça, la cuisine, admit-il.

Il regarda la pendule.

— Le dîner sera prêt dans une heure et demie.

Il demanda à Carla, l'œil pétillant de malice :

— Vous n'avez pas besoin d'aide pour aller dans le bain ?

— Je ne suis pas encore une impotente, répondit Carla sèchement.

Elle se rappela soudain qu'il l'avait vue sortir de la rivière complètement trempée. Comme il avait une bonne mémoire — elle était bien placée pour le savoir —, il n'avait sûrement aucun mal à l'imaginer dévêtue.

— Même si j'ai bien l'impression d'en être une, avec toutes mes courbatures.

— Il y a une boîte de Radox dans la trousse de toilettes. Tu n'as qu'à en mettre un peu dans ton bain, ça te fera du bien, suggéra Angie.

Angie, qui travaillait dans les vignobles depuis plus

de vingt ans, supportait mieux la fatigue physique, même si elle aussi avait les muscles douloureux. Elle se frotta la nuque pour se délasser.

Paul, qui avait remarqué son geste, proposa :

— Je suis expert en massages. Vous voulez que je vous fasse une démonstration pendant que le mouton mijote ?

— Ça va aller, merci, dit Angie en le remerciant d'un sourire pour sa gentillesse. Rolfe avait l'habitude de…

Elle se tourna vers Carla au souvenir de Rolfe lui malaxant le dos et les épaules après une rude journée de vendanges. Elles se sourirent sans prononcer une parole. Elles savaient qu'elles avaient toutes les deux pensé à lui au cours de cette journée.

— C'était dur aujourd'hui. Ton père aurait été fier de toi, lui dit Angie.

— Merci, répondit Carla. Je suis éreintée mais contente. Je suis sûre que ça ira beaucoup mieux demain et après-demain.

Elle leva un sourcil interrogateur en direction d'Angie :

— Tu ne crois pas ?

— Mais si, tu as tout à fait raison. Les jeunes saisonniers ont bien bossé aussi, tout comme Kim et Tran.

Angie fronça les sourcils en évoquant la sœur et le frère.

— Tu sais si les Loong ont des ennuis ? Kim a l'air soucieuse en ce moment.

Carla hocha la tête en signe d'acquiescement.

— Tran a fait le fanfaron toute la journée alors que Kim semblait triste et déprimée.

Sam arriva en courant dans la cuisine. Il était toujours pressé.

— Maman, ton bain est prêt.

— Bon… ça veut dire qu'il faut que je me lève.

Carla fit une grimace en quittant son siège, et une

main posée au creux des reins, elle se dirigea d'un pas traînant vers la salle de bains.

Angie surprit Paul à suivre Carla du regard. Il eut l'air préoccupé pendant une seconde ou deux, puis son visage redevint impassible. Intéressant. Paul était un homme secret, qui n'aimait guère parler de sa vie privée. Hormis le fait qu'il avait été fiancé et quelques autres détails sur son passé, elles savaient finalement assez peu de chose sur lui, si ce n'est qu'il avait eu un cabinet d'architecte, petit mais prospère, à Adelaïde. Il avait déménagé quand son oncle, Dirk van Leeson, alors entrepreneur, était tombé malade. C'était apparemment son parent le plus proche et Paul était venu dans la Barossa pour s'occuper de son entreprise jusqu'à ce qu'il se rétablisse. Mais sa santé empirant, son oncle Dirk avait, juste avant sa mort, rédigé un testament où il léguait à Paul son affaire ainsi qu'un grand terrain. Paul était donc resté, et s'était spécialisé dans la restauration de bâtiments anciens — il y avait beaucoup de vieilles demeures dans la Barossa. Il participait également à des concours d'architecture pour des projets de petite et moyenne envergure.

Angie aimait bien Paul : il était sincère et sans prétention. Il était l'homme idéal pour Carla, elle en était persuadée. Mais, tout comme son père, Carla était parfois têtue. Après la mort de Derek, elle avait décrété qu'elle pouvait très bien se passer d'un homme et elle restait campée sur ses positions, notamment depuis sa mésaventure avec Josh Aldrich. Ce type était vraiment un goujat ! Heureusement que Carla s'était rendu compte suffisamment tôt que Josh n'était pas fait pour elle. Angie voulait le bonheur de Carla. Mais, elle le savait bien, tant que son amie aurait peur d'être de nouveau blessée, ses relations avec Paul n'avaient aucune chance de progresser. Encore fallait-il, d'ailleurs, que Paul soit intéressé par Carla. Peut-être ne l'était-il pas ? Peut-être n'avait-il pas achevé le deuil de Lisa ? Elle soupira et en conclut qu'elle était plus douée pour fabriquer le vin que pour jouer les entremetteuses. Sans doute était-il préférable qu'elle ne s'occupe plus de cette histoire.

— Alors, c'est toujours non, pour les massages ? insista Paul.

— Merci, mais ça va aller.

Elle mentait. En réalité, son corps était raide et courbaturé. Mais une douche chaude et quelques exercices lui détendraient les muscles.

— Carla a plus besoin de vos mains de magicien que moi.

— Je vous laisse le soin de la convaincre.

Il lui fit un clin d'œil.

— Entre-temps, je vais retourner la viande et les légumes.

Dans le cottage de Sundown Crossing, tout le monde passa une très agréable soirée. Paul était un très bon cuisinier et avait même songé au dessert. Ils se régalèrent avec un crumble aux pommes accompagné de crème chantilly. Angie insista ensuite pour faire la vaisselle, libérant ainsi Paul qui se mit à masser la nuque et le dos de Carla qui, après quelques protestations, avait fini par accepter sa proposition. Quant à Sam, qui avait désormais un peu de devoirs à faire, il s'attela à son travail en grommelant, ses cahiers étalés sur la table.

— Il faut vous détendre, Carla, la taquina Paul en pétrissant ses muscles noués.

Il était assis sur le canapé tandis qu'elle se tenait sur un tabouret placé en face de lui.

— Mais je suis détendue.

— Non, vous êtes toute crispée, lui répondit-il sans

détour. Inspirez profondément, puis expirez lentement. Allez-y.

Elle s'exécuta avec docilité. Paul, de ses mains douces et expertes, détectait sans mal les muscles fatigués. Il lui tapotait la nuque du bout des doigts, chassant la douleur. C'était merveilleux. Elle soupira d'aise, tout en se demandant comment les vendangeurs arrivaient à tenir le coup. Ce massage était exactement ce dont elle avait besoin, et elle avait vraiment été stupide de refuser d'abord. Pourquoi avait-elle agi ainsi ?

Il y avait quelque chose chez Paul qui… la gênait. Quand il était près d'elle, elle se sentait nerveuse et incapable de se laisser aller. C'était pourtant un employeur modèle, compréhensif et intelligent, avec qui elle entretenait des rapports simples et directs. Mais, tout au fond d'elle-même, elle comprenait très bien l'origine de ses réticences. Elle avait peur de tomber amoureuse de Paul. Et elle n'avait pas de temps à consacrer à une relation sentimentale. Il fallait qu'elle se concentre sur le vignoble, qu'elle le remette en état et qu'elle parvienne à gagner correctement sa vie. Pourquoi d'ailleurs se triturait-elle ainsi l'esprit ? Paul n'était pas intéressé par elle et la considérait plutôt comme une bonne amie. Pourtant elle sentait parfois qu'il souffrait de la solitude, depuis la mort de Lisa, et qu'il appréciait la compagnie. C'était sans doute la raison pour laquelle il se proposait si gentiment de les aider.

Elle se rappela la manière dont Paul avait réagi lorsque son grand-père lui avait adressé la parole : il avait interrompu Carl pour l'inviter à rester poli, ce qui prouvait qu'il ne craignait pas la famille Stenmark. Elle avait bien aimé qu'il la défende, même si elle était parfaitement capable de se débrouiller toute seule. Décidément, ce mot « aimé » lui venait souvent à l'esprit lorsqu'elle pensait à Paul. Elle n'arrivait apparemment pas à s'en défaire.

Le massage de Paul et les pensées de Carla furent interrompus par l'arrivée d'Angie. Elle portait un plateau chargé d'une bouteille de porto et de trois verres. Carla reconnut l'étiquette et comprit alors qu'Angie voulait leur faire goûter la production de son père. Cette bouteille était l'une des cinquante qu'elles avaient dénichées lors de leur première visite à Sundown Crossing.

— Pour fêter le premier jour des vendanges, qui s'est merveilleusement bien passé, j'ai décidé de goûter le porto de ton père. Ce sera soit délicieux, soit imbuvable.

Elle sourit à Carla et lui demanda :

— Qu'est-ce que tu en penses ?

— Je crois que Papa aurait été très content, répondit la jeune femme, d'une voix légèrement voilée.

Elles avaient toutes deux en tête les mêmes souvenirs de Valley View : Rolfe procédait toujours à l'échantillonnage du cru de l'année précédente pendant la période des vendanges.

— Je serais très honoré de le goûter, dit Paul tout en regardant Carla d'un air énigmatique.

Angie déboucha la bouteille et l'approcha de son visage pour en humer l'odeur.

— Ça sent bon, mais comme le disait Rolfe, pour juger de la qualité d'un vin il faut le goûter.

Elle versa l'alcool sombre et liquoreux dans les verres. Chacun prit ensuite le sien et le leva en hommage silencieux à Rolfe, avant d'en avaler quelques gorgées.

— Il est très bon, remarqua Paul. Il est moelleux sans être trop épais et son arôme est agréable.

Le commentaire d'Angie fut comme il se doit plus professionnel :

— Moi, je dirais qu'il a un bouquet subtil… un goût fruité et une texture onctueuse. Il a été vieilli en petits fûts de chêne pendant au moins cinq ans, peut-être même huit avant d'être mis en bouteille — probablement par Otto, l'homme qui travaillait pour Rolfe.

— Dommage qu'il n'y en ait plus que cinquante, ou plutôt quarante-neuf maintenant, rectifia Carla.

— Maman, est-ce que je peux goûter ? demanda Sam, qui lui aussi voulait tester le porto.

— C'était le premier cru de grand-père.

Carla sourit à son fils et l'assit sur ses genoux.

— D'accord, mais juste une gorgée. Tu es trop jeune pour boire de l'alcool.

Sam la regarda d'un air sérieux :

— Oui, je sais.

Carla ne s'y connaissait pas vraiment en vin et elle n'avait pas le palais très sensible mais elle sut reconnaître que le porto était bon. Il lui réchauffait la gorge sans la brûler et elle sentait tous ses membres se détendre — de manière différente pourtant que sous l'effet des massages de Paul. Mince, la voilà qui se remettait à penser à lui.

Angie remplit les verres une seconde fois ; ils discutèrent de la récolte et des travaux ultérieurs tout en dégustant leur porto.

Lorsque Carla bâilla pour la troisième fois, Paul décida qu'il était temps de rentrer.

— J'y vais. Vous avez suffisamment de restes pour le repas de demain soir. Vous n'aurez pas à faire la cuisine.

Carla se mit de nouveau à bâiller.

— Je n'ai qu'une envie : dormir pendant cent ans comme la Belle au bois dormant.

Elle se mit à rire en voyant l'air surpris de Sam puis, reprenant son sérieux, elle lança à Paul :

— Merci pour le repas… et pour les massages. J'ai beaucoup apprécié.

Il agrippa la poignée de la porte d'entrée.

— Mais tout le plaisir était pour moi. J'espère que tout ira bien demain. Au revoir, dit-il.

Et il disparut dans la nuit.

Une fois Sam couché et endormi, Carla se mit au lit sans tarder. Elle était recrue de fatigue et se sentait trop épuisée pour penser, s'inquiéter ou même pour rêver.

Les semaines qui suivirent la récolte à Sundown Crossing furent très chargées. Il fallut presser le raisin et démarrer la fabrication du vin. Carla était désormais rompue à la technique du pressage et savait que la pâte composée de peaux, de jus et de pépins serait déversée dans des cuves prévues pour la fermentation et la clarification. Le vin était ensuite filtré et stabilisé à froid avant la mise en bouteilles. C'est Angie qui déciderait de la date de cette dernière étape. Pendant toute cette période, elle passa la plupart de son temps dans l'atelier où on lui avait installé un petit bureau, qui servait aussi de laboratoire. Elle ne faisait plus que de rares apparitions au cottage.

De fait, dans tous les vignobles, petits ou grands, l'activité battait son plein. Les viticulteurs n'avaient qu'une idée en tête : obtenir le meilleur cru possible. Une personne néanmoins trouvait encore le temps d'espionner ce qui se passait à Sundown Crossing.

Josh Aldrich avait pris l'habitude de venir rôder dans la propriété de Carla depuis qu'elle l'avait congédié. Depuis longtemps, il aimait se promener la nuit. En Tasmanie, alors qu'il n'était encore qu'un adolescent, on l'avait surnommé « le voyeur ». Il adorait regarder subrepticement par les fenêtres dans l'espoir de surprendre une fille dévêtue ou des couples qui faisaient l'amour — cela l'excitait énormément. Il avait failli être pris sur le fait à Lyndoch, mais le danger, loin de le rebuter, exacerbait son plaisir.

A Sundown Crossing, il n'y avait pas de chiens pour donner l'alarme ni de cadenas aux barrières. C'était donc un jeu d'enfant de se garer la nuit à l'abri des regards et de s'introduire dans le domaine. Ce soir-là, la pleine lune éclairait les vignes et les bâtiments. Tandis qu'il marchait sans faire de bruit, il remarqua qu'il y avait encore des lumières allumées au cottage, dans l'atelier et dans la caravane des Loong.

Juste après la récolte, il s'était introduit en catimini dans l'atelier pour compter le nombre de cuves à fermentation déjà pleines. La récolte à Sundown Crossing avait été tout à fait honorable. Les Stenmark ne seraient pas contents de l'apprendre… s'il se décidait à le leur dire. Mais pour le moment, Luke, John et le vieux Carl étaient trop occupés à fabriquer leur propre vin pour s'inquiéter de ce qui se passait chez Carla.

D'autre part, s'il venait espionner Carla, c'était pour des raisons plus personnelles… Il n'avait pas pardonné à la jeune femme de l'avoir congédié. Il n'avait rien fait de répréhensible pour mériter un tel traitement et comme il était par nature rancunier, il n'était pas près d'oublier cet affront. Il avait donné de son temps et dépensé de l'argent pour elle. Elle avait une dette envers lui. Et un jour, elle payerait son dû.

Il se sentit soudain émoustillé à la pensée de ce qu'il ferait à Carla lorsque l'occasion se présenterait. Cela n'avait rien à voir avec un misérable baiser ! Ah, ça non ! Ce dont elle avait besoin, c'était d'être un peu bousculée. Avec lui, elle réapprendrait les joies du sexe. Elle n'avait sans doute pas fait l'amour avec un homme depuis la mort de son mari. Elle était mûre pour ça. Il fallait juste l'encourager un peu. La plupart des femmes adoraient ça et en avaient autant envie que les hommes, mais elles étaient trop timorées pour l'admettre.

Il resta pendant plusieurs secondes sous l'une des fenêtres de la caravane des Loong, d'où s'échappait de la musique asiatique. C'était nul. Il secoua la tête d'un air dégoûté. Ces satanés Chinetoques ! Kim le détestait parce qu'il avait présenté Tran à des joueurs de poker qui se réunissaient le vendredi soir dans un hôtel, à Lyndoch. D'après Tran, Kim était un vrai tyran domestique. Josh se passa la langue sur les lèvres. Il n'aurait pas craché sur ce joli petit rouleau de printemps. Kim était bien faite et il était au courant de la vie qu'elle avait menée au Viêt-nam. Elle connaissait sans doute quelques trucs pour envoyer les hommes au septième ciel.

Il continua à déambuler en silence près de l'atelier. Il jeta un coup d'œil furtif par la fenêtre et vit Angie qui s'affairait dans son laboratoire de fortune. Mais celle-ci ne l'intéressait pas et il poursuivit son chemin. Son regard s'attarda alors sur le cottage. Comme il était en retrait de la route, Carla n'avait pas pris la peine d'accrocher des rideaux aux fenêtres des pièces communes. Il gravit lentement les marches qui menaient à la terrasse. Il faisait très attention car il y avait quelques planches qui craquaient et il savait exactement lesquelles. Il regarda dans le salon. Personne. Il consulta le cadran lumineux de sa montre : il était 9 h 36. Le gosse devait être endormi à présent, mais où était donc Carla ? Il réfléchit un instant en se tordant la bouche, puis il esquissa un sourire. Elle était peut-être sous la douche !

Les muscles de sa gorge se serrèrent et il commença à bander à la seule idée qu'il allait peut-être la voir nue. Il ferma les yeux et se laissa emporter par son imagination. Il voyait l'eau savonneuse qui ruisselait sur son corps, ses cheveux mouillés et lisses, sa tête rejetée en arrière… Au comble de l'excitation, il saisit son sexe de la main gauche. *Du calme*, murmura-t-il. *Contrôle-toi, tu n'es plus un ado, tout de même.*

Il se dirigea vers la fenêtre de la salle de bains, mais comme il n'était pas très grand, il regarda autour de lui à la recherche d'un objet qui le rehausserait. Il trouva une vieille caisse en plastique, qui servait de piquet à Sam et Su quand ils jouaient au cricket. Il monta dessus pour regarder par la fenêtre à moitié ouverte. La lumière était allumée mais il n'y avait personne dans la pièce. Déçu, il décida d'aller voir dans le bureau, mais tout était éteint. Il entendit alors un bruit et se plaqua contre le mur tandis que la porte de derrière s'ouvrait puis se refermait.

Il avança prudemment et risqua un œil à l'arrière de la maison. C'était Carla, qui se dirigeait vers les vignes. Il fronça les sourcils. Que faisait-elle dehors à une heure pareille ? Profitait-elle de la lumière de la pleine lune pour aller faire un tour ? Un rictus lui déforma le visage. Mais oui, c'est précisément ce qu'elle était en train de faire, elle se promenait au milieu des rangs de vignes, s'arrêtant de temps à autre pour regarder le ciel, puis repartant de nouveau. Josh n'osait croire à une telle aubaine. En rôdeur invétéré, il se mit en route sans faire de bruit et commença à la suivre. Il s'aperçut bientôt qu'elle s'éloignait du cottage et de l'atelier.

Une impression diffuse, le sentiment d'une présence fit se retourner Carla, juste à temps pour voir Josh qui marchait derrière elle. Elle sursauta, surprise et inquiète.

— Vous m'avez fait une peur bleue, Josh. Un peu plus et j'avais une attaque.

Furieuse, elle lui demanda :

— Que faites-vous donc ici ?

— Je voulais vous laisser le temps de réfléchir. Mais je crois qu'il faut qu'on s'explique, répondit-il.

Le cœur battant à tout rompre, et folle de colère à cause de la frayeur qu'il lui avait causée, elle lui lança sans ménagement :

— Nous n'avons plus rien à nous dire. C'est fini entre nous.

D'ailleurs, ça n'a jamais commencé, faillit-elle ajouter.

— Je ne veux plus vous voir. Je croyais que c'était clair, non ?

— Qu'est-ce que je vous ai fait ? J'ai toujours été gentil et respectueux. Nous avons passé du bon temps ensemble, pas vrai ?

Il s'approcha d'elle.

— Je n'ai jamais exigé quoi que ce soit de vous.

— Ecoutez, Josh, dit-elle en se radoucissant, comme si elle essayait de raisonner un enfant difficile. Vous avez raison mais j'ai compris deux choses. D'abord, que je n'étais pas attirée par vous et deuxièmement, que je n'ai pas le temps de sortir avec quelqu'un. Il faut que je me consacre corps et âme à Sundown Crossing.

La manière dont elle lui parlait le hérissa. Le prenait-elle pour un imbécile ? Quel culot… il sentit la colère bouillonner en lui.

— Très bien… Vous mettez un pauvre type dans tous ses états avec votre corps de déesse et vos beaux yeux. Vous lui faites croire qu'il a une chance et puis du jour au lendemain, sans aucun égard pour ses sentiments, vous le laissez tomber.

A la lueur de la lune, Carla voyait le visage de Josh déformé par la rage. Elle l'avait déjà vu hors de lui et elle savait qu'il était dans son intérêt d'essayer de le calmer.

— Je ne voulais pas vous donner de faux espoirs. Je suis vraiment désolée.

Il se racla la gorge et rétorqua d'un air mauvais :

— Je m'en fiche que vous soyez désolée. Je croyais que vous étiez différente, Carla. Mais je m'étais trompé. Vous n'êtes pas mieux que toutes les autres femmes que j'ai rencontrées. Vous êtes toutes égoïstes et calculatrices.

— Ce n'est pas vrai et vous le savez très bien.

Josh lui barrait la route. Elle ne pouvait donc pas retourner vers le cottage sans d'abord le contourner. A cette pensée, un frisson d'inquiétude la parcourut et son estomac se noua.

— Ecoutez, Josh. Nous ne sommes pas d'accord. Qu'importe qui a eu tort ou raison, cela n'a plus d'importance maintenant. Tout est fini entre nous. Je vous demande de quitter le vignoble sur-le-champ. Vous n'avez pas le droit de venir rôder la nuit chez moi. C'est une propriété privée, vous savez.

Le ton de sa voix le mit au comble de l'exaspération. Impérieux, autoritaire, sans appel. Elle était exactement comme le vieux Carl. Il en avait plus qu'assez de se faire commander par tous ces gens qui se croyaient supérieurs et voulaient le mener par le bout du nez. Que les Stenmark aillent au diable. Il parcourut du regard le corps de Carla et son désir s'enflamma. Elle était là, si proche... Sans plus réfléchir, il l'empoigna.

— Il est temps de payer votre dette, *lady*.

Il l'attira vers lui avec violence et commença à l'embrasser avec une ardeur fébrile. Il glissa une main autour de sa taille pour la tenir plus fermement serrée contre lui tandis que de l'autre, il caressait son corps, sa nuque et sa poitrine. Il plaça son pied derrière l'une des jambes de la jeune femme, puis se pencha en avant. Quelques secondes plus tard, elle basculait sur le sol, Josh allongé sur elle.

— Qu'est-ce qui vous prend ? Vous êtes complètement cinglé, cria-t-elle de toutes ses forces. Relevez-vous !

Il la gifla pour la faire taire mais elle se débattit avec fureur, lui frappant le visage, la poitrine et les épaules. Il lui saisit alors les mains et les lui maintint derrière la tête. Pendant ce temps, elle lui donnait des coups de pied mais sans efficacité, car il l'écrasait de tout son poids. Tout en riant de ses efforts pour échapper à son étreinte, il l'embrassait dans le cou et au creux des seins. Il déchira son chemisier et lui arracha son soutien-gorge, découvrant sa poitrine qu'il se mit à caresser avec avidité.

Elle continuait à se débattre, mais Josh l'écrasait de son corps massif. Il la laissait faire car il savait que tôt ou tard, elle s'épuiserait. Entre-temps il faufila sa main libre entre ses cuisses et lui écarta les jambes avec brutalité.

Elle poussa un cri et il la gifla de nouveau.

— Allez, Carla. Laisse-toi aller. Je sais que tu en as envie, murmura-t-il d'une voix rauque.

Il se frotta contre elle, pour qu'elle sente combien il la désirait.

— Tu as le choix, Carla. Si tu es gentille, tout se passera bien mais si tu résistes, tu pourrais le regretter.

— Espèce de salaud.

Elle allait de nouveau crier mais il lui bâillonna prestement la bouche de sa main.

— Personne ne peut t'entendre et personne ne te viendra en aide, alors tu ferais mieux de t'allonger et d'ouvrir bien grand les jambes. Arrête de jouer les vierges effarouchées et de gâcher ton plaisir.

Il sourit avec satisfaction quand le corps de la jeune femme s'abandonna, inerte et sans réaction contre le sien. Il commença à déboutonner son jean.

— T'es une bonne fille. Je savais que tu finirais par être raisonnable.

14

Kim Loong sortait jeter la poubelle quand elle entendit soudain un bruit étrange et inhabituel, qui la fit sursauter. Etait-ce le cri d'un oiseau de nuit ? Cela ne ressemblait à rien de familier. Elle resta un moment immobile, l'oreille tendue, mais tout était retombé dans le silence. Haussant les épaules, elle s'apprêtait à rentrer dans la caravane, quand le bruit insolite retentit de nouveau. C'était un cri humain, un hurlement de femme ! Elle frissonna, car cette plainte lui rappelait d'horribles événements auxquels elle avait assisté dans les rues de Saigon avant d'être recueillie par sœur Dinah : des attaques, des agressions et même des viols.

Qui criait ainsi et pourquoi ? D'où cela venait-il ? Du cottage ? De l'atelier ? Inquiète, elle se dirigea d'un pas rapide vers le cottage et frappa à la porte de derrière. Aucune réponse. Elle pénétra dans la maison tout éclairée, mais personne ne s'y trouvait, à l'exception de Sam qui dormait dans son lit. Elle sortit et resta à l'affût, certaine que le gémissement se ferait de nouveau entendre. Rien. Elle décida d'aller jeter un œil du côté de l'atelier. Tout était calme et Angie, qu'elle n'osa pas déranger, vérifiait les niveaux de fermentation penchée au-dessus de tubes et de fioles. Tout allait bien de ce côté-là, mais où était donc passée Carla ?

Kim commençait à se demander si elle n'avait pas rêvé. Tout semblait parfaitement en ordre : la lune éclairait de sa lumière blafarde la campagne profondément endormie et silencieuse. Elle s'apprêtait à rentrer chez elle, presque convaincue qu'elle avait été le jouet de son imagination, quand elle aperçut, intriguée, un point lumineux qui clignotait dans la pénombre. Elle se mit à marcher à toute allure car elle avait intuitivement senti la présence d'un danger — c'était un instinct qui ne la quittait plus depuis son adolescence. Quand elle fut près de l'éclat lumineux, ses yeux s'agrandirent d'horreur : un homme était en train d'attaquer Carla.

Kim n'hésita pas une seule seconde. Petite et légère, elle sauta sur le dos de l'homme et lui griffa le visage avec ses ongles, essayant d'atteindre les yeux.

— Lâche-la, espèce de porc.

Toute la colère et la frustration accumulées pendant sa jeunesse se déchaînèrent soudain avec une violence inouïe. Elle se mit à le frapper, à lui labourer le visage avec ses ongles et à lui mordre avec hargne le lobe de l'oreille.

L'homme, fou de douleur et de rage, tenta de se débarrasser d'elle. Mais Kim glissa l'un de ses bras autour de son cou épais et serra de toutes ses forces.

— Je vais te tuer, salopard.

Oubliant Carla, Josh se retourna et s'efforça de faire lâcher prise à la femme agrippée à son dos. Après une lutte acharnée, Josh réussit à faire tomber Kim, qui roula à terre. A peine avait-elle touché le sol, qu'elle se releva comme un démon pour le bombarder de coups. Pendant ce temps, Carla, enfin libérée du poids de Josh, désormais occupé à se défendre, rassembla ses forces et lui assena un coup de genou dans l'entrejambe.

— Aïe ! Merde !

Josh se mit à rugir comme un taureau blessé, éperdu

de douleur et de frustration. Carla en profita pour gifler à deux reprises son visage affreusement griffé. Attaqué par les deux femmes, Josh eut l'intelligence de battre en retraite. Il se releva en titubant, mais Kim, toujours hors d'elle, lui lança un coup de pied en pleine poitrine qui le fit chanceler. Tout en tenant son jean, Josh partit en courant se cacher dans la vigne. Une sandale, lancée à toute volée par Kim, l'atteignit à l'arrière de la tête et elle le rata de quelques centimètres avec l'autre. Il courut sans s'arrêter jusqu'au ruisseau et se dissimula dans les broussailles.

— Ça va, Carla ?

Kim se baissa et posa une main sur le bras de Carla. Celle-ci, toujours allongée par terre, s'assit et regarda Kim :

— C'est incroyable, mais où as-tu donc appris à te battre comme ça ?

— Dans les rues de Saigon, répondit Kim avec une note de fierté dans la voix. La vie était très dure là-bas, comme je vous l'ai déjà expliqué. Pour survivre, il fallait savoir se battre.

Elle regarda les rangées de vigne pour s'assurer que l'homme ne revenait pas.

— Ce Josh Aldrich, quel pervers ! Il a essayé de vous violer, hein ? On va tout raconter à la police. Ils vont l'arrêter. D'accord ?

Kim aida Carla à se remettre debout.

— Je ne sais pas. Je ne suis pas sûre que ce soit une bonne idée.

Carla remit son soutien-gorge et noua les lambeaux de son chemisier.

— Si je le dénonce, tout le monde sera au courant de ce qui s'est passé.

Elle fut étonnée de pouvoir réfléchir aussi lucidement

car son cœur battait encore à grands coups et ses mains tremblaient.

— Les commérages iront bon train et je ne veux pas que cela porte préjudice à Sam. Tu sais comment sont les enfants à l'école : ils ne ratent jamais une bonne occasion de se moquer de leurs petits camarades.

Kim hocha la tête. Elle comprenait bien la réticence de Carla.

— Mais c'est un homme très méchant, et dangereux. Tran m'a raconté des choses sur lui. On ne peut pas faire confiance à Josh. Et s'il recommence ?

— Je sais. C'est un risque à prendre. Mais je vais acheter un chien. Sam a toujours voulu en avoir un. Je le dresserai pour monter la garde.

— Vous savez que les oies sont aussi très bonnes pour ça ? En Asie, les fermiers s'en servent souvent pour se protéger des voleurs.

— Je crois que Sam préférerait un chien et Su Lee aussi.

— Vous allez raconter à Angie ce qui est arrivé ?

— Bien sûr.

Carla, encore sous le choc, avait du mal à maîtriser les tremblements de sa voix.

Kim raccompagna Carla au cottage et lui souhaita bonsoir.

Une fois à l'intérieur, Carla se dirigea vers la salle de bains où elle se déshabilla. Son visage et son corps étaient marbrés de marques rouges. Josh n'y était pas allé de main morte. Si Kim n'était pas venue à son secours… Elle frissonna en imaginant ce qu'elle aurait pu subir. Ces pensées lugubres la firent réfléchir : il était préférable de porter plainte contre lui. Le bon sens lui conseillait de se rendre au commissariat mais d'un autre côté, elle voulait à tout prix éviter que l'affaire ne s'ébruite. Depuis quelque temps, plusieurs personnes se montraient plus aimables à son égard. Les choses évoluaient lentement, mais malgré tout, un changement d'attitude était perceptible : Angie et elle étaient mieux vues depuis qu'on avait remarqué leur détermination à réussir. Le scandale qui l'éclabousserait si elle poursuivait Josh en justice anéantirait ces bonnes dispositions et Sam en pâtirait.

Non, elle ne voulait pas que cet incident leur nuise. Elle hocha la tête tandis que l'eau coulait sur son corps, douce et apaisante. Et il était hors de question que Sam soit affecté par cette lamentable histoire. En revanche… elle se mordit la lèvre d'un air grave et songeur… il fallait trouver un moyen pour se débarrasser de Josh une bonne fois pour toutes.

Soudain, une idée lui traversa l'esprit. Elle allait tout raconter à Angie. Elles prendraient des photos mettant en évidence les ecchymoses, le chemisier déchiré, son visage meurtri. Puis elle irait voir un avocat pour lui demander conseil, accompagnée de Kim qui lui servirait de témoin. Au fond que craignait-elle ? Que Josh ne récidive. Peut-être qu'une lettre rédigée par l'avocat, le menaçant de le dénoncer à la police s'il s'approchait de nouveau d'elle, aurait un effet dissuasif. Oui, elle avait trouvé la solution. Elle n'était peut-être pas parfaite, mais elle inciterait Josh à garder ses distances.

En entrant dans le salon de coiffure, Carla était d'humeur joyeuse. Pour une fois qu'elle avait le temps, elle allait se faire couper les cheveux et s'offrir le luxe d'un brushing. Les six fauteuils installés en face de grands miroirs étaient tous occupés. Les trois employées, dont une toute jeune fille — probablement une apprentie — lui adressèrent un grand sourire de bienvenue tandis qu'elle se dirigeait vers l'accueil.

— J'ai réservé pour aujourd'hui. Carla Hunter.

— C'est exact. Bonjour, Carla. Je m'appelle Sarah. Je suis nouvelle ici.

Sarah fit une croix en face du nom de Carla inscrit dans le cahier des réservations. Puis elle esquissa un geste vague en direction du salon.

— C'est plein aujourd'hui. Nous sommes obligées de jouer aux chaises musicales… mais sans la musique. Je vous fais attendre dix petites minutes. D'accord ?

— Pas de problèmes.

Carla s'assit sur un fauteuil en osier près d'une table croulant sous les magazines. Elle en feuilleta un, jetant un coup d'œil distrait aux articles à sensation qui révélaient au grand jour des détails croustillants sur la vie des célébrités, principalement des stars de cinéma. Mais cela ne l'intéressait pas. Comme elle s'ennuyait, elle se mit à contempler le salon et à observer les clientes. Quand on sortait dans une ville aussi petite que Nuriootpa — qui comptait moins de trois mille habitants — on était à peu près sûr de tomber sur une connaissance. Quelle ne fut pas sa surprise quand elle reconnut la femme aux cheveux gris assise à l'autre bout de la pièce. C'était Greta Michaels, qui se faisait teindre les cheveux !

Quelle chance ! Pour une fois, sa tante Greta était seule. Lors de leur unique rencontre au restaurant, elle avait senti chez elle une chaleur et un intérêt que ne lui avaient jamais manifesté les autres membres de la famille. Carla avait également compris que Greta, écrasée par les fortes personnalités dont elle était entourée, faisait de son mieux pour résister aux pressions et conserver sa liberté de penser.

Le fauteuil situé près de Greta se libéra et Sarah invita Carla à s'y asseoir. La jeune femme savait saisir les bonnes occasions et elle calcula rapidement qu'elle pourrait discuter pendant plusieurs minutes avec sa tante qui attendait qu'on lui sèche les cheveux. Elle avait bien l'intention d'entamer une conversation pour voir comment Greta réagirait.

— Quelle bonne surprise ! s'exclama Carla en souriant à Greta dans le miroir. Je suis si heureuse de vous revoir !

Greta Michaels la regarda fixement. Elle n'en croyait pas ses yeux. Une fois qu'elle se fut ressaisie, elle s'agita sur son siège, consciente qu'elle ne pouvait échapper à sa nièce.

— Carla !

— Quelle agréable coïncidence, poursuivit Carla, toujours souriante.

Mais de quoi allaient-elles donc pouvoir parler ? De choses banales. L'important, c'était d'établir le contact.

— Il fait moins chaud ces temps-ci et c'est bien agréable, vous ne trouvez pas ? La vallée est belle en automne.

Elle réalisa soudain qu'elle était arrivée dans la Barossa à cette même époque l'année précédente. Comme le temps avait passé vite ! Elle n'en revenait pas de tout ce qu'elle avait accompli avec Angie en l'espace d'un an.

— C'est ma saison favorite, répondit Greta d'un ton poli et circonspect, tout en dévisageant Carla. Excusez-moi, dit-elle enfin. Je ne veux pas vous mettre mal à l'aise. Mais vous ressemblez tellement à ma mère. C'est incroyable !

— Je l'ignorais. Je n'ai jamais vu de photos de ma grand-mère.

Néanmoins, à la manière dont Josh, Luke et son grand-père l'avaient regardée en la rencontrant pour la première fois, elle avait eu l'intuition d'une ressemblance avec un membre quelconque de la famille.

— Je n'ai entendu parler de la famille Stenmark qu'à la mort de mon père, lorsque j'ai lu son journal, poursuivit Carla. Et puis Angie m'a raconté le drame familial.

Greta secoua la tête.

— Cela ne me surprend pas que Rolfe ait gardé le silence de son vivant. C'était un homme secret et réservé. Il a été profondément blessé par ce qui est arrivé.

Carla leva le menton avec fierté. Elle n'avait pas l'intention de s'excuser au nom de son père — après ce qu'elle avait appris sur son passé, elle savait que cela aurait été déplacé.

— L'eau a coulé sous les ponts depuis, dit Carla. Tout ça, c'est de l'histoire ancienne.

Elle décida ensuite qu'il était plus prudent de changer de sujet.

— Mon fils, Sam, joue au rugby et son premier match a lieu samedi prochain. Il est tout excité.

Carla remarqua que sa tante se détendait un peu.

— La rencontre aura lieu au stade à 10 heures du matin.

— Kurt était un joueur de rugby de talent. Chaque fois qu'il y avait un match, toute la famille allait le voir. Mutter et Papa étaient si fiers de lui. Luke préférait le foot au rugby mais il est passionné de golf maintenant.

— Vraiment ?

Carla s'en fichait éperdument de son oncle défunt ou des passe-temps de Luke.

— Et comment va Grand-Père ?

Greta et Carla se regardèrent fixement.

— Comme un homme de quatre-vingt-trois ans en bonne santé. Il trouve dur de vieillir et de ne plus avoir l'énergie qu'il avait il y a vingt ou trente ans de ça.

— Comme Papa, reconnut Carla avec un sourire triste. Il avait de l'arthrite dans les genoux et les mains, à force de travailler dehors, j'imagine.

— Rolfe…

La voix de Greta s'adoucit et un sourire nostalgique flotta sur ses lèvres :

— Il n'était pas sportif comme Kurt. C'était un garçon sérieux. Il ressemblait beaucoup à notre mère.

Greta s'aperçut que Rachel, la propriétaire du salon, avait presque terminé de sécher les cheveux de sa cliente.

— Vous allez sans doute vous promener au parc Coulthard, dit Greta. J'y vais souvent moi-même le dimanche matin après la messe, si le temps le permet.

Carla avait parfaitement compris le message de sa tante. Elle sourit et hocha la tête.

— Oui, en effet. Nous nous croiserons donc probablement.

— C'est possible, répliqua Greta avec un air de conspirateur.

Rachel leur adressa un grand sourire en mettant en marche le sèche-cheveux. Le bruit de l'appareil empêchait toute conversation, mais Carla ne s'en souciait guère. Elle avait réussi à établir le contact avec sa tante et Greta n'était manifestement pas hostile à une relation plus intime, en dépit des recommandations de son père. Que sa tante soit prête à contrecarrer la volonté paternelle était, selon Carla, un signe évident de son intérêt pour elle et pour Sam. Quelle heureuse surprise ! Peut-être avait-elle une alliée à Stenhaus, se dit-elle tandis que Greta quittait le salon quelques instants plus tard. C'était un point extrêmement positif.

Luke, assis dans un fauteuil, regardait sa mère vérifier que la table du dîner avait été mise correctement. Parfois, Margit, le cuisinier, faisait des erreurs et Carl, en homme maniaque, ne le supportait pas. Greta semblait différente aujourd'hui. Elle était allée chez le coiffeur et ses cheveux étaient impeccablement coupés et coiffés. Mais Luke, qui connaissait bien sa mère, sentit qu'il y avait quelque chose d'autre. Mais quoi ? Son sourire mystérieux et la manière dont elle fredonnait prouvaient qu'elle avait passé une très bonne journée.

— Tu ressembles à un chat qui vient d'avaler un canari, maman. Qu'est-ce qui se passe ?

— Et pourquoi crois-tu qu'il se passe quoi que ce soit de spécial ? répondit Greta, évasive, tout en regardant son fils.

— Parce que je le sais. Tu ne peux rien me cacher. As-tu l'intention d'organiser une fête, de partir en vacances ou… ?

Il l'observa d'un air perplexe, sa curiosité piquée au vif par les réponses vagues et peu spontanées de Greta. De toute évidence, sa mère ne lui disait pas la vérité.

— J'ai juste eu une journée intéressante, voilà tout.

— Chez le coiffeur ? s'enquit-il, d'un air dubitatif.

Greta le rejoignit près de la fenêtre. Elle baissa la voix et lui avoua en murmurant :

— Très bien. Je vais tout te raconter, mais tu dois tenir ta langue, Luke. J'ai rencontré Carla chez le coiffeur aujourd'hui.

— Vraiment ? J'espère qu'elle n'a pas fait de scandale.

— Pas du tout, répondit Greta promptement, d'un ton légèrement mordant. Nous avons parlé quelques instants, principalement de son fils. Ils sont très proches l'un de l'autre, juste comme toi et moi. Carla… elle a l'air gentille, c'est tout.

— Personne n'a dit le contraire. Mais elle n'a rien à faire dans la Barossa. Grand-Père souhaite qu'elle parte. Elle lui rappelle trop le passé. Et Lisel ne veut pas d'elle non plus.

— Lisel calque sa conduite sur celle de Grand-père, lui répondit Greta avec vivacité. Mais à mon sens, les motifs de Carl ne sont pas justifiés. Le passé est le passé.

Il est vieux et obstiné et il est persuadé qu'il a eu raison de chasser Rolfe mais…

Elle respira profondément et continua d'un ton calme :

— Je crois qu'il se trompe. Je n'ai jamais adhéré aux accusations de Marta : c'était une jeune femme calculatrice et intrigante. Elle a commis une erreur et elle n'a pas eu le cran de l'admettre. Tout ce qui est arrivé est sa faute et nous avons énormément souffert à cause de sa lâcheté.

Luke considéra sa mère, abasourdi.

— Souffert ? Que veux-tu dire ?

— La duplicité de Marta m'a privée d'un frère que j'aimais et a empêché Rolfe de faire sa vie dans la Barossa, avec sa famille.

Elle le regarda :

— Toi-même, tu as été victime de cette triste histoire. Tu n'as jamais connu ton oncle et, à l'époque, Lisel a perdu un frère.

Luke réfléchit quelques instants.

— Mais comment peux-tu savoir que Marta a menti ? Et si tu te trompais ?

— Il n'y a aucun doute là-dessus : elle a bel et bien menti. Je connaissais bien mon frère. Il n'était pas capable de faire ce dont elle l'a accusé. Je pense, comme Rolfe, que c'est Kurt qui l'a obligée à faire ces fausses déclarations devant Papa, car il savait que Papa punirait Rolfe.

Avant que Luke n'ait pu poser une autre question, elle s'empressa d'ajouter :

— Kurt a été horriblement blessé que sa fiancée le trompe avec Rolfe. Et il s'est vengé. Par la suite, quand il s'est aperçu que Papa n'avait pas l'intention de rappeler Rolfe — j'ai surpris une conversation entre eux deux un jour —, il a essayé de le faire changer d'avis, mais Papa est demeuré inflexible.

Elle secoua la tête.

— Papa avait déjà un héritier et il n'a pas voulu pardonner à Rolfe. Il était convaincu d'avoir agi avec équité et d'avoir préservé l'honneur familial.

— Mais après la mort de Kurt et de Marta, n'est-il pas revenu à de meilleurs sentiments ?

Elle lui sourit.

— Non. Et cela n'avait pas d'importance, car il avait toujours un héritier : toi.

Elle réfléchit un instant et poursuivit :

— De toute façon, Rolfe ne serait sans doute jamais rentré. Il avait sa fierté lui aussi. Et je pense, même si je n'en suis pas sûre, qu'il a toujours cru avoir été victime d'une injustice.

Les révélations de sa mère plongèrent Luke dans une profonde perplexité. C'était la première fois qu'elle lui parlait du passé avec tant de franchise et qu'il l'entendait critiquer son grand-père. Tout ceci le mettait dans l'embarras. Qui devait-il croire et comment prendre parti ? Carla, même si elle l'ignorait, avait désormais une formidable alliée — sa propre mère — et Luke, compte tenu des confessions de cette dernière, ne s'en étonnait guère. Rolfe lui avait énormément manqué et maintenant qu'elle avait l'occasion de connaître sa fille et son petit-fils, elle voulait en profiter. La réaction de sa mère, par ailleurs si attachée à la famille, lui semblait donc tout à fait naturelle.

Mais son grand-père ne partageait pas les opinions de sa mère. Avait-il raison ou se leurrait-il ? Luke aimait et respectait énormément Carl, avec qui il avait grandi. Carl était le patriarche de la famille. C'est lui qui lui avait tout appris sur le vignoble et sur la fabrication du vin. Carl désirait qu'il reprenne l'affaire lorsqu'il prendrait sa retraite. C'est pourquoi, tout en comprenant les sentiments de sa mère, il ne pouvait s'empêcher de prendre le parti de son grand-père, Carl Stenmark. Toutefois, Luke se heurtait cette fois à un autre problème. Il éprouvait de la sympathie pour Carla et de l'admiration pour ce qu'elle avait accompli. Que son grand-père le reconnaisse ou non, il était clair que le sang des Stenmark coulait dans ses veines et qu'elle ne se laissait pas abattre par les difficultés.

Mais pour l'heure, il fallait qu'il sache quelles étaient exactement les intentions de sa mère vis-à-vis de Carla.

— Que vas-tu faire en ce qui concerne Carla ? lui demanda-t-il sans détour.

— Je vais cesser de l'ignorer et de prétendre qu'elle et son fils n'existent pas, lui répondit-elle.

Son ton ferme indiquait clairement qu'elle ne se laisserait pas intimider.

— Si nous nous rencontrons quelque part, je lui parlerai. Si elle m'invite à Sundown Crossing, je m'y rendrai.

— Et tu en informeras Papa ?

A ces mots, la mère et le fils se retournèrent brusquement et aperçurent Lisel, debout dans l'entrebâillement de la porte. Etait-elle là depuis longtemps ? Qu'avait-elle entendu exactement ?

— Seulement si c'est nécessaire ou s'il me pose une question à ce sujet. Je ne dis pas tout à Papa et toi non plus d'ailleurs, fit remarquer Greta sans s'émouvoir.

Lisel les rejoignit, les traits crispés, visiblement agacée.

— Greta, on ne te changera pas. Toujours aussi naïve. Tu es vraiment trop gentille et Carla en profitera. Elle se servira de toi tout comme elle a utilisé Josh. Elle s'est bien moquée de lui. Josh m'a raconté comment elle lui a donné de faux espoirs uniquement pour lui soutirer des informations sur Rhein Schloss.

— Je ne le plaindrais pas trop si j'étais toi. De toute

façon, Josh ne fait jamais rien gratuitement, il a toujours des arrière-pensées, remarqua Luke sans ménagement.

— Cela a été un rude coup pour lui quand Carla l'a laissé tomber. Il n'a rien dit, mais je n'ai pas été dupe, poursuivit Lisel. Cette femme est une vraie garce.

Elle regarda sa sœur d'un air accusateur :

— Je ne comprends pas que tu sois aveugle à ce point.

— Je ne suis pas comme toi. Je ne vois pas le mal partout, lui rétorqua Greta. Et en plus j'en ai marre qu'on me donne des ordres. Si Carla veut que nous soyons amies, eh bien je ne m'y opposerai pas.

— Mais tu ne comprends donc pas ce qu'elle est en train de faire ? insista Lisel. Elle nous monte les uns contre les autres. Elle veut semer la zizanie à Stenhaus.

Luke tenta d'apaiser la tension entre Lisel et sa mère :

— Maman, Lisel… Sans vouloir vous donner de conseils à l'une ou l'autre, je crois qu'il faut un peu penser à Grand-Père. La présence de Carla dans la vallée lui déplaît énormément et à son âge, il vaut mieux lui éviter de gros soucis. Pour ma part, j'espère que Carla ne tiendra pas jusqu'à la vente de son premier cru. Les douze mois qui viennent vont être critiques pour elle.

— Douze mois ! Il est hors de question qu'elle reste encore douze mois.

Lisel dirigea sa colère contre Luke :

— Il est temps de se débarrasser d'elle. On ne va pas attendre les bras croisés qu'elle fasse faillite et qu'elle décide de partir. Luke, nous sommes trop timorés. Il faut… s'occuper de Carla.

Elle souleva ses sourcils sombres d'un air entendu.

— Si tu vois ce que je veux dire.

— Tout le monde connaît ton opinion sur Carla, Lisel, répondit Luke froidement. Tu sais aussi que Grand-Père est d'accord avec ma stratégie mais… tu es libre de lui soumettre ta proposition, lui lança-t-il d'un air de défi, tout en sachant pertinemment qu'elle n'oserait pas agir de la sorte.

— Mais je rêve ? Alors toi aussi, Luke, tu prends le parti de Carla ? dit Lisel d'un ton accusateur, visiblement très déçue par sa réaction. Tu sais pourtant bien qu'elle est une menace pour toi. Pour ton héritage.

— Ce n'est pas l'héritage qui intéresse Carla, répliqua Greta, de plus en plus irritée. Tout ce qu'elle recherche, c'est une famille, pour elle et pour son fils.

Luke comprit soudain que sa mère était indignée par l'attitude possessive de Lisel à son égard. Lisel s'était énormément occupée de lui et souhaitait ardemment qu'il prenne la succession de Rhein Schloss. Depuis toujours, lui semblait-il, sa mère avait passé outre le comportement de Lisel vis-à-vis de lui, consciente que, bizarrement, Lisel le considérait comme l'enfant qu'elle n'aurait jamais, même si moins de dix années les séparaient. Mais cette fois, Greta semblait excédée.

— C'est ce qu'elle dit, ricana Lisel. Il faut être idiot pour croire une chose pareille.

Elle jeta un regard sombre sur la table où cinq couverts étaient mis.

— Toute cette histoire m'a coupé l'appétit. Faites mes excuses à Papa et à Margit, dit-elle en sortant d'un pas furieux hors de la pièce.

Luke et sa mère échangèrent un regard. Greta cligna plusieurs fois des yeux et respira profondément. Luke aussi. La haine de Lisel pour Carla commençait à l'inquiéter. Cette animosité était absurde puisque Carla ne menaçait en rien sa tante. Sa place au sein de la famille et de l'entreprise était assurée. Alors pourquoi donc réagissait-elle avec tant de violence ? La hargne de sa tante lui semblait incompréhensible. Et pour compliquer les choses, sa mère était aussi déterminée à soutenir Carla que Lisel l'était à la condamner. C'était incroyable. Il ne les avait jamais vues réagir de manière aussi passionnée. Une chose était claire : la vie à Stenhaus allait devenir de plus en plus tendue à cause de cette affaire.

Dans sa suite située au premier étage de Stenhaus — qui comprenait une vaste chambre, un salon et une salle de bains —, Lisel, très agitée, marchait de long en large sur l'épaisse moquette. Elle se dirigea finalement vers la salle de bains et s'assit sur un tabouret devant la coiffeuse. Elle saisit la brosse d'un geste mécanique et commença à peigner ses longs cheveux noirs pour se calmer.

Luke était-il devenu fou ? Ou était-il tout simplement naïf ? Son neveu ignorait-il qu'en traitant Carla et son fils avec clémence, il mettait en danger son héritage ? Etait-il dupe comme sa mère ? Carla était intelligente, c'était indéniable. Quelle habileté ! Elle avait finalement réussi à gagner la confiance d'un grand nombre de personnes dans la Barossa. Et son neveu en personne admirait sa détermination au lieu de se méfier d'elle.

Fort bien. Mais elle-même n'était pas aussi candide et Carl non plus. A eux deux, ils trouveraient bien le moyen de la chasser définitivement de la vallée !

15

C'était une belle journée d'hiver, calme et lumineuse. L'air était vif sans être froid et Paul en avait profité pour organiser un barbecue chez lui. Il célébrait la signature d'un contrat lucratif pour un projet architectural à Clare Valley, non loin de la Barossa. Plus d'une douzaine de personnes étaient présentes : confortablement assises ou debout ici et là sur la vaste terrasse de bois qui prolongeait le salon et la cuisine. Le terrain de Paul, entouré de vignobles, descendait en pente douce vers la vallée. Paul avait invité les Conrad, Carla, Angie, Sam et les Loong et quelques personnes qu'il avait rencontrées à titre professionnel : des commerciaux, des entrepreneurs de même que d'anciens ou de futurs clients.

Carla, qui travaillait avec Paul depuis un an, avait eu le temps de se faire une idée précise de ses compétences et elle le trouvait extrêmement doué. C'était un architecte imaginatif et créatif dont l'esprit d'innovation était d'ailleurs fort apprécié. Une multitude de bâtiments qu'il avait rénovés ou construits parsemaient la Barossa Valley et les régions alentour.

Tout en regardant autour d'elle, elle ne put s'empêcher d'admirer une fois de plus la maison de Paul : moderne, mais sans excès, elle était conçue avec goût et se fondait harmonieusement dans le paysage grâce aux matériaux naturels qui la constituaient : bois, minéraux et grandes baies vitrées. De nombreux végétaux, plantés tout autour de la maison, accentuaient encore cette impression de communion parfaite entre la bâtisse et la nature. Carla aimait beaucoup venir chez lui et ne manquait jamais de s'émerveiller chaque fois qu'elle découvrait un nouveau détail.

Angie, qui appréciait elle aussi le travail de Paul, et avait remarqué le regard admiratif de son amie, crut opportun de faire remarquer :

— Il ne manque qu'une chose ici : une présence féminine, murmura-t-elle à l'oreille de Carla.

— J'imagine que Paul comptait sur Lisa pour ça, répliqua Carla de façon laconique, le visage impassible.

Elle refusait d'entrer dans le jeu d'Angie, qui s'obstinait à vouloir lui trouver un nouvel ami. Carla avait compris que le meilleur moyen était d'ignorer ses allusions. Comme sa remarque ne produisait pas l'effet escompté, Angie s'éloigna pour discuter avec un viticulteur de l'autre côté de la terrasse. Carla resta seule, plongée dans ses pensées, indifférente à la musique et au brouhaha des conversations.

Sa vie dans la Barossa lui plaisait de plus en plus. La lettre que l'avocat avait expédiée à Josh semblait porter ses fruits et les rares fois où elle l'avait aperçu, il s'était tenu à distance. Tout était donc pour le mieux, même si elle avait toujours conscience de son animosité silencieuse. Elle savait en outre qu'elle devait rester vigilante à son égard. Il n'avait sans doute pas dit son dernier mot et elle devait apprendre à vivre avec cette présence vaguement menaçante.

Toutefois, elle avait récemment vécu des moments heureux qui compensaient largement les soucis causés par Josh. Elle avait plusieurs fois rencontré Greta au parc, avec ou sans Sam, et elles avaient longuement discuté. Grâce à sa tante, elle en apprenait chaque fois davantage sur la famille Stenmark — par exemple que leur nom germanique « Steinmarch » avait été anglicisé et transformé en « Stenmark » — ou sur l'enfance et l'adolescence de Rolfe. Greta apporta un jour un portrait de sa mère, Anna Louise, pour montrer à Carla combien elle lui ressemblait. Le père de Greta était la seule personne dont elles évitaient de parler. C'était mieux ainsi. Toutefois, au fil de leurs conversations, Carla avait glané des informations sur son grand-père et les traditions qui avaient forgé son éducation. Elle comprenait mieux désormais les fondements de son caractère intransigeant, même si elle désapprouvait son comportement.

Pendant plus de trente ans, Carl Stenmark avait ressassé sa colère et ses désillusions à l'égard de son fils cadet et ces sentiments négatifs faisaient désormais partie de lui. Ils lui étaient devenus aussi naturels que de manger, boire ou respirer. Carla avait désormais la certitude qu'il faudrait un miracle ou une catastrophe pour que son grand-père change d'avis et soit prêt à l'accueillir avec Sam au sein de la famille. Elle prit une profonde inspiration, refusant de se laisser abattre par ces sombres pensées. C'était une si belle journée ! Elle balaya du regard les vignes, dénudées après les vendanges, et le ciel sans nuage.

Son regard se posa ensuite sur Paul, qui s'affairait autour des deux barbecues. Soudain conscient qu'on l'observait, ce dernier tourna la tête et l'aperçut, debout, solitaire, en appui contre la porte-fenêtre donnant sur la terrasse. Il porta un toast silencieux en levant son verre dans sa direction et elle fit de même. Puis, elle vit les Conrad s'approcher d'elle. Elle entretenait de bonnes relations avec eux, même s'ils n'étaient pas des amis intimes. Leur soutien chaleureux au cours des mois passés avait encouragé un petit groupe de viticulteurs de la vallée à ne plus les considérer, elle et Angie, comme une menace, mais à les traiter au contraire avec bienveillance.

— Je suis content de vous voir, dit Walt en serrant Carla dans ses bras.

Frances l'embrassa sur la joue.

— Vous étiez de nouveau en déplacement ces derniers temps ? demanda Carla.

— Oui, j'étais parti à Margaret River. C'est une région vinicole en pleine expansion.

Walter lui sourit.

— Alors, la récolte a été excellente, d'après ce que j'ai entendu dire.

— C'est exact, confirma Carla. Nous avons ramassé pratiquement trente tonnes de chardonnay qui, une fois pressées, donneront plusieurs milliers de bouteilles. Et avec nos quatre hectares de Shiraz, nous obtiendrons une production équivalente une fois la fermentation achevée. Ce n'est pas mal étant donné que certaines vignes n'avaient pas donné de raisins.

— Pour une première récolte, c'est un beau record, intervint Frances. Vous pouvez être fières de vous. Les gens de la vallée voient bien maintenant qu'il faut vous prendre au sérieux.

Frances faisait évidemment allusion aux Stenmark.

— En ce qui concerne vos futures ventes, j'ai une proposition intéressante à vous faire, annonça Walt sur le ton de la confidence.

— Vraiment ? répondit Carla vaguement intriguée.

Elle respectait les connaissances et les compétences de Walter dans le secteur du vin. Il avait énormément de contacts et même s'il n'était plus viticulteur, il était très au fait de ce qui se passait dans la Barossa et au-delà. Par ailleurs, écouter sa proposition ne l'engageait à rien. Pourtant, elle se souvint soudain de l'avertissement de Luke et de son conseil : se méfier des Conrad. Involontairement, Carla releva la tête d'un air de défi. Personne ne lui dicterait sa conduite. Les Conrad s'étaient toujours montrés prévenants et gentils avec elle, contrairement à sa propre famille !

— C'est à propos de la distribution de votre vin, expliqua Walt. Une fois qu'il sera arrivé à maturation et prêt pour la vente, je pourrai être votre agent si vous le souhaitez. Je m'occuperai de tout. C'est-à-dire que je vendrai le vin en votre nom aux détaillants. Je suis très introduit sur le marché vinicole non seulement dans la région mais dans tout le pays.

— Oui, mais notre production ne sera pas très importante, comparée à celle des autres viticulteurs de la région. Et sûrement pas suffisante pour être vendue en exclusivité, fit remarquer Carla.

Elle n'avait pas encore réfléchi à la question de la distribution, mais elle ne perdait rien à écouter les arguments de Walt.

— Carla, la réputation d'Angie n'est plus à faire. Les gens disent que c'est une excellente viticultrice. Tout le monde sait qu'elle est partie en France et en Allemagne pour parfaire ses compétences et qu'elle a ensuite travaillé avec votre père en Nouvelle-Zélande. Si vous présentez votre vin lors de concours ou de manifestations vinicoles, il y a de fortes chances pour que vous obteniez des prix. Cela donnerait une bonne image de marque à votre vignoble et vous pourriez ensuite cibler le créneau des vins de haute qualité.

C'était précisément ce qu'Angie avait en tête. Elle espérait gagner une médaille ou deux lorsque le vin serait mis en bouteilles, et assurer ainsi une bonne publicité au vignoble. Elle prévoyait, optimiste, que le chardonnay serait classé parmi les meilleurs crus.

— Oh, chéri, ce n'est pas le moment de parler travail. Nous sommes ici entre amis. Regardez, dit Frances en montrant du doigt la pelouse à l'avant de la maison. Ils vont faire une partie de rugby : les enfants et les femmes contre les hommes. Allons les voir, proposa-t-elle en tirant sur la manche de Walt.

— D'accord, d'accord, ma chérie, répondit Walter à contrecœur. Nous en reparlerons plus tard, hein ? dit-il à Carla en lui faisant un clin d'œil.

Il attendit que Carla acquiesce pour suivre sa femme.

— Je vous passerai un coup de fil, lui précisa-t-il.

En rejoignant la rangée de spectateurs qui s'étirait tout le long de la pelouse, elle aperçut Sam parmi le groupe d'enfants qui s'apprêtait à jouer. Pendant les mois d'hiver, il s'était pris de passion pour le rugby. Il ne ratait jamais un match à la télévision ni un entraînement et il jouait souvent à la maison même s'il se plaignait du manque d'adresse de Su Lee. Paul lui proposait systématiquement une partie quand il leur rendait visite et elle lui était reconnaissante d'accorder autant d'attention à son fils. Paul se donnait à fond, comme un grand gamin, et Sam et lui étaient aussi sales l'un que l'autre une fois le jeu terminé. Paul lui faisait un peu penser à Derek. C'était un homme viril mais tout à la fois gentil et attentionné. Aujourd'hui il ne jouait pas car il supervisait le service et il y avait quantité de steaks et de saucisses à faire cuire.

Après avoir regardé le match et applaudi aux essais marqués par son fils, Carla retourna sur la terrasse pour aider à transporter les plateaux de nourriture sur les tables à tréteaux. Kim et quelques autres femmes étaient déjà en train de disposer assiettes et couverts.

— Ils vont tous être affamés après le match, dit Carla à Paul.

— Tant mieux. Il y a des tonnes de nourriture. Je crois que j'en ai prévu beaucoup trop.

— Mais non, monsieur Paul, lui assura Kim. Ne vous inquiétez pas.

— La prochaine fois, c'est Kim qui se chargera de l'organisation. Elle est plus douée que moi pour calculer les quantités, déclara Paul en souriant à la jeune fille.

— Mais c'est une très bonne idée ! Comme ça, elle se fera la main avant d'avoir son propre restaurant, approuva Carla.

Carla ne se réjouissait pourtant pas à l'idée qu'un jour Kim, Tran et Su Lee la quitteraient. Leur départ n'était certes pas pour tout de suite, mais il se produirait inévitablement. Et tant mieux si Kim réalisait son rêve de posséder un restaurant. D'ici là, Sundown Crossing serait lancé et lui rapporterait un revenu. Elle pourrait payer d'autres ouvriers même s'ils risquaient fort de n'être pas aussi bons ni aussi motivés que Tran et Kim. Et un jour, quand elle aurait suffisamment d'argent, elle demanderait à Paul de concevoir les plans d'une salle de dégustation de vins et d'un snack-bar qu'elle ferait construire devant l'atelier. Peut-être que Kim pourrait réaliser son désir le plus cher ici même, à Sundown Crossing, et y installer son restaurant. Carla esquissa un sourire en imaginant toutes les possibilités qui s'ouvraient à elle.

La fête chez Paul dura tout l'après-midi, mais en fin de soirée, la plupart des invités étaient partis. Il ne restait plus que la famille Loong, Angie et Carla, qui aidaient Paul à tout ranger.

— Ce que je déteste le plus dans les fêtes, c'est le ménage, fit remarquer Paul avec bonhomie.

— Malheureusement, l'un ne va pas sans l'autre, dit Angie, pleine de bon sens, tout en vidant le lave-vaisselle.

Carla jeta un coup d'œil autour d'elle à la recherche

de Sam et de Su Lee — ils n'étaient ni dans le salon ni dehors sur la terrasse.

— Où sont les enfants ?

Et où était donc passé Odin, le chien de Sam, un berger allemand de trois mois ?

— Sam a décrété que Rebel et Odin avaient besoin de se dégourdir les pattes. Et je l'ai autorisé à sortir en compagnie de Su Lee.

Carla fronça les sourcils en regardant par la fenêtre.

— Il fait presque nuit.

— Oh, la mère poule ! dit Angie tout en dodelinant de la tête et en gloussant. Va les chercher, puisque tu es inquiète. Paul, accompagnez-la. Nous, on finira de ranger.

— Ils sont sans doute allés vers la route principale. Je me promène souvent par là avec Rebel et elle choisit automatiquement cette direction, expliqua Paul.

Sa maison était située en retrait de la route, car il avait souhaité être au calme et à l'abri des regards indiscrets. Il y avait donc plus de deux cents mètres à parcourir avant l'embranchement. Il s'empara d'une puissante torche accrochée au mur de la cuisine et sortit, accompagné de Carla.

— La nuit tombe vite. Ils risquent de se perdre, dit Carla dont l'angoisse augmentait de minute en minute.

Elle avait passé une excellente journée. Se pouvait-il qu'elle se terminât en catastrophe avec Sam, Su Lee et les deux chiens errant dans le bush ou dans le vignoble du voisin ? Carla frissonna. L'air s'était rafraîchi d'un coup et il faisait froid à présent. Elle pensa avec regret au feu qui brûlait dans la cheminée de Paul et remonta la fermeture Eclair de sa veste tout en emboîtant le pas au jeune architecte.

Paul émit un sifflement suraigu.

— Si Rebel m'entend, elle aboiera.

Rebel ne répondit pas. Il siffla de nouveau.

Tandis qu'ils se dirigeaient vers la route principale, ils entendirent un aboiement au loin. Quelques instants plus tard, Rebel déboula à toute allure sur le chemin de terre, ses longs poils flottant au vent, Odin à ses trousses. Sam et Su Lee suivaient loin derrière.

— Ah, les voilà ! s'exclama Carla en poussant un profond soupir de soulagement.

La disparition des enfants l'avait complètement affolée. Elle réussit à éviter Rebel, prête à se jeter sur elle, mais pas Odin qui lui sauta dessus, tout excité, en la reconnaissant.

— Maman ! Paul ! Mais qu'est-ce que vous faites là ? demanda Sam légèrement essoufflé en courant vers eux. Il fait presque nuit ! Et puis il commence à faire froid, ajouta-t-il, tout étonné de les voir là.

— Nous allions rentrer, intervint Su Lee, qui avait compris qu'en fait Carla et Paul étaient partis à leur recherche.

Paul se mit à rire.

— Ah, les enfants !

Il haussa les épaules.

— Allez, il est temps de rentrer. Et une fois arrivés, vous prendrez une bonne tasse de chocolat chaud et votre mère, un verre de cognac. Rien de tel pour se réchauffer.

— D'accord, dit Sam. Maman, tu peux me donner la torche, s'il te plaît ?

Rassurée d'avoir retrouvé son fils et Su Lee, Carla se détendit. Elle remit la torche à Sam tout en lui ébouriffant les cheveux. Le petit garçon partit devant, accompagné de Su Lee et des deux chiens.

— On ne le changera pas, remarqua Carla. Sam est inconscient du danger.

— C'est normal. A cet âge, tout ce qui compte, c'est l'aventure.

Paul et Carla reprirent le chemin de la maison. Avec ses lumières allumées, elle brillait dans le crépuscule, accueillante et réconfortante. Sans la torche, Carla distinguait à peine la route, mais Paul s'orientait quant à lui sans difficulté et il prit Carla par le bras pour la guider. Malgré tout, un nid-de-poule la fit brusquement trébucher et elle se tordit la cheville.

— Aïe ! Je me suis fait mal, gémit Carla en sautillant sur un pied.

Paul lui saisit le bras de sa main libre pour la soutenir.

— Ça va aller ?

— Je crois, oui !

Elle posa délicatement son pied blessé sur le sol. C'était douloureux mais néanmoins supportable.

— Doucement, doucement !

Paul la prit dans ses bras et l'attira contre lui. Il plaça sa tête juste au-dessous de son épaule et se mit à lui caresser les cheveux.

Carla se laissa aller, confiante et sereine. Avec lui, elle était en sécurité. Pourtant cette étreinte avait aussi quelque chose d'excitant. Son cœur se mit à battre la chamade et elle avait l'estomac noué comme si elle était dans des montagnes russes. C'était une sensation enivrante et terrifiante à la fois. Oui, terrifiante. Carla ne voulait pas se sentir… vulnérable, désirer des choses inaccessibles, tomber amoureuse de quelqu'un qui n'était pas libre parce qu'il était toujours sentimentalement attaché à une autre personne. Cette pensée s'imposa bientôt avec force dans son esprit.

— Ça va aller, merci, dit-elle en s'éclaircissant la voix, tout en s'écartant de lui.

— Très bien. Mais donnez-moi la main jusqu'à ce que nous atteignions les lampadaires qui bordent la pelouse.

Je ne veux pas que vous vous blessiez de nouveau, dit Paul avec gentillesse.

Il lui prit la main et la serra fort dans la sienne.

Ils poursuivirent leur route et, en chemin, Carla se persuada que ce bref moment d'intimité ne signifiait rien. Paul était tout simplement prévenant et attentionné, uniquement soucieux de son pied endolori.

— Le vainqueur de la médaille d'or pour le meilleur chardonnay de l'année est…

Le juge barbu, chargé de récompenser les petits vignobles, s'arrêta de manière théâtrale. Le silence régnait dans le public, suspendu à ses lèvres.

— Le vignoble de Sundown Crossing, dans la Barossa Valley. Félicitations à Angela Dupayne et Carla Hunter.

Un sourire radieux illumina le visage de Carla tandis qu'Angie montait sur l'estrade pour dire quelques mots, comme elles l'avaient toutes deux décidé au préalable. Elles avaient déjà remporté une médaille pour le porto fabriqué par Rolfe et renommé par leurs soins. Même s'il restait moins de cinquante bouteilles, Angie était convaincue qu'elles pourraient les vendre aux amateurs de bon vin à un prix très élevé — un gain inattendu tout à fait bienvenu. Comme son père aurait été fier de cette récompense ! A cette pensée, Carla sentit son regard s'embuer de larmes, mais les félicitations qui pleuvaient de toutes parts chassèrent très vite cette mélancolie passagère.

Carla contempla la salle autour d'elle : les bouteilles de vin et les verres disposés sur les tables recouvertes de nappes de lin, les visages tournés vers elle. Elle voulait savourer chaque détail de cette fête, s'imprégner de l'atmosphère pour en garder un souvenir impérissable. Leur vin avait reçu le premier prix ! Un prix qui signifiait que leur travail était reconnu par leurs pairs. Angie lui avait promis qu'elles remporteraient d'autres victoires et Carla commençait à la croire.

Au fond de la salle, se tenaient Luke Michaels et Josh Aldrich. Pourquoi étaient-ils venus ? Ils ne faisaient pourtant pas partie des petits vignerons.

— Bon sang ! Je ne pensais pas qu'Angie y arriverait, mais je m'étais trompé, grommela Josh.

— C'est leur première récolte et elles gagnent une médaille d'or. Elles ont la baraka ces deux-là, ajouta-t-il.

Il leva les sourcils d'un air entendu.

— Carl ne va pas être content, n'est-ce pas ?

— Non, confirma Luke.

D'un signe de tête, Luke, qui craignait qu'on n'entende leur conversation, fit signe à Josh de le suivre, et ils se dirigèrent vers la sortie.

Dehors, il faisait froid. Luke ferma sa veste de cuir et enfonça les mains dans les poches de son pantalon. Il allait désormais être très difficile de chasser Carla et son amie de la Barossa, étant donné qu'elles venaient juste de gagner un prix. Carla ne s'en irait jamais de son plein gré, maintenant qu'on l'avait récompensée. Son premier cru allait se vendre comme des petits pains et leur réputation était désormais assurée.

De nombreuses personnes dans la vallée l'avaient déjà acceptée : des petits vignerons, des commerçants et des négociants. D'une certaine manière, ils se réjouissaient secrètement de la victoire de Carla qui avait osé défier la famille Stenmark. Son succès symbolisait pour eux le triomphe des petites gens sur les riches et les puissants. D'autre part, Carla était une jeune femme aimable et ouverte, ce qui ne faisait qu'accroître sa popularité. Greta, quant à elle, ne tolérait pas qu'on la critique en sa présence et de ce fait, Stenhaus avait été le théâtre de discussions animées au cours des derniers mois. Sa mère prenait invariablement la défense de Carla face à Lisel, qui détestait sa nièce chaque jour davantage.

— Alors, qu'allez-vous faire, Luke ? demanda Josh d'un ton vindicatif.

Luke lui lança un regard noir. Il savait pertinemment que la rancœur de Josh envers Carla était presque aussi intense que la haine de Lisel pour la fille de Rolfe.

— Je n'ai encore rien décidé.

— Bon, si vous êtes dans l'embarras, moi j'ai quelques petites idées à ce sujet, lança Josh avec un sourire mystérieux. A moins que…

Josh s'interrompit. Il jeta un regard sournois à Luke avant de poursuivre :

— Vous n'ayez plus envie de vous débarrasser d'elle.

Luke tressaillit involontairement car Josh avait deviné juste. S'il n'avait tenu qu'à lui, il aurait abandonné toute l'affaire et aurait laissé Carla en paix. Sa mère, qui aimait beaucoup sa nièce, l'aurait sans doute soutenu. D'autre part, il éprouvait lui-même une admiration croissante pour sa cousine, dont il se demandait lui-même si elle n'était pas excessive. Mais il ne pouvait se permettre de trahir son grand-père qui était bien décidé à récupérer Krugerhoff, ou plutôt Sundown Crossing.

— Mon grand-père n'a pas changé d'avis, répliqua Luke avec froideur.

Malheureusement ! pensa-t-il.

— Content de l'apprendre, rétorqua Josh d'un ton brutal. Au fait, il paraîtrait que Walt Conrad est en train de monter un mauvais coup pour mettre la main sur Sundown Crossing. Ça ne m'étonne pas, ce type n'est qu'un escroc.

Josh émit un petit rire comme si toute cette affaire l'amusait.

— Si c'est le cas, cela résoudrait peut-être nos problèmes.

Luke, de plus en plus agacé par Josh, le regarda fixement et lui demanda :

— Dans quelle mesure ?

— Si Carla accepte que Conrad se charge de la vente de son vin, mais que ce dernier ne parvient pas à l'écouler. Que se passera-t-il ? Conrad ne perdra pas d'argent : il n'est qu'un intermédiaire. Mais cela aura de graves conséquences pour Carla. Elle est sur la corde raide actuellement, et il est indispensable qu'elle vende sa production pour pouvoir tenir jusqu'à la prochaine récolte. Si les fonds ne rentrent pas…

— Mais Conrad n'aura aucun mal à vendre le vin de Carla, puisqu'il vient de remporter la médaille d'or, fit remarquer Luke.

— Exact. Mais vous connaissez Walt. C'est un roublard et qui sait, il a peut-être des vues sur Sundown Crossing, lui aussi.

Josh hocha la tête d'un air entendu.

— On ne peut pas lui faire confiance, à ce type. Carla le considère comme un ami mais il ne pense qu'à ses propres intérêts.

— C'est aussi mon avis, acquiesça Luke.

Il ne savait que penser des paroles de Josh. Est-ce que Conrad comptait vraiment escroquer Carla ? Et si c'était le cas, est-ce qu'ils n'avaient pas tout intérêt à le laisser faire le sale boulot ? Toute cette affaire le plongeait dans l'amertume. Il était empli de honte car, en tant qu'héritier désigné de Stenhaus, il était forcément impliqué dans ces sombres histoires.

Son grand-père, Lisel et son propre père considéraient indispensable de chasser Carla de la Barossa, alors que, pour sa part, il trouvait cette décision injuste et malhonnête. Néanmoins en tant que membre de la famille Stenmark, il devait se plier à la décision de la majorité, aussi inacceptable qu'elle lui semblât.

— Allez, la fête est finie, dit Luke d'un ton renfrogné. On ferait mieux de rentrer.

En Australie comme à l'étranger, la réputation de la Barossa Valley n'était plus à faire grâce aux nombreux festivals vinicoles qui s'y déroulaient chaque année. Ces manifestations renommées étaient l'occasion de boire d'excellents vins et de déguster des mets de premier choix. Les touristes tout comme les gens de la vallée s'y rendaient en masse, heureux de participer à ces festivités conviviales.

Luke n'était pourtant pas d'humeur à se réjouir tandis qu'il déambulait parmi les stands de la biennale du vin à Tanunda. Il s'arrêtait de temps à autre pour jeter un coup d'œil distrait aux fromages, aux gelées de raisin, aux vins de toutes sortes ainsi qu'aux créations artisanales disposées sur les étalages. Mais le cœur n'y était pas.

A Stenhaus, on lui avait fait comprendre qu'il fallait faire partir Carla au plus vite. Mais il avait mauvaise conscience et n'arrivait pas à prendre de décision en ce sens. Il n'était pas un homme d'affaires endurci comme son père ou son grand-père. Il n'était pas non plus sans scrupule comme sa tante Lisel ni brutal comme Josh.

Depuis le concours organisé en l'honneur des petits vignerons, il s'était torturé l'esprit à la recherche d'une solution qui le sortirait de ce mauvais pas, mais en vain. Il pouvait certes prendre ses distances et laisser sa tante s'occuper de toute cette affaire. Elle lui en saurait gré et s'en sortirait à la perfection car elle n'aurait pas d'état d'âme, elle. Mais cette option l'inquiétait car il savait parfaitement de quoi Lisel était capable.

Tandis qu'il réfléchissait à ce problème insoluble, il aperçut l'objet de ses tourments. Carla discutait avec les propriétaires du vignoble Tweedies Gully de Lyndoch. D'après la rumeur, ces derniers allaient diversifier leurs activités en cultivant de la lavande, dont ils vendraient ensuite les produits dérivés. Ils avaient installé un stand où ils présentaient des échantillons de leurs productions futures.

Carla était aisément repérable dans la foule : Luke se sentit attiré tel un aimant par sa magnifique chevelure. Il s'approcha d'elle par-derrière et lui tapota l'épaule.

— Bonjour !

— Luke.

Le sourire de Carla se figea.

— Je n'aurais pas imaginé que vous étiez le genre de personne à fréquenter les festivals.

— C'est ma mère qui a insisté pour que je l'accompagne, lui expliqua-t-il, même si ce n'était pas exactement la vérité.

En réalité il était venu dans l'espoir de la rencontrer, elle. Ces derniers temps, il avait essayé de la voir plus souvent, pour qu'elle s'habitue à lui et perde toute méfiance à son égard. Il s'étonnait lui-même en agissant ainsi, soit en contradiction totale avec les attentes de sa famille. Mais c'était plus fort que lui. Néanmoins, il ignorait si Carla avait changé de sentiments à son égard, car elle ne laissait jamais rien transparaître de ses émotions quand ils se rencontraient.

— J'ai aperçu Greta près de la table à fromages.

— Cela ne m'étonne pas. Ma mère est une spécialiste ; elle est imbattable pour juger de la qualité d'un fromage.

En réalité, Luke n'avait aucune envie de parler de sa mère et demanda à Carla :

— Alors, le festival vous plaît ?

Il aurait dit n'importe quoi pour le seul plaisir de prolonger la conversation. De toute façon, ils se parlaient toujours avec courtoisie quand ils se croisaient, comme si, au fil du temps, ils avaient tacitement décidé d'ignorer les querelles familiales en public.

— Oui, beaucoup. J'adore l'atmosphère, les gens, les costumes, la musique. Tout, en fait. On se croirait un peu en Allemagne. Sam est enchanté. Il est parti faire un tour avec Angie. Je ne le reverrai probablement plus de la journée, sauf si bien sûr il se retrouve à court d'argent.

— Je peux vous offrir un café ou un verre de vin ? proposa-t-il.

Carla le regarda, surprise par cette invitation :

— D'accord pour un café.

Ils se dirigèrent vers l'un des stands de boissons et Luke passa la commande.

— Alors tout va bien à Sundown Crossing ?

Elle lui lança un regard narquois :

— Ne me dites pas que vous n'êtes pas au courant. Vous avez des espions dans la place, non ?

— Croyez-le si vous voulez, mais non. Absolument pas.

— Heureuse de l'apprendre, lui répondit-elle avec un sourire.

Comment allait-il s'y prendre pour regagner sa confiance ? se demandait-il. Et le voulait-il vraiment ? Tandis qu'il l'observait à la dérobée en train de boire son café, il sut immédiatement quelle était la réponse. Oui, il avait envie qu'elle revienne à de meilleurs sentiments à son égard. Il y avait quelque chose de spécial chez Carla Hunter et cela faisait maintenant plusieurs mois qu'il s'en était rendu compte. De fait, c'était la première fois qu'il se sentait aussi attiré par une femme. Il admirait son esprit, son humour teinté d'ironie et par-dessus tout sa formidable volonté. Une femme moins tenace qu'elle aurait depuis longtemps baissé les bras et quitté la Barossa. Mais Carla avait tenu bon et il avait d'ailleurs deviné dès le départ que c'était une battante. Oui, il devait regarder la vérité en face : il éprouvait bien plus que de l'admiration pour Carla.

— Au fait, félicitations pour la médaille d'or. Vous pouvez être fière de vous, dit Luke pour meubler le silence qui s'était installé entre eux.

— Merci. Mais tout ça, c'est grâce à Angie.

Carla n'était pas ingrate et savait reconnaître les mérites de ses amis.

— Elle a travaillé dur. Elle a su programmer à la perfection le déroulement des opérations.

— Peut-être, mais les retombées de ce succès vous profiteront à toutes les deux.

Elle le regarda attentivement :

— Qu'en pense votre grand-père ? demanda-t-elle avec curiosité.

Luke sourit d'un air gêné.

— Vous tenez vraiment à le savoir ?

Carl avait été fou de rage car il savait comme Luke qu'il serait désormais très difficile de chasser Carla de la Barossa.

Elle comprit l'allusion et lui sourit en retour :

— Dommage ! Bon, je suis tout de même contente de constater qu'il ne m'oublie pas.

— Ce serait difficile. Vous semblez laisser un souvenir impérissable aux gens qui vous rencontrent : non seulement aux Stenmark mais également aux habitants de la vallée, répondit Luke.

— Dois-je le prendre comme un compliment ? Je n'en suis pas si sûre.

— Ecoutez, Carla, nous avons eu des différends, mais…

Il réfléchit quelques secondes et se hâta de poursuivre avant de changer d'avis :

— Mais en ce qui me concerne, j'aimerais que l'on soit… amis. Pensez-vous que cela soit possible malgré les tensions familiales ?

Carla le regarda, interloquée. La requête de Luke la prenait totalement au dépourvu. Elle secoua la tête et serra les lèvres d'un air songeur.

— Quel… quel revirement !

Elle respira profondément et répondit :

— J'ai toujours pensé que si l'on y croit vraiment, on arrive toujours à réaliser ses rêves.

Luke savait qu'elle faisait référence à Sundown Crossing et à son désir de le transformer en vignoble prospère.

— Vous avez raison.

Luke était sincère et il lui tendit la main pour sceller leur nouvelle entente.

— Alors, on fait la paix ?

Le sourire de Carla lui coupa le souffle. Il avait l'impression d'avoir été frappé en pleine poitrine, comme s'il avait reçu un coup de sabot. Plus jamais il ne pourrait vivre comme avant, comprit-il alors.

Elle lui prit la main et la serra fermement.

— C'est d'accord.

— Parfait.

Il retint sa main aussi longtemps qu'il le put et sans lui laisser le temps de se remettre, il enchaîna :

— Et si on dînait un soir ensemble pour célébrer ce nouveau départ ?

— Oh ! fit Carla au comble de la surprise.

Elle se reprit sur-le-champ et répondit avec cordialité :

— Oui, ce serait une bonne idée.

— Très bien, je vous appellerai.

A cet instant, Sam arriva en courant. Il tenait d'une main une barbe à papa entamée et de l'autre un sac rempli de bonbons. Angie arriva derrière lui et posa ses mains sur ses frêles épaules.

— Ce jeune homme a dépensé tout son argent de poche, celui de cette semaine et des deux semaines à venir, annonça Angie à Carla avec un sourire.

Elle fit un signe de tête à Luke tout en s'asseyant sur un siège disponible.

— Sam a voulu tout voir, et deux fois de préférence. J'ai les pieds en compote.

— Ce dont vous avez besoin, c'est d'une bonne tasse de café, dit Luke. Je vais vous en chercher une, puis j'irai rejoindre ma mère. Elle ne va pas tarder à rentrer à la maison.

Joignant le geste à la parole, Luke commanda une tasse de café et une limonade pour Sam. Après les avoir servis, il s'éloigna et se perdit dans la foule.

— Ça alors ! Je ne m'attendais vraiment pas à te voir avec Luke ! s'exclama Angie.

— Ne te mets pas martel en tête. Nous nous sommes rencontrés par hasard. Il m'a demandé de boire un café avec lui et j'ai accepté. Nous…

Elle regarda ses mains, puis Angie.

— Nous avons fait la paix.

— Vraiment ?

— Oui. Il voulait qu'on soit amis.

Carla leva les yeux au ciel lorsqu'elle vit l'air dubitatif d'Angie.

— Je sais, il a peut-être une idée derrière la tête, mais…

Elle s'arrêta un instant pour réfléchir à ce qu'elle allait dire.

— Mais je ne pense pas. Je crois qu'il est sincère.

— Eh bien ! Il y a du changement dans l'air, constata Angie.

Elle but une gorgée de café avant d'ajouter :

— Seul le temps nous dira si nous avons ou non raison de lui faire confiance.

16

Carl Stenmark était confortablement installé dans son luxueux bureau à Rhein Schloss. Profitant de ce moment d'intimité, il commença à feuilleter un vieil exemplaire du Barossa and Light Herald, un journal régional. Il mit ses lunettes et s'arrêta à la quatrième page où l'on voyait Carla brandir une médaille d'or. La page était chiffonnée à force d'avoir été lue et relue et il en connaissait d'ailleurs par cœur le contenu.

Il plissa les yeux tout en scrutant la photographie en couleur de Carla et d'Angie, son amie viticultrice. Il détourna rapidement le regard. Carla ressemblait tellement à Anna Louise ! C'était vraiment étonnant. Sa gorge se serra tandis que le souvenir de sa femme défunte s'imposait avec force, le plongeant dans la mélancolie. Malgré lui, il regarda de nouveau le cliché des deux femmes. Cela lui faisait mal de l'admettre, mais Carla avait des traits similaires à ceux de Rolfe : même nez droit et même mâchoire volontaire. Avec l'index de sa main droite, il suivit les contours du visage de sa petite-fille, observant avec attention ses yeux. Elle avait un regard clair, comme lui, et des lèvres pleines, qui souriaient ; elle tenait sans doute cette bouche sensuelle de sa mère italienne.

Il n'avait vu qu'une seule fois Carla, au restaurant, mais son souvenir hantait régulièrement ses rêves et perturbait ses journées. Malgré tous ses efforts, il ne pouvait s'empêcher de penser à elle. Il hocha la tête. Elle continuait à le défier, par sa seule présence dans la Barossa. Il poussa un profond soupir tout en tambourinant sur le bureau avec ses doigts. C'était de toute évidence une femme énergique, au tempérament affirmé. Son physique reflétait d'ailleurs parfaitement cette force de caractère et il apparaissait clairement qu'elle ferait tout ce qui était en son pouvoir pour mener à bien son projet. Il soupira de nouveau. Anna Louise avait été, elle aussi, une femme opiniâtre… tout comme son fils cadet, ce fils qu'il essayait, encore maintenant, de bannir de ses pensées.

Rolfe… Kurt. La douleur causée par la perte de son fils favori était encore là, aussi vive que par le passé. Oui, c'était indéniable : il avait toujours préféré Kurt. Il avait placé tous ses espoirs en ce fils adoré et l'avait éduqué en conséquence. Anna Louise l'avait souvent réprimandé pour sa partialité, injuste et infondée. N'avait-elle pas eu raison ? S'il n'avait pas été aussi aveugle, les choses se seraient peut-être passées différemment.

Mais il était impossible de revenir en arrière. Le passé était le passé. Pourtant, s'il avait traité ses deux fils de la même manière, si Rolfe avait avoué sa culpabilité et si Kurt n'avait pas été un fou du volant… Mais toutes ces hypothèses étaient vaines. Furieux contre lui-même, il ferma son journal, le replia et esquissa un geste en direction de la poubelle, puis se ravisa… Il n'avait pas envie de le jeter. Pas encore.

Il se força pourtant à chasser Carla de son esprit et concentra ses pensées sur Luke. Heureusement qu'il était là, celui-là ! Il avait confiance en lui et le savait capable de prendre les rênes de Rhein Schloss. Cette passation de pouvoir aurait peut-être lieu plus tôt que prévu. A quatre-vingt-trois ans, il se sentait fatigué et son arthrite le faisait souffrir. Lisel n'aurait pas pu prendre la suite de l'affaire, car elle était trop instable et volage. Elle était incapable de nouer des relations durables avec un homme et il était peu probable qu'à quarante ans passés, elle lui donne des petits-enfants. Il était parfois inquiet à propos de sa fille. Il trouvait préoccupante sa possessivité maladive envers Luke et son animosité grandissante envers Greta, qui avait l'audace de défendre Carla. Il l'avait outrageusement gâtée après la mort de son épouse et il ne pouvait s'en prendre qu'à lui-même si Lisel était devenue une femme égoïste et égocentrique, uniquement préoccupée par la satisfaction de ses désirs. La famille était persuadée qu'il ignorait les frasques de Lisel, mais il n'en était rien. Les langues allaient bon train autour de lui et il surprenait parfois des propos malveillants ou des regards de commisération. Non, il n'était pas dupe ! Mais il avait toutefois des raisons de se réjouir : un jour Luke se marierait et perpétuerait le nom familial. Carl poussa un soupir, rasséréné à cette pensée.

Il jeta un coup d'œil à la pendule accrochée au-dessus du bar généreusement approvisionné. Il était presque 15 h 30. Fatigué de lire et de signer des papiers, il appela Félix, son chauffeur, pour qu'il le ramène chez lui.

Le trajet entre Rhein Schloss et Stenhaus n'était pas long, mais ils passèrent en chemin à côté du terrain où s'entraînaient les équipes de rugby junior après l'école. Habituellement, Carl ne jetait même pas un regard aux enfants vêtus de maillots colorés, mais ce jour-là, il les observa attentivement, comme s'il cherchait quelqu'un en particulier. Il aperçut soudain l'objet de sa quête. Sam Hunter était assis en compagnie de deux autres garçons sur le terrain de jeu, non loin du trottoir, son cartable et son sac de sports posés à ses côtés.

La Mercedes les dépassa et Carl tourna la tête, les yeux rivés sur le petit garçon aux cheveux roux.

— Arrêtez-vous, Félix, ordonna-t-il. Et faites marche arrière.

Félix s'exécuta et, quelques secondes plus tard, la puissante voiture s'arrêta au niveau des trois jeunes garçons. Carl resta dans la voiture à regarder les enfants, et plus particulièrement son arrière-petit-fils.

Une émotion intense le submergea tandis qu'il observait Sam et ses amis qui se lançaient le ballon en attendant qu'on vienne les chercher. De douloureux souvenirs lui revinrent à l'esprit. Il se rappela l'époque où Kurt apprenait à jouer au rugby. Il se débrouillait bien : il était même très doué. Mû par une impulsion subite, Carl sortit de la voiture et se dirigea vers le petit groupe.

— Bonjour, lança-t-il aux enfants, embarrassé.

Cela faisait très longtemps qu'il n'avait pas parlé à des garçons de cet âge. D'eux d'entre eux le regardèrent avec suspicion. Carl n'en prit pas ombrage. Leur réaction était tout à fait normale : il n'était qu'un parfait inconnu pour eux. Mais de toute façon, seul Sam l'intéressait.

— Mon fils venait s'entraîner ici quand il était jeune, dit-il pour briser la glace.

Puis il s'adressa à Sam :

— Tu te souviens de moi, Sam ?

— Je n'en suis pas sûr, répondit Sam d'un ton hésitant.

Le soleil le fit cligner des yeux tandis qu'il levait la tête pour regarder le vieil homme.

— Vous me rappelez un peu quelqu'un… Mon grand-père. Il vous ressemblait mais il avait une barbe.

— Ah bon… C'était un gentil grand-père ?

Les deux autres garçons, ennuyés par la conversation, s'étaient éloignés pour jouer au ballon.

— C'était le meilleur, répondit Sam spontanément,

avec un enthousiasme sincère. Mais… heu… Maman m'a dit qu'il est allé au ciel.

— Je vois, dit Carl en hochant la tête. Tu dois être triste.

Il regarda Sam, dont le visage se fit soudain grave.

— Et si je te disais que j'ai connu ton grand-père, il y a longtemps, quand il était jeune homme ?

Carl observait Sam : ses cheveux roux, les taches de rousseur qui parsemaient son nez et ses joues, son air vif et curieux. Il ressemblait tellement à Kurt et à… Carla. Sa gorge se serra. Ce garçon était sa chair et son sang. Il était ou pouvait incarner… l'avenir. Mais, se demanda-t-il, qu'attendait-il de cette conversation avec le fils de Carla ? Il ne le savait pas lui-même car il avait agi sans réfléchir. Mais une chose était sûre : cette rencontre lui redonnait soudain de l'énergie.

Sam regarda d'un air intrigué le vieil homme vêtu avec élégance.

— C'est vrai ? Vous l'avez vraiment connu ?

— Oui. Et tu sais que tu ressembles énormément au frère aîné de ton grand-père. Je le connaissais aussi, vois-tu.

— Hé, Sam, cria l'un des garçons en mettant ses mains en porte-voix. Rappelle-toi ce qu'on nous a dit à l'école. Il faut se méfier des inconnus.

Sam, alerté par l'avertissement de son ami, recula de quelques pas.

— Monsieur, pardon, je… je dois y aller maintenant.

Carl secoua la tête. Il s'était comporté comme un imbécile. Sam ne le connaissait pas et on apprenait désormais aux enfants à se défier des étrangers. Sa mère l'avait sans aucun doute mis en garde. Il vit alors un entraîneur courir vers eux.

— Ça va, Sam ? lui demanda un homme grand et fort aux cheveux grisonnants.

En s'approchant, il reconnut Carl.

— Ah, c'est vous, monsieur Stenmark. Bonjour, Verne Wakely, l'entraîneur de Sam. Je peux faire quelque chose pour vous ?

Il jeta un coup d'œil à Sam puis s'adressa au vieil homme.

— Sam attend que sa mère ou Angie passe le prendre : nous avons fini l'entraînement un peu plus tôt que prévu.

— Tout va bien. Je faisais juste un brin de causette avec le petit. Je lui racontais que mon fils venait lui aussi jouer ici, expliqua Carl pour rassurer l'entraîneur.

— Je me souviens bien de Kurt. Il était juste un peu plus âgé que moi. C'était un bon joueur, répondit Verne avec un sourire chaleureux. Le petit Sam est aussi très prometteur. Il a une grande capacité de concentration et il est très habile.

— Tu joues en quelle position, Sam ? demanda Carl qui voulait à tout prix prolonger la conversation pour en apprendre davantage sur l'enfant.

— Je suis arrière.

Sam regarda le vieil homme avec plus d'attention :

— Stenmark. C'est votre nom Stenmark ? Mon grand-père…, dit Sam avec un air grave qui montrait qu'il avait soudain fait le lien entre Rolfe et le vieil homme.

— Mon grand-père s'appelait Stenmark. Vous devez être…

— C'est ton arrière-grand-père, Sam. M. Stenmark est ton arrière-grand-père, l'informa Verne.

— C'est cool.

Sam fit un grand sourire au vieil homme à la chevelure blanche.

— Je comprends maintenant pourquoi mon grand-père vous ressemblait.

— Voilà Angie. Pile à l'heure, comme d'habitude, remarqua Verne d'un ton approbateur.

Carl tendit la main à son arrière-petit-fils.

— Ravi d'avoir fait ta connaissance, Sam.

Sans l'ombre d'une hésitation, le petit garçon glissa sa main dans celle du vieil homme.

— Comment dois-je vous appeler ? demanda Sam en fronçant les sourcils. Pas Grand-Père…

Il jeta à Carl un regard interrogateur.

— Quand mon grand-père était vivant, je l'appelais Papa Fritz. Que dirais-tu de « Papa Carl » ? C'est facile à retenir, proposa Carl.

Du coin de l'œil, le vieil homme vit Angie Dupayne sortir de sa camionnette et se diriger vers eux. Elle avait un air crispé et contrarié.

— Que se passe-t-il ? demanda-t-elle, les mains sur les hanches.

— Tout va bien, Angie. M. Stenmark s'est arrêté pour regarder les garçons jouer au rugby, expliqua Verne.

Tout en ébouriffant les cheveux de Sam, il ajouta :

— C'est cool.

— Je ne voulais pas embêter Sam. J'avais juste envie de lui dire un petit mot, expliqua Carl à Angie.

Angie n'eut pas l'air convaincue.

— Très bien. Allez, Sam, prends tes affaires. On s'en va.

Carl n'était pas habitué à ce que les gens — les femmes en particulier — lui parlent avec une telle désinvolture. Blessé, il regarda Angie partir main dans la main avec Sam. Quelques minutes plus tard, la camionnette avait disparu. *Mein Gott*, que lui arrivait-il ? Il retourna, perplexe, vers la Mercedes et ordonna à Félix de le ramener chez lui. Il avait agi sans réfléchir, poussé par l'envie soudaine de faire plus ample connaissance avec le petit garçon. Mais dans quel but ? Par curiosité. Parce qu'il se sentait seul. Sa mâchoire se mit à trembler. Il avait soudain eu besoin de contact humain. Il secoua la tête avec vigueur et frappa de son poing la paume de sa main gauche. Non. Non. Il s'était comporté comme un parfait imbécile. Il ne faiblirait pas. Il ne se laisserait pas attendrir par Carla et son fils. Rolfe l'avait rendu horriblement malheureux et il ne voulait pas souffrir de nouveau.

Angie regardait Carla se maquiller face au miroir de la salle de bains. Elle s'efforçait de garder un visage impassible mais elle ne put toutefois s'empêcher de demander :

— J'espère que tu as bien réfléchi et que tu sais ce que tu fais.

— Que veux-tu dire ? Je vais dîner avec Luke Michaels. C'est tout. Point à la ligne, répondit Carla.

— Il vient te chercher ?

— Non, on se retrouve dans un restaurant à Tanunda.

— Alors, ce n'est pas vraiment un rendez-vous galant.

Carla leva les yeux au ciel.

— Que vas-tu chercher là ? Luke veut que nous soyons amis et je suis prête à faire la paix. Je pense que c'est une bonne idée, parce que…

Elle s'interrompit un instant, juste le temps de souligner au crayon le contour de ses lèvres :

— Luke est le mieux placé pour amadouer Grand-Père et le faire revenir à de meilleurs sentiments.

— Alors tu as un plan en tête ?

— Eh bien…

Carla réfléchit un instant, puis répondit en toute honnêteté.

— Non, pas vraiment. Je vais plutôt laisser les événements suivre leur cours tout en espérant que quelque chose de positif en résultera.

— Très bien. Je souhaite comme toi que les relations avec les Stenmark soient plus sereines. Notre situation financière ne devrait pas tarder à s'améliorer grâce à Walt, qui s'occupe de la vente de notre vin. Il a promis de nous envoyer un chèque la semaine prochaine, une fois que nos bouteilles seront entreposées à Adelaïde. La prochaine récolte aura lieu dans huit mois et notre compte devrait être de nouveau créditeur à ce moment-là.

— Je sais. Luke et Grand-Père sont au courant eux aussi, j'en suis sûre. Autant dire que la balle est dans leur camp, comme on dit. A présent, ils devront soit employer la manière forte pour nous faire partir, soit accepter que l'on reste ici.

Elle fit de nouveau une pause pour appliquer une couche de rouge à lèvres.

— Si Luke souhaite sincèrement faire la paix, j'espère que les autres membres de la famille finiront par accepter eux aussi notre présence à Sundown Crossing et dans la Barossa.

Angie esquissa un bref sourire mais elle avait néanmoins l'air sceptique.

— Bonne chance !

— Merci.

Pourvu que tout se passe bien, espérait Carla. Elle avait longtemps hésité avant d'accepter la proposition de Luke, pesant avec soin les avantages et les inconvénients. Mais elle était optimiste et, de plus, elle souhaitait ardemment obtenir l'approbation des Stenmark, non pas tant pour elle-même que pour Sam. Le petit garçon lui avait raconté, tout excité, sa rencontre avec son arrière-grand-père, fasciné par sa ressemblance avec Rolfe. Depuis, il ne parlait plus que des Stenmark et voulait en savoir plus sur eux. De son côté, elle désirait élargir le cercle familial pour que d'autres personnes qu'elle-même et Angie s'occupent de Sam. Elle pénétra dans le salon, prit ses clés de voiture et se pencha vers son petit garçon pour l'embrasser.

— A plus tard, mon chéri. Et tu iras au lit quand Angie te le dira, d'accord ?

Sam, les yeux rivés à la télévision, hocha la tête en signe d'assentiment.

— Bonne soirée, 'man.

Carla arriva la première au restaurant The Park, situé dans Murray Street. Elle était surprise du nom anglophone du restaurant, compte tenu des origines germaniques de Tanunda. C'était un bâtiment très ancien, qui avait sans doute plus de cent ans d'âge, à en juger par la hauteur des plafonds et l'épaisseur des murs. Les pièces situées à l'avant avaient été converties en salles de restaurant tandis que la cuisine se trouvait à l'arrière. Plusieurs tables étaient occupées, pour la plupart par des touristes. Un feu brûlait dans la cheminée de la salle principale, créant une atmosphère intime et chaleureuse en cette soirée hivernale.

Carla appréciait cette source de chaleur, car il faisait froid dehors. Elle avait pourtant été habituée à des températures extrêmes à Christchurch. Christchurch… Les rudes hivers néo-zélandais ne lui manquaient pas et quand elle songeait parfois à son pays natal, elle était étonnée de constater combien elle s'était vite adaptée à la vie australienne. Si elle s'était si bien acclimatée, c'était sans doute parce qu'elle avait un projet en tête et, aussi, parce qu'elle aimait bien son travail à l'agence de Paul. Ce dernier était souvent en déplacement et il lui donnait maintenant plus de responsabilités tant pour la réalisation des plans que pour la gestion de la clientèle. Mais ces fréquentes absences lui pesaient : elle regrettait leurs conversations, sa bonne humeur et sa gentillesse. Elle regarda en direction de la porte du restaurant et vit

Luke ôter son manteau et son écharpe et les accrocher à une patère fixée au mur près de la porte.

— Désolé, je suis en retard. Un problème de dernière minute à régler au bureau. Rien de sérieux, précisa-t-il en s'asseyant en face d'elle.

En fait, c'était Lisel qui, une fois de plus, avait fait des siennes. Elle était d'humeur massacrante parce qu'un programme promotionnel avait tourné court et elle s'en était prise comme d'habitude au personnel. Il avait réglé le conflit en usant de beaucoup de diplomatie et avait finalement réussi à la calmer. Sa tante avait un caractère impossible et, plus d'une fois au cours des douze derniers mois, il avait espéré qu'elle parte en mission en Europe ou aux Etats-Unis, tous frais payés et pour longtemps. Les employés, particulièrement ceux qui travaillaient avec elle à Rhein Schloss, étaient bien plus détendus quand elle était en voyage. Oui, il lui proposerait peut-être un déplacement à l'étranger lorsqu'il la reverrait.

— Vous m'attendez depuis longtemps ? demanda Luke avec un sourire coupable.

— Quelques minutes. Juste le temps de me réchauffer.

Il se mit à rire.

— Vous avez froid ? Je suis pourtant sûr qu'il fait meilleur qu'à Christchurch.

— Vous avez raison.

Une serveuse arriva et leur remit les cartes et la liste des vins. Ils prirent leur temps pour faire leur choix.

— Alors, comment ça va à Sundown Crossing ? Avez-vous fini de tailler la vigne ? s'enquit Luke une fois que la serveuse eut pris leur commande.

— Presque. Les jours raccourcissent et comme je suis à l'agence quatre jours par semaine, je ne travaille dans le vignoble que le week-end. Angie dit qu'il reste encore environ une dizaine de rangées supplémentaires à tailler. Elle s'est mis en tête de m'enseigner toutes les subtilités du cycle de la vigne. Elle m'a expliqué qu'en hiver les réserves de nourriture étaient stockées dans les racines des plants, à l'abri du gel.

Elle esquissa un bref sourire.

— Mais vous connaissez tout ça. Je regrette quant à moi de m'y être intéressé si tard. Mon père voulait m'initier aux secrets de la viticulture mais à l'époque cela m'ennuyait.

— N'ayez pas de regrets. Vous aviez sans doute d'autres occupations et préoccupations à ce moment-là. Si ma mémoire est bonne, après le divorce de vos parents, vous n'avez plus beaucoup vu votre père. Et après, vous avez été prise par votre travail d'enseignante, c'est bien ça, non ?

Carla le regarda, surprise. Il avait parfaitement retenu ce que sa mère, Greta, lui avait raconté. Elle était devenue très proche de la mère de Luke au cours de ces derniers mois et elle lui parlait souvent de sa vie et de son passé à cœur ouvert.

— Il aurait eu du mal à vous former au métier de viticultrice si vous étiez rarement là.

Il se tut quelques instants, puis demanda :

— Alors, tout se passe bien avec van Leeson ? Heu… d'un point de vue professionnel, bien entendu.

Luke essayait de prendre un ton dégagé mais en réalité, depuis qu'il s'intéressait de plus près à Carla, il y avait plusieurs hommes dans la Barossa qu'il considérait comme des rivaux potentiels. Paul en faisait partie.

— Mon travail me plaît énormément. Mais Paul est tellement occupé que certaines semaines on ne fait que se croiser.

Parfait ! Il était difficile de nouer une relation intime avec quelqu'un que l'on voyait épisodiquement. Quant à lui, il était déterminé à rencontrer Carla le plus souvent possible. Peut-être finirait-elle par s'attacher à lui et même par… l'aimer ? Sa famille ne verrait sans doute pas d'un bon œil une telle relation, mais il réfléchirait à ce problème quand il se présenterait, avait-il décidé.

Le serveur arriva avec leurs entrées et ils commencèrent à manger. Carla, il l'avait bien senti, était encore sur ses gardes, quelque peu déroutée par son attitude amicale et chaleureuse. Luke décida de faire fondre sa réserve et de gagner sa confiance une bonne fois pour toutes.

— J'ai entendu dire que c'est Walt Conrad qui s'occupe de la vente de votre vin ?

Elle le regarda, avec un soupçon de méfiance.

— C'est vrai. Walt s'est gentiment proposé pour agir en tant qu'intermédiaire, et gratuitement en plus. Angie et moi-même lui sommes très reconnaissantes.

Luke était parfaitement au courant des soucis financiers de Carla et il n'ignorait pas qu'il était tout aussi délicat de parler d'argent que des Conrad. Il n'avait pour sa part aucune confiance en Walt et il n'était pas le seul dans ce cas à Barossa. Pourtant, les critiquer inciterait Carla à les défendre avec encore plus de vigueur.

— J'espère que tout se passera bien.

— Vous parlez sérieusement ? demanda Carla en levant les sourcils.

— Oui.

Et c'était la vérité. Il avait désormais envie que Carla réussisse, quoi qu'en pense son grand-père.

Ils se turent un moment, le temps que la serveuse débarrasse leurs assiettes et leur apporte le plat de résistance.

— Alors comme ça, votre fils est doué pour le rugby ?

Elle sourit, contente de changer de sujet.

— Qui vous l'a dit ? Je ne suis peut-être pas objective, mais je pense que Sam est excellent. Il se donne d'ailleurs beaucoup de mal.

— C'est Verne qui m'en a parlé. Nous nous connaissons depuis des années. Nous nous retrouvons au club de tir. Je pratique le tir au pistolet et je vais au club deux fois par mois.

— C'est un passe-temps plutôt inhabituel, non ?

Il haussa les épaules.

— Pas vraiment. Je ne suis pas excellent, mais ça me détend. C'est comme le golf. On pourrait penser qu'on joue pour battre les autres, mais le but, c'est aussi de réussir à surmonter ses faiblesses.

Il contempla un instant les beaux yeux bleus de Carla.

— Et vous, que faites-vous pendant vos loisirs ?

— D'abord, j'aimerais avoir du temps libre, répondit-elle avec un sourire ironique. J'ai parfois l'impression qu'il faudrait que les journées soient deux fois plus longues. Travailler à l'agence, s'occuper de Sam et apprendre le métier de viticultrice : voilà mon emploi du temps. En Nouvelle-Zélande, je faisais du ski de fond, avant la naissance de Sam et… la mort de Derek.

— La vie n'a pas toujours été facile pour vous. Vous êtes courageuse.

Elle le regarda d'un air perplexe.

— Vous trouvez ?

— Oui. Si je compare ma vie à la vôtre, je m'aperçois que je fais partie des privilégiés. Mes parents étaient riches, je suis allé dans les meilleures écoles, et en règle générale, j'ai toujours eu ce que je voulais.

— Mon père disait que l'adversité forge le caractère, remarqua Carla avec un sourire malicieux.

— Il avait raison. Votre père a lui aussi connu des hauts et des bas, remarqua Luke.

Il faillit ajouter « à cause de son propre père », mais il se retint. Le visage de Carla, souvent fermé et tendu quand elle était avec lui, était en ce moment même détendu et confiant. Elle avait compris que les intentions de Luke étaient sincères. Comme elle avait fini son repas, il lui demanda :

— Vous avez encore de la place pour un petit dessert ?

Elle répondit en riant :

— Si c'est vous qui payez, certainement.

Il l'avait invitée et avait bien l'intention de lui offrir ce repas. Il fit signe à la serveuse pour qu'elle leur apporte les cartes et ils choisirent tous deux une part de pudding.

— C'est un record. Nous avons passé une heure ensemble sans nous disputer, fit remarquer Luke. Vous ne trouvez pas que c'est bon signe ?

— Tout est possible quand on s'en donne la peine, répondit-elle avec un sourire.

Il posa sa main sur la sienne, puis la retira rapidement.

— Je suis tout à fait d'accord et j'en conclus que la hache de guerre est définitivement enterrée.

Dans un coin retiré du restaurant, là où la lumière était plus tamisée, Josh Aldrich était assis, l'air morose. Il était arrivé après Luke et lorsqu'il avait aperçu son patron en compagnie de Carla, il avait choisi une table installée un peu en retrait pour les observer en toute tranquillité. Luke et Carla en train de dîner ensemble et de discuter ! Son patron avait-il donc perdu la tête ou bien… avait-il adopté une nouvelle stratégie ?

A la fois fasciné et irrité par leur présence, Josh avait mangé son repas du bout des lèvres. En outre, il était frustré de n'avoir rien entendu de leur conversation. Néanmoins, il n'était pas difficile de comprendre, même à distance, combien Luke était intéressé par Carla. Son air concentré, la manière dont il buvait ses paroles et l'observait à la dérobée, tout le trahissait. De toute évidence, Carla lui plaisait énormément.

Il ressentit soudain un violent sentiment de jalousie qui lui serra la gorge. Puis il se mit à analyser les conséquences possibles d'un tel revirement. Si Luke prenait le parti de Carla — c'était d'ailleurs peut-être chose faite —, l'équilibre des forces s'en trouverait bouleversé à Rhein Schloss. Carl serait mécontent mais Luke était son héritier et la seule personne de la famille Stenmark capable de gérer le vaste domaine. Lisel ne pourrait pas faire l'affaire car elle n'avait pas les compétences de gestionnaire de Luke et la plupart des employés la détestaient. Des changements inattendus allaient donc se produire à Stenhaus. Carla et Greta s'entendaient déjà à merveille et si Carla et Luke sortaient ensemble, Lisel risquait de se retrouver seule, car la tante et la nièce ne s'appréciaient visiblement pas.

D'ailleurs Josh se souciait comme d'une guigne de Lisel, mais il était préoccupé par son avenir à lui ; si Carla était accueillie à bras ouverts dans la famille, elle n'aurait aucune envie de le savoir dans les parages après la manière dont il l'avait agressée dans le vignoble. Il rougit violemment en se rappelant sa fuite honteuse dans les fourrés. Ah, comme elles avaient dû se moquer de lui !

Il avait tout intérêt à agir le plus vite possible. Il tâcherait de voir Lisel avant qu'elle ne parte en voyage d'affaires à Melbourne le lendemain matin.

17

Printemps 1995

Carla, assise sur un banc au bord du lac du parc Coulthard, musardait au soleil. Sam et Su Lee s'étaient échappés en vélo et ne revenaient la voir que lorsqu'ils avaient faim ou soif. Ils adoraient se promener en bicyclette dans ce vaste domaine. Il y avait une multitude de choses intéressantes à observer et quand ils arrivaient suffisamment tôt, ils pouvaient rouler en toute liberté, car il y avait encore peu de monde. Elle jeta un coup d'œil à sa montre. 10 h 30. La messe à l'église luthérienne Holy Trinity se terminerait bientôt et Greta lui avait laissé entendre que, si elle réussissait à s'échapper, elle la rejoindrait pour discuter un peu. Carla se réjouissait à l'avance de la rencontrer. Sa tante était une personne charmante et généreuse. Et depuis qu'elle avait fait la paix avec Luke, Carla s'était encore un peu plus rapprochée des Stenmark, à l'exception de son grand-père et de Lisel, bien entendu.

Un jour d'hiver, lors d'un match de rugby auquel participait Sam, elle avait aperçu Carl dans le public. Elle ne l'avait pas abordé, pensant avec sagesse qu'il valait mieux respecter son souhait de rester incognito. Il avait vieilli, avait-elle néanmoins constaté avec un pincement au cœur.

Il semblait plus voûté que lors de leur dernière rencontre et son visage était grave et fermé. Il était resté jusqu'à ce que Sam marque un essai, puis il était discrètement parti.

Carla éprouvait désormais une compassion grandissante pour son grand-père. Bien qu'il fût toujours très entouré, elle pressentait qu'il avait vécu dans une grande solitude intérieure, à cause des principes et du code de conduite rigides auxquels il se conformait. Et puis, il avait perdu sa femme alors que celle-ci n'avait que quarante-huit ans, il y avait eu le bannissement de Rolfe et les décès simultanés de Kurt et de Marta. Il ne fallait donc pas s'étonner s'il fondait maintenant tous ses espoirs sur Luke. Carla n'enviait pas son cousin. Diriger Rhein Schloss était une telle responsabilité ! Elle se rappela alors, sans raison précise, qu'elle et Luke n'étaient pas réellement cousins.

Les abondantes pluies d'hiver avaient gonflé la rivière North Para. Des canards sauvages et un couple de cygnes noirs accompagnés de leurs deux petits évoluaient sur le lac. C'était maintenant son troisième printemps dans la Barossa et elle appréciait particulièrement cette saison. De son côté, Angie continuait à lui enseigner la viticulture. Elles avaient toutes deux inspecté les plants qui commençaient à bourgeonner et elles avaient sarclé le pied des vignes pour les protéger du gel tardif.

Elle connaissait désormais sur le bout des doigts le cycle de la vigne au printemps. Peu de temps après l'éclosion des bourgeons, de délicates pousses apparaissaient. Puis, au cours des cinq à huit semaines suivantes, la vigne fleurissait et bientôt des grappes se formaient. Elle avait encore beaucoup de choses à apprendre, mais Angie était toujours disponible pour répondre à ses questions.

Sam et Su Lee arrivèrent soudain pour manger un fruit et boire de l'eau, puis ils repartirent à fond de train sur leurs bicyclettes, rejoignant plusieurs autres jeunes cyclistes. Une fois seule, Carla laissa son esprit vagabonder de nouveau. Elle appréciait de plus en plus la compagnie de Luke même si elle savait qu'Angie désapprouvait leurs rencontres. Bien qu'elle ne fît plus jamais aucune allusion à ce sujet, Angie était persuadée que Paul était l'homme dont Carla avait besoin. De toute façon, elle ne recherchait pas de compagnon. Mais elle devait bien admettre qu'elle s'entendait bien avec Luke et qu'ils avaient de nombreux intérêts communs.

Avec Paul, c'était différent. Il était impénétrable. Au travail, elle le surprenait parfois en train de la regarder avec une expression énigmatique. Mais hormis leurs rendez-vous professionnels, les dîners et les visites occasionnels chez l'un ou chez l'autre, ils ne se rencontraient jamais de manière vraiment intime et elle n'arrivait pas à savoir s'il était ou non attiré par elle. Et elle, quels étaient ses sentiments ? Elle poussa un soupir tout en jetant des morceaux de pain aux canards rassemblés à ses pieds. Elle s'était aperçue qu'elle pensait et rêvait à lui bien trop souvent pour sa tranquillité d'esprit.

Irritée par le cheminement de ses pensées, elle secoua sa belle chevelure et se força à concentrer son esprit sur un autre sujet. Elle se remémora alors la première fois où Greta était venue prendre le thé à Sundown Crossing. Angie, toujours méfiante avec les membres de la famille Stenmark, s'était montrée distante et froide. Quant à elle, elle avait été tiraillée entre la joie et l'inquiétude. Elle souhaitait tellement que tout se passe bien ! Mais elle n'aurait pas dû se faire du souci. Greta avait été fidèle à elle-même. C'est-à-dire amicale, sociable et sincère. Elle avait un caractère si agréable que Carla s'était demandé comment elle pouvait avoir une sœur aussi détestable que Lisel.

Mais peut-être que la différence d'âge entre les

deux sœurs expliquait qu'elles aient des tempéraments si opposés. Carla était par ailleurs persuadée que son amitié avec Greta avait influencé les sentiments de Luke à son égard. Ce dernier n'avait pas le tempérament dur et intransigeant de son grand-père. Mais après tout, peut-être Carl avait-il été humain et chaleureux par le passé ; sans doute étaient-ce les déceptions et le chagrin qui l'avaient aigri. Carla comprenait son grand-père, même si elle n'était pas d'accord avec lui. Toutefois, l'intérêt qu'il manifestait pour Sam la laissait perplexe. Etait-ce pour lui un moyen de revivre les bons moments qu'il avait partagés avec Kurt, son fils défunt ?

Elle en était là de ses pensées quand elle aperçut Greta qui avançait d'un pas vif sur le chemin. Sa tante lui fit un signe de la main. Svelte pour son âge, elle marchait le dos bien droit, vêtue à la dernière mode dans un tailleur crème et un chemisier vert émeraude.

— Bonjour. Quelle belle journée ! J'ai bien l'impression que mes vieux os n'apprécient plus guère l'hiver, avoua Greta. Où est donc passé Sam ?

— Il fait du vélo avec Su Lee dans le parc. Ils ne devraient pas tarder, dit Carla tandis que Greta s'asseyait à côté d'elle.

— Alors, comment allez-vous ? demanda Greta, en scrutant Carla de ses yeux gris clair.

— Très bien. Sam et moi, nous portons à merveille. Regardez, les voilà.

Carla montra du doigt les deux enfants qui arrivaient à toute allure. Sam, dont l'esprit de compétition était très développé, avait pris les devants sur la sœur de Kim. De quatre ans son aînée, celle-ci était toutefois moins agile et plus craintive. Soudain, Sam perdit l'équilibre en butant contre un caillou mais il se redressa aussitôt, évitant la chute de justesse.

— C'est un vrai casse-cou ! s'exclama Greta en riant. Luke aussi fonçait comme un fou sur sa bicyclette. Il s'est d'ailleurs cassé deux fois le bras.

Elle jeta un regard furtif en direction de Carla et dit d'un ton qui se voulait désinvolte :

— Luke m'a raconté que vous aviez passé une charmante journée à Waikerie l'autre jour. Vous avez déjeuné dans un pub, m'a-t-il dit ?

Ce n'est pas tant les paroles de Greta que son regard et le ton de sa voix qui firent sourire Carla. Elle comprit instinctivement que sa tante aurait voulu en savoir plus sur sa relation avec Luke. Elle se souvint que Sam ne les avait pas accompagnés ce jour-là, car il avait préféré aller au cinéma avec Angie, à Gawler, une ville située au sud-ouest de la Barossa Valley.

— C'est vrai, nous avons passé une excellente journée, confirma Carla. Luke pense que je devrais sortir plus souvent de la Barossa, visiter d'autres endroits…

— Et croyez-moi, il en connaît du pays, lui qui est tout le temps en déplacement pour ses tournois de golf. Ça ne le gêne pas de faire cent kilomètres pour s'y rendre. C'est d'ailleurs une chose que Papa a du mal à comprendre.

— C'est normal. Grand-Père a consacré sa vie au travail.

Greta haussa les épaules.

— C'est juste. Il a passé tout son temps à s'occuper de sa vigne, mais c'est lui qui l'a voulu.

Carla ne posa pas de questions, mais le ton légèrement critique de sa tante la surprit. Cela faisait maintenant plusieurs mois qu'elle rencontrait Greta et elle savait qu'il valait mieux éviter de parler de Carl. Elle aiguilla donc la conversation sur un autre sujet.

— Que diriez-vous d'aller déjeuner à Angaston ?

— Oh, c'est une bonne idée, mais malheureusement je ne peux pas. John et moi sommes invités à un repas d'affaires au château Tanunda. Nous sommes obligés d'y aller.

— Ce n'est pas grave. Une autre fois, répondit Carla pour masquer sa déception.

— Ce sera avec plaisir.

Greta esquissa un sourire de regret et Carla sut qu'elle aurait de loin préféré les accompagner, elle et Sam. Cette constatation lui donna l'audace de tenter quelque chose qui lui tenait à cœur depuis longtemps. Plongeant la main dans son grand sac en toile, elle en retira un paquet enveloppé de plastique.

— Je crois qu'il est temps que vous lisiez ceci, tante Greta, dit-elle en lui tendant le petit colis.

— Qu'est-ce que c'est ?

— C'est le journal de mon père. Il l'a écrit dans sa jeunesse, alors qu'il vivait encore à Stenhaus. C'est un journal intime dans lequel il fait part de ses désirs et de ses projets pour Krugerhoff. Il y parle aussi de sa liaison avec Marta. Je suis sûre que cela vous intéressera.

Greta défit l'emballage et en sortit une sorte de gros cahier tout écorné. L'encre des premières pages commençait à pâlir. Elle soupira avec tristesse.

— Il aurait dû le montrer à Papa. Cela aurait pu tout changer.

Carla secoua la tête et dit d'un air songeur :

— Je n'en suis pas certaine. Pourtant, je pense que Grand-Père aimerait connaître la vérité, même trente ans après.

— J'en prendrai grand soin, Carla. Je vous le promets.

Elle embrassa sa nièce sur la joue.

— Merci de me faire confiance. Mais il faut que je parte, dit-elle en consultant sa montre. John déteste être en retard.

Tout en se dirigeant vers le parking, elle fit signe à

Sam pour lui dire au revoir et disparut bientôt hors de la vue de Carla.

— Maman, je suis affamé. On va déjeuner ? supplia Sam en s'arrêtant juste près du banc où sa mère était assise.

— Sam, tu as grignoté toute la matinée. Comment peux-tu encore avoir de l'appétit ?

— Eh bien, je n'en sais rien, mais je meurs de faim, répondit Sam en jetant un coup d'œil à Sue Lee pour qu'elle le soutienne. C'est pas vrai, Su Lee ?

Son amie, calme et sérieuse, répondit par un hochement de tête.

Carla, qui avait déjà tout prévu, feignit la surprise et leur dit avec un sourire :

— Eh bien, allons-y. On va ranger les bicyclettes dans le coffre et ensuite nous irons à Angaston.

Lorsque Carla, Sam et Sue Lee arrivèrent au milieu de l'après-midi à Sundown Crossing, Angie faisait les cent pas sur la terrasse du cottage, attendant visiblement leur retour. Carla sentit immédiatement qu'un incident était arrivé car Angie était plutôt calme de nature. Pour l'heure, elle avait le teint pâle et agitait les mains nerveusement tout en mordant sa lèvre inférieure — signes manifestes de préoccupation chez son amie.

Une fois Sam et Sue Lee hors de vue, Carla s'empressa de questionner Angie :

— Que se passe-t-il ?

— Entre. Il est arrivé quelque chose de grave.

Elles s'assirent à la table de la salle à manger et Carla attendit patiemment, essayant de ne pas se laisser gagner par l'inquiétude d'Angie.

— Que se passe-t-il ?

— Tout va mal, lança Angie, de manière énigmatique.

Walt Conrad a appelé il y a à peu près deux heures. Il s'agit du vin que nous lui avons expédié.

— Oui, cela fait déjà plusieurs semaines de ça, murmura Carla.

— Tout juste. Nos bouteilles étaient stockées dans un entrepôt à Adelaïde pendant que Walt finalisait les négociations avec les détaillants. Dix pour cent de la cargaison devait être distribuée dans des magasins de spiritueux à Adelaïde et le reste était destiné aux Etats de l'est du pays, de Melbourne jusqu'à Sydney. Grâce à la médaille d'or que nous avons remportée, il avait réussi à placer quatre-vingt-dix pour cent de notre stock dans les quartiers les plus peuplés de ces deux villes. Le chargement du camion a été effectué vendredi matin et le chauffeur a pris la route ce même jour.

Carla fronça les sourcils d'un air perplexe.

— Heu… et c'est quoi le problème ?

— Walt a appelé pour dire qu'il y avait eu un accident. Le camion et toute sa cargaison sont totalement détruits, irrécupérables. D'après le conducteur, il n'y a plus rien à sauver.

Carla blêmit à ces paroles. La quasi-totalité de leur production avait disparu en fumée. Pourquoi la chance leur tournait-elle soudain le dos ? Elles avaient tellement compté sur la vente de cette cargaison pour s'en sortir !

— C'est arrivé quand ?

— Hier après-midi, dans l'Etat du Victoria. Walt est parti là-bas pour évaluer les dégâts et voir exactement ce qui s'est passé.

Angie se tut quelques instants pour laisser à Carla le temps de digérer ces mauvaises nouvelles.

— Et ce n'est pas fini. Walt a voulu faire des économies : pour nous assurer un meilleur revenu, m'a-t-il affirmé. Il a donc fait appel à une entreprise de livraison bon marché — qu'il ne connaissait pas — et la cargaison n'a pas été correctement assurée.

Elle secoua la tête d'un air dégoûté.

— Apparemment, la compagnie d'assurances nous remboursera un montant équivalent à 20 % du coût total de notre cargaison. Et le chèque n'arrivera pas avant plusieurs mois.

Carla, hors d'elle, assena un coup violent sur la table.

— Mais, c'est impossible ! Comment Walt a-t-il pu être aussi stupide ? Il savait que nous avions un besoin urgent de cet argent pour financer la prochaine récolte et rembourser notre prêt. Mais à quoi pense-t-il donc ?

Angie haussa les épaules d'un air éloquent. Carla se mit à réfléchir à toute vitesse, l'esprit en ébullition. Elles avaient compté sur la vente de la totalité de la cargaison. Leur avenir et la survie de Sundown Crossing en dépendaient. Elle posa les coudes sur la table et se prit la tête dans les mains.

— Qu'allons-nous faire ?

— Je vais faire du thé et nous allons nous creuser les méninges pour trouver une solution. Il doit bien y en avoir une.

— Et que tu le veuilles ou non, Carla, nous serons peut-être obligées de vendre ces terres en friche, lui lança Angie en se dirigeant vers la cuisine.

Elle avait raison. D'un hochement de tête, Carla approuva son amie et la sinistre possibilité qu'elle évoquait. Même si elle haïssait l'idée de céder une quelconque parcelle de Sundown Crossing, elle était bien forcée d'envisager une telle perspective.

— Quand Walt doit-il rappeler ?

— Une fois qu'il sera sur les lieux de l'accident. Il est désolé et il a promis qu'il se rattraperait.

— Vraiment ! répliqua Carla d'un ton sarcastique en levant les yeux au ciel. Et comment compte-t-il s'y prendre ?

Elle entendit Angie pousser un gros soupir dans la cuisine :

— Il ne l'a pas expliqué.

C'était une véritable catastrophe, songeait Carla, emplie d'amertume et de frustration. Cet accident de camion… ce n'était pas juste. Elle cligna des yeux pour refouler ses larmes. Il était inutile de se mettre à pleurer. Cela ne résoudrait pas leurs problèmes. Elle serra les dents pour retenir la colère qui montait en elle. Elles avaient toutes deux fait confiance à Walt. Elles avaient cru qu'il était compétent et il avait ruiné tous leurs espoirs. Mais Walt ne leur devait rien. Il avait refusé toute rémunération et elle, comme une imbécile, l'avait remercié avec gratitude pour ce geste généreux. Une pensée lui traversa soudain l'esprit. Et si Luke et Josh avaient eu raison à propos de Walt ? Et s'il n'était qu'un homme sournois et incompétent ? C'était exactement l'idée qu'elle se faisait de lui à l'instant même.

Angie et Carla débattirent des options possibles pendant tout l'après-midi. Le constat était préoccupant : elles étaient une fois de plus à court d'argent, et leur situation était d'autant plus alarmante qu'une grosse société de conditionnement avait refusé de prendre en charge la mise en bouteille de leur prochaine récolte. Elles mirent donc au point deux plans d'attaque. Carla irait tout d'abord voir le gérant de la banque pour renégocier son prêt. S'il refusait, elles proposeraient aux propriétaires du vignoble voisin de leur vendre les parcelles non cultivées de Sundown Crossing, en espérant qu'ils accepteraient.

*
* *

Le mardi soir, après dîner, un coup à la porte du cottage fit sursauter Carla, Angie et Sam.

— Qui cela peut-il bien être ? Paul ? demanda Angie en jetant un coup d'œil à Carla.

— Je ne crois pas. Paul est en déplacement à Adelaïde jusqu'à vendredi prochain, répondit Carla en allant ouvrir la porte.

Walt et Frances se tenaient sur le pas de la porte, l'air embarrassé. Carla les fusilla du regard. Depuis l'accident qui leur avait tant porté préjudice, elle avait du mal à considérer les Conrad avec aménité. A cause de Walt, elles allaient peut-être perdre Sundown Crossing. C'est ce qui arriverait, si la banque refusait de renégocier le prêt ou si les propriétaires du vignoble adjacent rejetaient leur proposition d'achat.

— Excusez-nous de passer si tard. Nous arrivons juste du Victoria, expliqua Walt avec empressement. Je voulais vous voir toutes les deux, pour vous expliquer…

— Vous l'avez déjà fait au téléphone, Walt. Angie et moi-même comprenons parfaitement la situation, rétorqua Carla d'un ton glacial.

— On peut entrer une minute, Carla ? Walt a… enfin, je pense qu'on pourrait vous aider à résoudre votre problème financier, dit Frances.

Carla regarda Angie, qui levait les sourcils d'un air interrogateur. Elle doutait personnellement que les Conrad puissent faire quoi que ce soit pour les aider mais cela ne leur coûtait rien de les écouter.

— Entrez.

Elle se tourna vers Sam.

— Sam, tu as école demain. Il faut aller se coucher.

— Encore quelques minutes, maman. Le film est presque fini, implora Sam en s'étirant sur le tapis.

Il esquissa un sourire de triomphe tandis que sa mère, distraite par l'arrivée des Conrad, donnait son assentiment.

Walt comprit immédiatement que lui et sa femme n'étaient pas les bienvenus. Il s'abstint donc d'embrasser Carla comme à son habitude et s'assit d'un air coupable à la table de la salle à manger en compagnie de Frances.

— Frances et moi sommes vraiment désolés pour ce qui est arrivé, dit Walt, d'une voix étouffée. Je sais que vous m'en voulez et j'aimerais me racheter.

— En nous remboursant le prix de la cargaison perdue ? demanda Angie à brûle-pourpoint.

— Non. Ce n'est pas exactement ce que j'avais en tête. Ecoutez, il faut regarder les choses en face. Vous n'avez plus rien à vendre et vous avez des ennuis d'argent. Mais j'ai une autre proposition à vous faire, qui pourrait être avantageuse pour tout le monde.

— Vraiment ? Et quelle est cette solution miracle ? s'enquit Carla, impassible.

— Frances a hérité de la maison de sa mère à Angaston il y a plusieurs années. Elle est vieille et ne vaut donc pas une fortune. En fait, cette maison est louée actuellement, mais si nous la vendions, l'argent de la vente suffirait pour vous remettre à flot jusqu'à la prochaine récolte.

Carla, qui avait du mal à croire qu'ils aient l'intention de leur faire don de cette somme, leur demanda :

— De quoi s'agit-il exactement ? D'une offre de prêt, c'est ça ?

Walt était-il devenu complètement idiot ? Ignorait-il donc qu'elles étaient sans argent et endettées de surcroît ?

— Non, pas exactement un prêt, intervint Frances. Walt et moi-même, nous l'envisageons plutôt comme un investissement dans Sundown Crossing. Les fonds prêtés nous permettraient d'acquérir des parts dans votre vignoble. Ce serait parfait pour Walt. Il serait de nouveau propriétaire d'un domaine, sans en être le seul responsable.

— Angie et moi-même avons déjà pensé nous associer. Paul van Leeson aurait d'ailleurs été notre premier choix. Mais nous avons changé d'avis. Et bien que je sois la propriétaire de ce domaine, j'ai déjà une partenaire : Angie.

Carla regarda le couple Conrad avec attention.

— Elle a investi dans ce vignoble et nous nous partageons tous les profits à parts égales.

Walt fit une grimace qui trahissait son mécontentement.

— Ma chère, vous n'avez pas vraiment le choix, si ? Ou bien avez-vous perdu toute confiance en Frances et en moi depuis la perte de votre cargaison ?

— Walt, je serai franche avec vous comme vous l'avez été avec moi. Je n'ai pas très envie d'avoir un autre partenaire financier.

Elle sourit à Angie.

— Angie et moi nous entendons à merveille et une tierce personne risquerait de rompre cet équilibre. Merci pour votre offre, mais je ne peux l'accepter.

— Mais vous n'allez jamais vous en sortir, intervint Frances, visiblement irritée. La banque n'acceptera jamais de renégocier votre prêt. Ce Basil Coulthard, c'est un escroc.

Elle échangea un regard entendu avec son mari.

— Nous sommes bien placés pour le savoir.

Carla était d'accord avec Frances, mais elle se garda bien de l'avouer.

— Il existe d'autres banques dans la vallée.

— C'est vrai, admit Walt. Mais au fait, savez-vous que Coulthard obéit au doigt et à l'œil aux Stenmark ? Il paraît que Luke est au courant de tout ce qui se passe, dit-il en agitant le doigt. Tout le monde sera bientôt informé de vos ennuis financiers. Les nouvelles circulent vite dans la Barossa, surtout si elles sont mauvaises. Et le vieux Carl vous guette au tournant. Je le connais, il attend son heure : dès qu'il saura que vous ne pouvez pas rembourser vos dettes, il vous donnera le coup de grâce.

— Vous avez raison, Walt, et c'est vous qui lui avez tendu la perche, fit remarquer Angie d'un ton neutre.

Walt se leva, repoussant sa chaise d'un geste brusque. Il était rouge de colère, car Carla n'avait pas accepté sa proposition avec la gratitude escomptée.

— Je suis venu ici avec les meilleures intentions du monde, et d'ailleurs je ne vous dois rien d'un point de vue juridique. Mais je constate que vous êtes encore sous le choc de cette malheureuse affaire, et vous n'arrivez pas à considérer les choses raisonnablement. C'est normal.

Il fit signe à sa femme de se lever.

— Je vous laisse le temps de réfléchir à tout ça. Mon épouse et moi, nous voulons uniquement vous venir en aide. Recontactez-nous quand vous aurez pris une décision.

Carla faillit lui dire d'aller au diable avec sa proposition mais Angie, qui avait deviné ses pensées, l'arrêta d'un hochement de tête. Il ne fallait pas se fermer des portes et cette offre serait peut-être la seule qu'on leur soumettrait.

— D'accord, Walt, promit-elle en les raccompagnant vers la porte.

Dès qu'ils furent partis et que Sam fut au lit, elle s'assit sur le canapé avec Angie et elles se mirent à discuter.

— Qu'en penses-tu ? demanda Carla.

— Moi ? Je suis perplexe, répondit Angie en faisant la moue. Ils avaient l'air bien intentionnés mais… quand on y réfléchit, cette histoire tombe à pic pour eux. La cargaison est détruite. Ils trouvent comme par enchantement de l'argent à nous prêter et Frances nous apprend que Walt aimerait de nouveau s'occuper d'un vignoble.

Elle agita ses sourcils.

— Franchement, cette offre ne me tente guère. Je n'ai pas envie d'avoir quelqu'un sur le dos, qui se mêle de nos affaires. Rolfe et toi, vous m'avez donné carte blanche pour la fabrication du vin et j'aurais du mal à supporter qu'une tierce personne me donne des conseils.

— Moi, c'est pareil, avoua Carla.

Elle se laissa aller contre le canapé et pencha sa tête en arrière.

— Mais on ne peut pas se permettre de refuser tout net leur proposition.

— Je sais, soupira Angie. Et c'est bien là le problème.

Une fois couchée, Carla s'agita dans tous les sens, tant et si bien qu'elle finit par s'emmêler complètement dans les draps défaits. Etait-elle folle ou simplement coupable de vouloir réaliser l'impossible ? Devait-elle se plier aux injonctions de la petite voix qui résonnait dans sa tête ? *Abandonne la lutte, vends Sundown Crossing et retourne à Christchurch.* Elle n'avait pourtant pas ménagé sa peine pour restaurer le domaine de son père et le rendre viable. Elle et Angie avaient travaillé avec acharnement pour concrétiser leur rêve mais… ne fallait-il pas voir la réalité en face ? Chaque fois qu'elles surmontaient un obstacle, un autre se présentait, et ce cycle infernal semblait ne jamais devoir finir.

Pourtant, elle ne voulait pas s'avouer vaincue. Partir maintenant signifierait renoncer à concrétiser le rêve de Rolfe et baisser les bras devant les Stenmark. Ou plutôt quelques membres de la famille Stenmark. Elle se mit à penser à Luke et à Greta. Si elle repartait à Christchurch, elle et Sam n'auraient plus de relation avec eux. Elle pouvait bien sûr rester en Australie du Sud, mais en dehors de la Barossa, ce qui impliquait qu'elle ne verrait plus Paul. Sam, quant à lui, perdrait ses copains d'école et de rugby.

Quel chaos ! Et tout ça, c'était la faute de Walt. Elle l'aurait volontiers étranglé, lui et sa proposition. Elle tapa sur son oreiller et essaya de s'endormir.

Basil Coulthard était tout excité, car il avait des nouvelles importantes à communiquer à Luke Michaels. Et il était certain que cela lui rapporterait une ou deux autres caisses d'excellent vin.

— Luke. C'est Basil.

Luke Michaels se rembrunit à l'autre bout de la ligne. Il n'aimait guère Basil et son attitude servile, même s'il lui avait été utile par le passé.

— Que se passe-t-il, Basil ?

— Carla Hunter vient juste de passer. Elle veut renégocier le prêt. Elle veut plus d'argent et elle souhaite que la période de remboursement soit prolongée. J'ai pensé que ça pourrait t'intéresser.

Luke, comme d'ailleurs la plupart des habitants de la Barossa, était au courant des difficultés auxquelles se heurtaient Carla et son amie. Il aurait bien voulu leur venir en aide, mais s'était abstenu, connaissant le caractère fier et indépendant de Carla. Mais voilà que Basil lui offrait inopinément l'occasion de se rattraper.

— Tu sais, Basil, Carla Hunter est une cliente intéressante. Ce que je veux dire par là, c'est que la banque ne risque pas de perdre de l'argent avec elle. Si tu lui accordes ce qu'elle désire et qu'elle ne peut pas honorer ses engagements… eh bien… tu auras toujours la possibilité de saisir le vignoble et de le vendre, n'est-ce pas ?

— Oui, c'est en effet la procédure adoptée habituellement en cas de défaut de paiement, répondit Basil, désarçonné par le ton irrité de Luke. Alors… tu penses donc que je devrais… Heu… Tu te rappelles ce que tu m'avais conseillé de faire quand elle est venue me voir la première fois ? Je pensais que Rhein Schloss préférait que… Tu vois ce que je veux dire ?

Le silence qui se fit à l'autre bout de la ligne accentua encore le malaise de Basil.

— C'est toi le gérant, et je ne me permettrais pas de te donner des conseils. Mais en théorie, comme tu ne cours aucun risque, pourquoi ne pas satisfaire la demande de Carla et assouplir les conditions de remboursement du prêt ?

Luke s'éclaircit la gorge avant d'ajouter :

— Ecoute, Basil, tu me rendrais service en étant conciliant avec Carla. Je le prendrais comme une faveur personnelle.

— Ah ! bon… Très bien.

Basil fronça les sourcils, puis il comprit soudain l'allusion.

— Pas de problèmes, Luke. Tu peux compter sur moi.

— Surtout, ne dis rien de tout ceci à Carla, d'accord ?

— Bien sûr que non.

— Parfait, nous sommes sur la même longueur d'ondes. Tu recevras un colis d'ici peu. Au revoir, Basil.

Luke raccrocha, l'air songeur. Comment allait-il annoncer la nouvelle aux membres du conseil d'administration de Rhein Schloss qui se réunissaient dans une heure ? Sa mère, qui n'en faisait pas partie, se réjouirait de sa décision mais elle serait probablement la seule dans ce cas. Il esquissa une grimace à la pensée des réactions provoquées par son choix. La réunion promettait d'être tumultueuse.

Un silence tendu s'installa lorsque Luke se tut. Il venait d'exposer la situation périlleuse dans laquelle se trouvait

Carla à Sundown Crossing et la suggestion faite à Basil de renégocier son prêt.

— Mais tu perds la tête ? lança soudain Lisel, agressive. Grâce à la stupidité de Walt, Carla était acculée. Elle se retrouvait sur la paille et cela aurait été un jeu d'enfant de la chasser d'ici, de se débarrasser d'elle et de son sale gosse une bonne fois pour toutes.

Luke regarda sa tante sans ciller pendant quelques instants.

— Autrefois, je t'aurais donné raison. Mais j'ai vu depuis tout ce que Carla a accompli depuis son arrivée et je crois que Sundown Crossing mérite de faire partie de la Barossa Valley.

— Tu plaisantes, j'espère, lui lança Lisel en foudroyant du regard son neveu, qu'elle avait autrefois choyé comme s'il avait été son propre enfant.

John Michaels intervint alors :

— Ce n'est pas ce que nous avions prévu, Luke. Tu aurais dû nous consulter avant de donner le feu vert à Basil.

— En tant que président de la société, il fallait que je prenne une décision, et vite. C'est ce que j'ai fait. C'est aussi simple que ça.

— Tu parles ! Tu te fiches de nous ! rétorqua grossièrement Lisel, ignorant le froncement de sourcils désapprobateur de son père.

Carl était resté silencieux pendant ce vif échange, laissant aux autres le soin de pousser Luke dans ses retranchements ; pendant ce temps, il observait son petit-fils et les réactions des uns et des autres. C'est lui-même qui avait formé Luke pour qu'il devienne un décideur, car bientôt ce serait lui qui dirigerait la société. Sa promptitude à agir n'avait donc a priori rien de surprenant. Mais pourquoi avait-il pris la défense de Carla ? Quant à l'attitude des autres membres de la famille, elle ne l'étonnait guère :

Lisel haïssait Carla, il n'y avait aucun doute possible à cet égard. Et John, même s'il était le père de Luke, était dévoué corps et âme à Rhein Schloss et la bonne marche de l'entreprise familiale comptait plus que tout pour lui.

Josh Aldrich, récemment promu au poste de directeur de la production et des expéditions, supervisait maintenant l'intégralité des opérations, de la récolte jusqu'à la livraison. C'est pourquoi il assistait aux réunions du conseil d'administration. Josh hocha la tête, d'un air incrédule, et dit :

— Pour ma part, je crois savoir pourquoi Luke a réagi de la sorte.

Lisel se tourna brusquement vers lui et lui fit face :

— Vraiment ? Alors peut-être pourriez-vous nous éclairer ?

Josh hocha la tête.

— Luke n'appréciera sans doute pas ma franchise, mais j'estime que les membres du conseil ont le droit de savoir que Luke et Carla se voient souvent ces temps-ci. Je crois qu'il est tombé amoureux d'elle.

— Quoi ? hurla Lisel. C'est impossible.

Elle regarda Josh puis Luke.

— Luke, dis-moi que Josh se trompe.

Désemparée, elle se mit à triturer nerveusement la liasse de documents posés devant elle. Il s'agissait de la nouvelle mouture d'un programme publicitaire.

— Mes sentiments personnels n'ont à aucun moment influencé ma décision, rétorqua Luke. Nous savons tous que le domaine de Carla n'est que du menu fretin par rapport à ce que nous possédons déjà. Je considère que nous perdons notre temps à essayer de récupérer ce petit bout de terrain.

Carl prêta une oreille attentive à son petit-fils, puis scruta le visage des autres membres assis autour de la table.

Personne ne le croyait. Carl se sentit soudain oppressé et prit une profonde inspiration. Luke n'avait pas nié les affirmations de Josh, et cela était en soi révélateur. Luke s'était épris de Carla ! Il ne pouvait guère s'en réjouir car cela allait compliquer les choses. Un poids invisible lui pesait sur la poitrine. Il sentit ses muscles se contracter et le souffle lui manquer, mais il s'efforça d'ignorer ce malaise, dû sans doute à la contrariété. La conversation prenait des allures de règlement de comptes et il fallait éviter à tout prix qu'elle ne dégénère.

— Foutaises, lança Josh, imperturbable.

Puis, il se tourna vers Carl et ajouta :

— Veuillez excuser mon franc-parler, monsieur Stenmark.

— Est-ce que ce que vient de dire Josh est vrai ? intervint Carl. Luke, es-tu amoureux de Carla ?

— Serait-ce si dramatique, Grand-Père ? répondit Luke de manière évasive.

— Je vous avais bien dit qu'elle arriverait à s'introduire à Stenhaus d'une manière ou d'une autre. Mais je n'avais pas prévu que Luke serait le cheval de Troie, lança Lisel avec dépit.

— Ça suffit, Lisel, ordonna Carl.

Il se tourna vers Luke.

— Tu n'as pas répondu à ma question.

— Je… je ne sais pas, peut-être.

Luke semblait soudain moins sûr de lui.

— Je l'admire, énormément. En plus elle me fait rire et elle me remet en question. C'est vrai que je me sens bien avec elle et j'aimerais la voir plus souvent.

Il adressa un timide sourire à son grand-père.

— Je n'ai jamais été amoureux auparavant, je n'ai donc pas de point de comparaison… mais…

Luke s'interrompit.

— Et est-ce que Carla partage tes sentiments ? lui demanda Carl en guettant la réaction de son petit-fils.

Une terrifiante impression de déjà-vu submergea Carl. Le passé se répétait, même si les circonstances étaient différentes. Rolfe… L'élancement dans sa poitrine s'intensifia soudain, lui coupant le souffle. Il porta la main à l'endroit où il avait mal comme pour contenir la douleur. Que lui arrivait-il ? Il avait de plus en plus de peine à respirer et la souffrance augmentait de secondes en secondes. La pièce se mit alors à tournoyer autour de lui et il commença à transpirer alors même que tout son corps était glacé. C'était insensé.

Carl s'affaissa soudain et sa tête heurta la table. Il perdit connaissance tandis que la douleur se propageait le long de son bras gauche.

— Papa. Oh, mon Dieu ! Il a une attaque, cria Lisel.

Elle se leva précipitamment et se rua sur son père, tout en jetant un regard noir à Luke.

— Tout ça, c'est ta faute. C'est à cause de toi que c'est arrivé. Tu n'aurais pas pu choisir quelqu'un d'autre que cette Carla ?

Elle s'adressa ensuite à Josh et lui ordonna :

— Appelez une ambulance.

18

La nouvelle se répandit comme une traînée de poudre et tous les habitants de la Barossa furent bientôt au courant de la crise cardiaque de Carl. C'est Kim Loong qui informa Carla, Angie et Paul l'après-midi même. Carl avait été conduit au War Memorial Hospital à Tanunda avant d'être transféré en avion dans une cellule de soins intensifs à Adelaïde. Lorsque Kim leur annonça le triste événement, les trois amis discutaient de l'offre de partenariat de Walt. Mais l'attaque dont Carl avait été victime relégua au second plan le sujet de leur conversation.

— Pauvre Greta. Quel coup dur pour elle et pour Luke !

La voix de Carla trembla d'émotion. Elle savait que sa tante était très proche de Carl. Mais qui aurait pu craindre un tel incident ? Son grand-père, en dépit de son âge avancé, avait l'air en si bonne santé. Puis elle se rappela la mort prématurée de son propre père, Rolfe, pourtant si solide.

— Ça doit être la pagaille à Rhein Schloss, remarqua Paul. Carl dirige la société depuis maintenant près de quarante ans.

— M. Stenmark est au Royal Adelaïde Hospital, dit Kim. Et toute la famille est partie le voir.

— Très bien, j'y vais moi aussi, annonça Carla d'un

ton résolu. Kim, peux-tu aller chercher Sam, s'il te plaît ? Je l'emmène.

Angie jeta un regard dubitatif en direction de Carla :

— Es-tu sûre que ce soit raisonnable ? Tous les Stenmark seront là. Tu ne seras pas forcément la bienvenue.

Carla, l'air têtu et le regard inflexible, répondit d'un ton qui ne tolérait aucune réplique :

— C'est mon grand-père, à moi aussi. J'ai autant le droit de le voir qu'eux.

— Lisel, en particulier, ne sera peut-être pas de cet avis. C'est une vraie peau de vache quand elle s'y met, intervint Paul, même s'il avait compris que rien ni personne ne la ferait changer d'opinion. Je peux vous y conduire, si vous voulez, ajouta Paul. Il faut compter quelques heures pour s'y rendre.

Carla lui sourit.

— Merci. Ça me rendrait service.

Elle ne connaissait pas bien Adelaïde car elle était peu sortie de la Barossa depuis son arrivée en Australie. Elle jeta un regard à ses habits et décida de se changer.

— Mais je vais d'abord m'habiller pour la circonstance.

Angie secoua la tête tandis que Carla se dirigeait à la hâte vers sa chambre.

— Merci.

Elle posa sa main sur le bras de Paul.

— Je suis contente que vous l'accompagniez.

— Ça ne me gêne absolument pas, répondit-il avec sa bonne humeur habituelle. Nous aurons le temps de discuter en route de la proposition des Conrad.

— Carla l'a rejetée mais si la banque refuse de renégocier notre prêt, elle n'aura peut-être pas le choix, l'informa Angie.

Il lui répondit, visiblement tout étonné par cette remarque :

— Je ne vois pas pourquoi la banque refuserait. En revanche, à votre place, je me méfierais de l'offre de Walt. Son altruisme me paraît un peu louche. Cet homme a la réputation d'être un parfait égoïste. A notre retour, je ferai ma petite enquête, pour voir si sa proposition est réellement désintéressée.

Angie avait enfin compris pourquoi Paul s'intéressait tant à Walt. Il s'inquiétait tout bonnement pour Carla. Angie avait remarqué, depuis quelque temps déjà, l'attirance de Paul pour Carla. Son empressement à l'aider, ses fréquentes visites et les regards qu'il lui jetait à la dérobée le trahissaient clairement. Angie pensait également savoir pourquoi il ne se déclarait pas. Carla avait maintes fois répété qu'elle n'avait pas de temps à consacrer à une relation sentimentale, même si elle voyait souvent Luke Michaels ! Paul devait sans doute croire qu'il n'avait aucune chance contre un homme comme Luke, agréable et fortuné, et qui faisait en outre partie de la famille Stenmark.

— C'est une excellente idée, approuva Angie avec un sourire.

Toute la famille Stenmark était rassemblée dans la salle d'attente située près de la cellule de soins intensifs. Lorsque Paul, Carla et Sam pénétrèrent dans la pièce, Luke se dirigea spontanément vers Carla et la prit chaleureusement dans ses bras. Carla l'embrassa sur la joue avant de s'écarter.

— Je suis désolée pour Grand-Père.

Lisel, aussitôt sur le qui-vive, lança un regard venimeux à la nouvelle venue.

— Que faites-vous donc ici ? demanda-t-elle sans ménagement.

Elle quitta son siège et se posta devant Carla, les mains posées sur les hanches, mauvaise et agressive.

Carla décida que si Lisel cherchait la bagarre elle trouverait quelqu'un à qui parler.

— Je suis la petite-fille de Carl Stenmark et, à ce titre, j'ai autant le droit d'être ici que n'importe lequel d'entre vous.

— Espèce de garce ! Allez-vous-en, vous et votre sale mioche. Papa ne veut pas vous voir, rétorqua Lisel.

Ils attendaient depuis des heures que les médecins leur donnent des nouvelles de leur père, et Lisel avait les nerfs à vif.

— Si vous pensez que votre visite vous attirera les bonnes grâces de Papa et qu'il vous mentionnera dans son testament, vous faites une grosse erreur.

— Que vous puissiez me croire coupable d'une telle bassesse en dit long sur votre mentalité, rétorqua Carla avec colère. L'héritage ne m'intéresse pas. Si je suis ici, c'est que… en dépit de la froideur de Grand-Père à mon égard, j'ai de l'affection pour lui et je souhaite qu'il se rétablisse.

— Je n'en doute pas une seconde, répondit Lisel avec un sourire sarcastique. Vous tenez absolument à ce qu'il ait une bonne opinion de vous, pas vrai ? Mais je ferai tout ce qui est en mon pouvoir pour que cela n'arrive pas.

— Lisel, ça suffit ! l'interrompit Luke d'un ton aussi péremptoire que celui de son grand-père. Assieds-toi et tiens-toi tranquille. Si tu n'y arrives pas, va prendre l'air. Je ne tolérerai aucun scandale ici. Compris ?

— Mais, Luke, elle est…

Le père de Luke s'avança et prit Lisel par le coude.

— Je sais que tu es inquiète, ma chérie. Nous le sommes tous. Allez, viens, on va boire quelque chose pour se calmer les nerfs.

Lisel suivit docilement John Michaels, tout étonné que sa belle-sœur lui obéisse avec une telle docilité.

Luke sourit à Carla.

— Je suis content que vous soyez venue.

— Moi aussi, ajouta Greta avec gentillesse.

Elle embrassa affectueusement Carla et ébouriffa les cheveux de Sam.

— Bonjour, Sam.

Elle salua Paul d'un signe de tête.

— Bonjour, Paul.

Essayant d'oublier les paroles assassines de Lisel, Carla demanda à Luke :

— Des nouvelles ?

— Ils sont en train de faire des analyses. Nous serons bientôt fixés sur la gravité de l'attaque.

Luke soupira, le visage grave.

— Cela fait des heures qu'on est dans l'expectative.

Carla et Paul s'assirent sur des chaises peu confortables tandis que Sam jouait par terre avec ses petites voitures. Les quatre adultes firent de leur mieux pour alimenter la conversation mais le cœur n'y était pas. Ils étaient trop préoccupés par le sort du vieil homme. Au bout d'une heure qui leur sembla mortellement longue, Lisel et John revinrent avec des rafraîchissements. Lisel, en apparence plus calme, ignora royalement sa nièce et Sam, et discuta avec Paul du projet de construction à Clare Valley.

La conversation s'arrêta à l'arrivée de deux médecins qui s'adressèrent à Greta, car elle était l'aînée de la famille.

Le plus grand des deux hommes, un certain Dr Leifmann, lui expliqua :

— Votre père est dans un état stable. Il se repose.

— Est-il conscient ? demanda Greta.

— Oui, mais pendant de courtes périodes seulement, répondit le Dr Verrone, un petit homme trapu. On lui a donné des tranquillisants et il faut qu'il reste au calme pendant les vingt-quatre heures à venir. Une infirmière spécialisée restera à son chevet pour le surveiller, comme vous l'aviez demandé.

— On peut le voir ? demanda Lisel en se mordant la lèvre, au bord des larmes.

Le Dr Leifmann jeta un rapide regard à Lisel et Greta.

— Oui, mais vous deux seulement. Et uniquement pendant quelques minutes. Mais n'oubliez pas que votre père est très malade. Il ne faut lui causer aucune contrariété.

Il les dévisagea d'un air sévère.

— C'est compris ?

Greta hocha la tête tout en considérant sa sœur avec une pointe d'inquiétude.

— Tout à fait, fit Greta.

Puis elles emboîtèrent le pas aux médecins qui se dirigeaient vers la cellule de soins intensifs.

— Ça m'étonnerait que l'état de Grand-Père évolue beaucoup au cours des prochaines vingt-quatre heures, confia Luke à Carla. Nous avons retenu des chambres au Hilton mais vous devriez rentrer à la maison avec Sam. J'ai votre numéro de téléphone, je vous tiendrai au courant.

Paul qui, hormis sa conversation avec Lisel, s'était tenu à l'écart, regarda Carla.

— Luke a raison. Il vaudrait mieux revenir dans quelques jours, quand Carl aura récupéré.

— Vous lui direz que je suis venue le voir avec Sam ? demanda-t-elle à Luke.

Il lui assura qu'il n'y manquerait pas.

Elle voulait que son grand-père sache qu'elle s'était inquiétée à son propos et n'avait pas hésité à venir le voir à l'hôpital. Mais Dieu sait quels horribles mensonges Lisel lui glisserait à l'oreille quand il serait rétabli ! Tandis qu'elle s'apprêtait à partir, elle se souvint subitement de l'époque où Josh Aldrich et elle étaient intimes et des réflexions qu'il avait faites à propos de sa tante. Pourquoi cette femme lui vouait-elle une haine si farouche ? Elle ne représentait aucune menace pour Lisel. Cette dernière était la fille de Carl et à ce titre occuperait toujours une place privilégiée dans le cœur du vieil homme. D'autre part, Carla ne jouissait d'aucun droit à Rhein Schloss. Et pourtant, Lisel ne supportait pas sa présence dans la Barossa. Carla en était venue à penser que Luke était la cause de cette violente animosité.

Mais pourquoi ? Tout à coup, une idée lui traversa l'esprit. Et si Lisel était amoureuse de Luke ? Cette éventualité n'était pas absurde. Tout compte fait, elle n'avait que sept ans de plus que lui. Ils travaillaient ensemble, vivaient sous le même toit et avaient beaucoup de choses en commun. Indépendamment des sentiments de Luke à son égard, Lisel s'imaginait-elle qu'elle avait des vues sur l'héritage de Luke et qu'elle en profiterait si Carl revenait à de meilleurs sentiments et l'accueillait sous son aile ?

D'un autre côté, Luke, en se prenant d'affection pour elle, n'avait-il pas éveillé la jalousie de Lisel, possessive par nature ? Dans la région, tout le monde savait que Luke succéderait à Carl à la tête de l'entreprise et si le vieil homme ne recouvrait pas la santé, cette passation surviendrait peut-être plus tôt que prévu. Qui sait ? Lisel ne craignait-elle pas que Carla veuille jouer un rôle dans la direction des affaires de Rhein Schloss au cas où Carl se montrerait plus aimable envers sa petite-fille ? Ce en quoi Lisel se trompait totalement. Toutes ces suppositions, aussi intéressantes et pertinentes fussent-elles, ne fournissaient pourtant à Carla aucune certitude. Et la jeune femme en était toujours à s'interroger sur les raisons de la haine de sa tante à son encontre.

*
* *

L'après-midi touchait à sa fin. Carla, Angie et Sam étaient partis à Adelaïde rendre visite à Carl Stenmark, qui se rétablissait lentement. Pendant ce temps, Kim, à l'arrière de la moto de son frère, filait à toute allure avec Tran vers la maison de Paul van Leeson. Lorsque son frère était rentré du travail — il avait trouvé un emploi à mi-temps dans un restaurant à Tanunda —, il lui avait communiqué certaines informations dont Kim avait pensé qu'elles seraient du plus haut intérêt pour Paul.

Rebel aboya à leur arrivée et se mit à remuer la queue lorsqu'elle reconnut les visiteurs. Paul, alerté par sa chienne, vint ouvrir la porte à Kim et à son frère.

— Quelle agréable surprise !

Il adressa un sourire plein d'espoir à Kim.

— Je parie que vous êtes venue cuisiner un bon petit plat au pauvre célibataire solitaire que je suis.

Kim secoua la tête en signe de dénégation.

— Non, mais j'ai quelque chose de mieux pour vous. Tran a des informations. Des informations qui vont vous intéresser.

Intrigué, Paul leva les sourcils.

— Venez.

Il les fit entrer dans sa maison et les invita à s'installer confortablement dans les canapés de style rustique installés autour de la cheminée de pierre.

— Thé ou café ? demanda Paul.

Kim et Tran refusèrent poliment son offre.

— Bon, que puis-je faire pour vous ?

Kim, moins timide que son frère, prit la parole.

— Je sais que vous enquêtez sur l'accident et la disparition de la cargaison de vin de Carla et d'Angie. Mon frère…

Elle lui donna un coup dans les côtes pour l'encourager à parler.

— Il travaille dans un restaurant à Tanunda. Il a entendu deux hommes discuter au déjeuner. Ils étaient assis près de la cuisine et ils ont bu deux bouteilles de vin. Tran va vous raconter.

Tran se frotta la mâchoire d'un air embarrassé.

— J'ai vu ces deux hommes parler avec Conrad près du supermarché. Ils avaient l'air de bien se connaître. Ils ont peut-être déjà travaillé pour lui.

— Explique à Paul ce qu'ont dit ces hommes, Tran.

Tran hocha la tête.

— Ils rigolaient comme si quelqu'un avait raconté une bonne blague. Ils se vantaient d'un travail qu'ils avaient fait et ils se moquaient d'un viticulteur. Comme quoi ils l'avaient bien roulé. Ils ont aussi parlé d'un accident de la route dans le Victoria. Qu'ils avaient tout arrangé pour qu'on croie que toutes les bouteilles étaient cassées.

Il s'arrêta.

— En fait, les bouteilles qui sont tombées du camion étaient remplies d'eau et pas de vin. Mais quand on voit les photos dans le journal, on a l'impression qu'elles étaient pleines d'alcool.

Paul, assis dans un fauteuil en face de Tran, ne quittait pas le jeune homme des yeux.

— Très intéressant. Sais-tu autre chose ?

— Les deux hommes ont dit que le vin était stocké quelque part à Adelaïde. Il restera là jusqu'à ce qu'on en ait besoin.

— Besoin ? Je me demande ce qu'ils veulent dire par là ? dit Paul d'un air surpris. Ont-ils mentionné Conrad ?

— Une seule fois, répondit Tran, le visage grave. L'un des deux hommes, un gros type, a dit que Conrad était malin et qu'il allait se faire beaucoup d'argent. Conrad va mettre de nouvelles étiquettes sur les bouteilles avant de les expédier à Perth.

Paul prit une profonde inspiration et un sourire satisfait illumina soudain son visage.

— Ah, vraiment ? Eh bien, ce Conrad est un véritable escroc. Ce type a un de ces culots ! Je ne l'aurais pas cru capable de monter une telle arnaque.

— Bonnes nouvelles, n'est-ce pas ? dit Kim.

Elle donna une tape affectueuse sur le genou de son frère pour lui montrer qu'elle était fière de lui.

— Oui. Mais il faut maintenant trouver l'endroit où le vin est stocké et réussir à prouver qu'il s'agit bien des bouteilles provenant de Sundown Crossing, l'avertit Paul. En l'absence de preuves, nous ne pourrons pas accuser Conrad de fraude ni convaincre la police et la compagnie d'assurances qu'il y a bien eu escroquerie.

Kim acquiesça gravement de la tête.

— Vous avez raison. Mais comment allons-nous découvrir cet endroit ?

Paul resta silencieux quelques instants, tout en réfléchissant à ce délicat problème.

— Je connais un homme à Elizabeth, un inspecteur de police à la retraite qui mène des enquêtes de manière officieuse de temps à autre. Il s'appelle Gary Sweeney. C'est l'homme qu'il nous faut.

— Très bien. Il n'y a pas de temps à perdre. La banque n'a toujours pas donné de réponse à Carla. Bientôt, elle et Angie n'auront plus d'argent. Si la banque refuse de renégocier leur prêt, Carla sera peut-être obligée d'accepter la proposition de Conrad. Et elle sera alors à sa merci, lui expliqua Kim.

Kim, d'habitude si sereine, regardait Paul avec inquiétude.

Paul tendit la main à Tran qui la lui serra chaleureusement.

— Merci pour tout, dit Paul. Les informations que vous m'avez fournies sont très précieuses.

Il leur adressa un clin d'œil complice.

— Mais il faut garder le secret. Ne parlez de ceci à personne, pas même à Carla et Angie, d'accord ?

— D'accord, répondirent Kim et Tran à l'unisson.

Quelques minutes plus tard, le frère et la sœur quittaient la maison de Paul. Kim souriait, les cheveux au vent. Elle était fière de son frère, car il avait fait une bonne action. Tran, qui avait d'abord refusé d'aller chez Paul — il ne voulait pas être mêlé à une histoire louche, disait-il —, avait finalement eu le courage de tout lui révéler. Cette décision était pour Kim une preuve de maturité. Ces temps derniers, elle avait en outre remarqué que son frère essayait de réfréner sa passion pour le jeu. Kim adressait chaque jour des prières à Bouddha pour que Tran cesse définitivement de jouer.

Carl Stenmark, confortablement assis dans un fauteuil, regardait les rideaux onduler dans la brise douce et légère qui pénétrait par la fenêtre ouverte de sa chambre. Dans la luxueuse maison de repos où il séjournait, Carl passait ses journées à ne rien faire, ce qui était pour lui tout à fait exceptionnel. Les médecins lui avaient imposé cette oisiveté forcée, en l'avertissant qu'il ne se rétablirait qu'à ce prix. Le vieil homme suivait à la lettre leurs instructions, même si c'était pour lui une véritable épreuve.

Cette inactivité lui laissait tout le temps pour… penser ! A Anna Louise notamment. Comme elle lui manquait, même plus de trente ans après sa mort ! A Rhein Schloss aussi : cette entreprise, son domaine, lui avait permis de se réaliser. Il était fier de ce qu'il avait accompli : Rhein Schloss était en effet devenu l'un des vignobles les plus réputés de la Barossa. Il songeait enfin à Kurt, Marta et Rolfe et à la fille de Rolfe, passionnée et volontaire, sans oublier son arrière-petit-fils, Sam.

Carla. Elle ressemblait tant à Anna Louise ! Lorsqu'il voyait sa petite-fille, il était submergé par l'émotion. Le souvenir de sa femme défunte s'imposait alors avec une étonnante clarté, réveillant dans le même temps la douleur de la perte et l'ineffable bonheur de cet amour partagé. Il secoua sa chevelure blanche et se força à changer le cours de ses pensées. Quel idiot il était, de sombrer ainsi dans la mélancolie. Ressasser le passé ne servait à rien. Mais en était-il si sûr après tout ? Il pensait à ses deux fils, Kurt et Rolfe… N'était-il pas d'une certaine manière responsable de leurs morts respectives ? S'il avait été moins intransigeant avec Rolfe et plus lucide envers Kurt, il ne serait pas seul à l'heure qu'il était. En effet, après toutes ces années de labeur, que lui restait-il ? Luke et… Oui… Il ne pouvait plus se voiler la face… Carla et Sam. La fille de Rolfe et son arrière-petit-fils faisaient partie de la famille, qu'il le veuille ou non. Il ne pouvait pas non plus ignorer — et ceci était un grand changement — qu'un lien sentimental l'unissait à Carla et à Sam, même si selon Lisel, Carla n'était intéressée que par la célébrité et l'argent des Stenmark.

D'une certaine façon, au plus profond de lui-même, il refusait de croire que Carla fût si calculatrice. Il hocha la tête et poussa un profond soupir. Pas comme Lisel. De tous ses enfants et petits-enfants, Lisel était la plus froide et la plus cynique. Son comportement le contrariait et le préoccupait depuis plusieurs années. Il savait inconsciemment sa fille malheureuse et insatisfaite. Deux échecs conjugaux et une succession d'aventures sans lendemain semblaient avoir exacerbé l'amertume et l'instabilité de Lisel. La famille était persuadée qu'il n'était au courant de rien et se félicitait d'avoir réussi à lui cacher la triste vérité. Mais il n'était pas dupe. Il n'ignorait pas non plus que sa Greta, calme et placide, qui s'était par le passé pliée à la volonté de Lisel, refusait cette fois d'obéir à sa sœur cadette et de maltraiter Carla. Quant à Luke, en neveu loyal, il protégeait sa tante dans la mesure du possible. Mais Carl connaissait bien Lisel : son caractère fantasque et possessif n'avait plus de secrets pour lui.

Néanmoins Lisel n'était pas la seule préoccupation de Carl. Il y avait Luke, maintenant. N'avait-il pas avoué éprouver de tendres sentiments pour Carla ? Si c'était sérieux et non une simple passade, Carl était prêt à changer d'attitude pour s'adapter à cette situation inédite. A son âge et dans sa situation, il se devait d'être pragmatique. Il ne pouvait se permettre de se fâcher avec son petit-fils qui allait lui succéder à la tête de Rhein Schloss. Et si un tel changement impliquait de renoncer à Krugerhoff et d'accueillir Carla dans la famille, il oublierait le passé et agirait en conséquence en étouffant sa fierté.

Par ailleurs, cette décision serait-elle si douloureuse ? Hormis Lisel, tout le monde aimait Carla et lui-même la respectait pour ce qu'elle avait accompli. De fait, il éprouvait une affection bourrue pour sa petite-fille aux cheveux de flamme et au tempérament volcanique, et il s'était attaché à Sam. Il poussa un soupir. Ne serait-ce qu'un an plus tôt, il n'aurait jamais admis une telle chose.

Las de toutes ses ruminations, Carl se hissa hors de sa chaise et enfila de confortables chaussures pour aller se promencr dans les magnifiques jardins de la maison de repos.

*
* *

Un mois plus tard, Carl était de retour à Rhein Schloss. Il dirigeait toujours l'entreprise mais il ne travaillait plus que de 10 heures du matin à 15 h 30.

Un après-midi, alors qu'il rédigeait du courrier dans son bureau, Greta fit irruption dans la pièce, un livre calé sous le bras.

— Comment vas-tu, Papa ?

Il releva la tête.

— Très bien. Cela faisait longtemps que je ne m'étais pas senti en aussi excellente forme.

— Parfait… En fait, commença Greta en se mordant la lèvre.

Elle hésitait à poursuivre.

Prenant son courage à deux mains, elle ajouta :

— Je t'ai apporté un peu de lecture.

— Tu sais très bien que je n'aime pas les romans, lança-t-il d'un air mécontent.

— C'est un journal, Papa. C'est le journal de Rolfe, qu'il avait écrit avant de quitter Stenhaus.

Carl fronça les sourcils.

— Et pourquoi donc devrais-je le lire ? demanda-t-il sèchement.

Il jeta son coupe-papier sur le bureau d'un air irrité.

— Je n'aime pas remuer les vieux souvenirs. Cela ne sert à rien.

— Ce journal te permettra de mieux comprendre ce qui s'est passé, insista Greta avec obstination. Crois-moi, lis-le, ne serait-ce que pour rendre justice à Rolfe, à Carla et à Sam.

— Qui te l'a donné ?

— Carla.

Il la foudroya du regard en espérant qu'elle renoncerait à son idée, mais la détermination de sa fille le surprit et lui inspira le respect.

— La loyauté est l'une des qualités que j'admire le plus. Et toi, Greta, tu en as à revendre. Très bien, laisse-le-moi. J'en prendrai connaissance quand j'aurai un moment de libre.

Greta, soulagée, lui tendit le cahier.

— Je t'apporte ton café, Papa, suggéra-t-elle pour se faire pardonner.

Elle quitta le bureau précipitamment, de peur qu'il ne change d'avis.

Carl posa le cahier poussiéreux au coin du bureau. Plus tard. Il le lirait plus tard.

Carl lut deux fois de suite le journal à l'encre pâlie et aux pages écornées. Puis après le dîner, à la nuit tombante, il sortit dans le jardin et s'arrêta près de la piscine. L'esprit peuplé de douloureux souvenirs, il se remémora la dernière conversation qu'il avait eue avec Rolfe, le désarroi de son fils cadet lorsqu'il l'avait banni de Stenhaus et son propre aveuglement face à Kurt et Marta.

Mon Dieu ! Comme il s'était montré injuste ! La colère avait occulté son bon sens et ses facultés de raisonnement. Il n'avait aucune excuse. Il serait pour une fois honnête avec lui-même. En réalité, s'il avait agi avec tant de sévérité, c'était pour punir son fils cadet d'avoir l'esprit aussi rebelle et indépendant. Mais pourquoi ? Cette question le hantait. Pourquoi n'avait-il pas supporté que son fils s'émancipe ? Après toutes ces années passées à s'interroger de la sorte, il devait à présent admettre que, du fait de son tempérament et de son éducation, toute forme de contestation lui était intolérable.

Carl repensa à toutes ces années vides et solitaires… Tout aurait pu, aurait dû, être si différent !

Un énorme sentiment de culpabilité l'envahit. *Mea*

culpa, mea culpa, avait-il envie de hurler à la terre entière. Il resta assis sans bouger jusqu'à ce qu'il fasse nuit noire. La nature autour de lui s'était tue. Quand il se leva, il sut ce qu'il lui restait à faire. Il réparerait ses torts et tâcherait de compenser toutes ces années perdues.

19

Carla agrippait nerveusement le volant de sa voiture. C'était la première fois qu'elle était officiellement invitée à dîner à Stenhaus.

— Attention, maman, tu vas foncer dans les pots de peinture, l'avertit Sam en criant.

Carla était sortie de la cour un peu trop vite. Elle tourna le volant à toute vitesse pour éviter la collision.

— Franchement, il faut être idiot pour laisser traîner des pots de peinture à cet endroit, grommela-t-elle.

Un mois plus tôt, elles avaient commandé plusieurs litres de peinture verte pour repeindre l'appentis où l'on stockait les bouteilles ainsi que l'atelier de fabrication. Les vignes étaient en sommeil, et c'était le meilleur moment de l'année pour effectuer les travaux de maintenance.

Tout en roulant vers la propriété de son grand-père, Carla repensa aux semaines passées. Elle avait rendu deux fois visite à Carl pendant sa convalescence et son attitude envers elle s'était complètement transformée. Elle s'était attendue à le voir embarrassé ou hostile, et s'était préparée à affronter le pire. Ses craintes s'étaient pourtant révélées injustifiées. Il avait été extrêmement aimable. Ce revirement était-il dû à ses graves ennuis de santé ? Frôler la mort l'avait peut-être radouci, avait-elle pensé.

Puis, quelque temps après le retour de Carl à Stenhaus,

Greta lui avait téléphoné pour l'inviter à dîner avec son fils un samedi soir. Carla avait accepté, néanmoins surprise par cette invitation. Mais maintenant elle se sentait nerveuse et inquiète. D'après Angie, un événement important était survenu, qui avait profondément modifié les sentiments de son grand-père à son égard. Carla haussa les épaules tandis qu'elle empruntait la longue allée qui menait jusqu'à la maison des Stenmark. Qu'importaient finalement les motivations de Carl ? Tout ce qui comptait c'est qu'il désirait les voir, elle et son fils. Elle espérait pourtant qu'un jour elle connaîtrait le fin mot de toute cette histoire.

Tandis qu'elle roulait sur la route en graviers bordée de cyprès et de bosquets de roses, elle se rappela l'unique fois où elle était venue et avait été insultée par sa tante. Lisel serait là ce soir. Josh Aldrich lui avait confié que la famille se réunissait tous les samedis soir. Elle appréhendait un peu leur rencontre, mais il était hors de question qu'elle revienne sur sa position ou qu'elle capitule face aux remarques acerbes et désagréables de Lisel. Carla n'avait aucunement l'intention de se laisser humilier.

Greta les accueillit à la porte d'entrée et les conduisit le long du vaste couloir carrelé jusqu'à la pièce qui leur servait désormais de salle à manger.

— Il n'y avait pas beaucoup de circulation, dit Carla pour justifier le fait qu'ils soient arrivés plus tôt que prévu.

— Les touristes se font rares en hiver, expliqua Greta. Mais ça tombe bien que vous soyez là, on aura le temps de discuter un peu avant que Papa nous rejoigne.

Greta saisit le bras de Carla.

— Venez vous asseoir près de la fenêtre. Luke ne va pas tarder. C'est lui qui sert l'apéritif.

Carla jeta un regard autour d'elle.

— Quelle belle pièce ! Si joliment décorée !

Sur l'un des murs étaient accrochées des peintures du bush australien.

— C'est chaud et accueillant, ajouta Carla.

— Merci. C'est Paul qui a rajouté cette extension et Papa m'a donné carte blanche pour la décoration. Je suis contente du résultat et le reste de la famille aussi. Papa passe beaucoup de temps ici. Il faut dire qu'on a une belle vue sur le vignoble.

— C'est vrai, approuva Carla.

John, le mari de Greta, entra dans la salle et se dirigea vers Carla pour lui serrer la main.

— Je suis content de vous voir, Carla, et toi aussi, Sam.

Il portait un sac dans la main gauche, qu'il tendit à Sam.

— Tiens, je t'ai apporté quelques jouets qui appartenaient à Luke quand il était petit. Je me suis dit que cela te ferait plaisir.

— Merci, monsieur, répondit Sam poliment, après avoir jeté un coup d'œil à sa mère pour vérifier qu'il pouvait accepter cette offre.

Il vida le sac sur le plancher, près du canapé, et commença à trier les jouets. Il saisit une toupie et demanda :

— Comment ça marche ?

John s'agenouilla et lui montra comment actionner le piston pour que la toupie prenne de la vitesse et tourbillonne autour de la pièce en émettant un sifflement aigu. Lorsque John lâcha l'engin, il fila sur le plancher à toute allure.

— C'est cool ! s'exclama Sam, impressionné.

Luke arriva enfin, l'allure décontractée, en pull-over crème à col roulé assorti d'un pantalon gris anthracite. Son visage s'illumina quand il aperçut Carla et Sam. Après leur avoir souhaité la bienvenue, il se dirigea vers le bar pour préparer les rafraîchissements commandés par chacun. Une fois tout le monde servi, il leva son verre et porta un toast en annonçant :

— A un nouveau départ.

Carla sourit. Ce toast signifiait qu'après plus de deux ans passés dans la Barossa, les Stenmark acceptaient enfin de les accueillir, elle et Sam, comme des membres à part entière de la famille.

— Bonne idée, approuva Carla.

Cinq minutes plus tard, Carl Stenmark pénétrait dans la pièce. Un silence embarrassé s'installa tandis qu'il s'approchait de Carla et de Sam. Comme Carla se levait, Carl posa ses mains sur ses avant-bras.

— Carla et Sam Hunter, sachez qu'à compter de ce jour, vous faites partie de la famille Stenmark.

— Oh, Papa.

Greta, les larmes aux yeux, se précipita vers son père et l'embrassa sur la joue.

— Quelle bonne et sage décision.

— Je… je ne sais comment…

Carla, la gorge serrée, était incapable de prononcer une parole. Son père aurait été tellement heureux et quant à Angie, elle n'en reviendrait pas quand elle lui annoncerait la bonne nouvelle. Elle jeta un coup d'œil à Luke, qui lui sourit, puis à Greta et John et enfin à son grand-père. Leurs regards se croisèrent.

— J'attendais ce moment depuis longtemps, dit Carla, en toute franchise. Cela valait la peine d'être patiente. Merci, Grand-Père.

L'instant d'après, Carl la serrait dans ses bras et lui donnait un baiser sur les deux joues.

— Toi et moi, nous avons beaucoup de choses à nous dire, Carla, mais rien ne presse. Nous allons d'abord manger. Tu t'assieras à ma droite avec Sam à tes côtés, annonça Carl, la voix voilée par l'émotion.

Luke était au comble du bonheur. Son grand-père était revenu sur ses positions. Et compte tenu de son tempérament obstiné et autoritaire, ce changement tenait du miracle. Sa mère en était en partie responsable, puisque c'est elle qui avait prêté à Carl le journal de Rolfe. Cette lecture lui avait ouvert les yeux. Carl avait compris, trente ans plus tard, qu'il avait mal jugé son fils cadet. On ne pouvait refaire le passé, mais Luke savait, en observant son grand-père et la chaleur du regard qu'il posait sur Carla et Sam, qu'il ferait tout son possible pour réparer l'injustice faite à Rolfe. C'était décidément une soirée mémorable. Maintenant que Carla était la bienvenue à Stenhaus, il pouvait mettre à exécution ses propres plans, à savoir nouer des relations plus intimes avec elle. C'était son plus cher désir. Si son rêve se réalisait, ils donneraient à eux deux une formidable impulsion à Rhein Schloss, lui en mettant à contribution ses connaissances viticoles et elle, son tempérament énergique et chaleureux.

Comme tout le monde prenait place autour de la table, Carl remarqua un siège inoccupé.

— Où est Lisel ?

— Elle boude dans sa chambre parce que je lui ai dit que Carla et Sam venaient dîner, dit Greta.

Le visage de Carl devint soudain sévère et son regard se durcit.

— Est-elle malade ?

Il regarda Greta hocher la tête en signe de dénégation. Il se tourna alors vers son petit-fils.

— Luke, va la chercher. Lisel fait partie de la famille et elle mangera avec nous.

— Grand-Père, Lisel risque de gâcher le repas par sa mauvaise humeur, répondit Luke qui exprimait tout haut ce que tout le monde pensait tout bas.

Mais Carl resta inflexible.

— Va la chercher.

Et alors que Luke était sur le point de sortir, il ajouta :

— Lisel a tendance à oublier qu'elle vit sous mon toit. Et à ce titre, elle doit obéir aux règles de cette maison sinon…

Il laissa la fin de sa phrase en suspens mais tout le monde avait deviné ce qu'il voulait dire. Refusant de s'appesantir sur le sujet, il s'adressa à Sam :

— Dis-moi, Sam, comment ça va le rugby ?

— Mon équipe est première du championnat, monsieur, répondit Sam en souriant au vieil homme.

— Bien.

Il se tourna ensuite vers Carla.

— Je suis sûr que tout le monde a faim. Nous n'attendrons donc pas Luke et Lisel. Greta, dis à Margit de nous servir la soupe, s'il te plaît.

— Oui, Papa.

Les convives dégustaient leur potage lorsque Luke revint avec Lisel, boudeuse et renfrognée. Une fois assise, elle ne toucha pas à son assiette et se contenta de regarder Carla et son père sans prendre part à la conversation. Hautaine, elle était l'image même de la sophistication dans un fourreau de lainage noir dont l'austère élégance était rehaussée par un collier de perles de culture.

La discussion porta comme à l'accoutumée sur le vin et les vignobles.

— Dis-moi, Carla, compte tenu de ce qui vous est arrivé, est-ce que tu vas pouvoir continuer l'exploitation de Sundown Crossing ? demanda John.

Dans la vallée, cette question était sur toutes les lèvres.

— Oui, je crois, répondit spontanément Carla. L'assurance va nous rembourser une partie de la cargaison détruite et quelqu'un s'est proposé pour acheter des parts dans notre vignoble. Mais je préférerais que notre prêt soit renégocié. Nous attendons l'accord de la banque.

— Tu n'as aucun souci à te faire, tout se passera bien, observa Carl avec sérénité. J'avoue avoir été ton détracteur le plus acharné, mais je respecte ce que tu as accompli en si peu de temps. Toi et ton amie, vous méritez de réussir.

La confession de son grand-père laissa Carla abasourdie.

— Nous réussirons, répliqua-t-elle avec une détermination farouche.

A ces mots, Lisel laissa tomber ses couverts avec fracas sur son assiette.

— Papa, dis-moi que je rêve. Que se passe-t-il ? Pourquoi ce revirement ? Par le passé, tout le monde ici voulait se débarrasser d'elle, dit-elle en regardant tour à tour les membres de sa famille. Et maintenant on l'accueille à bras ouverts ?

Elle fit une grimace de dépit.

— Vous me décevez.

— Lisel, tu ne comprends pas. Nous avons depuis appris des choses que nous ignorions jusqu'alors, tenta d'expliquer Greta.

— Foutaises ! Vous vous êtes laissé séduire par une image, par sa ressemblance avec Mutter.

Elle pointa un doigt accusateur en direction de sa nièce.

— Vous êtes donc tous aveugles ? Elle essaie de s'introduire dans la famille pour avoir sa part du gâteau. Tout ce qui l'intéresse, c'est l'argent et la renommée.

Piquée au vif par le ton venimeux de sa tante et son air agressif, Carla répliqua :

— C'est faux.

Elle prit son fils par l'épaule comme pour le protéger de la colère de Lisel.

— Je n'ai jamais désiré qu'une seule chose en ce qui concerne les Stenmark. Qu'ils deviennent une famille pour mon fils, une famille qui le chérisse et sur laquelle il puisse compter.

Lisel se mit à rire de manière sarcastique.

— Il y en a peut-être parmi nous qui se laisseront attendrir par ton baratin, dit-elle en se tournant vers son père. Mais moi, je ne marche pas dans ton petit jeu.

— De quel droit me juges-tu de la sorte, Lisel ? rétorqua Carla. Tu ne me connais pas et tu n'as jamais fait d'efforts en ce sens.

— C'est tout à fait juste. Et je ne suis pas près d'en faire.

Lisel, frustrée et vexée par le manque de soutien de sa famille, prit Luke à parti.

— Et c'est toi, mon cher neveu, qui feras les frais de tout ça.

— Lisel, ça suffit, intervint Carl, en tapant du poing sur la table. Je ne tolérerai pas un tel comportement en ma présence. Le passé est le passé, poursuivit-il d'une voix forte. J'ai décidé d'accueillir Carla et Sam chez nous et tu dois l'accepter, que cela te plaise ou non.

Lisel se leva, repoussant sa chaise avec hargne. Elle rejeta la tête en arrière d'un geste de défi.

— En ce qui me concerne, Carla et son fils ne feront jamais partie de la famille.

Luke regarda sa tante quitter la pièce, raide comme un piquet. Il avait déjà vu Lisel en colère mais elle ne s'était jamais emportée avec autant de violence. Et c'était surtout la première fois qu'elle tenait ouvertement tête à Carl. La fureur de Lisel, la virulence de sa haine envers Carla, l'inquiétaient plus que les menaces sur son héritage auxquelles sa tante avait fait allusion. Lisel semblait perdre toute mesure, c'était indéniable. Greta lui avait un jour raconté que Lisel avait été une enfant horriblement gâtée, qui piquait de terribles crises quand on la contrariait. Il y avait chez elle quelque chose de dur et d'impitoyable et cette cruauté de caractère, même si elle la manifestait somme toute rarement, était latente. C'est pourquoi, étant donné l'aversion viscérale de sa tante à l'égard de Carla, qui pouvait dire jusqu'où elle irait si toute raison l'abandonnait ?

Il jeta un regard furtif à son grand-père. Il admirait la détermination et le flegme du vieil homme. Il ne s'était pas laissé impressionner par l'accès de colère de sa fille. Il avait décidé de réparer ses torts envers Rolfe, Carla et Sam et il le ferait, quoi qu'il arrive. Les commérages iraient bon train lorsqu'on apprendrait le changement d'attitude de Carl, Luke ne l'ignorait pas. Mais il se doutait aussi que Carla serait la première à en profiter. Les portes qu'on lui avait jusqu'à présent fermées au nez s'ouvriraient comme par miracle. Elle pourrait considérer l'avenir avec plus de sérénité et poursuivre la culture de ses vignes à Sundown Crossing. Il espérait aussi que Carla serait d'autant mieux disposée à son égard. Il se mit à réfléchir à leur prochaine sortie. Il l'emmènerait peut-être faire du golf pour voir si elle avait quelque aptitude pour ce sport.

Carla borda Sam et caressa tendrement sa tignasse rousse.

— Bonsoir, maman, dit-il en bâillant.

Il n'avait pas plus tôt prononcé ses paroles que ses yeux se fermèrent.

Elle se redressa en souriant. Il avait passé un merveilleux moment à Stenhaus. Tout le monde s'était occupé de lui : son arrière-grand-père, John et Luke. Il avait été aussi très étonné quand Greta lui avait montré un portrait de son arrière-grand-mère. Sam avait tout de suite perçu la ressemblance avec sa mère. Elle quitta la chambre et ferma la porte derrière elle. Sam avait enfin la famille qu'il méritait.

Frissonnant dans l'air frais, elle se glissa à la hâte dans son lit et se blottit sous les couvertures. Elle venait de passer des instants inoubliables. A coup sûr, cette soirée marquerait le début d'une nouvelle vie pour elle et pour Sam. Elle se sentit soudain confiante en l'avenir. Plus de deux ans auparavant, elle avait décidé de quitter Christchurch pour repartir de zéro en Australie. C'était un pari risqué, et elle avait maintes fois regretté sa décision, craignant d'avoir fait une erreur. Souvent, elle avait eu la nostalgie de son pays natal, mais heureusement tout ça, c'était maintenant du passé.

L'image de Luke s'imposa alors à son esprit. C'était en grande partie grâce à lui si son grand-père avait changé d'attitude vis-à-vis d'elle, même si la lecture du journal de Rolfe avait joué un rôle déterminant. Toutefois elle n'ignorait pas que, si son cousin s'était montré si serviable, c'est qu'il nourrissait de tendres sentiments à son égard. Elle se mit à rougir à cette pensée. Après tout, était-ce une si mauvaise chose ? Depuis qu'ils avaient enterré la hache de guerre, ils s'entendaient très bien tous les deux. Il était de bonne compagnie, agréable, intelligent mais... elle soupira dans le noir. Allait-elle tomber amoureuse de lui ? Ce serait sans aucun doute le meilleur des dénouements possibles car ils allaient très bien ensemble. Mais Carla ne faisait pas toujours preuve de bon sens dans les affaires de cœur. Elle s'était mariée à Derek et avait ensuite passé son temps à se morfondre chaque fois qu'il partait en mer. En outre, si elle était honnête avec elle-même, elle devait bien admettre qu'elle préférait Paul. Mais ce dernier n'avait pas encore fait le deuil de sa fiancée défunte.

Elle se tourna sur le côté et enfonça la tête dans son

oreiller. Il fallait qu'elle arrête de penser à toutes ces histoires. Il y avait des choses plus importantes que l'amour dans la vie.

Le lundi matin, lorsque Lisel gara son cabriolet Mercedes devant le bâtiment de Rhein Schloss, la colère qui s'était emparée d'elle lors du dîner à Stenhaus s'était transformée en une rage froide et dévorante. Il était nécessaire de se débarrasser au plus vite de Carla et elle était de toute évidence la seule de la famille à avoir suffisamment de cran pour le faire.

Son père s'était laissé envoûter parce que Carla était le portrait craché d'Anna Louise et cette sotte de Greta, si sentimentale, tout comme son mari, prenaient toujours le parti de Carl. Quant à Luke, qu'elle avait choyé depuis sa plus tendre enfance, et qui avait le plus à perdre dans cette histoire, il n'avait rien trouvé de mieux que de tomber amoureux de la propriétaire de Sundown Crossing. Quelle ingratitude ! Cette Carla, elle ne manquait décidément pas de culot : comme elle l'avait interpellée à l'hôpital où Carl avait été transporté ! se souvint-elle. Les mots de Carla résonnaient encore dans sa tête : « Que vous puissiez me croire coupable d'une telle bassesse en dit long sur votre mentalité. » Elle n'avait pourtant rien fait que dire la vérité en accusant Carla d'être intéressée par la fortune des Stenmark. Le coin de sa lèvre gauche tressauta nerveusement. Comment osait-elle lui parler de cette manière ? Sa bouche tressaillit de nouveau sous le coup de la colère. Cette garce pensait être arrivée à ses fins. Carl avait cédé et l'accucillait maintenant à bras ouverts, et tous les autres suivaient son exemple en multipliant les démonstrations d'affection envers Carla et son fils.

Brusquement tirée de ses pensées, elle aperçut Josh

Aldrich qui se dirigeait à grands pas vers la porte d'entrée du bâtiment. L'expression renfrognée de Lisel fit aussitôt place à un sourire sournois. Il existait sûrement un moyen de mettre un terme à cette horrible situation. Il fallait que tout rentre dans l'ordre. Son sourire s'élargit tandis qu'elle continuait à observer Josh. Voilà la personne idéale pour accomplir ses desseins. Sans perdre une minute, elle sortit de sa voiture et l'interpella :

— Josh, attendez une minute. J'ai un mot à vous dire.

Assise à la table de la cuisine de Paul van Leeson, Angie regardait ce dernier préparer le dîner. Elle aurait normalement dû accompagner Carla et Sam à Stenhaus où ils étaient conviés pour la seconde fois. Mais elle avait refusé, ne voulant pas s'imposer. Il était préférable que Carla et Sam consolident ces liens familiaux encore fragiles. Lorsque Paul avait téléphoné, Angie avait compris qu'il avait l'intention d'inviter Carla, mais comme elle était absente, il s'était en quelque sorte rabattu sur elle.

Angie n'en avait pas pris ombrage parce qu'elle aimait énormément Paul. Il était devenu un très bon ami tout en étant le patron de Carla. Et si elle ne répétait plus à Carla que Paul ferait un bien meilleur partenaire que Luke ou le fruste Josh Aldrich, elle n'en pensait pas moins.

Paul avait débouché une bouteille de chardonnay et ils discutaient tous deux agréablement.

— C'est dommage que Carla n'ait pas pu venir. J'ai fait ma petite enquête sur Walt Conrad et j'ai recueilli des informations de première main, dit Paul à Angie.

— De toute façon, nous n'aurons plus besoin de faire appel à lui. La banque a accepté la renégociation de notre prêt, grâce aux Stenmark.

Angie agita les sourcils d'un air entendu.

— Je suis très contente que cela s'arrange de la sorte. Je n'aurais pas aimé que Walt fourre son nez dans les affaires de Sundown Crossing.

— Bonne nouvelle ! s'exclama Paul avec un franc sourire. Et croyez-moi, ce que j'ai appris sur son compte vous aurait de toute façon dissuadées de le prendre comme partenaire. Cet homme est totalement déloyal. Il y a plusieurs années de ça, lors du procès contre les Stenmark, il a menti comme un arracheur de dents à propos de la clôture et, après avoir perdu, il a proclamé les pires horreurs sur Carl et sur Luke. Et ce n'est pas tout.

Il s'arrêta un moment pour manger un morceau de viande et boire une gorgée de vin.

— Kim et Tran sont venus me voir l'autre jour. Tran avait surpris une conversation entre les deux camionneurs qui transportaient votre cargaison de vin. Il m'a fait un compte rendu de ce qu'il avait entendu concernant l'accident. Et croyez-moi, c'est édifiant.

Il se leva et se dirigea vers le buffet sur lequel était posée une grande enveloppe en papier Kraft.

— J'ai chargé un ami à moi, Gary, policier à la retraite, de faire des recherches à Adelaïde. Gary connaît bien les milieux interlopes et il n'a eu aucun mal à trouver les renseignements souhaités. Je ne vous en ai pas parlé tout de suite, car je voulais attendre d'avoir des preuves. Toutes vos bouteilles de vin sont stockées dans un petit entrepôt isolé à l'est d'Adelaïde. Regardez.

Il étala plusieurs photos sur la table.

— Gary a pris des photos datées, pour prouver que votre cargaison est intacte.

— Mais, c'est incroyable ! s'exclama Angie, abasourdie.

Elle regarda Paul d'un air perplexe.

— Comment votre ami a-t-il réussi à les prendre ?

Puis elle ajouta :

— Mais, peut-être vaut-il mieux que je ne sache rien.

Il accueillit ses paroles avec un petit rire.

— Certes, mais quoi qu'il en soit, cela prouve que Conrad est un escroc. La police et la compagnie d'assurances, qui s'apprêtait à rembourser une partie des dommages, seront ravies quand elles apprendront la nouvelle.

Angie examina les photos, puis se mit à lire le rapport rédigé par Gary à l'issue de son enquête.

— Impressionnant ! Quelle vermine, ce Walt. Il ne recule vraiment devant rien pour parvenir à ses fins.

— C'est un opportuniste sans scrupule, qui ne pense qu'à une seule chose : prendre sa revanche sur les Stenmark. Carla, qui fait partie de la famille, était la proie idéale. Son plan était très simple : provoquer la faillite de Sundown Crossing, puis s'en emparer sous couvert de vous venir en aide. S'il avait réussi, il aurait été le plus heureux des hommes.

Angie passa une main dans ses cheveux blonds grisonnants et poussa un soupir.

— Vous savez, je me suis toujours méfiée de Conrad et de Frances. Ils étaient trop gentils pour être honnêtes.

Elle regarda Paul droit dans les yeux.

— Mais peut-être que je deviens cynique avec l'âge.

Paul protesta.

— Pas du tout. Vous êtes simplement psychologue.

Il réfléchit un instant et ajouta :

— Il a de toute évidence l'intention de transporter votre cargaison de vin à l'ouest, pour le vendre au printemps. Cela lui rapportera un bon revenu, étant donné qu'il n'aura à régler que les frais d'expédition et d'étiquetage.

— Il faut que nous avertissions Carla dès que possible, observa Angie avec son bon sens habituel. Paul, c'est vous qui détenez les preuves. Je vous laisse donc la mettre au courant.

— Bien sûr. Je vais à Clare Valley demain. Je passerai donc lundi soir, après dîner.

— Je ne serai pas là. Je dois aller à une réunion à Tanunda. Mais Tran et Kim seront trop contents de corroborer vos paroles.

— Je suis heureux que cette affaire soit réglée, dit-il avec un sourire en se frottant les mains. Et comme vous avez été une bonne fille et que vous avez fini votre assiette, je vais aller chercher le dessert. Que diriez-vous d'un tiramisu ?

— Eh bien, s'il est aussi bon que la dernière fois, j'accepte avec plaisir.

20

Josh leva le pied de la pédale d'accélérateur et coupa le moteur. Le pick-up glissa le long du terrain légèrement en pente et s'arrêta près de l'atelier de fabrication. Tout était calme à Sundown Crossing. Les lumières étaient éteintes dans la caravane des Loong et, dans le cottage de Carla, seules brillaient la lumière extérieure et une petite lampe de chevet. Mais où était donc le chien de Sam ? se demanda-t-il en sortant de son véhicule tout en étirant son dos endolori. Si Odin se mettait à aboyer comme un fou, il alerterait tout le monde de sa présence. Il fit le tour du pick-up et donna exprès un coup sur le mur de l'atelier. Aucune réaction. Josh esquissa un sourire ironique. Vous parlez d'un chien de garde ! Le stupide cabot était sans doute en train de chasser les lapins. A moins qu'il ne soit allé rendre visite à la chienne de van Leeson. En tout cas, il n'était pas dans les parages et c'était tant mieux.

Après mûre réflexion, Lisel et lui avaient décidé de mettre le feu à Sundown Crossing pour se débarrasser de Carla. Il avait ensuite passé plusieurs nuits à réfléchir à la manière dont il procéderait. Lisel lui avait promis une jolie somme d'argent pour cette basse besogne et ils avaient décidé de se rencontrer à Lyndoch à minuit, une fois le travail exécuté. Elle le paierait à ce moment-là, en liquide. Avec ses économies et l'argent versé par Lisel, il aurait de quoi s'acheter un petit vignoble dans l'Etat du New South Wales.

Il serait enfin son propre patron et il pourrait mettre à profit ce qu'il avait appris à Rhein Schloss. La destruction de Sundown Crossing et des rêves de Carla ajouterait encore à son bonheur. Cette garce allait enfin comprendre qu'on ne se moquait pas impunément de Josh Aldrich.

Il prit deux litres d'essence dans le coffre de son camion, déboucha les bidons et commença à répandre le liquide inflammable autour de l'atelier, à distance raisonnable de son véhicule toutefois. Une fois qu'il eut terminé, il rangea les bidons vides dans le pick-up et en prit deux autres. Il les vida autour du cottage, et le long de la barrière de bois qui séparait la caravane des Loong du cottage et de la vigne.

Tout en relevant le col de sa veste en peau de mouton pour se protéger du froid, il esquissa un sourire diabolique : le vent se levait. Il attiserait les flammes et tout se transformerait en un gigantesque brasier. Il ignorait qui dormait dans le cottage mais Carla et Sam étaient sans doute là puisque la voiture de la jeune femme était garée à l'arrière et qu'il y avait école le lendemain. Par contre il n'avait pas vu la camionnette d'Angie. Elle assistait probablement à une réunion de l'association des viticulteurs à Tanunda. Et la caravane des Loong ? Tran avait dû sortir car sa moto n'était nulle part en vue. Peut-être était-il toujours en train de travailler au restaurant ?

Josh ramassa un sac en plastique sur le plancher du pick-up. Il contenait plusieurs journaux et un briquet. L'acte criminel qu'il était sur le point de commettre ne lui inspirait aucune culpabilité. Carla méritait de tout perdre, même la vie. Pourquoi donc aurait-il éprouvé de la compassion pour elle ? Elle s'était moquée de lui, elle l'avait humilié, lui qui rêvait d'en faire sa femme.

Par ailleurs, Lisel s'était montrée implacable sur ce point : Carla devait disparaître à jamais et si son fils et les Loong mouraient eux aussi, eh bien… tant pis. Ni Lisel ni lui-même ne les regretteraient. Il fit une grimace en reniflant les vapeurs d'essence. Kim, qui l'avait roué de coups le soir où il avait agressé Carla dans les vignes, méritait par-dessus tout ce qui allait lui arriver. Ce n'était qu'une sale petite prostituée vietnamienne qui croyait pouvoir faire une croix sur son passé en jouant les filles vertueuses. Avec lui, ça ne prenait pas.

Son seul regret, c'est qu'il ne serait pas là pour assister au spectacle. Lisel lui avait rappelé qu'il aurait besoin d'un alibi en or. Une fois le feu allumé, il partirait donc au plus vite à Nuriootpa, s'arrêterait dans un bar et s'arrangerait pour déclencher une bagarre. Cette Lisel, c'était une garce sans cœur, mais elle était très futée. Elle n'avait négligé aucun détail. Obsédée par Luke — ce qu'il trouvait personnellement très malsain —, elle était prête à tout pour assurer son avenir. Cette fille était dangereuse et il valait mieux être en bons termes avec elle. Pourtant, si elle lui avait donné le moindre signe d'encouragement il serait volontiers sorti avec elle, en s'inquiétant plus tard des répercussions d'une telle aventure. Il fit la moue et cracha par terre. Mais de toute façon, cela ne risquait pas de lui arriver. Lisel n'était pas attirée par lui.

Où allait-il mettre le feu en premier ? Au cottage. Ce serait sa première cible, décida-t-il avec un petit rire joyeux. Le cottage en brique recouvert de ciment, avec des fenêtres et un toit de bois, s'enflammerait plus lentement que les autres installations. Il s'attaquerait ensuite à la barrière. Elle brûlerait en quelques secondes et projetterait des étincelles en direction de la caravane et de la bouteille de gaz. Il s'occuperait en dernier lieu de l'atelier. Ce dernier était fermé, mais il briserait quelques fenêtres et jetterait à l'intérieur une ou deux mèches pour démarrer le feu. L'alcool stocké à l'intérieur, l'essence répandue tout autour du bâtiment et les produits utilisés par Angie dans son petit laboratoire feraient le reste.

Se déplaçant avec précaution dans la pénombre, Josh s'approcha de la barrière.

Dix minutes plus tard, il avait accompli sa mission. De petites flammes couraient le long du cottage, de la clôture et de l'atelier. Josh, sans perdre une minute, rejoignit à la hâte son véhicule. Il démarra et appuya brutalement sur l'accélérateur pour s'enfuir au plus vite. Dans sa hâte, il ne remarqua pas les pots de peinture empilés près de la porte de l'atelier et les heurta violemment avec son pare-chocs avant. Les pots dégringolèrent et il en écrasa un dont le contenu se répandit sur le sol et macula la roue et l'avant du pick-up, du côté passager.

— Merde, c'était quoi ce truc ? grommela-t-il, agacé, en tournant le volant en direction de l'entrée du vignoble.

Sans doute des caisses qu'il n'avait pas remarquées. Il haussa les épaules et oublia aussitôt l'incident. Il n'avait à présent qu'une seule chose en tête : s'éloigner le plus vite possible de Sundown Crossing. Il aperçut dans son rétroviseur arrière un halo lumineux. Il sourit intérieurement. Joli travail. Lisel serait satisfaite.

Dix minutes plus tard à peine, il se gara dans une petite rue sombre à proximité de la route principale et se dirigea vers l'hôtel. En pénétrant dans le bar, il jeta un coup d'œil à l'horloge qui indiquait : 21 h 25. Soucieux de se créer au plus vite un alibi, il balaya la pièce du regard. Deux hommes jouaient au billard, quatre autres discutaient autour d'une table et trois clients, perchés sur de hauts tabourets, étaient accoudés au comptoir. Parmi ces neuf hommes, il en repéra un qu'il détestait. Excité par l'acte qu'il venait de commettre, il n'aurait aucun mal à déclencher une bagarre en lui lançant quelques insultes.

Paul consulta le compteur de son véhicule et réalisa qu'il roulait trop vite. Il ralentit immédiatement pour revenir à une vitesse plus adaptée. La réunion avec le promoteur du site de Clare Valley avait duré plus longtemps que prévu, ce qui signifiait qu'il n'arriverait à Sundown Crossing qu'à 21 h 30. Peu de temps avant d'atteindre le vignoble, il remarqua un rougeoiement suspect qui embrasait le ciel nocturne. C'était un incendie ! Paul appuya brusquement sur l'accélérateur. Tout en conduisant, il fouilla dans la poche de sa veste pour attraper son portable et composa ensuite le numéro des pompiers.

— Il y a un incendie à Sundown Crossing. On dirait que ça flambe depuis un petit moment. Dépêchez-vous, cria-t-il.

Il appela ensuite Carla. Aucune réponse. La pédale au plancher, il roulait maintenant à toute allure, insouciant du danger. La Land-Rover faisait des bonds en avant tandis qu'il se rapprochait de minutes en minutes de l'incendie.

— Mon Dieu, murmura Paul en s'arrêtant devant le cottage.

Tout était en feu : la caravane, le cottage et l'atelier. Il se rua hors de la voiture en attrapant au passage une couverture qui traînait sur le siège arrière puis, après l'avoir trempée dans la mare, il se précipita vers le cottage. Le corps protégé par le tissu imbibé d'eau, Paul brisa d'un coup de pied la vitre de la fenêtre de la chambre de Carla et grimpa à l'intérieur.

Il se dirigea droit sur Carla qui toussait dans son

sommeil. La fumée avait envahi toute la maison. Paul la prit par l'épaule et la secoua.

— Carla. Carla, réveillez-vous, la maison brûle. Levez-vous.

Dans la pénombre, il chercha à tâtons quelque chose pour la préserver des flammes. En désespoir de cause, il s'empara du couvre-lit.

— Venez, lui dit-il en la tirant du lit. Il faut partir. Tout de suite.

— Co… comment ?

Encore tout ensommeillée, elle se remit à tousser. Mais remarquant soudain la fumée autour d'elle et alertée par le crépitement du feu, elle poussa un cri de détresse :

— Et Sam ?

— Sortez par la fenêtre. Je vais aller le chercher, cria Paul en la poussant vers la vitre brisée.

Saisissant la lampe de chevet il cassa les morceaux de verre saillants pour éviter qu'elle ne se blesse.

— Les Loong ! Kim et Su Lee sont dans la caravane.

— Je sais. Ne vous inquiétez pas, je vais m'occuper d'elles.

Une quinte de toux le fit subitement s'interrompre. Reprenant son souffle, il lui ordonna :

— Allez-y !

Une fois Sam sauvé et en lieu sûr avec sa mère, Paul récupéra Kim et Su Lee. La caravane et le cottage étaient maintenant dévorés par les flammes, mais le feu progressait plus lentement dans l'atelier. Paul et le petit groupe de rescapés contemplaient, impuissants et horrifiés, l'incendie qui ravageait tout. C'est alors qu'ils entendirent au loin le hurlement de la sirène des pompiers.

***

Carla se tourna vers Paul et son cœur se serra. Comme il était beau malgré son visage noirci par la cendre ! Il s'était brûlé la main gauche en entrant de force dans la caravane et avait enroulé autour de sa blessure un morceau de tissu mouillé. Ses cheveux bruns de même que son pantalon étaient roussis par endroits. Paul leur avait à tous sauvé la vie. Elle lui en était infiniment reconnaissante mais… il y avait plus que ça. Les sentiments qu'elle éprouvait à son égard dépassaient la gratitude. Toutefois, ce n'était pas vraiment le moment d'y penser. Plus tard…

Un frisson lui parcourut l'échine et se répandit dans tout son corps. S'il n'était pas venu, s'il n'avait pas vu l'incendie… ce n'est pas seulement le vignoble qui aurait disparu en fumée mais toutes les personnes qui vivaient là, à l'exception d'Angie et de Tran. Tout en réfléchissant, elle était attentive aux bruits et aux odeurs qui l'entouraient : le sifflement des flammes sous le jet des lances à incendie, le crépitement du bois, l'odeur forte et écœurante des matériaux de construction en feu.

Les pompiers jugèrent que seul l'atelier pouvait encore être sauvé. Dans la confusion générale — au milieu des hommes luttant contre les flammes, des tuyaux enchevêtrés, de l'eau et des bâtiments incandescents — Carla et Paul n'avaient pu échanger que quelques mots. Pourtant, Carla était sûre d'une chose : il s'agissait bel et bien d'un incendie criminel.

Mais pourquoi ? Qui était le coupable ? Carla n'en avait aucune idée et elle se sentait incapable de réfléchir clairement car elle était rompue de fatigue et d'émotion. Il y avait tout d'abord eu ce réveil au milieu de la fumée, puis la réalisation soudaine qu'elle éprouvait de tendres sentiments envers Paul, et enfin l'incendie qui avait tout détruit !

Regroupés dans un coin, Paul, Carla et les autres

regardaient le cottage englouti sous les flammes. Il ne resta bientôt plus que les murs noircis par la fumée et les cendres qui montaient en tourbillonnant vers le ciel sombre. La caravane n'était qu'un tas de décombres et la barrière était carbonisée. Pendant ce temps les pompiers essayaient de maîtriser le feu dans l'atelier. Quelqu'un avait accroché une lampe portative qui éclairait le lugubre spectacle du cottage et de la caravane calcinés. Des voisins, rassemblés à la lisière du vignoble, échangeaient des commentaires à voix basse.

Une heure plus tard, le feu était complètement éteint dans l'atelier et les pompiers se mirent à ranger le matériel. Angie, qui arrivait juste à ce moment-là, dut se garer à l'extérieur de la propriété.

— Mon Dieu ! s'exclama-t-elle avec horreur.

Elle se dirigea tout droit vers Carla et Sam et les prit dans ses bras.

— Mais qu'est-ce qui s'est passé ?

— D'après le chef des pompiers, il s'agit d'un incendie criminel, l'informa Paul.

— Mais qui… ? demanda Angie en regardant fixement Paul et Carla, comme s'ils détenaient la réponse à sa question.

— J'ai bien quelques idées, mais il est trop tôt pour en parler. En tout cas, celui ou celle qui a fait le coup a de la peinture verte sur son véhicule. En effet, l'incendiaire a heurté plusieurs pots de peinture et l'un d'entre eux s'est ouvert. On a repéré une trace de pneu verte en direction de la route principale, expliqua Paul.

Il jeta un coup d'œil à sa montre et regarda Carla. Elle avait l'air bouleversée et lasse.

— Il se fait tard. Vous venez tous chez moi ce soir, annonça Paul d'un ton qui n'admettait pas de protestation. La police viendra demain pour nous interroger, ajouta-t-il.

— Nous avons tout perdu, dit Carla, effondrée. Nos vêtements, nos meubles, le bureau, tous les papiers.

— Il ne s'agit que de biens matériels. Personne n'est mort. C'est ce qui compte, dit Angie pour la réconforter.

— Grâce à Paul.

Carla regarda dans la direction de Paul qui discutait avec le chef des pompiers.

— Si… s'il n'était pas venu à notre secours, nous ne serions plus là.

— Certes. Mais vous êtes tous bien en vie et c'est le plus important.

Angie ouvrit les bras et Carla vint s'y blottir.

— Je… je ne sais pas ce que nous allons devenir, dit Carla, abattue. Avant, j'avais une vision claire des choses. Je savais ce qu'il fallait faire. Mais maintenant ? Angie, je suis perdue.

— C'est normal, ma chérie. Et ce n'est pas le moment de prendre des décisions. Tu es épuisée et sous le choc. Il faut d'abord que tu récupères.

Carla sourit et murmura en plaisantant :

— Bien, docteur Dupayne. Tu as raison comme d'habitude.

Ils restèrent jusqu'à l'extinction totale du feu. Puis Paul les entraîna tous dans sa Land-Rover et les emmena chez lui.

Carla, bien qu'exténuée, savait qu'elle ne trouverait pas le sommeil. Pas tout de suite. Après avoir cajolé Sam pour le rassurer, elle le mit au lit. Pendant ce temps, Tran était venu retrouver ses sœurs. Il s'était d'abord rendu à Sundown Crossing où il avait vu les bâtiments réduits en cendres puis, informé du départ de Kim et de Su Lee chez Paul, il les avait rejointes là-bas. Des retrouvailles émouvantes avaient eu lieu, et Tran avait solennellement promis de renoncer à tout jamais au jeu. La perspective de perdre sa famille lui avait fait comprendre quelles étaient ses priorités. Angie s'installa sur le canapé dans le bureau de son hôte. Paul et Carla se retrouvèrent donc seuls dans la salle à manger.

Paul avait pris une douche et s'était changé. Il se dirigeait maintenant vers Carla, portant deux tasses de café brûlant dans sa main gauche bandée. La jeune femme était assise sur le canapé en cuir devant la cheminée, encore enveloppée dans le dessus-de-lit dont Paul l'avait couverte.

— Je peux vous prêter des habits, si vous voulez, lui dit-il en s'asseyant près d'elle. J'ai gardé une malle de vêtements qui appartenaient à Lisa. Je n'arrive pas à m'en séparer. Si cela ne vous gêne pas, bien sûr.

Comme il la regardait avec attention de la tête aux pieds, elle hocha la tête en signe d'acceptation.

— Elle devait faire à peu près votre taille.

— Nous verrons cela demain matin, dit Carla en portant la tasse de café à ses lèvres.

C'était beaucoup trop chaud et elle la reposa donc sur la table du salon.

— Je ne vous ai pas encore remercié pour ce que vous avez fait. Vous nous avez sauvé la vie à Sam et à moi.

Elle lui adressa un sourire franc et sincère.

— Alors, merci.

Ses yeux brillaient d'admiration.

— On dirait que c'est devenu une habitude chez vous de venir à notre secours.

— Il est inutile de me remercier. Tout cela n'est dû qu'à un heureux concours de circonstances, si je puis dire. Si j'ai vu l'incendie, c'est parce que je me rendais justement à Sundown Crossing. Normalement, je suis chez moi à cette heure-là.

Carla fronça les sourcils.

— Vous veniez me voir ? Mais pour quelle raison ?

— Je voulais vous parler de Walt Conrad.

Compte tenu des émotions de la nuit, Carla avait du mal à suivre le récit des transactions frauduleuses de Walt. En revanche elle ne mettait pas une seule seconde en doute la bonne foi de Paul. Sans raison précise, elle s'était toujours méfiée des Conrad, et maintenant elle savait pourquoi. Cette défiance instinctive, partagée par Angie, s'avérait entièrement justifiée.

— Il faut faire arrêter Conrad avant qu'il ne sévisse de nouveau. Je suggère de tout révéler à la police et à la compagnie d'assurances. Ils prendront les choses en main, dit Paul d'un ton ferme. Ce n'est qu'un escroc et il est temps qu'il reçoive la monnaie de sa pièce, ajouta-t-il.

— Tout à fait d'accord, acquiesça Carla en bâillant.

Elle aurait dû être furieuse après Walt, mais d'une certaine manière, le vol qu'il avait commis paraissait soudain moins grave comparé à la tragédie qui avait eu lieu ce soir. Quelqu'un avait détruit une bonne partie du vignoble, incendié les bâtiments et tenté de les tuer, elle, Sam et les Loong. Elle ne voulait plus y penser tellement c'était horrible.

— Vous croyez que Walt est responsable de l'incendie ? Il se serait vengé parce que j'avais refusé son offre ? demanda-t-elle à Paul.

— Je n'en sais rien. Je ne suis pas sûr qu'il serait allé jusqu'à commettre un tel acte, mais nous savons qu'il avait des vues sur votre domaine. On ne peut donc écarter cette éventualité.

— Si ce n'est pas Walt, qui d'autre aurait... ?

Paul lui prit la main et la serra dans la sienne.

— A votre avis, qui souhaite votre disparition et la destruction de Sundown Crossing ?

Carla le savait. La réponse était sans équivoque.

— Les Stenmark. Oh, non. Ils n'auraient pas fait ça.

Elle secoua la tête avec véhémence.

— Ni Grand-Père, ni Luke. Je fais partie de la famille, maintenant.

Ses yeux se remplirent de larmes à cette pensée. Elle tenta de les retenir, mais en vain. Non. C'était inimaginable : son grand-père ou Luke ne se seraient jamais rendus coupables d'une telle ignominie.

— En tout cas, quelqu'un souhaitait visiblement se débarrasser de vous. C'est indéniable.

Carla se couvrit les yeux de la main tout en poussant un profond soupir. Elle était submergée par l'émotion, mais cela n'avait rien à voir avec l'incendie. C'était la présence de Paul qui la bouleversait. Son cœur se mit à battre plus vite, elle avait la bouche sèche. Elle avait besoin… elle voulait qu'il la prenne dans ses bras et lui fasse oublier l'horreur de la nuit, ne serait-ce que pour un bref instant. Cela faisait longtemps qu'elle n'avait pas désiré quelqu'un avec une telle force ! Pourquoi ? La réponse était extrêmement simple : elle était amoureuse de Paul.

Cette révélation lui coupa le souffle. Elle l'aimait. Elle ne l'eut pas plus tôt admis que les sentiments confus qui l'habitaient depuis des semaines, voire des mois, se dissipèrent comme par enchantement. Oui, il fallait maintenant qu'elle regarde la réalité en face : elle adorait être en sa compagnie et se sentait merveilleusement bien avec lui. Elle appréciait son humour, sa gentillesse et sa générosité. Et tant d'autres petites choses encore… Elle avait refoulé ses sentiments, refusant de les reconnaître au prétexte que ces préoccupations étaient accessoires. Mais y avait-il quelque chose de plus crucial que l'amour ? Surtout pour quelqu'un comme elle, qui s'était résignée à ne plus jamais revivre un tel sentiment ? Cette fois, elle ne pouvait plus nier ses inclinations, étouffer la flamme fragile de sa passion. Elle esquissa un sourire face à cette évidence : elle était amoureuse de Paul van Leeson.

Mais lui, qu'éprouvait-il à son égard ? Elle l'ignorait car Paul était un homme secret et peu démonstratif. Il ne s'épanchait guère et maîtrisait parfaitement ses émotions. Il n'avait jamais semblé ressentir plus que de l'amitié pour elle. Mais qu'en était-il vraiment ? Elle mourait d'envie de le savoir mais… comment s'y prendre ?

Paul lâcha la main de Carla et la prit par l'épaule. Elle se tourna alors vers lui avec un regard interrogateur. Puis, levant la main, elle laissa courir ses doigts le long de sa mâchoire bien dessinée. Il la regarda d'un air étonné. Il prit une profonde inspiration et attendit.

— Un baiser me semblerait tout à fait approprié en guise de remerciement, murmura-t-elle d'une voix rauque qui tremblait légèrement.

Paul ne fit pas un geste. Il ne la repoussa pas : il attendait simplement de voir ce qu'elle ferait. Elle eut soudain désespérément envie de sentir son corps contre le sien et la douceur de ses lèvres. Elle s'appuya tout contre lui jusqu'à ce que leurs visages se frôlent. L'expression rêveuse de son visage le fit subitement sortir de sa réserve :

— Oh, Carla, ma Carla…

Il l'embrassa tout en la serrant étroitement contre lui. La spontanéité de sa réaction lui fit comprendre sans ambiguïté ce qu'il éprouvait pour elle. Elle répondit à la passion de son baiser avec élan, refusant de contenir plus longtemps ces sentiments qu'elle s'était récemment avoués à elle-même. Elle n'avait d'ailleurs plus aucune raison de les dissimuler, à en juger par le comportement de Paul.

Quelques instants plus tard, il se leva en l'entraînant délicatement vers lui. Ils étaient maintenant étroitement enlacés et Carla était comblée. Grisé par ses baisers, Paul ne se lassait pas de l'embrasser. Il glissa ses mains sous son pyjama et les posa sur sa poitrine. Un frisson de plaisir la parcourut. Elle voulait qu'il continue. Elle voulait… plus.

— J'ai si longtemps attendu, lui murmura-t-il tendrement à l'oreille.

Il prit son visage dans ses mains pour la regarder droit dans les yeux.

— Je t'aime, Carla Hunter. Je t'aime pratiquement depuis le premier jour de notre rencontre. Et quand tu es venue travailler à l'agence, ajouta-t-il, cela a été un doux supplice pour moi, surtout quand tu t'es mise à fréquenter Luke. Elle lui adressa un sourire incertain. Il l'aimait donc !

— Paul, tu as vraiment des dons d'acteur. Tu as bien caché tes sentiments.

— Je ne voulais pas te bousculer. Tu disais souvent que tu n'avais pas de temps à consacrer à une liaison sentimentale et… j'étais prêt à attendre.

— Vraiment ?

Elle réfléchit un instant puis ajouta :

— Tu as eu raison d'être patient, parce que…

Un sourire radieux illumina son visage.

— Je viens de comprendre que je suis amoureuse de toi.

— C'est vrai ?

Paul leva un sourcil d'un air interrogateur tout en la tenant fermement enlacée dans ses bras.

— Et Luke Michaels ?

Elle pencha la tête de côté à la recherche de la réponse appropriée, puis elle ajouta d'une voix assurée :

— Luke, c'est la famille et je l'aime bien, mais toi, c'est différent, je t'aime, tout simplement.

De sa main droite, il écarta quelques boucles rebelles du front de Carla.

— Le vieux Carl ne sera pas content. J'ai l'impression qu'il espérait un mariage entre toi et Luke.

C'était sans doute vrai et ce souhait était finalement plein de bon sens. En épousant Luke, elle s'assurait un bel avenir au sein de la famille Stenmark et de Rhein Schloss. Pourtant, elle n'en avait pas envie.

— J'ai beaucoup d'affection pour Grand-Père, mais il ne peut m'obliger à agir contre ma volonté et décider à ma place. En fait, il y a bien quelqu'un avec qui j'aimerais vivre…

Ses yeux bleus pétillaient de joie.

— Mais il faut évidemment que cette personne partage mon envie.

— Ah ! Je vois, dit-il en hochant la tête.

Une seconde plus tard il prononçait les paroles attendues.

— Veux-tu m'épouser, Carla Hunter ?

Carla ne se fit pas prier.

— Oui. C'est mon plus cher désir.

Paul la serra plus fort contre lui, un sourire triomphant aux lèvres.

— C'est merveilleux, ma chérie. Et je n'ai même pas de bouteille de champagne au frigo pour célébrer cet événement.

Carla s'écarta de lui et le regarda droit dans les yeux, d'un air à la fois séducteur et malicieux.

— Tu sais sans doute qu'il existe d'autres moyens de célébrer les bonnes nouvelles.

Le sourire de Paul s'élargit.

— Ne perdons pas une minute, d'accord ?

Il la souleva de terre et la déposa sur le vaste lit qui trônait au milieu de sa chambre.

*
* *

Josh Aldrich alluma la lumière du pick-up et vérifia de nouveau l'heure à sa montre. Minuit quarante-cinq. Mais où était-elle donc ? Il était furieux que Lisel le fasse poireauter dans le froid. Quelle garce ! Elle s'en fichait complètement qu'il gèle à l'attendre. Il serait bien content de ne plus jamais la revoir. Ah oui, il en avait assez.

Garé près de l'hôtel Lyndoch, il continuait à faire le pied de grue, de plus en plus furieux contre elle. Vingt minutes plus tard, elle garait sa voiture de sport près de la sienne. Qu'elle aille se faire voir. Il ne bougerait pas de son siège, rumina-t-il, les bras croisés de manière agressive.

Une minute plus tard, Lisel tapait à la vitre du côté passager, sexy comme à son habitude, en pantalon, veste et bottes de cuir noir. Elle ouvrit la porte et pénétra à l'intérieur.

— Oh, ça sent le cochon fumé ici, lança-t-elle en fronçant le nez.

— Sans blagues. Je viens de mettre le feu à Sundown Crossing, au cas où vous l'auriez oublié, répliqua-t-il d'un ton revêche. Vous en avez mis du temps pour arriver jusqu'ici.

— J'avais un rendez-vous galant.

Cette fille était complètement obsédée, mais il valait mieux qu'il arrête de penser à tout ça, car ce n'était pas le moment de s'exciter. Reprenant ses esprits, il demanda d'un ton brusque :

— Vous avez l'argent ?

— Vous ne perdez pas de temps, remarqua-t-elle d'un ton sarcastique.

Cet homme n'était qu'un rustre, mais il lui avait été très utile.

— Tout s'est bien passé ?

— Comme sur des roulettes. Tran et Angie étaient

absents mais les autres dormaient bien au chaud dans leur lit.

Lisel sourit, satisfaite. Elle aurait aimé assister au spectacle et contempler Carla et ses rêves partir en fumée. Toute petite, elle adorait déjà regarder le feu, les flammes rouges et jaunes, les volutes de fumée.

— Vous avez un alibi ? demanda-t-elle d'un air suspicieux.

— Bien sûr. Comme je vous l'ai dit, tout s'est passé comme sur des roulettes, répondit-il d'un ton hargneux.

Lisel ouvrit son sac et en sortit une épaisse enveloppe qu'elle lui tendit.

— Voilà, il y a le compte, comme convenu. Vous vérifierez plus tard.

Maintenant que tout était réglé, elle avait hâte de partir. Malgré tout, elle ne résista pas à l'envie de lui poser une dernière question.

— Quand quitterez-vous la Barossa Valley ?

— Demain. Dès que j'aurai fini mes bagages. Ma lettre de démission est sur le bureau de Luke.

— Vous nous manquerez.

Elle détestait habituellement faire des compliments mais, cette fois-ci, ils lui semblaient justifiés.

— Mais il vaut mieux que vous partiez.

Elle souhaitait son départ pour deux raisons précises. Tout d'abord, elle craignait qu'un jour il ne se montre plus gourmand et qu'il la fasse chanter. En outre, s'il restait dans la Barossa, sa présence lui rappellerait constamment leur acte criminel. Elle saisit la poignée de la portière et la baissa pour sortir.

— Au revoir et bonne chance, Josh.

Il esquissa un mauvais sourire dans la pénombre.

— Ouais, merci.

C'était fini. Lisel s'installa derrière le volant de sa

Mercedes et se lécha les lèvres comme si elle venait d'achever un bon repas. Luke et son père ne sauraient jamais ce qu'elle avait osé commettre pour assurer l'avenir de son neveu bien-aimé. Elle tourna la clé de contact et le moteur se mit à ronronner agréablement. Ces deux années d'incertitude à Rhein Schloss étaient bel et bien terminées et tout allait rentrer dans l'ordre. Papa, une fois surmonté le chagrin provoqué par la perte de sa petite-fille et de son arrière-petit-fils, se concentrerait de nouveau sur l'avenir de Luke. Ce dernier était désormais assuré de prendre la relève à Rhein Schloss. Il ne restait plus qu'à lui trouver une femme. Il était temps qu'il se case et la mort de Carla allait lui faciliter la tâche. Elle trouverait aisément dans la région une jeune femme digne de son neveu.

Ces perspectives réjouissantes la firent sourire. Oui, elle et Luke allaient être bien occupés dans les jours à venir.

A Stenhaus, le petit déjeuner se passait habituellement dans le calme. Lisel et Carl savouraient en silence leur bol de céréales et leur yaourt au fruit, accompagnés de toasts et de café.

Mais ce matin-là, Greta débarqua en trombe dans l'atrium, les joues en feu. Elle se dirigea tout droit vers son père.

— Papa, je viens d'avoir une discussion avec Angie Dupayne, la viticultrice qui travaille pour Carla. Un horrible accident s'est produit hier soir à Sundown Crossing. Il y a eu un incendie.

Greta, à bout de souffle, s'interrompit quelques instants.

— Le vignoble n'a pas été touché, poursuivit-elle mais tous les bâtiments, à l'exception de l'atelier, sont totalement détruits. Luke est parti là-bas pour évaluer l'étendue des dégâts.

Lisel, assise en face de son père et de Greta, se figea soudain. Il fallait absolument qu'elle donne le change.

— Mais c'est horrible. Qui a bien pu faire ça ?

Elle regarda le visage de son père changer d'expression et s'assombrir. Il porta la main droite à la poitrine, près de son cœur, comme il avait l'habitude de le faire depuis quelque temps.

— Et… Carla et Sam ? demanda-t-il d'une voix altérée par l'émotion.

Greta s'effondra sur la chaise la plus proche et se frotta le front.

— Ils vont bien, Dieu merci. Paul van Leeson se rendait chez Carla et c'est lui qui a vu l'incendie. Il les a tous sauvés des flammes : Carla, Sam, Kim et Su Loong. C'est un véritable miracle que personne n'ait été blessé.

A ces mots, Lisel s'étrangla et se mit à tousser. Tout le monde était sain et sauf. Aucun blessé. Les mots résonnaient dans sa tête avec une terrifiante clarté. Carla était toujours en vie. Et tout ça, c'était la faute à cet imbécile de Josh. *Tout s'est passé comme sur des roulettes.* Foutaises. Il s'était bien moqué d'elle. Et Paul van Leeson ! Qu'est-ce qui lui prenait de jouer les preux chevaliers ?

Elle se sentit soudain horriblement oppressée, comme si son corps était pris dans un étau. Elle avait besoin d'espace et de temps pour réfléchir à son aise. Malgré tout le soin apporté pour concocter un plan sans faille, Carla était toujours vivante. Lisel se força à retrouver son calme. Mais elle aurait dû s'en douter : il était impossible de faire confiance aux autres. Pourquoi ne s'en était-elle pas chargée elle-même ? Elle avait grassement payé Josh et il n'avait même pas été capable d'accomplir correctement sa mission.

— D'après le chef des pompiers, il s'agit d'un incendie criminel. Mais la police a une piste. L'incendiaire a renversé plusieurs pots de peinture, et le pare-chocs et la roue avant de son véhicule doivent être maculés de peinture verte, les avertit Greta avec une pointe de satisfaction.

— Où sont Carla et Sam ? On devrait les accueillir à Stenhaus, proposa Lisel avec chaleur.

— Ils sont chez van Leeson. Et ils veulent y rester pour ne pas s'éloigner de Sundown Crossing. J'irai là-bas après avoir bu une bonne tasse de café, leur annonça Greta.

— Je veux qu'ils viennent ici. Ils seront en sécurité chez nous, déclara Carl avec autorité. Après tout, Carla fait désormais partie de la famille.

Greta sourit à son père.

— J'essaierai de la convaincre, mais tu connais Carla. Elle est si indépendante ! Et elle s'entend bien avec Paul.

— Je t'accompagne à Sundown Crossing et nous irons ensuite chez van Leeson, décida Carl. Peut-être que j'arriverai à la faire changer d'avis.

Lisel, l'estomac noué, était au bord du malaise. Il fallait qu'elle s'éclipse au plus vite avant de commettre une bévue.

— Bon, je vois que Carla et Sam seront en de bonnes mains. Quant à moi, je vais à Rhein Schloss. J'ai une réunion à 10 heures. Si vous voulez bien m'excuser.

A ces mots, elle se leva de table et quitta la pièce à la hâte.

A peine avait-elle refermé la porte de sa chambre qu'elle se précipita sur son portable et composa le numéro de Josh.

— Ah, vous êtes encore là, siffla-t-elle quand il décrocha. Vous devez partir. Immédiatement.

— Pourquoi ?

— Espèce d'imbécile ! Vous avez tout gâché. Carla et Sam sont toujours en vie. Et les Loong aussi.

— Quoi ? Mais comment est-ce possible ? s'exclama Josh à l'autre bout de la ligne.

Elle esquissa un bref sourire en entendant son ton consterné. Lui qui se croyait si malin !

— Paul van Leeson passait par là et il leur a tous sauvé la vie. En fait le problème, c'est le pick-up. Vous l'avez examiné après l'incendie ?

Elle n'attendit pas sa réponse.

— D'après Angie Dupayne, il y a des traces de peinture verte sur le pare-chocs et la roue avant du véhicule appartenant au criminel.

— Ouais. Je les ai remarquées. Je me demandais d'où ça venait.

Josh n'était qu'un pauvre demeuré.

— Débarrassez-vous au plus vite de ce pick-up, lui ordonna Lisel. Abandonnez-le dans la brousse et quittez la vallée. Partez aujourd'hui même, avant que la police ne se mette à vérifier les véhicules des personnes soupçonnées d'en vouloir à Carla.

— Oh, merde ! jura Josh, mécontent. Je vais devoir acheter un nouveau camion.

— Et alors ? Vous êtes bourré de fric, Josh. Faites-le, un point c'est tout.

Lisel avait un instinct de survie très développé. Elle pressentait qu'en cas d'interrogatoire, il ne résisterait pas longtemps à la pression, et finirait par tout avouer à la police en rejetant la responsabilité sur elle. C'était certain : il ne penserait qu'à sauver sa peau ! Dans quel pétrin elle s'était embourbée ! Tant pis, il était trop tard pour les regrets et les récriminations. Toutefois elle ne pouvait s'empêcher de s'adresser des reproches. Elle aurait dû se charger des opérations elle-même. Tout en observant son reflet dans le miroir de sa coiffeuse, elle se dit qu'il était temps de prendre le large. Un incendie criminel était un grave délit en soi, mais si en plus il avait été perpétré dans l'intention de tuer…

Oui, c'était décidé : elle quitterait la Barossa pendant quelque temps. C'était l'été en Europe et elle n'aurait aucun mal à convaincre Luke qu'elle devait visiter des fermes viticoles en France et en Italie. Soudain soulagée par cette décision, elle se mit à sourire et se détendit peu à peu. L'Europe lui tendait les bras. Lisel était une vraie Stenmark et jusqu'à ce jour, les membres de cette famille avaient toujours réussi à se tirer d'affaire. Elle disparaîtrait du paysage avant que quelqu'un ne s'intéresse à son cas et ne la soupçonne d'avoir voulu supprimer Carla.

21

Pour finir, la curiosité l'emporta et, avant d'aller à Rhein Schloss, Lisel fit un saut à Sundown Crossing afin d'évaluer les dégâts par elle-même. Carl venait juste d'arriver et Luke et Greta étaient déjà sur les lieux. Luke s'entretenait avec le pompier chargé de surveiller le site.

— *Mein Gott!* Quel gâchis ! murmura Carl au moment même où Lisel sortait de sa voiture.

Sous le coup d'une forte émotion, il lui arrivait de se remettre à parler allemand.

— Il ne reste plus que les vignes.

— Bonjour, Grand-Père, dit Luke. Je sais. C'est un affreux spectacle, mais le vignoble est intact et l'atelier en assez bon état. D'après Angie, si la chaleur du feu n'a pas trop perturbé le processus de fermentation, il sera peut-être possible de sauver le cru de cette année.

Carl secoua la tête.

— Le responsable de cet acte destructeur mériterait le fouet, s'exclama-t-il avec véhémence.

Il s'interrompit un instant.

— Et même un châtiment pire encore ! Quel acte stupide !

Il contemplait, incrédule, les vestiges calcinés du cottage et de la caravane des Loong.

— C'est un véritable miracle qu'il n'y ait pas eu de victimes.

— C'est van Leeson qui leur a sauvé la vie, lui expliqua Luke, même s'il aurait préféré que le jeune architecte ne fût pas mêlé à toute cette histoire.

Il revenait juste de chez Paul. Il avait discuté avec Carla et, étant particulièrement attentif à ses réactions, il avait tout de suite noté quelque chose d'insolite dans son attitude. Alors qu'il s'attendait à la trouver triste et abattue, il était tombé sur une Carla rayonnante et sereine. Sensible et observateur, il avait remarqué les fréquents regards qu'elle adressait à Paul en souriant, et l'intimité physique qui régnait entre eux. Il n'y avait aucun doute : quelque chose de crucial s'était passé. Carla avait-elle déclaré son amour à Paul ? D'où ce changement soudain ? Il avait déjà eu l'occasion de voir des femmes amoureuses et Carla en manifestait tous les symptômes.

Quand il avait repris la route en direction de Sundown Crossing, tous les plans et les rêves d'avenir qu'il avait échafaudés pour lui et Carla lui étaient revenus à la mémoire. Ils allaient si bien ensemble et Carl aurait été tellement heureux de célébrer leur union ! Il pouvait naturellement tenter sa chance. Mais il savait en son for intérieur que cette initiative se solderait par un échec. Carla était une femme volontaire qui ne se laissait pas facilement influencer, surtout si des émotions profondes étaient en jeu. Fort heureusement, il n'avait pas eu le temps de tomber fou amoureux de sa cousine, et il savait qu'un jour ou l'autre, il finirait par surmonter son chagrin.

Tout en réfléchissant, Luke observait Lisel. Après s'être momentanément absentée pour examiner de plus près les décombres du cottage, elle revenait maintenant vers eux, l'air préoccupé. S'inquiétait-elle réellement du sort de Carla et de Sam ? Il aurait aimé croire qu'elle se repentait de sa méchanceté envers Carla, mais ce revirement subit était difficile à accepter, car Lisel était aussi obstinée que son père et changeait rarement d'opinion.

Tout en secouant la tête, Lisel s'exclama :

— Luke, c'est horrible. Les Loong, Angie, Carla et Sam ont tout perdu. Qui a pu commettre un acte aussi bas ?

— La police a une piste. Elle trouvera le ou les responsables, affirma Carl, sûr de lui. Cet incendie, quel qu'en soit le motif, signifie que tous les vignobles de la région sont menacés. C'est pourquoi il est indispensable d'arrêter le coupable.

— Indéniablement, acquiesça Lisel en jetant un regard entendu à Greta tout en posant la main sur le bras de son père.

— Papa, tout ceci est très éprouvant pour toi. Tu es sûr que ça va aller ?

— Arrête de t'inquiéter, Lisel. Je me sens parfaitement bien, répondit Carl, agacé. Je suis déçu, c'est tout. Luke vient juste de m'annoncer que Carla et Sam resteront chez van Leeson jusqu'à ce que tout rentre dans l'ordre. J'aurais voulu qu'ils viennent à Stenhaus pour qu'on puisse prendre soin d'eux.

— Tu as raison, Papa. Leur place était à la maison. C'est une terrible épreuve pour Carla et son fils et il n'y a rien de tel que la famille pour vous soutenir en cas de malheur.

Luke, tout en écoutant Lisel, l'examinait avec attention, mais son visage était un masque impassible. Décidément, l'attitude de sa tante était incompréhensible. Pourquoi était-elle si gentille ? Pourquoi ne s'opposait-elle plus avec violence à la présence de Carla et Sam à Stenhaus ? Tout sentiment de jalousie avait-il disparu ? Cette capacité à changer brutalement d'humeur lui évoquait le caméléon, dont les couleurs variaient au gré de son environnement.

Il avait pourtant perçu dans le regard de sa tante une froideur qui détonnait avec ses paroles compatissantes. Il était persuadé que cette splendide débauche de sollicitude n'était qu'une façade. Il avait d'ailleurs déjà assisté à de telles volte-face lors de conseils d'administration et de négociations avec le personnel.

Après avoir jeté un coup d'œil à sa montre, Lisel s'adressa à Luke :

— Il faut que j'y aille si je ne veux pas être en retard à ma réunion. Peux-tu passer me voir quand tu viendras au bureau ? Ça fait longtemps que je ne suis pas allée en Europe visiter des domaines viticoles. Il faut que je rattrape le temps perdu et que je m'informe des dernières innovations publicitaires et promotionnelles.

— Très bonne idée, approuva Carl.

— Au revoir, Papa, au revoir, Greta. Ciao, Luke.

Lisel embrassa son père et sa sœur, puis se dirigea vers sa voiture. Elle avait juste le temps de faire un saut chez Josh pour vérifier qu'il était parti avant de présider la réunion à Rhein Schloss.

Vêtue d'habits ayant appartenu à la fiancée de Paul, Carla contemplait la campagne qui s'étendait au loin, par-delà la vaste terrasse en teck. Un sourire rêveur aux lèvres, elle se remémorait les événements de la nuit passée : la demande en mariage de Paul et leurs étreintes passionnées. A l'idée qu'elle s'appellerait bientôt madame Paul van Leeson, elle se sentait profondément émue. Pourtant, après avoir fait l'amour, ils avaient parlé longuement, puis décidé de ne pas précipiter leur mariage. Il fallait que Sam s'habitue à l'idée d'avoir de nouveau un père — même si, à n'en pas douter, il se réjouirait de cette heureuse nouvelle. En outre, elle devait discuter avec Angie de l'avenir de Sundown Crossing. Allaient-elles reconstruire les bâtiments ou vendre le vignoble ? Heureusement qu'elle avait régulièrement payé ses mensualités à la compagnie d'assurances. Avec l'argent qu'on lui verserait, elles auraient suffisamment de fonds pour tout remettre en état, si c'était l'option retenue. Mais Carla ne savait plus trop où elle en était. De plus, son mariage avec Paul changerait peut-être une fois de plus le cours de sa vie.

Alors pourquoi, malgré toutes ces incertitudes et les douloureux événements dont elle avait été victime — la trahison des Conrad, la destruction de Sundown Crossing —, se sentait-elle aussi heureuse ? De manière indicible, l'amour que Paul et elle éprouvaient l'un pour l'autre aplanissait toutes les difficultés et même l'incendie, aussi choquant que cela puisse paraître, ne lui semblait plus aussi dramatique. En ce moment même, Paul était au commissariat à Nuriootpa en train de dénoncer les actions frauduleuses de Conrad. Quant à l'incendie, les deux policiers qui les avaient interrogés leur avaient annoncé qu'ils tenaient une bonne piste. D'après eux, les traces de pneu vertes provenaient d'un véhicule lourd, tel qu'un camion ou un pick-up, et ils comptaient arrêter le coupable sans tarder.

Ses pensées se tournèrent alors vers son grand-père et Greta, qui était arrivée chez Paul juste au moment où la police en partait. Elle avait pleuré de soulagement et de joie en serrant dans ses bras Carla et Sam. Sa tante l'avait invitée à s'installer à Stenhaus — conformément au désir de Carl — et Greta avait été très déçue lorsqu'elle avait décliné son offre. Mais désormais sa place était auprès de Paul et comme il désirait qu'elle reste chez lui en compagnie de Sam, Angie et des Loong, elle n'avait pas eu le cœur de s'opposer à son souhait.

Tout en réfléchissant, elle aperçut au loin son fils et Su Lee qui jouaient avec les deux chiens. Ils profitaient pleinement de cette journée de congé inattendue. Carla et Kim avaient décidé de les garder à la maison car il fallait leur acheter de nouveaux vêtements et notamment d'autres uniformes pour l'école. Pour l'heure, ils étaient tous deux en pyjama et Sam portait un de ses pull-overs oublié chez Paul plusieurs mois auparavant. Il était beaucoup trop grand pour lui, ce qui ne le gênait pas le moins du monde ; quant à Sue Lee, elle avait emprunté une veste à sa mère. Comme tous les enfants de leur âge, ils s'amusaient, insouciants du froid.

Au bruit de pas qui approchaient, elle se détourna de la fenêtre. Angie venait juste de rentrer après avoir fait un tour en ville et au vignoble.

— Alors, quoi de neuf ?

— On ne parle que de l'incendie dans la vallée. C'est l'événement du jour ; un flot ininterrompu de gens défile au vignoble depuis ce matin. Certains d'entre eux nous ont apporté de la nourriture et des habits. Les O'Malley…

Devant le visage interrogateur de Carla, Angie expliqua :

— Tu sais, c'est la famille de six enfants. Ils ont proposé de nous donner des vêtements pour Sam et Su Lee. C'est gentil de leur part, non ?

— Oui, bien sûr. Et notre vin ?

— Je crois que nous avons de la chance. Du reste, il serait peut-être temps, dit Angie avec un sourire. J'ai vérifié les cuves et effectué quelques tests, poursuivit-elle. Le processus de fermentation se passe comme prévu et ne semble pas avoir été affecté par la chaleur des flammes. Mais j'en saurai plus dans les trente-six heures à venir.

— C'est merveilleux.

Angie regarda soudain Carla avec attention, intriguée par le ton enjoué de sa voix.

— Qu'est-ce qui se passe ? Etant donné ce qui vient de nous arriver, tu devrais te morfondre à l'heure qu'il est.

En guise de réponse, Carla se mit à danser autour de la table du salon et s'arrêta net devant son amie.

— Je ne peux rien te cacher. Ecoute : je suis amoureuse ! Et quand on aime, tout paraît possible.

Angie soupira.

— De qui ? de Luke ? demanda-t-elle en essayant de dissimuler sa déception.

— Mais, non, enfin ! De Paul, lui répondit Carla, les yeux embués de tendresse.

— Quelle bonne nouvelle ! Je suis si heureuse pour vous deux, mais j'ai eu très peur pendant dix secondes.

Angie s'approcha de Carla et l'embrassa sur les deux joues.

— Tu ne pouvais pas mieux choisir. Paul est l'homme idéal. Si j'avais eu quinze ans de moins, j'aurais tenté ma chance, plaisanta-t-elle en faisant un clin d'œil à sa jeune amie.

Au souvenir de la nuit passée, le visage de Carla s'empourpra légèrement.

— On va se marier.

— Eh bien, il ne perd pas de temps, ton Paul.

— C'est juste, approuva Carla en rougissant davantage.

A peine eut-elle prononcé ces paroles qu'elle fut prise d'une nervosité subite. Ramenant brusquement ses cheveux en arrière, elle entreprit de ranger la pièce.

Angie sut d'instinct que Carla éprouvait le besoin impérieux d'évacuer la tension de la nuit passée.

— Toi, Sam et les Loong, vous avez vécu une terrible épreuve. Cela va prendre du temps pour que tout rentre dans l'ordre. Ne ferais-tu pas mieux d'aller voir un docteur ou un psychologue, Carla ?

Carla secoua la tête avec véhémence.

— Ne t'inquiète pas, je vais bien. J'ai juste besoin de m'occuper. Une fois Sam à l'école, ce sera plus facile. Mais…

Elle jeta un coup d'œil à Angie.

— Il faut que nous parlions de l'avenir… de l'avenir de Sundown Crossing. Qu'allons-nous faire maintenant ?

Angie soupira, les mains enfoncées dans les poches de son jean.

— Chaque chose en son temps, ma chérie. Nous en reparlerons dans quelques jours, en toute tranquillité. Une fois que nous aurons bien réfléchi à la situation, nous prendrons une décision. Qu'est-ce que tu en penses ?

Carla lui sourit avec gratitude.

— C'est une excellente idée. Je boirais bien une tasse de café. Tu en veux une ?

— Avec plaisir.

Les deux femmes se dirigèrent d'un commun accord vers la cuisine.

Indifférent à la campagne environnante, Josh conduisait, les yeux rivés sur la route. Il roulait depuis la fin de la matinée en direction de Broken Hill et de la frontière. La nuit commençait à tomber mais il ne voulait pas s'arrêter, car il fallait qu'il mette le plus de distance possible entre lui et la Barossa. Il était clair désormais qu'il pouvait faire une croix sur son vignoble dans le New South Wales. Cela le rendait furieux. Lisel lui avait ordonné de quitter l'Australie. Car, bientôt, son vieux pick-up avec les bidons d'essence vides à l'arrière serait découvert. Et les policiers lanceraient immanquablement un avis de recherche dans tout le pays.

Il irait donc jusqu'à Broken Hill, puis partirait vers l'est en direction de Sydney, en passant par Nyngan et

Dubbo. Une fois à Sydney, il déposerait l'argent dans une banque, demanderait une lettre de crédit, puis filerait vers l'aéroport pour s'envoler vers… Quelle destination choisirait-il ? Il fronça des sourcils. Il ne savait pas où aller. En Europe, aux Etats-Unis ou en Amérique du Sud ? Quelle importance ? pensa-t-il en haussant les épaules. Il pouvait aller où bon lui semblait. Il était son propre patron, et il n'avait aucune attache.

Il traversa à toute allure la petite ville de Mingary. Heureusement, la frontière de l'Etat du New South Wales n'était plus qu'à quelques kilomètres. Il appuya sur l'accélérateur et l'aiguille du compteur monta d'un seul coup à 130. C'est alors qu'il entendit le mugissement d'une sirène. Merde, des policiers. Il jeta un coup d'œil dans le rétroviseur arrière. Ces salopards étaient trop contents quand ils pouvaient coincer quelqu'un pour excès de vitesse. Et il avait largement dépassé la limite. Résigné, il ralentit et se gara au bord de la route pour les attendre. Quelques minutes plus tard, la voiture de police s'arrêta derrière la sienne ; deux policiers en sortirent et se dirigèrent nonchalamment vers lui. Prêt à subir une leçon de morale, Josh remit poliment son permis de conduire à l'un des flics.

Les deux policiers échangèrent un regard en remarquant son nom.

— Vous voulez bien descendre de votre véhicule, monsieur ? demanda le chef, un certain Gregson.

— Mais pourquoi ? Je suis très pressé. Ecoutez, donnez-moi une amende et laissez-moi reprendre la route.

Les deux policiers le regardèrent sans broncher. Josh haussa les épaules et ouvrit la porte.

— Ce n'est pas si simple, monsieur Aldrich. Ecartez-vous de la voiture, lui ordonna Gregson. Un avis de recherche a été lancé concernant votre véhicule et vous-même. Nous allons devoir fouiller votre voiture.

— Mais pour quelle raison ? s'exclama Josh d'un ton soudain vindicatif, tout en s'éloignant de son véhicule.

Malgré ses efforts pour garder un visage impassible, Josh était inquiet. Si les policiers cherchaient de manière efficace, ils découvriraient sans tarder les liasses de billets dissimulés dans la trappe sous le siège avant. Et ils l'interrogeraient sûrement sur la provenance de cet argent.

— Ordres du Sergent Bronson du commissariat de Nuriootpa. Vous êtes soupçonné d'avoir incendié le domaine de Sundown Crossing. La police de la Barossa a découvert votre pick-up, avec plusieurs bidons d'essence vides à l'arrière.

— Mais je…

Une idée géniale lui traversa soudain l'esprit.

— On m'a volé mon pick-up. Et j'ai dû m'en acheter un autre, vous comprenez. Ecoutez, j'ai un rendez-vous important à New South Wales. On ne pourrait pas…

— Aviez-vous signalé le vol de votre véhicule, monsieur ? l'interrompit l'autre policier qui, comme l'indiquait son badge, s'appelait Frankel.

Josh se gratta la tête.

— Heu… non. J'étais tellement pressé que j'ai oublié. En outre, cet incendie a eu lieu lundi soir, n'est-ce pas ? Et ce soir-là, je me suis arrêté dans un bar à Nuriootpa pour boire quelques bières. Vous pouvez vérifier. Je me suis accroché avec un des clients là-bas.

Les policiers échangèrent de nouveau un regard entendu.

— Quoi qu'il en soit, monsieur Aldrich, on voudrait vous interroger à propos de cet incendie criminel, lui annonça Gregson avec un sourire condescendant. Vous allez nous accompagner et raconter ce que vous savez au commissaire.

Gregson se tenait debout à côté de Josh, le surveillant de près, tandis que l'autre policier, plus jeune, inspectait le pick-up de fond en comble : l'habitacle, le coffre et autres coins et recoins à l'arrière.

Josh sentit sa gorge se serrer quand l'agent de police souleva le couvercle de la trappe et en retira un paquet enveloppé dans du plastique. Il allait bientôt découvrir le pot aux roses. Josh se tritura les méninges pour mettre au point une histoire cohérente, susceptible de justifier la présence d'une telle somme.

— Ça fait beaucoup d'argent, monsieur Aldrich, dit Gregson en scrutant Josh. J'espère que vous aurez une explication valable à nous donner.

— Vous allez m'arrêter ? s'enquit Josh en regardant Gregson d'un œil torve.

— Pas encore. C'est le commissaire qui décidera, une fois qu'il aura fini de vous interroger.

— Et mon pick-up ? Je ne peux tout de même pas l'abandonner au bord de la route !

— Un camion de dépannage viendra le chercher et l'emmènera au commissariat. Fermez-le à clé en attendant.

— Bon, j'espère que personne ne viendra le visiter. Sinon, c'est le commissariat qui paiera les dégâts, grommela Josh tandis que les policiers le poussaient vers leur voiture et l'invitaient à s'installer sur le siège arrière.

C'était aux flics de prouver sa culpabilité. Et s'il refusait de parler, il leur compliquerait sérieusement la tâche.

Assis à sa table de travail, Luke essayait de se concentrer sur le dossier posé devant lui. Il s'agissait d'une étude sur les perspectives de croissance de la production viticole dans les cinq années à venir. Mais ses efforts n'aboutissaient à rien, car Carla et Lisel occupaient toutes ses pensées. Il devait désormais regarder la vérité en face : il n'avait plus aucune chance auprès de Carla ; Paul van Leeson lui avait damé le pion. Il était affreusement déçu. Mais il n'était pas le seul : sa mère et son grand-père partageaient sa déconvenue.

Luke comprenait néanmoins l'attirance de Carla pour le jeune architecte. Paul et Carla avaient tous deux beaucoup de choses en commun. De plus, tant qu'à être perdant, il préférait voir Carla avec Paul qu'avec un autre. Après tout, c'était Paul qui avait révélé au grand jour l'escroquerie de Walt Conrad. Il avait incontestablement rendu un grand service à la communauté en mettant cet escroc hors d'état de nuire.

Quand il ne pensait pas à Carla et à son rêve déçu, Luke songeait à sa tante. Il se posait de graves questions à son propos. Il était désormais certain de la duplicité de Lisel. Cette dernière avait feint la compassion envers Carla. Mais dans quel but ? Pour les impressionner, lui et Carl ? Ou bien… Une autre pensée l'obsédait, coupable et déloyale. La gentillesse de Lisel ne visait-elle pas à apaiser des soupçons éventuels quant à son implication dans l'incendie ? Plus il réfléchissait à cette hypothèse, plus elle lui semblait probable. Il connaissait trop bien la nature vindicative et rancunière de sa tante pour ne pas la soupçonner.

Un coup frappé à la porte l'interrompit dans ses sombres pensées : c'était son père qui, quelques secondes plus tard, pénétra dans le bureau.

— Encore plongé dans la lecture de ce rapport ? le taquina-t-il avec un sourire.

— C'est assez indigeste. Mais je ne t'apprends rien, répondit Luke avec une grimace.

Il regarda son père s'asseoir dans un fauteuil en face de lui.

— Alors, du nouveau ? demanda Luke à son père.

— Walt et Frances Conrad ont été arrêtés pour escroquerie. En outre, je viens juste d'apprendre que la police a trouvé le pick-up utilisé lors de l'incendie à Sundown Crossing. Il appartient à Josh Aldrich. La police l'a arrêté avant qu'il ne traverse la frontière et il est actuellement placé en garde-à-vue. Il était apparemment en possession d'une grosse somme d'argent. Ça ne m'étonne pas qu'il soit coupable. C'est un homme sournois et malveillant. Il n'a pas supporté que Carla le laisse tomber.

Luke approuva d'un signe de tête et se tut pendant quelques secondes.

— Toutefois, j'ai du mal à croire que Josh ait fomenté ce mauvais coup tout seul. Je suis persuadé que quelqu'un d'autre, plus riche, tirait les ficelles.

— Tu veux dire que Josh a été payé pour mettre le feu à Sundown Crossing ? Il n'aurait fait qu'obéir aux ordres d'un « cerveau », si je puis dire ?

— Malheureusement oui. Et ce n'est pas une bonne nouvelle pour la famille Stenmark, fit remarquer Luke d'un air contrarié.

John enleva ses lunettes et regarda son fils avec étonnement.

— Pourquoi ?

— Papa, réfléchis un peu. A qui profite cet incendie ? Ou plutôt, qui serait heureux que Carla et Sam disparaissent pour toujours et que Sundown Crossing soit rayé de la carte ?

— Tu ne penses tout de même pas que…, balbutia John, incrédule, les yeux écarquillés.

— Si, confirma Luke d'un air sombre en regardant son père droit dans les yeux. Lisel.

— Tu ne parles pas sérieusement, j'espère…

— Nous connaissons tous deux ses accès de violence.

Toi et moi, nous en avons plusieurs fois été témoins à Rhein Schloss. Ajoute à cela qu'elle ne supporte pas l'idée que Carl puisse accueillir Carla dans la famille. Par ailleurs, je ne sais pas si tu l'as remarqué, mais quant à moi, je n'ai plus aucun doute à ce sujet : Lisel est très perturbée.

— Ses excentricités ne m'ont pas échappé, admit John. Et je sais qu'elle percevait Carla comme une menace pour ton héritage. Lisel a toujours été excessivement possessive à ton égard : il n'est pas étonnant qu'elle se méfie de Carla.

— Peut-être, mais elle est allée trop loin cette fois. Elle a tenté de tuer Carla et le jeune Sam, répliqua Luke d'un ton qui résonnait comme une condamnation sans appel. Devoir un jour partager l'héritage avec Carla ou Sam ne me pose aucun problème. Il y en a assez pour nous tous. De fait, Carla a plus de droits sur cet héritage que je n'en possède moi-même, puisqu'elle est liée par le sang à Grand-Père.

— J'admire ta magnanimité, Luke. Et je pense que tu as vu juste : Lisel est sans doute impliquée dans cette vilaine affaire, même si c'est Josh qui a déclenché l'incendie. Son motif est clair et sans équivoque. Et son envie soudaine de partir en voyage d'affaires en Europe confirmerait, si besoin était, sa culpabilité.

Luke hocha la tête.

— C'est Josh qui m'inquiète. Pour se sortir d'affaire, il n'hésitera pas à incriminer Lisel. C'est vrai qu'à part l'argent, il n'existe aucune preuve physique contre elle. Ce serait donc la parole de Josh contre la sienne et c'est sans doute Lisel qui gagnerait la partie, grâce à ses appuis familiaux. Mais on ne sait jamais…

John se taisait, le visage soucieux.

— Tu as raison, approuva-t-il. Il serait donc plus prudent qu'elle s'éclipse. Le plus tôt sera le mieux. Il faut qu'elle choisisse un pays européen où il n'y ait pas d'accords d'extradition avec l'Australie.

— L'Espagne me semble un bon choix, fit remarquer Luke. Elle a été mariée cinq ans avec Carlos Rodriguez et depuis cette époque elle parle couramment espagnol. Néanmoins, avant son départ, je veux lui parler pour vérifier la justesse de mes soupçons. S'ils s'avèrent justifiés, elle devra quitter définitivement la Barossa pour épargner la famille — notamment Grand-Père, qui ne survivrait pas à un tel scandale.

— Je sais comme toi combien elle peut être pénible à supporter. Mais comment réagira Carl ? demanda John en fronçant les sourcils.

— Ecoute, Papa, il faut qu'elle parte pour toujours. C'est la seule solution possible, répondit Luke d'un ton sans réplique. On peut ouvrir une succursale à Madrid et la nommer gérante de l'affaire. Il est impensable qu'elle reste ici. Elle est trop déséquilibrée, trop imprévisible. Sa présence est une menace permanente pour la vie de Carla et de Sam.

La main sur le menton, John Michaels étudiait la proposition de Luke.

— Je ne sais pas. Tu es sûr que Carl sera d'accord ?

— Si je lui présente bien l'affaire, oui. Une fois que Lisel sera en Europe, on aura tout loisir de le convaincre.

— Bon, à ce que je vois, tu as bien réfléchi à la question.

— L'objectif numéro un, c'est que Grand-père ignore les agissements de Lisel, expliqua Luke. Il a assez souffert et s'il apprenait que sa fille a participé à l'incendie criminel de Sundown Crossing, il en aurait le cœur brisé.

John remit ses lunettes et se leva.

— C'est vrai. Je te fais confiance, mon fils. Agis comme bon te semblera, conclut John en fermant doucement la porte derrière lui.

Luke resta longtemps immobile, perdu dans ses pensées. Il était content d'avoir discuté avec son père. Maintenant il savait ce qu'il lui restait à faire. Et il allait s'y atteler sans tarder.

22

Le calme régnait chez Paul. Tout le monde dormait, à l'exception de Paul et Carla qui, enlacés sur le canapé du salon, regardaient le feu brûler dans la cheminée. Au doigt de Carla, brillait une bague, offerte le soir même par Paul pour célébrer leurs fiançailles.

Carla contemplait les flammes, un sourire aux lèvres. Elle rayonnait de bonheur. Sam avait été tout heureux d'apprendre la bonne nouvelle, car il aimait beaucoup Paul. Il avait tant de choses en commun avec lui : tous deux adoraient le rugby, les excursions dans la campagne et étaient fascinés par l'histoire des Vikings. Mais ce qui lui plaisait par-dessus tout, c'était la perspective d'avoir de nouveau un père. Carla projetait de se rendre à Stenhaus le lendemain pour annoncer ses fiançailles à Carl et Greta. Ils seraient sans aucun doute déçus qu'elle n'ait pas choisi Luke, mais on ne tombait pas amoureux sur commande. L'amour était quelque chose d'imprévisible et d'irrationnel qui vous prenait sans crier gare.

— La police a ramené Josh Aldrich à Nuriootpa pour l'interroger aujourd'hui même. Son alibi ne tenait pas la route, car la bagarre qu'il a provoquée a eu lieu après l'incendie. Je pense qu'il va être inculpé d'ici peu, lui annonça Paul en l'embrassant.

— Je sais, Angie me l'a dit.

Elle avait du mal à se faire à l'idée que Josh Aldrich avait délibérément mis le feu à Sundown Crossing pour les tuer, elle, Sam et les Loong. C'était difficile de croire que quelqu'un puisse être aussi cruel et diabolique. Elle refoula ces sombres pensées. Elle y réfléchirait plus tard, une fois la douleur apaisée.

— Apparemment on ne parle que de ça en ville. Tout le monde se demande ce que va devenir Sundown Crossing. La plupart des gens sont persuadés que je vais vendre, car ce domaine semble porter malheur.

— Mais c'est ridicule !

Il la considéra d'un air perplexe.

— Qu'avez-vous décidé de faire, avec Angie ? Elle a confirmé que le vin pourra être mis en bouteille à la fin de la semaine prochaine. Alors, où est le problème ?

— Nous n'avons pas encore pris de décision arrêtée, Angie et moi. Nous continuons d'étudier toutes les options possibles.

Elle lui jeta un regard furtif, observant amoureusement les contours de son visage viril.

— En fait, j'ai bien une idée… Une idée plutôt ambitieuse. J'aimerais que tu me donnes ton avis.

Il se laissa aller contre le dossier du canapé, les mains croisées derrière la tête.

— Je t'écoute, ma chérie.

— Angie, Sam et moi nous avons consacré énormément de temps et d'énergie à la restauration du vignoble. Et compte tenu de ce que nous y avons accompli, il m'est impossible de renoncer au rêve de mon père, qui est depuis devenu le mien. L'assurance nous indemnisera pour les dégâts occasionnés. D'après l'assureur, nous aurons suffisamment d'argent pour tout reconstruire. Je propose donc ceci…

Elle sortit de la poche de son jean une feuille de papier

soigneusement pliée et, se penchant en avant, elle l'étala sur la petite table du salon.

Il s'agissait d'une esquisse représentant une cour pavée, un petit restaurant et un espace de dégustation des vins. A l'arrière du restaurant, se dressait un cottage doté de trois chambres et d'une pièce supplémentaire servant de bureau.

— C'est assez grossier comme plan, admit-elle. Je l'ai dessiné à la hâte cet après-midi. Mais je crois qu'il permet tout de même de comprendre mes intentions. D'un côté il y a le restaurant, qui serait tenu par les Loong. C'est eux qui encaisseraient les bénéfices et ils habiteraient sur place, dans le cottage. Angie et moi, on s'occuperait du vignoble, de la fabrication et de la vente du vin.

Paul saisit la feuille pour examiner le dessin de plus près.

— Et c'est toi qui as fait ça toute seule ? Je suis très impressionné, Carla Hunter. C'est un concept intéressant et réalisable, qui plus est.

Il se mit à rire et ajouta d'un ton enjoué :

— Tu apprends vite et en plus tu es douée ! Bientôt je te confierai la conception des plans.

— Alors ça te plaît ?

Elle retint son souffle, attendant avec anxiété sa réponse. C'était un moment crucial. En approuvant son projet, Paul lui montrerait qu'ils avaient la même vision de l'avenir.

— C'est formidable ! J'imagine que les deux chambres sont pour Kim, Su Lee et Tran, et qu'il y en a une pour Angie ?

Carla hocha la tête.

— Tu pourrais peut-être prévoir un logement plus grand pour Angie, avec une chambre, une salle de bains personnelle et une entrée séparée.

— Bien sûr. Je n'y avais même pas pensé.

— C'est normal. C'est le travail de l'architecte, la

taquina-t-il. Nous, on visualise le concept dans son ensemble et on le peaufine ensuite grâce à notre expérience et nos compétences artistiques. Angie et les Loong sont-ils au courant ?

— Pas encore, répondit-elle en ramenant ses cheveux en arrière. Je voulais d'abord avoir ton avis.

— Ton idée est épatante, et je suis certain qu'Angie l'appréciera. Mais avant de lui montrer quoi que ce soit, j'aimerais d'abord apporter quelques retouches à ton plan. Je m'en occuperai dès demain matin, si tu veux.

— Parfait. Je suis ravie !

Elle lui enlaça le cou et attira son visage tout près du sien.

— Il se fait tard. On ferait mieux d'aller au lit mais…

Ses yeux bleus pétillèrent de malice tandis qu'elle se penchait vers lui.

— Pas forcément pour dormir…

Lisel s'apprêtait à partir. Luke, la mâchoire crispée, songea qu'il ne pouvait plus remettre à plus tard l'inévitable confrontation avec sa tante. Une explication s'imposait. Il devait savoir la vérité avant son départ. Une fois qu'elle aurait promis de ne plus revenir dans la Barossa, il lui exposerait les modalités de son installation en Espagne. Cette ultime conversation avec Lisel serait extrêmement pénible, il le savait et la redoutait.

Il était environ 5 heures et Luke, qui se dirigeait vers le bureau de sa tante, constata que le bâtiment était pratiquement désert. En tant que membre de la famille Stenmark, Lisel avait eu droit à un somptueux bureau, décoré de meubles luxueux, d'une épaisse moquette et de photographies de ses succès publicitaires. Il avait passé beaucoup de temps dans cette pièce à l'écouter parler de ses programmes promotionnels et de l'avenir de l'entreprise, mais aussi des affaires familiales.

Depuis l'incendie à Sundown Crossing, trois jours auparavant, il s'était posé beaucoup de questions au sujet de Lisel. Il en était arrivé à la conclusion qu'elle avait énormément changé au cours des huit dernières années. Au départ, ces changements avaient été imperceptibles. Mais ses sautes d'humeur s'étaient aggravées et elle était devenue de plus en plus égocentrique et insatisfaite. Cette instabilité affective l'avait conduite à multiplier les aventures amoureuses, à s'en prendre à autrui quand elle avait des problèmes au travail et ces temps derniers, à haïr d'une haine farouche et irrationnelle Carla et Sam. Selon lui, Lisel était une femme déséquilibrée et profondément perturbée. Sa tentative d'assassinat de Carla prouvait qu'elle souffrait d'un sérieux problème psychologique. Elle ne l'avait évidemment jamais admis et n'avait jamais cherché à se faire soigner.

— Luke ! s'exclama Lisel.

Elle était occupée à ranger des documents dans son attaché-case lorsqu'il pénétra dans son bureau.

— Tu es venu me dire au revoir ? Comme c'est gentil de ta part !

Sans répondre, Luke ferma la porte derrière lui et s'avança au milieu de la pièce.

— Josh vient d'être arrêté. Tout porte à croire que c'est lui qui est à l'origine de l'incendie à Sundown Crossing. Je pensais que cette information t'intéresserait.

— Ah oui ? Et pourquoi donc ? rétorqua-t-elle.

Son charmant sourire disparut soudain et sa voix se durcit.

— Cela ne me concerne pas. Par ailleurs…

Elle s'interrompit et jeta un coup d'œil à son neveu.

Face à son visage fermé, elle ajouta :

— Josh n'est qu'un imbécile. Ça ne m'étonne pas qu'il se soit fait prendre.

— Comme il avait beaucoup d'argent sur lui quand les policiers l'ont interpellé, ces derniers pensent qu'il avait un partenaire ou qu'il travaillait pour quelqu'un.

Lisel haussa les épaules avec une nonchalance affectée.

— C'est bien ce que j'ai dit, cet homme est idiot.

— Sans doute. Mais tu sais, poursuivit Luke en regardant sa tante droit dans les yeux, Josh ne va pas tarder à vendre la mèche et à dénoncer celui ou celle qui a programmé l'incendie.

— Luke, mon chéri. Je me soucie comme d'une guigne des faits et gestes de Josh. Parlons de quelque chose de plus agréable, veux-tu ?

— J'ai bien peur que cela ne soit pas possible. Tu vois, je suis d'accord avec la police. Je suis sûr que Josh n'a pas agi seul et je crois savoir qui était son acolyte.

Attentif aux réactions de sa tante, Luke la vit qui portait la main à sa gorge d'un geste défensif.

Il poursuivit :

— C'est toi, Lisel. C'est toi qui as tout organisé. Tu as donné des instructions à Josh et tu l'as payé pour qu'il les exécute.

Avant qu'elle ne l'interrompe, il ajouta :

— Qu'est-ce qui me fait dire ça ? Il fallait vraiment haïr Carla pour souhaiter sa mort. Et Josh et toi étiez les seuls à la détester à ce point.

Lisel jeta un regard farouche à son neveu tout en se mordant la lèvre.

— Tu as perdu la tête, s'emporta-t-elle. Je suis horriblement blessée que tu puisses me croire capable d'un tel acte, et en plus contre quelqu'un de la famille.

Luke ne prêta aucune attention à ses dénégations.

— Vraiment ? J'ai demandé à Basil de vérifier tes

dernières transactions. Apparemment, tu as retiré une grosse somme d'argent il y a une semaine. Cette somme correspond à peu près au montant que Josh avait sur lui quand on l'a arrêté — moins ce qu'il avait dépensé pour le nouveau camion. Franchement, de mon point de vue, il n'y a aucun doute possible.

Il se tut quelques instants.

— Combien de temps te reste-t-il avant que Josh ne déballe la vérité ? Un jour, deux jours ? Tu connais Josh, il n'est pas du genre courageux et il fera tout pour sauver sa peau.

Un silence lourd et tendu s'installa entre eux.

Lisel commença à s'agiter. Triturant nerveusement ses cheveux et réajustant sa veste, elle entreprit de mettre de l'ordre sur son bureau pourtant impeccablement rangé. L'esprit en ébullition, elle cherchait désespérément un argument susceptible d'amadouer Luke. Pourquoi était-il si ingrat envers elle ? Après tout ce qu'elle avait fait pour assurer son avenir à Rhein Schloss. Pourquoi fallait-il qu'il partage sa richesse et sa renommée avec cette Carla, cette hypocrite, cette calculatrice ? Comment pouvait-il être aussi aveugle ? Elle devait certes admettre qu'il avait vu juste à propos de Josh. C'était un homme stupide et égocentrique. Il n'hésiterait pas à la dénoncer pour se tirer d'affaire. Elle releva la tête et regarda de nouveau son neveu. Il était en colère et son visage n'exprimait pas la moindre compassion.

Déstabilisée par son attitude, elle sentit une horrible angoisse l'étreindre. Elle avait l'impression que son cœur allait éclater. Luke, qui l'avait tant admirée, respectée et écoutée, ne semblait plus éprouver aucune affection pour elle. Cette constatation la bouleversa bien plus que l'annonce du meurtre avorté de Carla. Le mépris de Luke lui ôtait toute envie de se battre ou de se défendre.

— Inutile de chercher des excuses, Lisel. Je te connais sur le bout des doigts et la culpabilité est inscrite sur ton visage.

Désespérée, Lisel décida alors que l'attaque était désormais la seule issue.

— Tout ça, je l'ai fait pour ton bien, lança-t-elle précipitamment, ne réalisant qu'après coup qu'elle venait de se trahir. J'ai tant fait pour toi. Je t'ai choyé, encouragé, guidé. Et c'est comme ça que tu me remercies ?

— Tu crois vraiment que je vais te remercier d'avoir organisé un incendie et le meurtre de plusieurs personnes ?

Il esquissa une moue de dégoût et enfonça rageusement les mains dans les poches de son pantalon.

— Il faut être malade pour croire que j'ai pu souhaiter de telles horreurs ou penser que je les pardonnerais, s'exclama Luke.

Ravalant son chagrin, Lisel releva le menton d'un air de défi, les mains posées sur les hanches.

— Tu es faible, comme Papa. Aucun de vous deux n'a eu le cran de prendre les décisions qui s'imposaient. Alors j'ai dû m'en charger. Il n'y a qu'une chose que je regrette : c'est que mon plan ait échoué. Et que vas-tu faire maintenant ? Tu vas me dénoncer ? Je vois déjà les gros titres dans les journaux : *Luke Stenmark accuse sa tante, Lisel Stenmark, fille du viticulteur renommé Carl Stenmark, d'incendie criminel et de tentative de meurtre.*

— S'il n'y avait pas Grand-Père, je n'hésiterais pas une seconde à avertir la police. C'est tout ce que tu mérites. Mais Carl en aurait le cœur brisé, lui répondit Luke d'une voix glaciale. J'ai une proposition à te faire. Elle te permettra de conserver ta liberté, mais loin d'ici.

Lisel voulut dire un mot, mais Luke leva la main pour l'arrêter.

— Voici ce que je suggère.

Luke lui exposa en détail sa proposition et lorsqu'il eut terminé, il comprit que Lisel n'opposerait aucune résistance. N'était-elle pas forcée d'accepter ? Elle avait compris d'instinct que sans Carl, Luke ne lui aurait jamais fait une telle offre. Elle allait donc quitter pour toujours la Barossa, sa maison, son refuge ! Tout comme Rolfe, plusieurs années auparavant. Quelle ironie ! De toute évidence, Luke avait longuement réfléchi à la meilleure option possible pour elle. Et elle devait admettre qu'il ne la traitait pas trop durement. Elle n'aurait aucun souci financier et ouvrir une succursale de Rhein Schloss à Madrid — une ville qu'elle appréciait — était en soi une perspective attrayante, même si elle avait l'impression que son entreprise ne serait guère plus qu'une vitrine.

Devant le silence obstiné de sa tante, Luke reprit la parole :

— Qu'en penses-tu ?

Elle rejeta la tête en arrière tout en le regardant avec rancune.

— Je n'ai guère le choix. Je ferai comme tu voudras.

Elle n'ignorait pas qu'elle s'en sortait plutôt bien. Si Luke n'avait pas pris l'affaire en main, elle aurait sans doute fini en prison. Elle ne ressentait pourtant aucune gratitude à son égard. Ce serait tant pis pour lui si Carla le supplantait à Rhein Schloss. La situation ne manquerait certes pas de sel. Imaginer ce revirement possible la fit presque sourire. Elle ne serait malheureusement pas là pour y assister.

— J'ai mon avion à prendre. Je dois partir.

Elle referma bruyamment son attaché-case, mettant ainsi un terme à leur conversation. Puis, sans dire au revoir à Luke et sans même lui jeter un dernier regard — comme si elle l'avait déjà banni de ses pensées —, elle s'empara de son porte-documents et quitta le bureau la tête haute en laissant la porte grande ouverte.

Luke poussa un soupir de soulagement. C'était fini ! La famille était enfin débarrassée de Lisel, de ses intrigues et de son caractère dangereusement instable. Pourtant, chasser sa tante n'avait pas été une partie de plaisir, même si c'était la seule solution. Le seul moyen pour éviter que son grand-père apprenne la vérité… même si Josh, cet être pusillanime, risquait de clamer haut et fort la culpabilité de Lisel. Luke ferait tout son possible pour contrer ces accusations. Fort de son influence dans la Barossa, il prétendrait qu'elles n'étaient que les divagations d'un homme ivre de peur, prêt à tout pour échapper à un juste châtiment.

Luke balaya du regard le bureau de sa tante. Tout y était marqué du sceau de sa personnalité. Sans perdre de temps, il décida que, dès le lendemain, il viderait la pièce de son contenu, ferait repeindre les murs et poser une nouvelle moquette. Il se mettrait ensuite en quête d'un nouveau responsable de la communication.

C'était le début du printemps. L'air était piquant sans être froid et la fête battait son plein dans les jardins de Stenhaus. Toute la propriété étincelait de mille feux colorés. Une grande tente à rayures trônait près de la piscine ; des chaises et des tables étaient disposées ici et là sur la pelouse. Près de deux cent cinquante invités étaient attendus pour célébrer les fiançailles de Carla et de Paul. Et c'est Carl Stenmark, le patriarche de Rhein Schloss, qui présidait les festivités.

En regardant Sam jouer avec un groupe d'enfants, Carl sourit : il croyait revivre le passé. Cette fête était la réplique exacte de celle qui avait eu lieu trente ans plus tôt, en l'honneur de Kurt et de Marta. L'histoire semblait se répéter, mais Carl était convaincu que cette fois-ci le dénouement serait plus heureux. Carla n'avait jamais été aussi rayonnante et son bonheur compensait la déception qu'il avait ressentie en apprenant qu'elle avait jeté son dévolu sur Paul. Son petit-fils n'était pas très gai ces temps derniers et il savait très bien pourquoi. Carla, si belle et attirante, lui avait glissé entre les doigts en s'éprenant d'un autre que lui. Pourtant, Carl n'avait rien contre Paul van Leeson : c'était un homme de valeur, excellent architecte de surcroît.

Son regard s'attarda sur Greta qui, en parfaite hôtesse, accueillait les nouveaux arrivants ; c'était un rôle qu'elle remplissait à la perfection depuis la mort de sa femme bien-aimée. *Anna Louise.* Comme elle lui manquait, même après toutes ces années… Heureusement, il avait maintenant à ses côtés Carla, qui était le portrait vivant de sa défunte femme et Sam, la copie frappante de Kurt enfant. Ces deux êtres chers comblaient la solitude dont il souffrait depuis trop longtemps.

Toute la famille était présente à l'exception de Lisel. Sa fille lui manquait, même si elle était devenue une femme instable et sans scrupule. D'ailleurs, il était le premier responsable de cette malheureuse évolution. Il l'avait gâtée et choyée à outrance et le laxisme dont il avait fait preuve avait sans aucun doute contribué à ce triste résultat. Du reste, il avait compris qu'elle ne reviendrait pas de sitôt dans la Barossa. Et malgré le chagrin qu'il en éprouvait, il jugeait cet éloignement préférable, compte tenu de la haine que Lisel vouait à Carla. Lisel avait une mauvaise influence sur la famille qui, après ces longues années de discorde, était comme par miracle de nouveau réunie.

De l'autre côté de la piscine, Angie discutait avec Luke.

— Quelle fête magnifique ! Votre père a des dons

d'organisateur, s'exclama Angie tandis que Luke lui tendait un verre de vin blanc frais.

— En fait, c'est Greta qui s'est occupée de tout. Elle est experte en la matière, répondit Luke, l'esprit ailleurs.

Il regardait Carla et Paul danser au rythme de la musique disco jouée par cinq musiciens enthousiastes.

— Ils forment un beau couple, n'est-ce pas ?

— C'est vrai.

Il détourna les yeux.

— Un très beau couple.

Angie jugea préférable de changer de sujet de conversation.

— Les travaux de reconstruction vont bientôt commencer au vignoble. Paul a transmis les plans à la municipalité et on devrait recevoir l'autorisation dans deux semaines environ. Kim et Tran sont très excités à l'idée de tenir leur propre restaurant. En fait, ce projet nous passionne tous.

— Avec le boom touristique, de plus en plus de viticulteurs font construire des cafés et des restaurants sur leur domaine. C'est d'ailleurs ce que nous avons fait dans plusieurs fermes viticoles où nous possédons un intérêt majoritaire, expliqua Luke avec amabilité.

— L'avenir s'annonce radieux dans la Barossa, n'est-ce pas ?

Luke ne répondit pas : il était trop occupé à couver des yeux une jeune femme séduisante qui se tenait non loin d'eux. Apparemment, la perte de Carla ne lui avait pas brisé le cœur.

— Vous la connaissez ? demanda Angie.

— Pardon ? répondit-il d'un air distrait.

Puis se reprenant aussitôt, il expliqua :

— C'est Felicity Kent, la nouvelle responsable de la communication à Rhein Schloss. Elle a commencé la semaine dernière. Elle semble très compétente.

— Vous savez, elle se sent peut-être un peu seule. Elle ne connaît pas encore grand monde ici, ajouta Angie.

De fait, Felicity se tenait à l'écart et regardait les autres danser. C'était plus fort qu'elle : Angie ne pouvait résister au bonheur de jouer les entremetteuses quand l'occasion se présentait.

— Pourquoi ne l'invitez-vous pas à danser ?

— A danser ?

Le visage de Luke s'éclaircit soudain.

— Quelle bonne idée ! Excusez-moi, lui dit-il en s'éloignant d'un pas vif en direction de la jeune femme.

Angie sourit d'un air bienveillant et ému en le voyant accoster Felicity. Carla avait trouvé l'homme de sa vie et elle approuvait son choix de tout son cœur. Quant à Luke, la danse dans laquelle il entraînait à présent Felicity semblait si révélatrice d'une attirance mutuelle que, qui sait ? Carl Stenmark aurait peut-être le plaisir de célébrer prochainement d'autres fiançailles.

La Barossa Valley

L'exploration puis la colonisation de la région de la Barossa ont commencé en 1837 lors d'une expédition conduite par le colonel William Light. Ce dernier nomma ainsi ce territoire à la mémoire de la victoire remportée par les Anglais contre les troupes napoléoniennes à la bataille de Barossa, qui eut lieu en 1811, en Espagne. La Barossa Valley, qui inclut l'Eden Valley, est située à environ à soixante-dix kilomètres au nord d'Adelaïde, capitale de l'Australie du Sud.

Dès leur installation, les colons européens se lancent dans la prospection de ce vaste espace. Ils découvrent de fabuleux gisements aurifères, exploitent des mines de cuivre et des carrières de marbre à Angaston et Koonunga. Ils ouvrent également des ateliers de céramique à Nuriootpa. Actuellement, les vignobles prédominent et fournissent 21 % de la production vinicole australienne. La Barossa Valley est ainsi devenue la plus importante région vinicole de l'Australie.

La vallée fut initialement défrichée afin d'y pratiquer la culture du blé, des légumes et des plantes fourragères. Les Peramangk — tribu aborigène locale — participèrent aux premières récoltes. Ironie du sort : c'est en aidant les colons à s'établir que les aborigènes ont perdu leurs territoires de chasse traditionnels. A l'heure actuelle, il n'y a plus un seul aborigène dans la vallée.

La Barossa Valley compte actuellement plus de soixante exploitations et caves viticoles, qui vont des entreprises familiales de tailles diverses aux sociétés nationales. Plus de six cents viticulteurs approvisionnent ces exploitations.

La vallée, jalonnée de petites agglomérations et de villages, est également dotée de quatre grands centres urbains.

Tout d'abord Lyndoch. Première ville édifiée sur ces terres, elle est aussi la plus ancienne de l'Etat d'Australie du Sud. William James Browne, qui loua des terres à la South Australian Company en 1839, serait le premier colon à s'être installé à cet endroit. De nos jours, on peut y admirer de nombreux édifices de l'époque coloniale et, si les fondateurs de cette ville étaient d'origine anglaise, la présence allemande s'est considérablement accrue au fil du temps. A tel point qu'on raconte qu'au milieu des années 1940, la langue allemande était couramment parlée et les chariots traditionnels allemands encore en usage.

Angaston (initialement nommée « Angas Town ») est la plus anglaise des quatre villes de la Barossa Valley. Elle vit le jour en 1839 lors de la vente de 28 000 acres à l'Anglais George Fife Angas. La famille Angas ne commença l'exploitation agricole de ce domaine qu'en 1843. Angaston, malgré son style anglais, est fortement imprégnée de culture allemande. De nombreux colons allemands élurent domicile à proximité d'Angaston, notamment à Moculta, dans la vallée Flaxman, à Bethany et à Langmeil (Langmeil fut rebaptisé Bilyara en 1918, mais retrouva son nom d'origine en 1975. Toutefois ce village en tant que tel n'existe plus, car il a été depuis englobé dans la ville de Tanunda). La présence allemande à Angaston et aux alentours s'explique par la forte demande en main-d'œuvre requise pour exploiter les terres d'Angas. A l'époque, Angas n'hésita pas à payer le voyage à de nombreux Allemands de confession luthérienne pour les inciter à venir travailler dans ses fermes.

Outre les vignobles, de nombreuses fermes spécialisées dans l'élevage des moutons et de bovins prospèrent dans la région d'Angaston. Parallèlement, la production d'huile d'olive fournit à ces éleveurs un revenu d'appoint non négligeable. A ce jour, l'Angas Park Fruit Company est le plus grand producteur de fruits secs en Australie.

A la lisière de la ville, deux exploitations vinicoles ancestrales : Yalumba, qui est la plus ancienne d'Australie, et à l'ouest, Saltrams.

Tanunda. Ce terme signifierait « trou d'eau » en langage aborigène. La ville de Tanunda fut créée vers 1840 par des émigrants allemands. A proximité de Tanunda, se trouve Bethany, fondée par des Allemands en 1842. Tanunda est devenu le centre religieux et culturel de la Barossa Valley. C'est là que se déroule la biennale du vin, et de nombreuses fêtes traditionnelles y sont organisées, à l'occasion desquelles les habitants portent des costumes d'époque.

Nuriootpa — « lieu de rencontre » en langage aborigène — est la ville située le plus au nord de la région Barossa. C'est aussi le centre urbain le plus grand et le plus moderne de cette vallée. Il fut fondé en 1841. Aux portes de Nuriootpa s'étendaient autrefois des prairies et des champs céréaliers. Puis la culture fruitière s'est développée, avec notamment la plantation d'abricotiers. Aujourd'hui, c'est la vigne qui règne en maître, car la production vinicole est très rentable.

Le lycée de Nuriootpa, réputé dans toute la région, propose des cours de viticulture. Cette école, tout comme la Faith Lutheran Secondary School à Tanunda, produit son propre vin, plusieurs fois primé lors de foires et de festivals.

Nuriootpa est également célèbre pour ses céramiques. La Barossa Ceramics approvisionne en exclusivité des entreprises mondialement connues telles que McDonalds.

Avec plus de 10 000 habitants, la Barossa Valley est une région dont les richesses agricoles et historiques attirent de nombreux touristes.

REMERCIEMENTS

Je tiens à remercier Allister Ashmead, propriétaire du vignoble Elderto Wines, en Australie du Sud. Et tout particulièrement Lesley et Geoff Schrapel de Bethany Wines, en Australie du Sud, sans oublier Penfolds Wines.

Merci également à mon agent littéraire, Selwa Anthony, à mes éditeurs Pauline O'Carolan et Kylie Mason, à l'office du tourisme de Tanunda, à Helen Oliver, pour son livre intitulé *The Four Towns of the Barossa Valley*, à R. S. Munchenberg, auteur de *The Barossa : A vision realised.*

Je remercie enfin Heinrich Proeve, Donald A. Ross, Anne Hausler, Geoffrey B. Saegenschnitter, Noris Ioannou et Roger Teusner.

Best-Sellers n°502 • suspense

Je ne t'ai pas oublié - Karen Harper

Deux ans ont passé depuis que Tara Kinsale, détective privée, est sortie de longs mois de coma. De ces mois d'inconscience, elle n'a conservé que le souvenir vague d'un voile blanc. Et au réveil, ce terrible choc : pendant ce temps, son mari avait obtenu le divorce. Alors qu'elle reprend à peine le fil de sa vie, elle se retrouve de nouveau en état de choc quand un médecin lui annonce qu'elle a mis au monde un bébé pendant son coma. Un enfant ? Impossible. Et pourtant, le doute s'insinue dans son esprit. Pourquoi ses proches refusent-t-ils de répondre à ses questions s'il n'y a rien à cacher ? De son chalet perdu au cœur de la luxuriante vallée de Shadow Mountain, épaulée par Nick MacMahon, un homme qu'elle connait depuis peu mais en qui elle a spontanément eu confiance, Tara se lance dans une enquête sur ce long coma au cours duquel l'impensable s'est produit.

Best-Sellers n°503 • suspense

Le cercle brisé - Nora Roberts

Emma a trois ans quand elle est arrachée par son père, riche et célèbre musicien de rock vivant à Los Angeles, aux bas-fonds de Londres ainsi qu'aux mauvais traitements d'une mère alcoolique et droguée. Alors que la vie paraît enfin sourire à la petite Emma, c'est le drame : elle assiste, impuissante, au meurtre de Darren son demi-frère de deux ans. Sous le choc, Emma enfouit au plus profond de sa mémoire le souvenir du visage du ravisseur, tandis que grandit en elle un terrible sentiment de culpabilité : elle n'a pas su protéger son petit frère adoré. D'autant que, malgré une longue enquête, le meurtrier n'a jamais été retrouvé. Adulte Emma devient une photographe célèbre. Mais la petite fille en elle n'a jamais oublié le drame. L'image imprécise du meurtrier hante ses cauchemars. Pour vivre enfin en paix, Emma va devoir le démasquer. Mais pour y parvenir, il lui faudra provoquer un scandale retentissant, et mettre en danger sa propre vie…

Best-Sellers n°504 • suspense

L'île du mystère - Heather Graham

En décidant de racheter le musée Beckett de l'île de Key West, en Floride, pour le restaurer et le rouvrir au public, Katie O'Hara s'apprête à réaliser l'un de ses souhaits les plus chers, dans ce lieu auquel elle reste profondément attachée. Un attachement que le crime commis là dix ans plus tôt ne peut en rien diminuer. Mais rapidement un obstacle inattendu se dresse devant elle : le propriétaire, le photographe David Beckett, décide soudainement de s'opposer à la vente, et de revenir s'installer à Key West. Malgré le choc que lui cause cette nouvelle, Katie décide de convaincre le séduisant David du bien-fondé de son projet. Jusqu'à ce qu'elle apprenne qu'il a lui-même été soupçonné du meurtre dix ans plus tôt…

3est-Sellers n°505 • féminin

L'enfant du scandale - Barbara Delinsky

-lugh et Dana forment un couple harmonieux malgré leurs différences. Si Dana vient d'un milieu modeste et n'a jamais connu son père, Hugh, issu de la bourgeoisie ›ostonienne, a dû lutter pour faire accepter son épouse dans sa famille. Alors que 'arrivée d'un enfant semble apaiser les passions, c'est un véritable scandale que déclenche la naissance de la petite fille. Car, alors que rien ne le laissait prévoir, a fillette a la peau noire. Abasourdis, déchirés entre la joie et la soif de réponses, es jeunes parents décident d'explorer leurs racines… au risque de déterrer les ;ecrets du passé…

3est-Sellers n°506 • féminin

usqu'au bout du rêve - Sherryl Woods

3ouleversée par sa rupture douloureuse avec Connor O'Brien, Heather Donovan juitte Baltimore pour s'installer à Chesapeake Shores avec Mick, leur petit garçon le un an. En choisissant de vivre dans ce petit paradis en bordure de mer, elle spère se reconstruire, et surtout, permettre à son fils de s'épanouir au grand air. Mais rien ne se déroule comme Heather l'avait prévu. Car Connor, qui a toujours efusé avec entêtement de se marier avec elle, lui préférant sa brillante carrière l'avocat, cherche désormais à la reconquérir. Déstabilisée par cette attitude, mais léterminée à se tenir aussi loin que possible de celui en qui elle n'a plus confiance, -leather se consacre entièrement à son fils et à la petite boutique qu'elle vient l'ouvrir. Jusqu'à ce qu'un choc violent et inattendu vienne à nouveau bouleverser a vie…

3est-Sellers n°507 • suspense

.a mémoire volée - Beverly Barton

Quels secrets se cachent entre les murs de l'imposante demeure de la plus ncienne famille du Mississippi ? Missionné par G.W Wesbrook, le patriarche du lan, pour retrouver sa petite fille Leslie Anne qui vient de fuguer, Dante Moran la sensation gênante de faire intrusion dans une affaire de famille complexe, oulouruese. Une histoire à laquelle il se sent complètement étranger, jusqu'au our où il rencontre Tessa, la mère de Leslie Anne. Troublé d'abord par la beauté agile de Tessa, Dante reçoit un choc lorsqu'elle plonge ses yeux dans les siens. Car e regard réveille en lui l'éclat d'un autre regard, le souvenir d'une autre femme, erdue il y a longtemps…

Best-Sellers n°508 • historique

La princesse celte - Helen Kirkman

Angleterre, Royaume de Northumbrie, 716

Après avoir échappé au mariage que son père, le roi des celtes, voulait lui impose Alina s'est réfugiée dans un couvent isolé où elle mène une existence simple, au mépris de son titre de princesse. Mais sa vie est bouleversée lorsqu'un matin un sombre guerrier fait irruption dans le couvent, l'épée à la main et l'éclat de la vengeance dans les yeux. Car cet homme, cet être d'ombre et de lumière, n'es autre qu'Athelbrand le saxon avec lequel elle s'est enfuie la veille de son mariage et qu'elle a ensuite quitté sans explications, le condamnant au déshonneur et à l'exil. Brand, qu'elle a aimé de tout son cœur et de toute son âme mais qu'elle a trahi malgré elle…

Best-Sellers n°509 • historique

Le secret de lady Scarlet - Nicola Cornick

Fortune Folly, Yorkshire, 1810

Pour empêcher Nat Waterhouse, son ami d'enfance, de faire un mariage d'intérê avec une riche héritière, lady Elizabeth Scarlet est prête à tout. Y compris à élabore un plan aussi audacieux que scandaleux pour y parvenir : kidnapper et enferme Nat dans un manoir désert la veille de la cérémonie.

Et tout se déroule comme prévu jusqu'au moment où Nat comprend qu'il a été piégé. Furieux, il l'accuse de se comporter en petite fille gâtée et capricieuse Pis encore ! il sous-entend qu'elle est amoureuse de lui depuis toujours e qu'elle jalouse sa fiancée. Blessée dans son orgueil, profondément gênée pa les insinuations de Nat, Lizzie décide de lui prouver qu'elle ne le laisse pas auss indifférent qu'il veut le faire croire…

Du nouveau dans vos collections poche dès le 1er janvier 2012 !

Découvrez tous les mois le meilleur des Éditions Harlequin grâce à la Sélection de l'Éditeur :

Sélection de l'Éditeur

Retrouvez tout l'univers des Éditions Harlequin sur

www.harlequin.fr

Harlequin® est une marque déposée du groupe Harlequin. Harlequin SA – 83/85, Bd Vincent Auriol – 75646 Paris cedex 13. SA au capital de 1 120 000€ – R.C. Paris. Siret 31867159100069/APE5811Z.